Johannes Galli

Die Liebesschule

Roman

Galli

Widmung

Für alle Menschen,
die von der Liebe
für die Liebe
lernen wollen.

Das vollständige
Verlagsprogramm des
Galli Verlags finden Sie
im Internet unter:
www.galliverlag.de

ISBN 978-3-940722-11-9
1. Auflage 2009

Lektorat und Beratung: Daisy Jane Ehrlich
Cover Design: Hugo Waschkowski, www.hugodesign.de
Cover Foto: fotolia
Satz, Koordination: Daisy Jane Ehrlich

Galli Verlag
Haslacher Straße 15
D-79115 Freiburg i. Br.
Tel 0761 / 401 37 53
Fax 0761 - 401 37 54
eMail: verlag@galli. de
Internet: www.galliverlag. de

Inhalt

Johannes Galli

Die Liebesschule

Roman

Galli

Sonjas bemerkenswerte Begegnung

Als sich Sonja in den Sessel fallen ließ, bemerkte sie wohl den prüfenden Blick des älteren Herrn, der ihr gegenüber saß, aber sie schenkte ihm keine weitere Beachtung.
Sonja hielt eine große Tasse heiße Schokolade mit viel Sahne in den Händen. Das schicke amerikanische Selbstbedienungscafé hatte sie aufgesucht, weil hier die heiße Schokolade extrem süß war. Heute war ihr einundzwanzigster Geburtstag und den wollte Sonja in aller Stille mit sich selbst feiern.
Aufmerksam beobachtete der fremde Herr, wie Sonja mit flotter Zunge das Sahnehäubchen vom Kakao fischte und genüßlich einsog. Sogleich schluckte sie die Sahne und fuhr sich gierig mit der Zunge über die Lippen. Sie wollte mehr. Das Lächeln des fremden Zuschauers sah sie nur aus dem Augenwinkel. Ganz in ihren Genuß versunken versuchte Sonja den Schmerz, daß sie ganz alleine ihren Geburtstag feiern mußte, zu verdrängen.
Mit ihrem Freund hatte sie vor einem Monat Schluß gemacht. Eltern, Freunde und Bekannte hatten ihr bereits am Morgen telefonisch

die obligatorischen Geburtstagsglückwünsche übersandt.

Nun saß sie hier in diesem Selbstbedienungscafé in ihrer Heimatstadt Berlin und ließ sich die dunkle süße Kakaomilch die Kehle hinunterrinnen. Sonja wollte ihren Geburtstag nutzen, um in aller Ruhe über ihr Leben nachzudenken. Vor allem wollte sie heute feierlich festlegen, wie ihr Leben weitergehen sollte. Aber dazu kam es nicht.

„Es ist ein Ereignis, Ihnen zuzusehen, wie wundervoll Sie genießen können", hörte sie eine tiefe männliche Stimme sagen.

Sonja hielt inne. Sie konnte nicht glauben, daß sie gemeint sein sollte. Als sie von ihrer Tasse aufblickte, traf sie der offene Blick des fremden älteren Herrn, der ihr gegenübersaß. Sonja wurde sofort zornig. Warum wagte dieser alte Mensch, sie zu stören?

Kaum freundlich antwortete sie: „Könnten Sie mich bitte in Ruhe lassen?"

Sofort fragte der fremde Herr sehr freundlich zurück: „Warum so unfreundlich?"

Ohne ihre Antwort abzuwarten fuhr er fort: „Sie sagen, ich solle Sie in Ruhe lassen. Ich befürchte aber, daß Sie gar nicht wissen, was Ruhe ist. Sie sehen gehetzt und getrieben aus. Um so überraschender war es für mich zu sehen, mit welch enormem Genuß Sie die süße heiße Schokolade und die fette Schlag-

sahne in sich hineinsaugen können."
Sonja hatte ihn beobachtet, als er gesprochen hatte. Er hätte vom Alter her gesehen ihr Vater sein können. Aus diesem Grunde weigerte sie sich, über diesen fremden Mann noch weiter nachzudenken, und also bewertete sie nicht, ob er gut oder schlecht aussah. Nur die grauen Schläfen waren ihr aufgefallen und ein goldener Ring an seiner Hand, der die Form einer Schlange hatte. Diese goldene Schlange drehte sich sehr verwegen um den Mittelfinger seiner rechten Hand.
Sonja erwog aufzustehen und zu gehen. Aber sie fühlte sich mit einem Mal so schwer und so gemütlich in ihrem Sessel.
Im Grunde wußte sie, daß der Fremde Recht hatte. Sie lebte gehetzt und getrieben. Ihr Leben war bis jetzt zerrissen gewesen. Ihre Eltern waren schon lange geschieden und lebten getrennt. Der Vater war als Alkoholiker sozial abgestürzt. Die Mutter war auf ihrer Suche nach dem ultimativen Traummann zu gutgläubig gewesen und hatte jetzt noch drei Kinder von drei verschiedenen Männern.
Sonja kannte Arbeit und Anstrengung zur Genüge, aber Entspannung und vor allem Ruhe hatte sie nie wirklich kennengelernt. Sie wollte aber von niemandem in sich hineinschauen lassen und deswegen log sie den Fremden offensiv an: „Ich fühle mich weder gehetzt

noch getrieben und wenn schon, was geht Sie das eigentlich an?"
Der ältere Herr überhörte ihren aggressiven Unterton und blieb milde: „Warum lügen Sie mich an? Wer zwingt Sie denn dazu?"
Sonja beschloß, ihm nicht zu antworten, und blickte abweisend durch das große Fenster, das den Blick zur Straße freigab. Es war kalter Winter draußen. Die Menschen erschienen grau aus dem Grauen und huschten unerkannt und grau wieder ins Grauen zurück.
Der fremde Herr unterbrach die Stille und sprach: „Ich weiß, wie Sie wunderbare Entspannung und tiefe Ruhe ohne große Anstrengung erreichen können."
Sonja schwieg weiter und blickte immer noch durch die große Scheibe hinaus ins Winterleben. Auf der Fensterscheibe klebten Schneeflocken, die langsam zerschmolzen und sich dann nach unten hin verliefen.
Was fiel diesem Menschen eigentlich ein?
Er sollte sie doch einfach in Ruhe lassen. Schnippisch antwortete Sonja dem wie sie fand aufdringlichen Herrn: „Schön für Sie, daß Sie wissen, wie ich Ruhe kriegen kann. Mich aber interessiert Ihre Meinung überhaupt nicht."
Sie glaubte, nun endlich klargemacht zu haben, daß sie absolut keinen Kontakt zu diesem unverschämten Fremden wollte.

Aber der fremde Mensch beugte sich in ihre Richtung nach vorne. Er wollte ihr offensichtlich etwas Vertrauliches sagen, was nicht jeder der Umsitzenden hören sollte.
Leise und eindringlich sprach er: „Doch, es interessiert Sie sogar sehr."
Auf einmal gefiel Sonja die absurde Situation. Kurz gab sie ihren Widerstand auf, beugte sich ebenfalls vor und fragte frech: „Also was glauben Sie bringt mir Ruhe?"
Kaum hatte sie geendet, antwortete der fremde Herr forsch: „Eine satte Serie gigantischer Orgasmen."
Sonja schnellte zurück. Seine Worte hatten sie wie ein Blitz getroffen.
Sonja konnte nicht verhindern, daß sie knallrot wurde. Sie ärgerte sich unbändig darüber, daß sie sich auf dieses Gespräch eingelassen hatte, das nun eine für sie so unverschämte Wende genommen hatte. Das war doch ein übler Fall von sexueller Belästigung, oder?
„Sind Sie pervers?", fragte Sonja. Sie hatte sich weitestgehend wieder unter Kontrolle.
Der Fremde lehnte sich zurück und antwortete sehr ernst: „Was ist daran pervers, wenn ich einen tiefen Wunsch, den Sie sich nicht eingestehen, offen formuliere?"
Sonja schwieg überrascht.
Mit einem leicht scharfen Unterton fuhr der fremde Mann fort: „Ist es denn pervers, die

Wahrheit zu sagen? Ich möchte Sie auf ein Kosmisches Gesetz aufmerksam machen, das besagt, daß Sie als Frau ein Recht auf wundervoll erfüllende Orgasmen haben. Das gilt für Sie und alle anderen Frauen."

Zum ersten Mal sah Sonja dem Mann in die Augen. War er verrückt? Aber sein Blick war fest und voll konzentrierter Ruhe. Obwohl das Gesprächsthema für sie unmöglich war, fand sie die Situation noch viel zu interessant, um sie wirkungsvoll zu beenden.

„Ich kenne Sie nicht und Sie kennen mich überhaupt nicht und wieso sprechen Sie da gleich über das Allerintimste?"

Sonja fand die Situation nicht mehr so gruselig wie zu Beginn des Gesprächs.

Nun blickte der ältere Herr zum Fenster hinaus. Für einen kurzen Moment wurde sein Blick nach innen gewandt und sehr düster.

Sonja stellte erschrocken fest, daß sie wollte, daß er wieder so heiter provozierend sei, wie er es gerade noch gewesen war.

Als ob er auf ihre Gedanken reagiere, drehte er sich ihr wieder zu: „Ich nehme Sie ernst aus einem Grund, der weder Ihnen noch mir bekannt ist. Außerdem interessieren mich nur Themen, die sich der menschlichen Wahrheit annähern. Aber sagen Sie, was macht eigentlich eine junge und so hübsche Dame wie Sie alleine hier im Café?"

Einem spontanen Impuls folgend beschloß Sonja ihm die Wahrheit zu sagen: „Ich feiere heute meinen Geburtstag."
Der fremde Herr hob verwundert seine Augenbrauen nach oben.
Sonja fuhr fort: „Ich wollte gerne allein sein an meinem Geburtstag."
„Schreiben Sie?", fragte der Herr plötzlich.
„Wie meinen Sie das?", fragte Sonja.
„So wie ich es sage", sagte der Herr geradeheraus. „Sie sind eine begabte Schriftstellerin. Sie sollten ihr Talent nutzen und nicht verkümmern lassen. Das ist mein unbedingter Geburtstagswunsch für Sie."
Sonja schwieg. Sie fühlte sich geschmeichelt, wollte es aber nicht zeigen. Außerdem störte sie der belehrende Ton, den der fremde Herr auf einmal angenommen hatte. Sie erinnerte sich, daß sie früher oft ihre Träume und besondere Ereignisse in einem sorgfältig geführten Tagebuch aufgeschrieben hatte, doch in letzter Zeit hatte sie dies immer mehr vernachlässigt. Insgeheim hoffte Sonja, daß der Herr wieder über Intimes sprechen würde.
Als ob er ihre Gedanken gelesen hätte, sprach der Fremde: „Zurück also zu dem Thema, dem all Ihr unbewußtes Interesse gilt: Der gigantische weibliche Superorgasmus."
Sonja verkniff sich eine freche Zwischenbemerkung, denn sie wollte, daß er unbedingt

weiterspreche. Seine Stimme gefiel ihr.
„Jede Frau braucht Orgasmen für ihr Wohlbefinden, ihre Gesundheit und Lebensfreude."
Sonja blickte um sich und vergewisserte sich, ob auch keiner der Umsitzenden zuhörte. Aber das schien nicht so. Alle waren mit irgendetwas beschäftigt. Einige lasen Zeitung, andere bearbeiteten ihren aufgeklappten Laptop auf den Knien. Keiner schien zuzuhören. Also beugte sich Sonja vor: „Ich habe schon Orgasmen gehabt", log sie frech.
„Sie lügen", antwortete der Herr sofort, ohne mit der Wimper zu zucken.
Sonja zuckte zurück.
„Auch wenn Sie bislang ein vielleicht reges Sexualleben geführt haben, so hatten Sie noch keinen wirklichen Orgasmus."
Sonja brauchte jetzt dringend etwas Süßes. Also schlürfte sie gierig von ihrem Kakao. Sie achtete aber diesmal sehr darauf, daß es nicht allzu genüßlich wirkte.
„Vielleicht haben Sie Schübe von Wollust erlebt und vielleicht haben Sie Freude empfunden zu erleben, daß Sie ohne Probleme Ihren Freund soweit reizen konnten, daß es ihm kam. Aber einen wirklichen weiblichen Orgasmus kennen Sie nicht."
Der fremde Herr machte eine kurze Pause, denn ein Sonnenstrahl hatte sich durch das Wintergrau hindurchgeleuchtet und die Szene

erhellt. Sonja sah, wie die Schlange an seinem Mittelfinger goldhell aufblitzte.
Sonja wurde wieder so unbehaglich zumute wie zu Anfang des Gesprächs. Nun ärgerte sie sich, daß es diesem unmöglichen Herrn immer wieder gelang, sie aus der Fassung zu bringen. Lust keimte in ihr auf, ihn zu verletzen. Sie wollte seine eingebildete Maske zum Fallen bringen und endlich zeigen, wer er wirklich war: Ein alter geiler Bock.
„Wollen Sie mich etwa anmachen?", fragte sie ihn herausfordernd zurückweisend.
Er blieb völlig ruhig, als er sagte: „In Wirklichkeit ist es wohl eher umgekehrt."
Das war zu dreist für Sonja: „Sie wollen damit sagen, daß ich Sie anmache?"
Freundlich und verständnisvoll antwortete er: „Nicht in dieser konkreten Situation hier, sondern eher allgemein. Der weibliche Orgasmus ist wesentlich stärker als der männliche. Also haben Frauen ein viel größeres Interesse, satt befriedigt zu werden, als Männer es haben."
„Das höre ich zum ersten Mal."
Sonja hatte schnell geantwortet, denn sie erwog aufzustehen und zu gehen. Wo sollte das hinführen? Sie hatte schon einige merkwürdige Blicke von den scheinbar unbeteiligt Umsitzenden aufgefangen. Man horchte diesem peinlichen Gespräch im Umkreis sicherlich interessiert und amüsiert zu.

Den fremden Herrn schien das alles nicht zu stören, denn er sprach weiter: „Die ganze Welt ist hypnotisiert von der Vorstellung, daß die geilen Männer andauernd die keuschen Frauen begatten wollen. Die Frauen reden sich ein, sie bräuchten es nicht, und den Männern werfen sie vor, daß Männer immer nur das Eine wollten."
Sonja lenkte ein und beschloß, daß sie diesen fremden Mann und die aktuelle Situation doch interessant fände.
„Woher kommt das?", fragte sie, während sie wieder sehr vorsichtig an ihrem Kakao nippte.
„Es besteht ein großes Interesse von den Mächtigen dieser Welt, daß die Menschen unbedingt unbefriedigt bleiben. Deshalb tun sie alles dafür, die Menschen zu verwirren."
Sonja fragte: „Wieso sollen denn die Menschen unbedingt unbefriedigt bleiben?"
Der fremde Herr lächelte und blickte Sonja offen an: „Weil unbefriedigte Menschen hundertmal so viel konsumieren wie Menschen, die befriedigt sind. Der unbefriedigte Mensch ist der absolut ideale Konsument."
Sonja wurde nachdenklich. Sie mußte ihm zustimmen. Die ganzen Mode-, Kosmetik- und Schönheits-Welten lebten davon, daß alle sexuell attraktiv sein wollten.
Sonja fühlte sich auf einmal unbehaglich. Sie fand, daß das Gespräch eine eher langweilige

Wendung genommen hatte. Ihr war nicht nach Gesellschaftskritik.
Da bemerkte Sonja, daß der Gesichtsausdruck des Fremden verwegen wurde. Er beugte sich vor und fragte: „Sind Sie denn wirklich sexuell ausreichend befriedigt?"
Sonja hatte darauf gewartet, daß er sie wieder provozieren würde. Trotzdem war sie überrascht, wie heftig sie reagierte. Oder lag es daran, daß sie gesehen hatte, wie der Fremde blitzschnell mit der Zunge über seine Oberlippe gefahren war? Da bemerkte sie eine heftige Spannung in ihren Brustwarzen. 'Nippelalarm!', dachte sie scherzhaft und war froh, daß sie einen sehr dicken Wollpullover anhatte, durch den hindurch sich wohl nichts abdrücken würde.
„Die Frage nach meinem Sexualleben geht entschieden zu weit."
Sonja bemerkte, daß die Strenge, die sie diesem Satz beigemischt hatte, keinerlei Wirkung auf den fremden Herrn ausübte.
Der blickte sie offen an und sagte fast ein wenig fanatisch: „Sie haben ein Recht auf wundervolle Orgasmen, die sie zutiefst erfassen, strukturieren, aufrichten und ausrichten. Nur auf diese Weise können Sie eine starke und freie Frau werden."
Sonja hatte auf einmal das Gefühl, er rede nicht für sie, sondern spulte einen schon tau-

sendmal gesagten Gedanken wieder ab. Auch hatte er seine Stimme leicht angehoben, so daß die Umsitzenden aufhorchten. Das mochte Sonja auf keinen Fall: Öffentliche Belehrung über ein intimes Thema. Daß der Fremde vielleicht geil auf sie war, hätte sie ja ganz nett gefunden, aber daß er sie in aller Öffentlichkeit über die Notwendigkeit eines Orgasmus belehrte, das fand sie einfach nur noch peinlich und überflüssig. Sie beschloß das Ganze kurz und schmerzlos zu beenden.
„Sie wiederholen sich immer öfter und also beginnen Sie mich immer mehr zu langweilen", sagte Sonja.
„Das glaube ich nun überhaupt nicht", fiel ihr der fremde Herr ins Wort.
Als sie ihn erstaunt anblickte, führte er aus: „Ich glaube nicht, daß das Gespräch Sie langweilt. Wenn Sie das weiterhin behaupten, dann habe ich genau an dieser Stelle eine Frage: Wieso haben sich Ihre Brustwarzen seit geraumer Zeit voll aufgerichtet?"
Das war's!
Das war genau der Tropfen, der das Faß zum Überlaufen brachte. Mit hochrotem Kopf erhob sich Sonja, blickte weder nach links noch nach rechts und stürmte hinaus auf die Straße. Um sich zu beruhigen, dachte Sonja einen ganz beiläufigen Gedanken: Gut, daß in diesem Café Selbstbedienung herrschte und

sie also ihre heiße Schokolade schon im Voraus bezahlt hatte.
'Schöner Geburtstag', dachte sie ironisch, als ihr draußen auf der Straße die feuchte, kühle Winterluft entgegenschlug.
Sonja war sich in diesem Moment sicher, daß sie diesen merkwürdigen Mann, der eine goldene Schlange an seinem Finger trug, schnell vergessen würde.
'Gut', dachte Sonja lächelnd, 'daß seine kleine Schlange aus Gold ist. Sonst hätte sie mich womöglich noch gebissen!'

Sonjas Rückfall

Obwohl Sonja den Fremden unbedingt vergessen wollte, rief sie noch am gleichen Abend drei Freundinnen der Reihe nach an. Sie wollte sich deren Meinung zu ihrer peinlichen Geburtstagsbegegnung anhören.
Sonja erzählte ihnen so genau wie möglich, was vorgefallen war. Ihre Freundinnen waren sich alle drei unbedingt einig: Der fremde Mann sei ein alter notgeiler Bock. Er sei sozusagen ein verbaler Exhibitionist und habe sich, wann immer er sie provoziert hatte, an ihren fassungslosen Blicken geweidet.
Alle drei Freundinnen waren sich auch darin einig, daß Sonja viel zu lange das Gespräch hatte laufen lassen. Sie hätte das Gespräch, so der einstimmige Ratschlag im Nachhinein, unbedingt früher abbrechen sollen.
Damit schien dieser Geburtstagsvorfall für Sonja endgültig geklärt. Noch einmal beschloß sie, alles, was im Café geschehen war, zu vergessen und sich einen einsamen, aber gemütlichen Abend zu machen.
Sonja lebte im gleichen großen grauen Mietshaus wie ihre Mutter. Das war günstig. So konnte sie hin und wieder der Mutter bei der Kinderbetreuung helfen. Im Gegenzug half

ihre Mutter ihr bei der Mietzahlung. So hatte Sonja eine mietgünstige und in sich abgeschlossene Ein-Zimmer-Wohnung in dem nicht gerade sehr vornehmen, aber sicheren Berliner Stadtteil Moabit.
Sonja blickte aus ihrem Zimmer hinaus in den dunklen Hinterhof. Hie und da war ein Fenster erleuchtet und gab den Blick frei auf Menschen, die müde von ihrer Arbeit nach Hause gekommen waren und nun erschöpft auf den Fernsehabend warteten.
Es schneite fette wirbelnde Flocken.
Obwohl sie es nicht wollte, schweiften Sonjas Gedanken doch wieder zu der Begegnung mit dem fremden Herrn. Die Energie, die von diesem Mann ausgegangen war, war ungeheuer stark gewesen. Seine Präsenz hatte sie erregt. Obwohl sie vom Kopf her das unglaublich Unverschämte der Situation erfaßte, blieb eine geheime Anziehung zurück, die sie sich nicht erklären konnte.
Plötzlich hatte Sonja das tiefe Bedürfnis zu duschen. Sie wollte sich den unverschämten fremden Herrn und alles, was mit ihm zusammenhing, vom Leibe waschen.
Als sie der warme Duschstrahl berührte, spürte sie heftiges erotisches Verlangen. Sie wischte den beschlagenen Spiegel frei und ertappte sich dabei, wie sie erotische Posen einnahm. Sie stellte sich vor, wie sie nackt

vor dem Fremden tanzte. Sie sah sich mit seinen Augen und das erregte sie ungemein. Sie sah im Spiegel ihre grünen Augen, die ihr aus ihrem wie sie fand etwas zu runden Gesicht entgegenblickten. Ihre kleinen Brüste schienen ihrem eigenen Blick entgegenzuschwellen. Ihren runden Kopf mit den seidig dünnen Haaren, die sie kurz geschnitten trug, legte sie in den Nacken. Ihre ganze Sorge galt ihren kräftigen Schenkeln, die aber wie sie fand bei günstigem Schattenwurf schlanker aussehen konnten, als sie waren. Sonja konzentrierte sich, nachdem sie sich ausführlich betrachtet hatte, ganz auf den warmen Strahl, mit dem sie ihren harmonisch geschwungenen Körper liebkoste. Sie sehnte sich nach feinen lustvollen Schwingungen, die ihren Körper durchzittern sollten. Langsam ließ sie den Strahl zwischen ihre Beine sinken. Ihre Gedanken wanderten immer wieder zu dem fremden Herrn. Sie dachte an das Gespräch und daran, wie er gesagt hatte, sie brauche eine satte Serie kräftiger Orgasmen. Der warme Wasserstrahl ließ ihre Lust immer weiter wachsen, bis sie explodierte. Sonja stöhnte auf. Ihr Körper zuckte.

Sonja stieg aus der Badewanne und schlüpfte in ihren flauschigen Bademantel. Sie legte sich auf ihre Couch und wollte ihrer Lust noch nachspüren. Stattdessen stellte sich ein

schales Gefühl ein. Ihre Lust war gedämpft, doch sie fühlte sich nicht befriedigt. Es hatte etwas gefehlt...
Sonja wollte noch darüber nachgrübeln, warum der Fremde sie nun doch so beschäftigte, obwohl sie es auf keinen Fall wollte.
Da klopfte es.
Widerwillig erhob sich Sonja und schritt zur Tür. Sie dachte, es sei ihre Mutter, die sie zur Kinderbetreuung anfragen wollte, und so öffnete sie arglos im Bademantel, den sie allerdings züchtig zusammengebunden hatte.
Überrascht blickte sie in das Gesicht ihres Ex-Freundes Nils.
Abweisend fragte sie: „Was willst du?"
„Dich", antwortete Nils ohne Umschweife.
Jetzt roch Sonja, daß Nils getrunken hatte. Sie wollte ihn sofort wegschicken. Doch plötzlich erinnerte sie sich an den Fremden.
'Es ist absurd', dachte sie, 'aber ich will dem Fremden beweisen, daß ich sehr wohl orgasmusfähig bin. Ja', rief Sonja innerlich dem Fremden zu, 'ich bin orgasmusfähig.'
Nils drängte ins Zimmer und Sonja gewährte ihm Einlaß. Sie schloß hinter ihm die Tür und sogleich wandte sich Nils ihr zu. Sonja ließ es geschehen, daß Nils ihren Bademantel öffnete und sie auf den Hals küßte.
Sie war durch ihre Gedanken an den Fremden ganz verwirrt. Nils Hände suchten und

fanden ihre Brüste. Er drängte sich an sie und sie spürte seine Erregung. Es erregte sie, daß sie ihn erregen konnte. Es war genau so, wie es der Fremde zu ihr gesagt hatte.
Nils drängte sie zu ihrem Bett. Bereitwillig legte sie sich darauf und wartete. Mit fahrigen Handgriffen zog Nils sich aus.
Nachdem er ungeduldig aus seiner Hosentasche ein Kondom gefischt hatte, warf er seine Kleider auf einen Haufen neben das Bett. Lustvoll beobachtete Sonja, wie Nils anschwoll. Mit glasigen Augen ließ er seinen Blick über ihren Körper schweifen. Dann rollte er sich das Kondom über.
Beim Vorspiel gab er sich kaum Mühe und schon bald drang er zielstrebig in Sonja ein und pumpte sich vorwärts.
Sonja war fassungslos über sich, daß sie das alles so einfach mit sich machen ließ.
Es war ihr, als ob sie nicht wirklich bei sich sei. Es war ihr, als ob sie nicht in ihrem eigenen Körper sei. Es war ihr, als ob sie nicht in sich zu Hause sei.
In ihrem Körper hämmerte Wut und Verzweiflung gegen diese entwürdigende Situation. Sie konnte zwar alles genau beobachten, was geschah, aber sie konnte nicht handeln.
Sie blickte bewundernd auf Nils' athletischen Körper. Als sie ihm ins Gesicht sah, bemerkte sie, daß sich an seinen Schläfen Schweiß ge-

bildet hatte, der seine blonden lockigen Haare verklebte. Sie biß sich auf die Lippen, um keinen Laut von sich zu geben. Und doch mußte sie sich eingestehen, daß sie Nils' Stöhnen, sein Zucken und sein wie von Schmerz verzerrtes Gesicht genoß.
Dann kam es Nils.
Sonja freute sich über ihren Triumph, daß sie Nils so erregen konnte, daß er überschnell gekommen war. Nils wälzte sich erschöpft zur Seite. Sie roch seinen Schweiß und seinen immer noch nach Alkohol riechenden Atem. In seinen Haaren hielt sich kalter Zigarettenrauch. Wortlos lagen sie nebeneinander.
Plötzlich fand Sonja die Situation, in die sie durch eigenes Zutun geraten war, erbärmlich. Sie weinte.
Als Nils ihr Schluchzen hörte, blickte er sie müde an. Er erhob sich und setzte sich nackt wie er war auf die Bettkante. Er wollte auf keinen Fall ein Problemgespräch.
Sonja sah auf seinen muskulösen Rücken. Nils war so alt wie sie. Er war kein schlechter Kerl. Er war ein Kind seiner Zeit. Mit dreizehn Jahren hatte er seinen ersten Vollrausch gehabt. Alkohol, Drogen und Komatrinken hatten seine weiteren Jugendjahre bestimmt und ihn sehr erschöpft. Jetzt war er wieder bei seinen Eltern eingezogen und wollte irgendetwas studieren. Für eine spannende Lebensplanung

hatte er im Moment keine Kraft.
Da erhob sich Nils. Mit knautschigem Geräusch zog er das Kondom ab. Ein wenig Sperma tropfte auf den Dielenboden. Geschickt knotete er das Kondom zu, so daß sein Sperma in der Gummihöhle gefangen war. In übermütig sportlicher Laune warf er das Kondom in Richtung des Mülleimers, der in einigen Metern Entfernung unter dem Waschbecken stand. Nils traf nicht genau. Das Kondom verfing sich am Rande des Mülleimers und blieb dort hängen.
Nils blickte zur Seite, um seinen Mißerfolg schnell vergessen zu können.
Schnell zog er sich an. Er mußte dringend noch etwas trinken.
Mit belegter Stimme sprach er zu Sonja, die zur Decke blickte: „Ich gehe davon aus, daß du nicht mitkommen willst. Ich gehe noch was trinken. Kommst du mit?"
Sonja schwieg und unterdrückte ein Schluchzen. Sie schloß die Augen und blieb liegen, ohne sich zu bewegen.
Sie öffnete die Augen erst wieder, als sie ihre Wohnungstür ins Schloß hatte fallen hören. Nils war gegangen.
Sonja drehte sich zur Seite und deckte sich zu. Sie war müde, unendlich müde. Sie blickte auf das Kondom, das über dem Rand des Mülleimers hing.

Da ging die Tür wieder auf. Sonja hatte ihren Wohnungsschlüssel außen stecken lassen und Nils war zurückgekehrt. Blitzschnell schloß Sonja ihre Augen wieder.
„Ach ja, beinahe hätte ich's vergessen...", sagte Nils ins stille Zimmer hinein: „Alles Gute zum...", er hielt kurz inne und dachte nach, der wievielte Geburtstag Sonjas es eigentlich sei. Aber er kam zu keinem tragfähigen Ergebnis, also übersprang er den konkreten Teil seines Geburtstagswunsches und fühlte sich erst im allgemeinen Teil wieder sicher: „... Geburtstag."
Sonja hielt die Augen geschlossen und erweckte so den Eindruck, als schliefe sie.
Nils schloß die Tür leise wieder von außen.
Es war kalt im Zimmer. Sonja hatte nicht geheizt, denn sie liebte kühle Nächte. Sie konnte den Blick nicht mehr von dem Kondom abwenden, in dem sein Sperma abkühlte.
Doch dann erhob sie sich ruckartig und duschte noch einmal. Sie achtete darauf, sich mit Seife am ganzen Körper kräftig abzuschrubben. Am Ende duschte sie eiskalt.
Dann legte sie sich wieder ins noch warme Bett, atmete die kühle Nachtluft ein und genoß es, wie ihr Körper sich unter der Decke langsam aufwärmte.
Als Sonja am nächsten Morgen erwachte, fühlte sie sich frisch und nahezu freudig er-

regt. Sie schnellte hoch, sah das Kondom, aber sie wollte sich nicht mehr an den letzten Abend erinnern. Sie wollte noch in dem Traum verharren, den sie in dieser Nacht geträumt hatte. Schnell öffnete sie die obere Schublade ihres Nachttisches, kramte ein leeres Heft hervor und begann sofort, den Traum aufzuschreiben. Sie erinnerte sich noch, daß der Fremde ihre schriftstellerische Begabung erwähnt und als Geburtstagswunsch formuliert hatte. Mit großer Lust und wie getrieben schrieb sie ihren Traum auf. Sie mühte sich, so zu schreiben, daß eine Handlung zu erkennen war. Dies war nicht so einfach, da sie im Traum immer nur einzelne Bilder gesehen hatte. Diese Bilder waren zwar ungeheuer intensiv, aber eines führte nicht zwangsläufig zum anderen. So mußte sie die Bilder so miteinander verbinden, daß sie eine Geschichte ergaben.
Kaum hatte sie dann jedoch die ersten Sätze geschrieben, da war ihr, als ob ihr diktiert würde. Von irgendwoher kam eine Stimme und sie schrieb wie getrieben das, was diese Stimme ihr zuflüsterte.
Der Titel für die Geschichte ergab sich zwangsläufig aus dem Ort, an dem alles geschah: Die Liebespyramide.

Die Liebespyramide

Jeder, der das junge, hübsche Mädchen Maya sah, wußte, daß ihr ein außergewöhnliches Schicksal beschieden sein würde.
Außergewöhnliche Schönheit ist ein Segen, der seinen Sinn erfüllen muß. Zwar war Maya in einem kleinen Dorf weit weg von Babylon aufgewachsen, aber Schönheit findet immer ihren Weg ins Zentrum.
Mit zwölf Jahren hörte Maya von der damals legendären Liebespyramide zum ersten Mal. Die Liebespyramide lag unweit der Hauptstadt Babylon und war sowohl ein großer Bau, als auch eine hierarchisch gegliederte Schule, in der Männer und Frauen die Liebe erlernen könnten. Kaum hatte Maya davon gehört, konnte sie an nichts anderes mehr denken, als eine der berühmten Liebeslehrerinnen der Pyramide zu werden. Mit vierzehn Jahren fragte sie ihre Mutter um Erlaubnis, in der Liebespyramide lernen zu dürfen. Die Mutter erlaubte es ihr nicht. Man hörte von der Liebespyramide nicht nur Gutes. Die Mutter verbot ihrer Tochter sogar, von der Liebesschule zu sprechen. An die Liebesschule zu denken und von ihr zu träumen konnte die strenge Mutter der jungen Tochter allerdings nicht verbieten.

Mit fünfzehn Jahren verließ Maya ohne Erlaubnis ihr Elternhaus und ging ihren Weg.
In jenen Zeiten damals war es für ein junges Mädchen ungefährlich, eine Reise zur Hauptstadt Babylon zu unternehmen, von der die Liebespyramide nur noch einen Tagesmarsch entfernt war.
Meistens wurde sie von Bauern mitgenommen, die Schilf hoch aufgetürmt auf Eselskarren transportierten. Oben auf dem Schilf thronte Maya wie eine junge Königin, die ihre Ländereien besichtigte. Nachts schlief sie bei Bauernfamilien. Gastfreundschaft war damals eine Pflicht, die alle ernst nahmen. So kam Maya ihrem Ziel Tag für Tag näher.
Dann war es endlich soweit: Die Liebespyramide lag im grellen Licht der Mittagszeit. Ein Holzgestell in Form einer gigantischen Pyramide ragte hoch hinauf in den blauen, heißen Himmel. Die Pyramide war in sieben Ebenen unterteilt. Durch verschiedene Holzverstrebungen waren verschiedene Kammern entstanden, die alle mit Stoffen zugehängt waren. Die unterste Ebene war rot, die Ebene darüber grün, die Ebene darüber orange. Es folgten die blaue Ebene, die gelbe, die violette und schließlich die goldene Oberste Ebene. Hier lebte der Leiter der Liebesschule. Er hatte den Rang des Hohepriester inne. Sein Name war ein Titel, der immer dem jeweilig amtie-

renden Hohepriester verliehen wurde: Der Herr der Schlangen.
Maya hatte ihr Ziel erreicht.
Aber wie kam sie in die Pyramide hinein?
Aus der Nähe betrachtet sah die Liebespyramide unglaublich abweisend aus.
Ein älterer Mann trat auf Maya zu. Sogleich faßte sie Vertrauen zu ihm, denn sein Gesicht war zerfurcht von Falten, die ihm einen freundlichen Gesichtsausdruck verliehen.
Der Blick des alten Mannes verfinsterte sich, als er unvermittelt sagte: „Viele schaffen die schwierigen Einweihungsübungen nicht, die in der Liebespyramide gelehrt werden."
Maya widersprach begeistert und für ihre jungen Jahre sehr selbstbewußt: „Ich werde alle Übungen schaffen."
Der Mann, der sich leicht verneigte, stellte sich als Salmur vor. Nachdem auch Maya sich vorgestellt hatte, sprach Salmur weiter: „Einst war ich selbst Einweihungslehrer in der Liebespyramide. Als aber immer mehr Schülerinnen in der Schule scheiterten, machte ich mir große Sorgen um ihre Zukunft. Da mir die Schülerinnen der oberen Stufen, die selbst schon als Lehrerinnen gearbeitet hatten, ans Herz gewachsen waren, verfolgte ich ihren weiteren Lebenslauf: Fast alle gingen nach ihrem Scheitern in die große Stadt Babylon und versuchten dort ihr Glück zu

machen. Halbwissen ist etwas, was immer alle wollen. Luststeigerung ist überall beliebt. Also waren sie alle zu Beginn ihrer neuen Karriere erfolgreich und schnell berühmt. Aber nach einigen Jahren des übermächtigen Erfolges in Babylon brachen dann die ehemaligen Liebeslehrerinnen zusammen, da sie tief in ihrem Innersten ihr Scheitern in der Einweihungsschule nicht verarbeiten konnten. Aber das Leben ließ ihnen keine andere Wahl. Nachdem sie auch bei den Mächtigen, den Königen und Pharaonen gestürzt waren, mußten sie ihr restliches Leben in Schuld und Schande leben. Meist kehren sie hierher zurück zu dem Ort ihres größten Glückes und ihres größten Unglückes und verbringen den Rest ihres Lebens krank und verzweifelt. Ich konnte dieses Elend nicht länger mitansehen und sehe jetzt meine Aufgabe darin, diesen gescheiterten Lehrerinnen zu helfen, damit sie schließlich in Würde sterben können."
In diesem Moment trat eine sehr alte und sehr häßliche Frau an ihn heran. Sie hielt ihm ihre verstümmelte Hand entgegen, die über und über mit eiternden Wunden bedeckt war. Salmur gab ihr eine goldene Münze, wobei er darauf achtete, ihre Hand nicht zu berühren. Die Frau verneigte sich höflich und zog sich schnell und scheu zurück.
Salmur blickte der vermummten Frau trau-

rig nach und sprach dann zur entsetzten Maya: „Diese Gestalt, die du eben gesehen hast, war einst eine wunderschöne Frau. Aber wie so viele hat sie ihren Einweihungsweg in der Pyramide nicht zu Ende beschritten. Das verzichtreiche Leben in der Liebespyramide war ihr zu viel gewesen. Sie ist dann nach Babylon gegangen, wo sie eine bekannte und begehrte Liebesdienerin geworden ist. Unglücklicherweise hat sie sich mehrere Krankheiten zugezogen, die ihren Körper jetzt von innen her zerfressen."

Maya zuckte zusammen. Es war ihr plötzlich, als ob sie die alte häßliche Frau kenne.

Mit einer schüttelnden Kopfbewegung wies sie diesen Gedanken von sich und sofort glänzten ihre Augen wieder in freudiger Erwartung, als sie fragte: „Salmur, erzähl mir von der Liebespyramide."

Salmur schwieg, denn ihm war das zufällige Zusammentreffen der beiden Frauen merkwürdig erschienen. Dann schüttelte er den Kopf, als ob er den Gedanken, den er dachte, vertreiben wollte, und sprach mit weicher, tiefer und sanfter Stimme: „Wer sich in der Liebespyramide ausbilden läßt, der sollte unbedingt wissen, worauf er sich einläßt. Es ist eine Entscheidung fürs Leben."

Maya blickte ihn an und ihre Augen strahlten. Salmur lächelte, als er Mayas Begeiste-

rung sah. Er dachte bei sich, daß Maya genau jenes Feuer in sich hatte, das man brauchte, um den langen und schwierigen Weg der Einweihung in die Liebe durchzuhalten.
Also sprach er weiter: „Die Ausbildung in der Liebespyramide besteht größtenteils darin, daß der Schüler oder die Schülerin in der Lage ist, innere Bilder auszuhalten. Hierzu sind strenge Vorbereitungen notwendig, die der Herr der Schlangen immer selbst überwacht. Keinerlei Rauschmittel dürfen zu sich genommen werden, denn der Körper muß unbedingt durch klares Bewußtsein und große Anstrengung in einem sicheren inneren und äußeren Gleichgewicht gehalten werden."
Salmur hielt inne, um Maya Raum für eine Frage zu geben. Maya nutzte diesen Raum: „Was sind innere Bilder?"
Salmur antwortete: „Innere Bilder sind Erlebnisse, die von der Seele so lange gespeichert werden, bis das Bewußtsein sie verarbeiten kann. Meistens erscheinen sie in Träumen oder in Momenten der Stille. Auch wenn ein Mensch, der über ein höheres Bewußtsein verfügt, dich berührt, treten solche inneren Bilder in Erscheinung."
Als Maya begeistert schwieg, fuhr Salmur fort: „Das größte Problem in der Liebespyramide ist das Verbot der Rauschmittel. Irgendwann werden die meisten Schüler und Schülerinnen

schwach. Sie nutzen die Drogen zum einen zur Luststeigerung und zum anderen, um den mühseligen Einweihungsweg abzukürzen. Haben sie erst einmal Drogen genommen, nimmt die Katastrophe unvermeidlich ihren Lauf. Das unvermeidliche Scheitern ist überaus tief und sehr schmerzhaft, wenn es ins Bewußtsein dringt."
Salmur blickte traurig hinüber zur Pyramide. Die Sonne hatte den Zenit überschritten. Maya wollte diese Trauer, die Salmur jetzt ausstrahlte, nicht in sich eindringen lassen und rief laut und entschlossen: „Niemals werde ich irgendetwas tun, was dem Herrn der Schlangen mißfällt!"
Da lachte Salmur und dachte: 'Alle sagen das zu Beginn und es ist gut so. Warum nur vergessen es später alle immer wieder?', fragte er sich selbst, ohne eine Antwort zu finden.
„Kann ich jetzt gehen?", fragte Maya nicht ganz höflich. Sie fühlte sich plötzlich unwohl und wollte so schnell wie möglich ihr Ziel, die Liebespyramide, erreichen, bevor Salmur Zweifel in ihr Herz streuen konnte.
Salmur machte eine Geste, die bedeutete, daß sie sich noch gedulden müsse, und er sprach langsam und bedacht: „So einfach geht das nicht. Niemand kann die Pyramide einfach betreten oder einfach verlassen. Der eigene Wille zählt in diesem enormen Kraft-

feld der Pyramide nicht viel."
Maya bemerkte, daß sie mit ihrer Ungeduld hier gar nichts ausrichten könnte.
Immer noch ungeduldig, aber doch schon wieder höflicher fragte sie: „Wann ist es mir erlaubt, die Liebespyramide zu betreten?"
Salmur antwortete ihr: „In der Nacht, in der der Mond voll am Himmel steht, ist es erlaubt, die Liebespyramide zu betreten, und zwar durch das Osttor, und in der Nacht, in der der Mond am Himmel nicht zu sehen ist, also der Neue Mond, ist es erlaubt, die Liebespyramide durch das Westtor zu verlassen."
Maya fragte lachend: „Und wenn ich reingehe, wann ich will?" Ihre Augen blitzten bei der Vorstellung, den strengen Gesetzen der Liebesschule ein Schnippchen zu schlagen.
Nun lachte Salmur: „Das wirst du nicht wagen, denn das bedeutet deinen sicheren Tod. Außerdem wäre es in deinem Fall eine unnötige Ungeduld. Denn schon bald scheint uns allen der volle Mond."
Salmur deutete in Richtung der Pyramide.
„Siehst du den mächtigen Zaun aus Bäumen und Büschen um die Pyramide?"
Maya nickte.
Salmur sprach bedeutungsvoll: „Nur der Herr der Schlangen kann durch dieses Gebüsch schreiten, ohne von den gefährlichen Giftschlangen gebissen zu werden, die dort hau-

sen. Niemand wagt sich auch nur in die Nähe des gefährlichen Baum- und Buschgürtels, der die Liebespyramide einzäunt."
Maya verspürte zum ersten Mal Angst.
Salmur fuhr fort: „Du wirst in den nächsten Tagen, in denen du auf den Vollmond wartest, immer wieder Schreie hören von denen, die gebissen werden. Viele halten es nicht aus und wollen panikartig die Pyramide verlassen. Man sollte unbedingt die Regeln beachten und unbedingt warten lernen. Das Gift der Schlangen wirkt schnell schmerzhaft lähmend und erst nach Stunden tödlich. Es gibt kein Gegengift, es gibt keine Rettung."
Maya spürte, daß Salmur nicht mehr weitererzählen wollte. Er wandte seinen Blick von der Liebespyramide ab, als er sagte: „Ich kenne einen Ort, an dem du sicher bist."
„Sicher wovor?", fragte Maya gleich.
Salmur antwortete gelassen: „Hier lauern viele Gefahren. Du bist zu jung und zu schön, um nicht den einen oder anderen der Gestürzten, die hier herumlungern, auf sehr dumme Gedanken zu bringen."
Maya war plötzlich froh, daß sie Salmur getroffen hatte. Sie griff schnell nach seiner Hand und einem Impuls folgend sprach sie ergriffen: „Segne mich!"
Salmur legte beide Hände auf Mayas Haupt und sprach mit sanfter Stimme betend: „Ihr

Heiligen Drei Urkräfte, segnet, behütet und beschützt Maya. Macht es möglich, daß sie ihren Weg, den sie gehen will, findet und vollendet."

Maya weinte.

Salmur nahm sie sanft an der Hand und führte sie durch schmutzige Gassen zu einem einfachen, aber sauberen kleinen Haus.

„Hier bist du sicher! Erschrecke nicht, wenn du die arme Frau siehst, die hier wohnt. Ihre Krankheit ist nicht ansteckend."

Salmur klopfte an die Tür, verneigte sich und ging. Er war ebenso schnell verschwunden, wie er erschienen war.

Es öffnete sich die Tür und eine vermummte Frau winkte Maya zu sich herein.

Es war dunkel in dem Haus. Maya konnte von der Frau nur Umrisse erkennen. Wahrscheinlich war sie von einer Krankheit entstellt.

Wortlos wies die vermummte Frau Maya einen Sitzplatz am Fenster und setzte sich Maya gegenüber auf einen Stuhl.

Die Frau begann zu sprechen: „Ich möchte ohne Umschweife zum Wesentlichen kommen. Ich fühle mich verpflichtet, dir meine Lebensgeschichte zu erzählen. Möge sie dir als Warnung im Bewußtsein bleiben."

Maya blickte zu Boden, denn sie war gar nicht sicher, ob sie diese Geschichte hören wollte.

Schnell sprach die vermummte Frau: „Du

brauchst keine Angst zu haben. Ich werde mich kurz fassen: Ich war eine der bekanntesten Lehrerinnen in der Liebespyramide. Und obwohl ich mich sicher, bewußt und ganz dicht dem Herrn der Schlangen wähnte, bin ich doch so tief gestürzt."
Die Frau atmete tief und Maya benutzte die so entstandene Pause, um eine Frage zu stellen: „Was bedeutet stürzen?"
Die Frau antwortete: „Je höher du aufsteigst, um so größer werden die Versuchungen. Wenn du einer Versuchung erliegst, gibt es für dich kein Zurück mehr. Du mußt augenblicklich und für immer die Liebespyramide verlassen. Das nennen wir einen Sturz."
Die Frau atmete tief und sprach: „Ich hatte acht männliche Schüler in meiner Klasse und ich lehrte ihnen die Kunst der Beherrschung. Ich selbst war Lehrerin und gleichzeitig Objekt der Begierde für diese acht teilweise sehr schönen Männer. Der Grundaufbau aller Übungen war einfach: Ich tanzte sehr aufreizend vor diesen Männern und sie mußten der Versuchung, sich selbst oder mich zu berühren, widerstehen. Ein Mann muß unbedingt lernen, sich zu beherrschen. Wenn man dem Wort 'beherrschen' lauscht, dann kann man aus dem Wort heraushören, was zu tun ist: Aus einem Mann muß ein Herr werden. Doch nun zurück zu meiner Geschichte, zu

meinem Sturz. Einer dieser Acht war schöner als alle Männer, die ich je zuvor gesehen hatte. Er war groß, muskulös, hatte schwarze, glänzende Haut und war unglaublich gut gebaut. Es kam, wie es kommen mußte. Ich gewährte ihm mehr, als in der Liebesschule erlaubt war, und dadurch hatte ich meine Macht als Lehrerin mißbraucht."
Maya konnte sich nicht vorstellen, was gemeint war mit 'ich gewährte ihm mehr, als erlaubt war'. Aber sie fragte nicht nach.
Stattdessen fragte sie: „Als du die Versuchung spürtest, warum bist du dann nicht sofort zum Herrn der Schlangen gegangen?"
„Das ist eine gute Frage", sagte die Frau und begann zu schluchzen, als sie die Frage beantwortete: „Der Herr der Schlangen ist ein Meister der Verunsicherung. Und obwohl ich mich gut ausgebildet und sicher vorbereitet fühlte, gelang es ihm immer wieder, mich zu verunsichern. Leider bin ich sehr eifersüchtig veranlagt. Das wußte der Herr der Schlangen. Als ich ihn eines Tages dringend sprechen wollte, ließ er mir durch eine seiner Dienerinnen ausrichten, ich solle ihn nicht stören. Ich hielt mich aber nicht an seine Anordnung und betrat sein Zimmer. Dort lag er auf seinem Liebesplatz, umgeben von drei schönen jungen Frauen. Als er mich sah, wurde er zornig und sagte: 'Du störst. Verlasse

diesen Ort der Liebe.' Als ich mich umdrehte, hörte ich, wie die drei jungen Frauen kicherten. Dies hat mich so wütend und eifersüchtig gemacht, daß ich beschloß, ab jetzt nur noch den Weg meiner eigenen Lust zu gehen. Schon am Abend desselben Tages gab ich mich dem schönen schwarzen Schüler hin. Drei Tage später rief mich der Herr der Schlangen zu sich. Ich weiß nicht, ob ihm jemand etwas erzählt hatte oder ob er mit seiner sicheren Intuition gespürt hatte, was geschehen war. Mit ruhiger Stimme sagte er zu mir: 'Du hast deine Macht als Lehrerin mißbraucht. Du hast neun Stunden Zeit, dich auf deinen Abschied von hier vorzubereiten.'"
Nun schluchzte die vermummte Frau heftig.
„Sind die Gesetze dort so streng?", fragte Maya ergriffen und sehr ängstlich.
Die Frau nickte.
„Gibt es keine Gnade?", fragte Maya weiter.
Die Frau schluchzte wieder auf, dann sprach sie sehr bewegt: „Ich hätte die Möglichkeit gehabt, mich vor ihm auf die Knie zu werfen und um Gnade zu bitten, aber ich war zu stolz, zu verletzt, zu weit entfernt von ihm."
Maya spürte, daß ihr selbst die Tränen über die Wangen liefen. Das Schicksal der Frau, die ihr gegenübersaß, ging ihr sehr nahe.
In diesem Moment war es Maya so, als ob die fremde Frau nicht ihr Schicksal erzählte, son-

dern vorausahnend Mayas Schicksal. Als ob sich die Vergangenheit der einen in der Zukunft der anderen widerspiegelte.
Die vermummte Frau hatte sich beruhigt und ihre Stimme wurde kühler: „Der Rest ist schnell erzählt. Ich ging nach Babylon und wurde dort sehr schnell eine angesehene und höchst begehrte Liebesdienerin. Könige stritten sich um meine Gunst. Einmal sollte ich für viel Geld einem anderen König beim Liebesspiel wichtige Informationen entlokken." Die Frau verhedderte sich: „Also, genau gesagt war es so: Ich sollte mit dem einen schlafen, dieser sollte mir dabei Wichtiges erzählen, was ich dann dem anderen, mit dem ich auch schlief, weitererzählen sollte..."
Maya verstand nicht genau, was gemeint war, aber nun winkte die vermummte Frau entnervt ab. Sie wollte sich nicht mehr zurückerinnern, sondern erzählte hurtig weiter: „Aber die Sache flog auf. Ich verlor meine Villa, meine Diener und Dienerinnen und mußte bei Nacht und Nebel Babylon verlassen. Das Leben in Luxus war jetzt vorbei. Ich war geächtet und verdiente, was ich zum Leben brauchte, als billige Straßendirne. Nun am Ende meines Lebens, todkrank, häßlich und entstellt, bin ich an den Ort zurückgekehrt, den ich einst so hochmütig verließ.
Ich war einst die schönste Frau der Liebes-

pyramide, mit einer wie ich glaubte reinen Seele. Aber nicht alle Ecken meiner Seele hatte ich genügend ausgeleuchtet. Und den dunklen Punkt meiner schwärenden Eifersucht habe ich nie wirklich bearbeitet. Dieser Punkt ist immer größer geworden und hat mich am Ende in das verwandelt, was ich heute bin: Eine alte, dem Tod geweihte Frau."

Maya erschrak, denn der Vollmond hatte sein Licht auf die Frau geworfen, die ihr Gesicht und ihren Oberkörper unmerklich enthüllt hatte. Sie nutzte ihren zerfallenen Körper, um Maya einen Schock beizubringen.

Ihr Plan ging auf. Maya wich entsetzt zurück. Die Frau sagte: „Hierfür reicht mein Körper gerade noch: Um dir einen solchen Schock zu verpassen, den du nie vergessen wirst. Sieh her: So sieht eine Gestürzte aus. Dies ist das Ende von Hochmut und Stolz."

Mayas Herz erfaßte eine bis dahin nie gekannte Angst und sie wollte aus diesem furchtbaren Albtraum aufwachen.

Erstes Wiedersehen

Nach einigen Wochen versuchte Sonja immer noch, alles, was mit dem fremden Herrn und ihrem Traum von der Liebespyramide in Zusammenhang stand, mehr oder weniger zu vergessen. Daß sie sich Nils an ihrem Geburtstag hingegeben hatte, blieb ihr als ungutes Gefühl in Erinnerung. Sie ging Nils aus dem Weg.

Die Geschichte von der Liebespyramide, die sie wie getrieben geschrieben hatte, lag in ihrer Nachttischschublade. Was sollte sie mit dieser Geschichte anfangen?

Zwar wußte Sonja instinktiv, daß diese Geschichte irgendwie mit dem fremden alten Mann mit dem Schlangenring in Zusammenhang stand. Aber sie dachte darüber nicht weiter nach, da sie beschlossen hatte, alles, was mit diesem fremden Herrn in Zusammenhang stehen könnte, zu vergessen.

Mit ihrem Leben wußte Sonja in dieser Lebensphase nicht wirklich etwas anzufangen. Also hatte sie erst einmal beschlossen, sich sprachlich weiterzubilden. Englisch und Spanisch kannte sie schon in Grundzügen. Nun wollte sie noch Französisch dazulernen.

Sehr zu Sonjas Unwillen hatte der Winter die

Hauptstadt von Deutschland noch fest im Griff. Sonja machte sich auf den Weg, in der großen altehrwürdigen Berliner Humboldt Universität einen Französischkurs zu besuchen. Sie hatte in der Studienberatung nachgefragt und war dort schnell mit der Beraterin übereingekommen, daß sie einen Einführungskurs in romanische Sprachen besuchen sollte, um dann zu entscheiden, wie es mit ihr rein studienmäßig weitergehen sollte.

An dem Tag, an dem der Einführungskurs an der Universität stattfinden sollte, strömte Sonja wie so viele andere junge Menschen zu dem ehrwürdigen Ort des Wissens.

Sonja hatte sich in den hohen alten Gängen und Treppengebäuden der Universität sehr schnell verlaufen. Als sie vollständig entnervt aufgeben wollte, fiel ihr ein Schild ins Auge: Sex und Erfolg - Ein Vortrag von Prof. Da Silva. Sonja blieb irritiert stehen. Sex und Erfolg? Ein solch provokanter Titel an der alten Universität? Was war hier los?

Sonja öffnete die Tür zu dem kleinen Hörsaal, an dessen Tür der Anschlag mit der provozierenden Ankündigung hing.

Da traf sie fast der Schlag.

Vorne am Pult stand der fremde Herr, den sie an ihrem Geburtstag kennengelernt hatte, und redete mit seiner volltönenden Stimme über sein offensichtliches Lieblingsthema, das

sie ja schon zur Genüge kennengelernt hatte. Sonja war schockiert. Überall hätte sie den fremden Mann vermutet, aber nicht hier. Zu ihrem Erstaunen war der Hörsaal bis zum allerletzten Platz besetzt.
Sonja nahm im Mittelgang auf der obersten Stufe Platz und blickte neugierig um sich. Der Hörsaal war im Stile eines Amphitheaters eingerichtet: Unten stand an einem Pult der Professor, und die Sitze für die Zuhörer stiegen nach hinten hin hoch.
Der Vortrag hatte schon begonnen. Mit klarer Stimme und dem Brustton der Überzeugung sprach der Professor: „Wir Menschen werden immer wieder von Erlebnissen heimgesucht, die uns unvermittelt aus unserer Alltagswelt herausreißen. Wir stehen dann vor der Frage: Verdrängen oder integrieren? Für jene, die sich dafür entschieden haben, Bilder aus ihrem Unterbewußten ins Bewußtsein zu integrieren, ist dieser Vortrag gedacht. Er kann und soll als Anregung benutzt werden, um Traumfetzen oder Träume mit stark sexuell gefärbten Inhalten fest im Bewußtsein zu installieren. So können wir zu der Erkenntnis gelangen, daß wir mehr sind, als bedeutungslose Alltagsmenschen, die so funktionieren, wie man es von uns erwartet. Viele Bilder tragen wir in unserer Seele, viele davon können wir uns kaum eingestehen, denn unsere

überaus engen Moralvorstellungen verbieten das. Diese Moral will uns weismachen: Es ist nicht, was nicht sein darf.
Da Sex leider noch von vielen Menschen heftig tabuisiert wird, läßt sich nur sehr vorsichtig über diese ausgesprochen wichtige menschliche Tätigkeit forschend berichten.
Jeder behauptet, Sex sei unbedingte Privatsache, und legt aus diesem Grund großen Wert auf extreme Geheimhaltung. Dies ist nachvollziehbar. Machen wir uns einmal folgendes klar..."
Sonja fand ihn widerwärtig. Seinen belehrenden Unterton fand sie peinlich. Zu ihrem Erstaunen waren doch viele der Studenten und Studentinnen bereit, aufmerksam zuzuhören. Einige schrieben sogar eifrig die Worte dieses merkwürdigen Herrn Professor Da Silva mit.
„... Obwohl der sexuelle Akt eine hochkomplizierte Sache ist, gibt es keine Schule, Hochschule oder Universität, wo man diesen Prozeß erlernen kann. Dies ist doch unglaublich, oder? Wenn man eine Sprache lernen will, besucht man eine Sprachschule. Um Autofahren zu erlernen, besucht man eine Fahrschule. Für jede Fähigkeit gibt es Schulen und immer gibt es am Ende Diplome, die bescheinigen, daß man die Fähigkeit, die man erlernt hat, auch beherrscht."
Ein Student, der in Sonjas Nähe saß, grinste

sie frech an und sagte: „Hallo, darf ich mich vorstellen? Ich bin Diplomvögler."
Sonja fand die Bemerkung lustig, wollte aber damenhaft bleiben und nicht darauf eingehen. Vielleicht bildete sich der Student dann sonst noch was ein. Angestrengt und konzentriert blickte sie nach vorne.
„Es gibt jedoch keine Schulen, keine Akademien, keine Universitäten, in denen man eine befriedigende und für beide Partner erfolgreiche sexuelle Begegnung erlernen kann. Wir alle wissen, daß man ohne Schule und Training nichts lernt. So gehe ich gerne davon aus, daß niemand den sexuellen Akt befriedigend beherrscht. Oder möchte das jemand von sich behaupten?"
Professor Da Silva blickte provozierend in sein Publikum. Es war still im Raum. Niemand wagte eine Bemerkung. Jede und jeder blickte angestrengt überall hin, nur nicht in die Augen des Professors. Die meisten blickten in ihre Unterlagen und dachten angestrengt nach, was sie da hinein schreiben sollten.
„Nun wird jedem klar, wieso beim Sex ein so großes Interesse an der Geheimhaltung besteht. Nun wird klar, warum Sexualität als unbedingte Privatsache erklärt wird: Wer gibt schon gerne zu, daß er ein Stümper in Sachen Sex ist? Jeder vermeidet das scheinbar so anrüchige Thema Sex, so gut es geht. Sex

ist auf der einen Seite ein sehr empfindliches Thema und kann sehr verletzend wirken. Auf der anderen Seite aber ist es nun mal so: Guter Sex bringt enorme Energie. Also genau das, was wir brauchen, um unser Leben zu meistern: Energie!"
Sonja schoß das Bild durch den Kopf, wie Nils das zugeknotete Kondom auf den Mülleimerrand geworfen hatte. Sie konnte die Behauptung, Sex bringe Energie, nicht bestätigen.
„In einer Zeit, in der die Menschen vor immer neue und immer größere Herausforderungen gestellt werden, ist es für jeden, der Erfolg haben will, wichtig, daß er sein Energieniveau drastisch erhöht. Niemand wird bestreiten, daß ein Mensch mit viel Energie erfolgreicher ist, als einer, der ausgebrannt, müde und ohne Antriebskraft ist."
Sonja sah, wie die meisten im Hörsaal zustimmend nickten. Sie fand, daß manches, was der Professor sagte, vernünftig klang, aber dennoch fragte sie sich, warum er immer wieder unnötige Provokationen beimischte.
„Es gibt viele konventionelle Versuche, dem Menschen, der recht viel Energie verbraucht, schnell wieder Energie zuzuführen: Zuckerprodukte, koffeinhaltige Getränke, nikotinhaltige Tabakwaren, Alkohol oder kräftige proteinhaltige Fleischspeisen. Es ist eine ganze Industrie entstanden, die dem Menschen ver-

spricht, ihm schnell Energie zuzuführen. Jeder, der einmal einen geglückten sexuellen Akt erlebt hat, weiß, wie erfrischend und stärkend Sex sein kann."

Sonja fragte sich, wann und wie oft und mit wem der Fremde wohl Sex habe. Sie mußte sich aber zugestehen, daß sie diese Frage nicht beantworten könnte, da sie definitiv zu wenig über ihn wußte. Sonja bemerkte, daß dieser Mensch da vorne sehr engagiert war. Seine Begeisterung war echt.

„Die Menschen, die Produkte verkaufen wollen, wissen, wie sie die Sehnsucht der Menschen nach gutem Sex in Geld umwandeln können. Sie überschwemmen die Menschheit mit Sexdarstellungen auf allen Ebenen. Da sie um die Attraktivität gelungener Sexualität wissen, nutzen sie diese, um Menschen zu massivem Konsum anzuregen. Sie profitieren von der geheimen Sehnsucht des Menschen nach befriedigender Sexualität, indem sie ihm jede Menge Ersatzstoffe anbieten. Diese soll er dann anstelle eines befreienden Sexualaktes konsumieren."

Sonja wurde wütend. Einerseits fand sie interessant, was Professor Da Silva zu sagen hatte, auf der anderen Seite ging ihr sein Eingreifen ins Alltagsleben tierisch auf die Nerven. Konnte er die Menschen nicht in Ruhe lassen? Der Mensch braucht doch was Inti-

mes, das er nur mit seinem Liebsten teilt.
„Zu all diesen verwirrenden Faktoren kommt noch hinzu, daß das Rollenverständnis zwischen Mann und Frau völlig durcheinandergeraten ist. Mein Vortrag möchte hier eine erste Orientierung zu diesem Thema anbieten. Einen wichtigen Hinweis möchte ich meinem Vortrag noch voranstellen."
Professor Da Silva ließ seinen Blick ruhig durch die Reihen seiner Zuhörer schweifen. Sonja ließ ihr Haupt schnell auf die Knie sinken. Sie wollte nicht erkannt werden.
„Wahrheit ist verletzend, vor allem in Zeiten, in denen die Täuschung und die Lüge das Zepter in der Hand halten. Mit meinem Vortrag möchte ich niemanden sinnlos verletzen. Aber wie der Chirurg um zu heilen schneiden und also schmerzlich eingreifen muß, so muß auch ich hin und wieder schneidend und schmerzhaft eingreifen, um krankhaftes Illusionsgewebe zu entfernen."
Sonja schüttelte den Kopf. Warum konnte das Leben nicht einfach schön sein?
Sie fand den Professor penetrant. Vielleicht hatte er Spaß daran, andere zu quälen. Vielleicht brauchte er das für sein Selbstwertgefühl, daß er andere dauernd zu dummen Trottelgesichtern degradieren mußte, denen er dann seine Erkenntnis als Erleuchtung verkündete. Sonja war sich sicher: Dieser

Herr da vorne glaubte von sich selbst, die Weisheit mit Löffeln gefressen zu haben.
Sie blickte vorsichtig nach vorne und hoffte in diesem Moment, daß er gerade in eine andere Richtung als zu ihr blicken würde.
'Bloß keinen Augenkontakt', dachte sie.
Zu spät!
Der Blick des Professors zuckte auf. Er hatte sie sofort erkannt.
Sonja wurde knallrot und kramte eifrig aus ihrer Handtasche einen Block hervor, legte diesen auf ihre angezogenen und fest geschlossenen Knie, schlug ihn schnell auf und saugte sich mit ihrem Blick an dem unbeschriebenen Block fest.
Lächelnd fuhr der Professor seine Rede fort: „Ich möchte ohne Umschweife zum Wesentlichen kommen: Sex ist eine Form der Kommunikation. Jede sinnvolle Kommunikation erfrischt und jede sinnlose Kommunikation ermüdet. Sex ist eine Kommunikationsform, die höchst lustvoll sein kann und einen hohen Erfrischungs- und Regenerationswert besitzt. Das Wort 'Sex' ist eine große Provokation und als Wort leider noch nicht salonfähig. Eben darum schätze ich dieses Wort, weil es immer wieder einen kleinen Schock auslöst. Schocks sind gut, um aufzuwachen. Genau das bildet einen edlen Charakter: Immer wieder aus den Illusionswelten, in denen wir uns so schnell

verfangen, aufzuwachen. Sex ist eine hohe Kommunikationsform, denn sowohl der Kopf, als auch das Herz und vor allem der Körper sind daran beteiligt. Dies garantiert eine wirkliche Transformation, da sich alle drei Ebenen des Menschen austauschen: Verstand, Körper und Gefühl."

Immer wieder, während er diese provozierenden Worte gesprochen hatte, hatte der Professor Sonjas Blick gesucht. Sonja war das so peinlich, daß sie kaum noch zuhören konnte. Am liebsten wäre sie aufgestanden und gegangen, aber sie schaffte das einfach nicht. Sie hätte dann eine enorme Aufmerksamkeit provoziert. Außerdem hing sie wie alle anderen auch gebannt an seinen Lippen. Es waren noch nicht einmal seine Worte, die sie fesselten, sondern seine Stimme. Seitdem er Sonja erblickt hatte, hatte der Professor seiner Stimme einen sehr weichen und sanften Klang beigemischt.

„Guter Sex erreicht die Gedanken, die Gefühle und die Empfindungen und leitet eine vollständige Verwandlung des Charakters ein. Wir müssen ehrlich zugeben, daß wir selten oder sogar nie alle drei Wahrnehmungsebenen, Verstand, Gefühle und Körper, zur Verwandlung freigeben. Meist wollen wir, daß sich nur unser Körper verändert. Beispielsweise soll er schlanker, schöner, kurzum attraktiver werden. Manchmal wollen wir auch, daß sich unser Geist verändert, wir wollen klüger sein und wollen 'mitreden' können. Selten wollen wir unsere Gefühle verändern, denn sie sind das Herzstück unseres Wesens und aus diesem Grunde halten wir unsere Gefühle gerne vor anderen versteckt. Zwar wollen wir sehr häufig negative und düstere Gefühlszustände verbannen und für immer glücklich sein, aber transformieren wollen wir unsere Gefühle nicht. Hierzu fehlt uns schlicht und einfach das Vertrauen."

Die letzten Sätze hatte der Professor direkt in Richtung Sonja gesagt. Sonja wagte nicht, von ihrem Block, auf dem sie kleine Strichmännchen kritzelte, aufzuschauen.

„Wir wollen niemanden an unsere Gefühle heranlassen. Aber natürlich wollen alle an unsere Gefühle, denn meist treffen wir von hier aus unsere Entscheidungen. Die Werbung, die Politik, die gesamten Verkäufer dieser Welt wollen unsere Gefühle erreichen. Denn hier treffen wir unter anderem auch unsere Konsumentscheidung. Wenn wir uns aber verändern wollen, wenn wir bewußter leben wollen, dann müssen wir vor allem unsere Gefühle ändern."

Sonja fühlte sich unbehaglich. Noch nie in ihrem ganzen Leben war sie bei einem Menschen so extrem hin und her geschwankt zwi-

schen Abscheu und Anziehung.
Sonja fragte sich, wieso der Professor davon ausging, daß sich immer alle verändern wollten. Sie fühlte sich jedenfalls davon nicht angesprochen. Im Grunde war sie doch zufrieden mit sich. Sie wollte sich nicht verändern.
Der Professor hielt inne und die Studenten hielten inne. Der Professor wollte ihnen Zeit geben, um das eben Gehörte zu verdauen.
Gerade als Sonja dachte, daß sie mit sich und ihrem Leben zufrieden sei, da sah sie vor ihrem geistigen Auge wieder das zugeknotete Kondom auf dem Rande des Mülleimers.
Nach einer Weile der Stille fuhr Professor Da Silva fort: „Sex ist höchste Kommunikation und damit allen künstlichen Rauschzuständen überlegen. Das wirklich Schöne an Sex ist, daß er mindestens zwei Menschen in intensiver Kommunikation verbindet. Rauschzustände kann man immer nur alleine erleben. Natürlich kann man gemeinsam Alkohol trinken oder auch gemeinsam Drogen nehmen."
Sonja bemerkte, wie viele Studenten aufblickten. Nun waren sie getroffen worden. Plötzlich erschienen ihnen ihre Rauschzustände, die sie allabendlich, vor allem aber am Wochenende suchten, als Flucht vor wirklicher Kommunikation. Sonja bemerkte, daß es dem Professor gelungen war, einige der Studenten wirklich zu erreichen.

„Jeder Rausch wird immer einsam erlebt. Im Rausch dreht sich alles um einen selbst. Im geistigen wie im körperlichen Sinne. Wer sturzbesoffen ist, kann das bestätigen: Es dreht sich alles um ihn. In dem Sinne, daß er im absoluten Mittelpunkt steht und die ganze Welt sich um ihn dreht. Auch im physischen Sinne. Dem Betrunkenen wird so schwindlig, daß sich alles um ihn dreht, bis er stürzt. Anders beim Sex. Hier spielen Aktion und Reaktion wunderbar zusammen, was zu neuen gemeinsamen Bewußtseinszuständen führt, die eine große und vor allem gemeinsame Transformation ermöglichen."

Der Professor machte eine Pause und ging dann drei, vier Stufen des Mittelganges auf Sonja zu. Kurz vor Sonja blieb er stehen.

Sonja konnte in diesem Moment nicht anders: Sie blickte auf zu ihm.

Er lächelte sie an. Seine Augen blitzten.

Sonja hatte plötzlich das Gefühl, er sei ein Jäger und sie sein Opfer.

Schatten auf der Seele

Der Professor drehte Sonja den Rücken zu und schritt langsam die Stufen wieder zurück zu seinem Pult. Währendessen aber sprach er weiter: „Um seine Talente zu leben und erfolgreich zu vermitteln, ist eine große Menge Energie nötig. Jeder bemerkt: An dieser Stelle erscheint deutlich der Zusammenhang zwischen Sex und Erfolg. Gelungener Sex liefert genau jene Menge Energie, die für ein erfolgreiches Leben notwendig ist."
Sonja legte die Beine übereinander und blickte wieder angestrengt auf ihren Block.
Der Professor suchte den Blickkontakt zu Sonja. Die aber schielte verzweifelt auf ihren Block, um seinem Blick auszuweichen.
Sonja begann langsam innerlich abzuschalten. Sie konnte und wollte nicht mehr folgen. Vieles, was für den Professor glasklar war, war ihr nicht klar. Sie hatte nicht die Kraft, sich so gegen die Gesellschaft zu stellen, wie der Professor es tat.
Dieser sprach weiter: „Die ganze Welt befindet sich zur Zeit in einem nie dagewesenen Konsumrausch. Anstelle von Kommunikation

sind Kontaktarmut und Konsum getreten. Anstelle von 'Sein' regiert das 'Haben'. Jeder Mensch will, koste es, was es wolle, noch viel mehr haben, als er vernünftig und verantwortungsvoll verwalten kann."
Der Professor hielt inne.
Es war ihm mit einem Mal so, als ob er sich selbst bremsen müßte. Er atmete mehrmals tief durch. Etwas ruhiger fuhr er dann fort: „Mir ist an dieser Stelle nicht nach breit angelegter Gesellschaftskritik, sondern ich möchte mein Thema 'Sex und Erfolg' im Auge behalten. Wie schon angedeutet, schieben sich eine Menge Firmen und deren zweifelhafte Produkte zwischen die natürliche Anziehung zwischen Mann und Frau. Die Firmen wollen ihren Profit machen, indem sie die natürliche Anziehung zwischen Mann und Frau mehr oder weniger geschickt in eine künstliche umwandeln. Wenn ihnen das gelungen ist, dann werden Mann und Frau immer mehr ihr Glück im Konsum sehen. Die Firmenbosse reiben sich dann die Hände, denn jetzt können sie Gewinn machen. Schauen wir uns nur an, was Frauen ausgeben, um schön und verführerisch zu erscheinen. Haarpflege, Parfüms, Perücken, Botox spritzen, Falten Lifting, Ohrringe, Brillen, Schmuck, Uhr, Kleidung, sexy Unterwäsche, Röcke, Hosen, Schuhe, Mäntel, vor allem aber

Silikon, also aufgemotzte Brüste, fettabgesaugte Hüften und endlose Cremes für die oder besser gegen die so sehr gefürchtete Orangenhaut..."

Eine aufgebrachte Studentin wagte einen Zwischenruf: „Und was ist mit den Männern?"

Der Professor lachte und fuhr fort: „Bei den Männern kommt es noch dicker: Autos, Autos, Autos, Handy, Schmuck, Uhren, Körperpflege, Parfüms und modische Kleidung, potenzsteigernde Mittel, Drogen, Alkohol..."

Der Professor hielt hier inne und atmete tief durch. Er fand, er hatte sich zu sehr in Rage geredet. Also fuhr er etwas beruhigt fort: „Gelungener Sex braucht von all diesen Mitteln nichts. Hier ist einfach nur natürliche Offenheit zwischen Mann und Frau notwendig und sonst nichts."

Sonja fand den Blick, den er ihr in diesem Moment zuwarf, absolut überflüssig.

In diesem Moment fiel Sonjas immer noch unbeschriebener Block geräuschvoll von ihren Knien auf den Boden. Alle blickten auf sie. Ihr Kopf erblühte tomatengleich auf ihrem Hals. Auch der Professor blickte sie an und rieb sich mit seinem Zeigefinger über die Lippen. Da sah Sonja wieder die goldene Schlange an seinem Mittelfinger blitzen.

Es schien Sonja für einen Moment so, als ob der Professor den Faden verloren habe. Er blätterte in seinen Unterlagen, orientierte sich kurz, räusperte sich heftig und fuhr dann fort: „Der mächtigste Störfaktor für gelungenen Sex ist ein Phänomen, das ich Schatten auf der Seele nenne. Diese Schatten verunmöglichen natürlichen und befriedigenden Sex ebenso, wie sie eine freie und offene Kommunikation verhindern."

Sonja erschrak. Sie hatte auf einmal das Gefühl, er spreche jetzt nur für sie. Oft hatte sie das Gefühl, Schatten auf ihrer Seele zu haben. Sie mußte sich eingestehen, daß sich auf ihre Lebensfreude trotz ihres jugendlichen Alters dunkle Schatten gelegt hatten.

Aufmerksam hörte sie Professor Da Silva weiter zu: „Diese Schatten haben ihre Ursache in frühkindlichen und pubertären Erlebnissen, die so einschneidend waren, daß sie nicht ohne weiteres verarbeitet und in den eigenen Erlebnisschatz eingefügt werden können. Menschen, die an frühere Inkarnationen glauben, können für diese Schatten durchaus schuldhafte Aktionen aus früheren Leben verantwortlich machen. Wer sich seinen Schatten annähern will, sieht sich konfrontiert mit einer unbändigen Angst, die ihn von diesem Vorhaben abbringen will."

Der Professor hielt inne. Nachdem er tief durchgeatmet hatte, fuhr er fort: „Wir sehen, es ist keine leichte Aufgabe, diese Schatten der Schuld auf unserer Seele aufzulösen. Nirgends in der Gesellschaft erhalten wir Hilfe, uns selbst zu entschulden. So ist es uns heute nahezu unmöglich geworden, uns wieder in jene Unschuld zu begeben, die unser natürliches Geburtsrecht ist."

Sonja war sehr berührt. Seitdem er das mit dem Schatten auf der Seele gesagt hatte, fühlte sie sich mächtig zu ihm hingezogen. Eine tiefe Sehnsucht nach einem weisen, starken und schönen Vater berührte ihr Herz.

Sonja blickte sich um. Es war still im Hörsaal geworden. Nur das Kratzen einiger Stifte war zu hören. Viele schrieben wie getrieben mit.

Der Professor fuhr fort: „Wenn wir ehrlich sind, müssen wir zugeben, daß wir die vielen kleinen Alltagssünden dazu benutzen, um die Wirklichkeit nicht so ungebremst zu erleben, wie sie ist. Zu den kleinen Sünden zähle ich Alkohol in allen Formen, Kaffee, schwarzen Tee, Zucker und Tabakwaren. Viele verspüren jetzt den spontanen Impuls, diese Situation und vor allem mich aus ihrem Leben zu verdrängen, da niemand gerne hört, daß seine liebe Angewohnheit eigentlich eine Sucht ist. Sucht nenne ich das, was wir aus eigenem Willen nicht mehr abstellen können. Warum diese Strenge, die mir viele Zuhörer verprellt? Man erinnere sich, daß ich entschieden darauf hinwies, daß Kommunikation der Schlüssel

ist. Eine gelungene Kommunikation wie beispielsweise gelungener Sex setzt voraus, daß die Partner absolut nüchtern sind. Erst dann, bei absoluter Nüchternheit, ist eine lustvolle Verschmelzung möglich. Drogen sind prinzipiell in all ihren Schattierungen nur notwendig, um die Einsamkeit, in die man sich geflüchtet hat, aushalten zu können. Zu einer anspruchsvollen Kommunikation sind Drogen nur hinderlich, da sie ja den natürlichen, ehrlichen Zugang zum anderen versperren. Wie viele Pläne sind unter Kaffeegenuß gemacht worden, wie viele Strategien unter Alkoholeinfluß entwickelt worden, um später alle nicht umgesetzt zu werden... Wir sehen, diese Alltagsdrogen haben die Aufgabe, Kommunikation vorzutäuschen, oder anders gesagt: Wirkliche Kommunikation zu verhindern!
Doch verlassen wir diese Welt der alltäglichen Illusionen, um zu unserer erfolgreichen Kommunikation zurückzukehren. Gelungener Sex und ebensolche Kommunikation verwandelt alle, die sich für Sex und Kommunikation öffnen. Wenn wir Sex als Kommunikation verstehen, wachsen wir. Und was wollen wir mehr, als immer weiter wachsen? Natürlich meine ich Wachstum des Bewußtseins. Das nenne ich nicht enden wollenden Erfolg: Wenn ein Mensch immer weiter wächst."
Der Professor hatte gegen Ende hin immer

schneller gesprochen. Er ahnte, daß das Fassungsvermögen der Studenten erschöpft war. Mit einer leichten Verbeugung setzte er den Schlußpunkt: „Genug für heute."
Er erweckte dadurch den Eindruck, als ob diese Vorlesung eine Fortsetzung hätte.
Er fuhr fort: „Ich hoffe zutiefst, in dem einen oder der anderen etwas bewegt zu haben. Einen schönen Tag noch. Auf Wiedersehen."
Nun entstand mit einem Mal der Eindruck, daß es keine Fortsetzung mehr gebe.
Beifall brandete auf. Sonja fragte sich, wie viele der Studenten wirklich betroffen waren und wie viele lediglich deswegen klatschten, weil dieser Vortrag endlich vorbei war.
Eine junge blonde Studentin, deren Frisur Sonja gefiel, meldete sich und rief in den verebbenden Applaus hinein: „Herr Professor, Sie haben mit enormer Schärfe die herrschende Gesellschaft kritisiert. Haben Sie ein Gegenkonzept? Einfach gefragt: Was sollen wir Ihrer Meinung nach tun?"
Dankbar nahm der Professor diese Frage auf. Mit klarer Stimme antwortete er in die Stille hinein, die nun wieder im Hörsaal entstanden war: „Diese Frage mußte kommen und sie trifft mich natürlich nicht unvorbereitet. Es existiert eine aktiv arbeitende Liebesschule unter meiner Führung. Wer sich dafür wirklich interessiert, kommt jetzt bitte gleich nach

diesem Vortrag in den Seminarraum 606."
Sonja erhob sich gemeinsam mit den vielen Studenten, die bereits ungeduldig aus dem Hörsaal hinausdrängten.
Sie machte sich auf den Weg. Sie hatte genug von den theoretischen Ausführungen über Sexualität. Sie wollte nur noch hinaus an die frische Luft. Auf keinen Fall wollte sie dem Professor in die Arme laufen, und von der Liebesschule unter seiner Führung wollte sie nichts, aber auch absolut gar nichts wissen.

Die Liebesschule wird vorgestellt

Als Sonja gemeinsam mit all den Studentinnen und Studenten aus dem Hörsaal hinausdrängte, bemerkte sie, daß sie dringend zur Toilette mußte. Also verließ sie den Schwarm der zum Ausgang des Gebäudes eilenden Zuhörerschaft und lief auf gut Glück los. Mit immer schneller werdenden Schritten lief sie durch die Gänge der großen Uni und atmete erleichtert auf: Schon nach einigen Abzweigungen hatte sie die Toiletten gefunden.

Kaum hatte sie sich entspannt, da dachte sie an den Professor, an seine tiefe sanfte Stimme, und plötzlich und heftig keimte in ihr die Angst auf, daß er auf irgendeine Art und Weise Macht über sie bekommen könnte, die er dann womöglich mißbrauchen würde.

Sie mußte sofort raus aus der Universität!

Sonja eilte hinaus auf den Gang, aber hatte vergessen, von welcher Seite sie gekommen war. Sie wußte nicht, ob sie in die linke Richtung oder in die rechte gehen sollte.

Sie entschied sich für rechts und bemerkte erst, nachdem sie sich vollständig verlaufen hatte, daß dies falsch gewesen war. Nun irrte

sie völlig orientierungslos umher. Viele Gedanken gingen ihr nach dem eben gehörten Vortrag durch den Kopf und sie konnte sich einfach nicht auf den Weg konzentrieren. Alle Gänge, alle Türen sahen gleich aus und gaben ihr keinerlei Orientierung.
'Wie Rotkäppchen, das durch den Wald läuft', dachte Sonja gerade, als sich eine Tür öffnete. Sonja konnte einen Überraschungsschrei kaum unterdrücken und sie dachte: 'Da steht ja der Wolf höchstpersönlich vor mir!'
Die Augen des Professors blitzten, als er mit gefährlich tiefer Stimme sprach: „Wieder einmal wie so oft in Ihrem jungen Leben haben Sie sich scheinbar verlaufen."
Er machte eine Pause und da Sonja nicht antwortete, weil ihr absolut nichts einfiel, fuhr der Professor fort: „Soll ich Ihnen den Weg nach draußen zeigen oder darf ich Sie in meinen Seminarraum einladen?!"
Sonja blickte ihn ratlos an. Wozu wollte er sie in den Seminarraum einladen? Sie hatte an seiner Liebesschule absolut kein Interesse. Seit seinem Vortrag war ihr Mißtrauen ihm gegenüber wieder angewachsen. Sie wußte nicht warum, aber sie vertraute ihm nicht. Eine innere Stimme sagte ihr, daß sie diesem merkwürdigen Mann auf keinen Fall ihren Namen verraten dürfe. Sie schwor sich aufzupassen und also hämmerte sie sich ein: 'Er

darf auf keinen Fall meinen Namen erfahren.'
Instinktiv wußte sie, daß wenn er ihren Namen wüßte, er Macht über sie bekäme.
Da kam auch schon seine Frage: „Nun haben wir uns schon so oft getroffen und ich weiß immer noch nicht, wie Sie heißen. Darf ich Sie nach Ihrem Namen fragen?"
Sonja war sich sehr bewußt, wie bescheuert sie in diesem Moment aussehen mußte. Sie stand da mit rotem Kopf und mit krampfhaft aufeinandergepreßten Lippen und schüttelte den Kopf. Nein, er würde ihren Namen nie erfahren. Nie und nimmer!
„Sonja, was machst du denn hier?!"
Sonja drehte sich entsetzt um.
„Henning!", rief sie erstaunt und verfluchte seine vorlaute Anwesenheit.
Henning war ein Freund von Nils und aus Sonjas Blickwinkel kaum bemerkenswert. Wenn er keine Brille aufhatte, schielte er.
Im Moment hatte er keine Brille auf. Also wiederholte er schielend seine Frage: „Sonja, was machst du denn hier in der Uni?!"
Da ergriff der Professor sehr charmant das Wort und sagte zu Henning: „Sonja ist Teilnehmerin in meinem Einführungsseminar."
Ohne weiter auf Henning einzugehen, der noch mehr schielte als gewöhnlich, sprach der Professor: „Kommen Sie, Soonija, die Pause ist bereits zu Ende und wir können die

anderen nicht mehr länger warten lassen."
Neugierig wollte Henning gerne sehen, wer alles in dem Seminarraum war, aber zum einen schielte er zu stark, um gut zu sehen, und zum anderen drängte ihn der Professor unauffällig zur Seite ab.
Professor Da Silva öffnete die Tür und führte Sonja sanft hinein. Sonja fühlte sich von ihm völlig vereinnahmt. Nun wußte er ihren Namen und nicht nur das. Er kannte auch den geheimen Klang ihres Namens. Denn noch nie hatte Sonja ihren Namen so wunderschön ausgesprochen gehört. „Soonija", hatte er gesagt und es hatte wie der Anfang eines Liebesgedichtes geklungen.
Als er sie zur Tür geführt hatte, hatte der Professor fürsorglich seine Hand auf ihren Rücken gelegt. Sonja spürte, daß von seiner Hand Blitze zuckten, auf die Donnerschläge der Lust folgten, die sich wohlig in ihrem Körper ausbreiteten.
Kaum hatte sie in dieses Wohlgefühl hineingespürt, da ereilte sie ein Schock: Der Seminarraum 606, in den sie der Professor geführt hatte, war voller Frauen. Nicht ein einziger Mann war zu sehen. So ungefähr dreißig Frauen hatten auf den Stühlen Platz genommen. Sie alle wollten mehr über die Liebesschule wissen, aber Sonja bemerkte auch bei ihnen allen eine gewisse Enttäuschung, daß sich

ganz offensichtlich keine Männer für die Liebesschule interessierten.
Sonja erwog, ob sie nicht gleich wieder rausgehen sollte, aber die Vorstellung, dem schielenden Henning gegenüberzutreten, der sie über ihre Beziehung zu Nils ausfragen würde, verleitete sie dazu, doch lieber noch eine kurze Weile im Raum zu bleiben. Hier war sie zumindest vor Henning sicher.
„Darf ich vorstellen", sagte der Professor, und Sonja schien es, als strahlte er wie ein Angler, der einen dicken Fisch an der Angel hat. Alle Frauen drehten sich Sonja zu und musterten sie kritisch.
„Die Königin der Liebe", sagte der Professor. Ob er es ernsthaft meinte oder eher scherzhaft, konnte Sonja nicht heraushören.
Lächelnd fuhr er fort: „Zwar ist es ihr im Moment noch nicht bewußt, aber sie ist jung und hat noch viel Zeit zu entdecken, daß sie tief in ihrem Innern eine Königin ist."
Mit diesen Worten ließ er Sonja stehen, die nun ziemlich eifersüchtigen Blicken ausgesetzt war. Sie setzte sich auf den nächstbesten Platz am seitlichen Ende einer Bankreihe. Bald schon bemerkte Sonja, wie die Frauen das Interesse an ihr verloren und nach vorne zum Professor blickten.
Sonja fühlte sich unwohl und dachte: 'Sobald dieser Fremde auftaucht, geraten mei-

ne Gefühle in eine völlige Unordnung. Was soll dieser Blödsinn, wieso stellt er mich als Königin der Liebe vor? Wenn er glaubt, er könne mit mir spielen oder mich verarschen, dann täuscht er sich gewaltig.'
Der Professor hatte auf einem Stuhl Platz genommen. Er bereitete sich offensichtlich gedanklich auf sein Thema vor.
Diese Pause nutzte Sonja, um im Raum herumzuschauen. Sonja blickte auf die Frauen, die sich nach seiner Rede im Hörsaal über seine Liebesschule informieren wollten. Die meisten der Anwesenden waren offensichtlich Studentinnen der höheren Semester.
Als er dann anfing zu sprechen, war seine Stimme weich und dennoch klar: „Wir sind zusammengekommen, um über die Liebesschule zu sprechen. Gleich möchte ich mit der größten Schwierigkeit beginnen: Wir alle haben enorme Probleme uns einzugestehen, daß man Liebe lernen muß."
Es wurde sehr still im Raum.
Sonja erschrak. Die deutlichen Worte des Professors ließen ihren Widerstand wieder aufkeimen. Das Ganze wurde ihr nun doch wieder ziemlich peinlich. Doch nun konnte sie nicht weiter darüber nachdenken, denn der Professor fuhr fort: „Kann man Liebe lernen?
Wenn ja, gibt es eine Schule?
Wenn nein, wo ist sie?

Mit dieser scherzhaften Frage möchte ich gleich zur Funktionsweise der Liebesschule vorstoßen. Die wichtigste Übung in der Liebesschule ist die Körpermeditation."
Der Professor wollte weiter fortfahren, aber die Studentinnen sprachen durcheinander: „Was ist das? Was ist eine Körpermeditation?"
Der Professor machte mit seinen feingliedrigen Händen beruhigende Gesten und fuhr dann fort: „Bevor wir uns näher mit der Körpermeditation befassen wollen, beginnen wir mit dem ersten Schritt: Die Tanzmeditation. Bevor wir mit jeglicher Form der inneren Arbeit an uns selbst beginnen, müssen wir uns unseres Körpers bewußt werden. Körperbewußtsein entsteht beim Tanzen, außerdem ist Tanzen ein Urbedürfnis des Menschen, und aus diesem Grund tanzen wir jetzt."
Sonja bemerkte ungläubige Gesichter überall. Tanzen? Hier in den Hallen der Universität?
Der Professor war zu einer kleinen Musikanlage geschritten und kramte aus seiner Jakkentasche eine CD aus einer Papierhülle hervor und legte sie ein. Er zeigte auf die Fläche zwischen Pult und der ersten Stuhlreihe und sprach: „Dies ist unsere Tanzfläche. Jeder gesunde Mensch hat Lust auf Bewegung. Ohne Beschränkung können wir uns dieser ureigenen Lust jetzt hingeben!"
Auf diese einladenden Worte erhoben sich alle

und traten nach vorne auf die freie Fläche. Der Professor fuhr erläuternd fort: „Jede von Ihnen hat die Aufgabe, auf die Musik, die gleich ertönen wird, tänzerisch etwas darzustellen. An dieser Stelle möchte ich darauf hinweisen, daß das, was wir hier in diesem Rahmen machen können, nur eine allerkleinste Kostprobe ist. Aber trotzdem: Die Idee der Liebesschule ist hier bereits enthalten."

Wie es Sonja schien, waren nahezu alle Frauen begeistert sich bewegen zu dürfen, denn zu lange hatten sie auf den harten und ungemütlichen Stühlen herumgesessen.

Sonja bemerkte, mit welcher Freude nahezu alle Frauen jetzt auf die einsetzende Musik tanzten und versuchten, die Anweisungen des Professors so gut wie möglich tänzerisch umzusetzen. Zuerst sollten sie wie Engel tanzen, dann wie Teufel, dann wie Hexen und wie Clowns und zum Abschluß wie Königinnen.

Die Stimmung stieg mächtig an und mehrmals blickte der Professor nervös zur Tür, ob dort jemand hereinkäme, der sich durch die Musik und die Geräusche der Tanzenden gestört fühlte. Es kam niemand.

Die Damen hatten sich nach der Tanzmeditation wieder auf ihre Plätze gesetzt.

Alle befanden sich in einer wahren Hochstimmung. Mit roten Wangen und begeistert gewählten Worten erzählten sie sich gegensei-

tig, bei welcher Figur, die sie getanzt hatten, sie sich wohl und sicher gefühlt hatten und bei welcher Figur sie offensichtliche Probleme mit der Umsetzung gehabt hatten.
Mit dem Ausdruck tiefer Begeisterung in seinem Gesicht und mit sehr entspannter Körperhaltung setzte sich der Professor wieder auf seinen Stuhl.
Sonja mußte zugeben, daß sie sich schon lange nicht mehr so wohl und entspannt gefühlt hatte wie während der Tanzmeditation. Auch war sie als Hexe und Clown den anderen Frauen nahe gekommen und das hatte viel Spannung, die vorher zwischen ihr und den anderen Frauen geherrscht hatte, abgebaut.
„Dies ist Anfang jeder Übung und sollte auch überall auf der Welt der Anfang von allen Prozessen sein: Bewegung! Den Körper in Bewegung bringen, den Geist in Bewegung bringen und die Gefühle in Bewegung bringen sollte im Zentrum aller Projekte dieser Welt stehen. Wenn dies so wäre, dann sähe die Welt heute anders aus."
Sonja sah, wie alle Anwesenden zustimmend nickten und so dem Professor die Richtigkeit seiner Worte bestätigten. Sie spürten selbst, wie erfrischend diese Tanzmeditation auf sie gewirkt hatte. Sie fühlten sich warm und gut durchblutet. Sie fühlte sich bei sich.
Der Professor fuhr fort: „Nur in Bewegung

findet man den Weg zu sich selbst!", und er fuhr fort: „Nun, nachdem wir den ersten Schritt kennengelernt haben, wollen wir den wichtigen zweiten Schritt folgen lassen: Die Körpermeditation."
Wieder entstand Unruhe. Sonja dachte, daß vielleicht einige vermuteten, daß sich hinter diesem Wort Unmoralisches verberge.
Wieder machte der Professor beruhigende Gesten. Jetzt erst fiel Sonja wieder die blitzende goldene Schlange am Mittelfinger seiner rechten Hand auf.
„Die Körpermeditation ist eine von mir entwickelte sanfte Meditationsform, die aus der Idee heraus entstanden ist, innere Bilder in einer vertrauensvollen Atmosphäre aufsteigen zu lassen, um sie zu bearbeiten. Die Körpermeditation führt den Menschen in die verborgene Bilderwelt seiner Seele."
Mit ruhiger und klarer Stimme fügte der Professor seinen Ausführungen hinzu: „Die Körpermeditation wird immer zu zweit und meistens gegengeschlechtlich durchgeführt."
„Was heißt gegengeschlechtlich?", fragte eine Studentin, die einen Hintersinn vermutete.
Geduldig antwortete der Professor: „Bei der Körpermeditation gibt es einen aktiven Part, wir nennen ihn Trainer, und einen passiven Part, wir nennen ihn Klienten. Der Trainer berührt, der Klient wird berührt und aktiviert

Bilder. Gegengeschlechtlich meint: Entweder ist der Trainer ein Mann, dann ist die Klientin eine Frau oder umgekehrt: Die Trainerin ist eine Frau und der Klient ein Mann."

Der Professor nickte einer Studentin zu, die durch Handzeichen zu verstehen gegeben hatte, daß sie eine weitere Frage hatte.

Sonja sah dem Professor an, daß er all diese Fragen unwesentlich fand, denn trotz seiner Anstrengung gelang es ihm nicht, seine Langeweile vollständig zu verbergen.

Die fragende Studentin war schüchtern und deswegen formulierte sie sehr umständlich: „Die Berührungen während der äh... Körper... äh... mediation..."

„Meditation", verbesserte der Professor sie.

„Ja, Meditation! Also, ich meine, wie weit darf eine Berührung denn gehen, darf... äh... überall... berührt... werden... oder gibt es da irgendwie Grenzen?"

Sonja sah dem Professor an, daß er die Frage überflüssig fand.

Aber er antwortete korrekt und ohne Provokation: „Natürlich sind bestimmte Zonen von der Berührung ausgeschlossen. Während der Körpermeditation trägt die Klientin oder der Klient einen Seidenanzug, ebenso wie der Trainer oder die Trainerin."

Der Professor nickte der nächsten Fragestellerin freundlich zu. Diese war eine Studentin

höheren Semesters und hatte einen verhärmten Gesichtsausdruck.
Für Sonja war es faszinierend zu beobachten, wie schnell der Professor ahnte, daß diese Studentin einen Angriff auf ihn plante.
Instinktiv machte er einen Schritt nach hinten und kreuzte seine Arme vor der Brust. Und wirklich, mit krähender Stimme griff die Fragerin an: „In welchem Fach sind Sie eigentlich Professor?“
Gut auf den Angriff vorbereitet antwortete der Professor schelmisch lächelnd und provozierend: „Ich bin Orgasmusforscher!“
Niemand lachte.
Sonja war sehr gespannt, wie der Professor nun aus dieser für ihn schwierigen Situation herauskommen würde.
Unbeirrt fuhr er fort: „Meine Doktorarbeit lautet: 'Der weibliche Orgasmus - Vom Einmalerlebnis zur Serie'. Meine Habilitationsschrift lautet: 'Der Superorgasmus - Eine Studie zur Wiederentdeckung wirklicher Freude'.“
Nun blickte er die Fragerin provozierend an und sagte scheinbar sachlich: „Ich kann Ihnen gerne einige Exemplare zuschicken.“
„Das ist unfair!“, rief die Studentin empört und sagte mit aufgeregter Stimme: „Ich stelle Ihnen eine vernünftige Frage und Sie antworten albern. Ich finde das unmöglich.“
Der Professor blieb ruhig: „Wenn Sie diese

Situation hier unmöglich finden, warum setzen Sie sich ihr dann aus?"
Die Studentin verstand ihn sofort und rief dann noch empörter: „Wollen Sie mich etwa rausschmeißen?"
Schnell und scharf antwortete er: „Ich kann Sie nicht rausschmeißen aus etwas, in dem Sie nie drin waren."
„Also, ich finde das unmöglich!", sprach die Studentin, während sie bereits ihre Sachen packte und dann demonstrativ laut aufstampfend den Raum verließ.

Körpermeditation und Seelengeschichten

„Die Körpermeditation", fuhr der Professor unbeeindruckt von der Störung fort, „eignet sich besonders für Menschen, die sich immer tiefer kennenlernen wollen. Ziel einer Körpermeditation ist es, Bilder und Gefühlsimpulse, die in bestimmten Körper- und Muskelpartien ruhen, ins Bewußtsein zu rufen. Wenn sie dann im Bewußtsein sind, werden sie zu Geschichten geformt und später dann als befreiendes und erlösendes Theaterstück gespielt und natürlich auch vor interessiertem Publikum aufgeführt."

Das mit dem Spiel war ein neuer Aspekt, der Sonja besonders interessierte. Aufmerksam hörte sie den weiteren Ausführungen des Professors zu, der mit wachsender Begeisterung sprach: „Das Heiligste in der Liebesschule ist das Spiel. Alle Konflikte und Seelenschatten, ja, sogar Krankheiten können durch das Spiel auf der Bühne und von dort aus durch das Spiel im Leben erlöst werden."

Sonja nickte. Irgendwie stimmte sie an diesem Punkt dem merkwürdigen Professor uneingeschränkt zu. Sie hatte in ihrer Schulzeit

viel Theater gespielt und hatte es unheimlich genossen, sich selbst in vielen verschiedenen Rollen auszuprobieren.
Der Professor fuhr fort: „Die Körpermeditation hat eine zutiefst heilende Wirkung. Sie hat den Sinn, die eigenen Seelengeschichten immer weiter sichtbar zu machen. Aus diesem Grunde bietet die Körpermeditation die Möglichkeit, die spontanen inneren Bilder, die einem bei der Arbeit mit sich selbst immer wieder ins Bewußtsein schießen, zu sammeln, zu ordnen und zu einer Seelengeschichte zu verbinden. Um diese Seelengeschichte aber wirklich zu erfassen, sollte sie immer wieder sehr körperbetont gespielt werden, um sich ihrer Wirklichkeit zu vergewissern."
Der Professor spürte, daß Sonja sich dem, was er erläuterte, immer weiter öffnete, und erfreut erklärte er weiter: „Das Zentrum der Körpermeditation bildet die Phase der Berührung. Es ist wichtig, sowohl für die Trainerin, als auch für den Klienten, in die Berührung hineinzuatmen. So gelingt es dem Klienten, die Energie, die von der Trainerin übertragen wird, ganz aufzunehmen und zu nutzen. Alle Bilder, Gedanken und Gefühle, sollten sie auch noch so banal erscheinen, sollten unbedingt mitgeteilt werden."
Sonja hörte dem Professor gebannt zu. Sie war neugierig geworden und überlegte, ob

sie eine solche Körpermeditation einmal erleben wollte. Dann dachte sie weiter, ob die Geschichte, die sie aufgeschrieben hatte und „Die Liebespyramide“ genannt hatte, auch eine Seelengeschichte gewesen war. Sie erinnerte sich daran, daß es ihr vorgekommen war, als ob ihr diese Geschichte diktiert wurde. War das ihre Seele gewesen?
Der Professor sprach weiter: „Im Zusammenhang mit der Körpermeditation muß ich Sie auf etwas Wichtiges hinweisen: Es ist von enormer Bedeutung, immer die Wahrheit zu sagen. Viele von Ihnen haben Angst und verstecken sich, sagen nicht, was sie denken und fühlen. Sie haben Angst, in einem schlechten Licht dazustehen, Angst, etwas von sich preiszugeben, was andere unangenehm berühren könnte. Sie wollen ihre Fehler, ihre Schuld verstecken und sich und anderen etwas vormachen. Einige haben sich schon so verstellt, daß sie selbst nicht mehr merken, daß sie sich verstellen.“
Also, das war ja wohl übertrieben, meinte Sonja. Natürlich kam es vor, daß sie hie und da die Wahrheit verschwieg oder kleine Notlügen erfand, aber daß sie selbst nicht mehr bemerkte, wenn sie log, konnte Sonja sich beim besten Willen nicht vorstellen.
Der Professor fuhr fort: „Wer Angst hat und sich verstellt, kann nicht lieben. Die Angst

ist der Gegenspieler der Liebe. Deshalb ist es ein Gesetz der Liebesschule, während, vor und nach den Körpermeditationen immer unbedingt die volle Wahrheit zu sagen, gleichgültig wie schmerzhaft diese auch sein möge."
Plötzlich befielen Sonja Zweifel, wo das alles hinführen sollte. Die Liebesschule schien ja nicht gerade ein Vergnügen zu sein.
Da sprach der Professor: „Der Lohn aber wird sein, daß Sie Schritt für Schritt die Angst überwinden werden. Wenn wir lügen, wird jeder Mensch zum Feind, denn im Grunde weiß er ja, daß wir lügen, und könnte jederzeit die Lüge aufdecken. Die Schüler und Schülerinnen der Liebesschule sollten ihre Wahrheit nicht nur sagen, sondern auch leben. Dann werden Sie beginnen zu strahlen. Sie werden Vorbilder werden für andere Menschen. Die Menschen wollen nicht belehrt, nicht beraten werden, sie wollen Vorbilder haben, an denen sie sich orientieren können. Wer die Wahrheit sagt und lebt, wird leuchten. Andere werden fragen: Warum strahlt dieser Mensch so? Und sie werden begreifen: Weil er die Wahrheit sagt."
Sonja runzelte die Stirn. Sie fühlte sich wie bei einer Predigt in der Kirche.
Da meldete sich eine Studentin. Sonja fielen gleich ihre strahlenden dunkelbraunen Augen auf, die wach den Professor anblickten. Der Professor nickte ihr auffordernd zu, was

bedeutete, daß sie ihre Frage stellen könnte. Die junge Frau sprach mit leiser Stimme: „Wie steht es mit der Eifersucht?"
Die Stimme des Professors war klar, als er sprach: „Es ist eine große Aufgabe für jeden Menschen, die Eifersucht zu überwinden. Dies ist sehr schwierig, aber es ist durchaus möglich, die Eifersucht zu besiegen. Eifersucht weist den Weg. Wir sind eifersüchtig, wenn wir bei einem anderen Menschen eine Eigenschaft entdecken, die wir selbst gerne hätten, aber zu faul sind, sie uns zu erarbeiten."
Sonja wurde unruhig. Was hatte sie mit dem Ganzen hier zu tun? Was sollte das alles? Irgendetwas zog sie an und irgendetwas stieß sie ab. Sie wurde müde.
Der Professor sprach weiter: „Wir kommen nun zum dritten Schritt in der Liebesschule: Die Inszenierung der Seelengeschichten. Das sind Theaterstücke, die..."
Weiter kam er nicht.
Sonja war es ganz recht, daß der Professor unterbrochen wurde. Eine hübsche Mittzwanzigerin war aufgesprungen: „Nun habe ich aber eine Frage!" Da bemerkte sie, daß sie ihn recht unfreundlich unterbrochen hatte, und also fragte sie freundlich: „Ist es mir erlaubt, Sie spontan zu unterbrechen, um eine Frage zu stellen?"
„Nur zu!", antwortete der Professor, der dann

lächelte und sagte: „Außerdem haben Sie mich ja schon unterbrochen."
Die Studentin fuhr fort. Sie war aufgeregt, als sie fragte: „Also, in Ihrer sogenannten Liebeschule gibt es Tanzmeditationen!"
Der Professor nickte mit dem Kopf.
Sie fuhr fort: „... und da gibt es dann noch als Wichtigstes die Körpermeditationen..."
Der Professor bestätigte das wiederum mit einem Kopfnicken.
Die Studentin fuhr fort: „... bei denen, wenn ich das richtig verstanden habe, keine intimen Berührungen stattfinden dürfen..."
Der Professor nickte zustimmend und sagte: „Das haben Sie absolut richtig verstanden!"
Die Studentin sprach weiter: „Jetzt präsentieren Sie als notwendigen dritten Schritt eine Seelentheatergeschichte."
Wieder stimmte der Professor zu, aber Sonja spürte, daß Ungeduld mitflatterte, als er sagte: „Auch hier muß ich Ihnen vorbehaltlos zustimmen. Darf ich Sie an dieser Stelle erinnern, daß Sie eine Frage stellen wollten?"
So klar aufgefordert kam die Studentin sofort zur Sache: „Warum bieten Sie keine Übungen an, in denen Männer lernen, wie ein weiblicher Körper funktioniert und Frauen lernen, wie ein männlicher Körper funktioniert?"
Da rief eine andere Studentin dazwischen: „Lernen durch Handeln!"

Nun lachten alle und Sonja fühlte, wie die Spannung, die sich schnell aufgebaut hatte, sich nun ebenso schnell abbaute.
Der Professor nutzte den Raum, den er bekommen hatte, um zu erklären, was aus seinem Blickwinkel heraus in der Liebesschule an ersten Stelle stehen sollte: „Es gehört zum Schönsten zwischen Mann und Frau, sich selbst und ihr Gegenüber zu entdecken. Mir ist bewußt, daß heutzutage in verschiedenen Kursen, Seminaren und Workshops, die sich alle unter dem Begriff Tantra zusammenfassen lassen, solche Übungen angeboten und durchgeführt werden. Ich selbst finde dies nicht in meinem Sinne und möchte niemals, daß dies mit meiner Liebesschule in Zusammenhang gebracht wird. Um zur Liebe fähig zu werden, müssen wir an unserem Charakter arbeiten, nicht am Körper. Sowohl Mann, als auch Frau haben Angst vor Schuld. Diese Schuld, die ins Unbewußte abgedrängt worden ist, will auftauchen. Da im Akt der Liebe eine große Öffnung beim Mann und auch bei der Frau geschieht, erscheint die Schuld bei beiden unter dem Deckmantel der Angst. Der Mann erschrickt und muß schon nach wenigen Minuten ejakulieren und die Frau vermeidet ihren Orgasmus, indem sie sich in einen Winkel verdrillt, der es dem Mann unmöglich macht, ihren Punkt der höchsten Lust

zu finden. Er hat also Angst vor der Verantwortung und sie hat Angst vor Abhängigkeit."
Hier endete er und blickte ins Publikum.
Sonja war erschüttert von der Einfachheit der Darstellung dieses heiklen Punktes.
Die Studentin, die ihre Frage so lange und umständlich vorgetragen hatte, sagte mit weicher Stimme: „Man lernt also in Ihrer Liebesschule, sich zu entschulden?"
„Ja!", sagte er ohne nachzudenken.
Der Professor fuhr fort: „Es ist eine schwere Entscheidung, einen Schritt außerhalb seines Lebensplanes zu tun. Mehr kann ich an dieser Stelle über die Liebesschule nicht mehr sagen. Ich muß die, die sich für diesen Schritt entschieden haben, schützen, denn natürlich wird eine solche Liebesschule sofort von jenen in den Dreck gezogen, die nie gelernt haben zu lieben, sondern nur gelernt haben, Macht und Kontrolle auszuüben."
Sonja fragte: „Können Sie noch etwas über das Seelentheater sagen?"
Der Professor antwortete: „Gerne komme ich noch einmal auf das Seelentheater zurück. Die Geschichten, die uns unsere Seelen diktieren, als Theaterstücke zu spielen, bedeuten für mich wirkliches Theater: Seelentheater ist für mich heiliges Spiel und heilt nicht nur die Spieler, sondern auch das Publikum. Die meisten Themen, die in Seelentheater-

geschichten dargestellt werden, drehen sich darum, wie diejenigen, die nicht lieben können, Macht haben wollen. Denn besonders wirkungsvoll ist es, Macht auszuüben gegenüber jenen, die lieben, denn die sind offen und verletzlich. Die, die lieben, werden verfolgt und gefoltert und getötet werden, weil Liebe diejenigen bedroht, die zwar die Macht haben, aber nicht lieben können."

Der Professor war still und Sonja sah, daß er enden wollte. Aber dann blickte er zu Sonja und da schien ihm etwas einzufallen und er hub noch einmal an: „Wer ein Geheimnis der Liebesschule nach außen verrät, löst sie damit auf. Die Liebesschule kann also nie verraten werden, denn im Moment des Verrats löst sie sich sofort auf."

Mit diesen Worten beendete der plötzlich erschöpft und müde wirkende Professor seine Ansprache über die Liebesschule.

Sonja seufzte unbeabsichtigt. Zum Glück, dachte sie, schien es keine der Umsitzenden gehört zu haben oder zumindest schien es keine zu interessieren, denn wie gebannt blickten alle auf den Professor. Doch dieser hatte die Augen geschlossen und schien ganz in sich versunken zu sein.

Sonja hatte den Schluß seiner Rede genau verstanden. Die Schule würde sich bei Verrat sofort auflösen. Sie grübelte noch eine

Weile darüber nach, bis sie bemerkte, daß sich nach und nach die Zuhörerinnen erhoben und den Raum verließen.
Sonja hatte sich vorgenommen, sitzenzubleiben und auf den Professor zu warten.
Einige Studentinnen blieben noch bei dem Professor stehen. Aber keine traute sich wirklich etwas zu fragen, obwohl doch so viele Fragen offen geblieben waren.
Der Professor war still und in sich versunken.
Nach und nach gingen die Studentinnen aus dem Raum.
Dann hatte auch die letzte Studentin die Tür hinter sich geschlossen.
Sonja war mit dem Professor allein.

Sonja erinnert sich insgeheim

Mit einem Schlag wurde Sonja bewußt, daß das geschehen war, was sie eigentlich unbedingt hatte vermeiden wollen, sie nun aber selbst herbeigeführt hatte: Sie war mit diesem merkwürdigen, völlig undurchschaubaren Professor allein im Raum.
Der Professor blickte sie offen an: „Haben Sie eine Frage", und dann sprach er ihren Namen wieder so aus, daß es ihr warm ums Herz wurde: „Soonija?"
Sonja nickte und dachte sich schnell eine Frage aus, denn er sollte nicht merken, wie sehr er sie durch die Betonung ihres Namens berührt hatte: „Ja, ich habe eine Frage."
Der Professor nickte kurz mit dem Kopf und dann fuhr Sonja fort: „Wieso sind alle interessierten Studentinnen fortgegangen?"
Der Professor wirkte sehr müde.
„Liebe Sonja, niemand von denen, die gegangen sind, hatte wirkliches Interesse."
Schnell überschlug Sonja die Situation und teilte ihm ihre Beobachtung mit: „Es ist also so: Sie sprechen vor rund hundert Studenten und dann bleiben dreißig übrig. Zu de-

nen sprechen sie nochmal und bieten ihnen die Teilnahme an der Liebesschule an und niemand bleibt übrig. Ist das nicht frustrierend?"
Der Professor lächelte amüsiert.
Sonja verstand nicht, was so amüsant sei.
Der Professor sprach: „Ihre Beobachtung ist nur scheinbar richtig und Ihre Einschätzung, ich müsse frustriert sein, ist falsch, denn wie bereits angedeutet: Es hat sich in Ihre Beobachtung ein Fehler eingeschlichen."
„Was für ein Fehler?", fragte Sonja gereizt.
Der Professor lächelte immer noch, als er sagte: „Es ist weniger ein Fehler als eine enorm wichtige Auslassung."
Sonja war genervt. Was sollte das Gerede?
„Welche enorm wichtige Auslassung?", fragte sie mit noch gereizterer Stimme.
Der Professor führte aus: „Es ist Ihnen das passiert, was vielen Menschen passiert."
Er hatte wieder den belehrenden Unterton, den Sonja nicht schätzte. Aber sie ging auf sein Spiel ein, denn sie wollte verstehen. Also fragte sie: „Was passiert vielen Menschen?"
„Sie beobachten eine Situation und bemerken sich selbst nicht. Sie bemerken nicht, daß Sie ein Teil jener Situation waren, die Sie selbst beobachtet haben."
Sonja bat ihn: „Sprechen Sie verständlich."
Der Professor lachte: „Nun gut, ich will es einfach formulieren: Sie haben beschrieben,

daß von den hundert erst dreißig und dann niemand mehr übrig geblieben ist. Aber das stimmt doch nicht."
Nun wurde Sonja knallrot, denn auf einmal hatte sie verstanden: Sie war ja noch da! Sie war übriggeblieben!
„Sie sind noch da!", sagte er lachend.
Sonja bestand darauf: „Trotzdem ist das eine schwache Ausbeute."
Lächelnd widersprach ihr der Professor: „Ich würde Sie, verehrte Soonija, nicht als schwache Ausbeute bezeichnen."
Sonja wußte nicht, was sie sagen sollte.
Der Professor sagte nichts, sondern blickte sie nur ruhig an.
Sonja kannte dieses unbehagliche Gefühl in seiner Gegenwart schon. Aber sie kannte dieses furchtbare Gefühl auch aus anderen Zusammenhängen. Es konnte ihr in jeder Situation geschehen, daß sie plötzlich ihr Selbstvertrauen verlor. Es war dann so, als ob ihr der Teppich unter den Füßen weggezogen würde. So war es auch jetzt. Sie fühlte sich klein und jämmerlich. Das Leben schien ihr im Moment ohne jede Bedeutung, ohne Sinn und ohne Ziel.
Ihr wurde das alles zu viel. Am liebsten wollte sie sich jetzt verkriechen.
„Wovor haben Sie Angst?", fragte der Professor sehr ernst und teilnahmsvoll.

Sonja konnte sich nicht mehr beherrschen und ließ die Tränen laufen. Sie schluchzte laut. Sie wünschte sich in diesem Moment so sehr, daß dieser fremde Mann zu ihr käme, um sie in den Arm zu nehmen. Er sollte einfach kommen und sie in den Arm nehmen!
Aber das tat er nicht.
„Was geschieht gerade mit Ihnen?", fragte der Professor neugierig.
Es schien Sonja, als ob der Professor gar keine Gefühle habe.
„Warum fragen Sie so kalt?", fragte Sonja und begann ihre Fassung wiederzugewinnen.
„Ich möchte Sie verstehen. Ich möchte wissen, was in Ihrem Inneren vor sich geht."
„Aber Sie wissen doch sonst immer alles", antwortete Sonja inzwischen wieder erholt und sehr schnippisch.
„Ja, das stimmt", sagte der Professor und fuhr sogleich fort: „Ich weiß, was in ihrem Inneren vor sich geht, aber ich möchte wissen, ob Sie es auch wissen. Das ist nämlich das wirklich Entscheidende."
Sonja verstand nicht, was er meinte, und blickte ihn verwirrt an.
Mit weicher Stimme sprach der Professor: „Ich kann sehen, daß Sie verzweifelt sind. Ich kann sehen, daß sie von Ihren Eltern wenig geistige Unterstützung bekommen haben. Ich kann sehen, daß Ihr Vater Sie benutzt hat,

um seine eigene Verzweiflung auf Sie abzuladen. Ich kann sehen, daß Ihre Mutter Ihnen keine Orientierung geboten hat. Ich spüre, wie Ihnen immer wieder Ihr Selbstvertrauen wegbricht und Sie sich klein, elend und völlig hilflos vorkommen."
Sonja schrie getroffen auf und brüllte verzweifelt: „Wenn ich psychisch so verkrüppelt bin, was wollen Sie dann von mir?"
Sonja schluchzte und heulte und dabei schrie sie immer wieder wie von Sinnen: „Was wollen Sie von mir? Was wollen Sie von mir?"
Der Professor blieb ruhig und reichte ihr ein Taschentuch. Sonja wischte sich die Tränen fort und schneuzte kräftig in das seidene Tüchlein, das nach Rosen duftete.
Der Professor blieb völlig gelassen, als er sagte: „Sie sind ein seelenvoller Mensch."
Sonja mußte wieder schluchzen und weinen.
Nun schritt der Professor langsam auf sie zu. Seine Nähe beruhigte Sonja.
Als sie wieder ruhiger atmete, legte er sanft seinen Arm um sie. Noch nie in ihrem ganzen Leben hatte sich Sonja so behütet und beschützt gefühlt.
Sie hielt immer noch sein Seidentüchlein vor der Nase und versank im Rosenduft und sie genoß selig die Welle warmer Kraft, die sie durchflutete.
Nach einer Weile zog der Professor seinen

Arm zurück und blickte Sonja an.
Sonja war verlegen, als er wieder nach seinem Tüchlein griff. Sie zog ihre Hand, in der sie das Tüchlein hielt, erschrocken zurück und sagte: „Ich gebe es Ihnen gewaschen zurück."
„Ja gerne", sagte der Professor und lächelte.
Sonja wurde rot, denn sie wußte in diesem Moment, daß sie damit den Wunsch nach einem weiteren Treffen geäußert hatte.
'Angriff ist die beste Verteidigung', dachte sich Sonja und sie sagte angriffslustig: „Nun werden Sie mich bestimmt gleich fragen, ob ich eine Körpermeditation will."
„Nein!", sagte der Professor schnell und klar. Sehr ernst fuhr er fort: „Diese Frage muß unbedingt von Ihnen kommen."
Der Professor hielt inne. Sonja blickte erstaunt, denn sie hatte erwartet, daß der Professor um sie werben würde.
Als ob er Gedanken lesen könnte, sagte der Professor mit rauher Stimme: „Es ist mir nicht gestattet, um Sie zu werben."
„Und was tun Sie die ganze Zeit?", schon hatte Sonja sich wieder gefangen und ihren bissigen Widerstand aktiviert.
Der Professor blickte ein wenig hilflos drein, als er sagte: „Bitte verstehen Sie mich richtig. Ob sie wollen oder nicht: Sie müssen sich entscheiden und damit Sie sich richtig entscheiden können, möchte ich Sie natürlich

so ausführlich wie möglich über die Liebesschule informieren."

„Was muß ich entscheiden?", Sonja war aufgebracht. Sie konnte im Moment keinen Druck von außen auf sich ertragen. Sie machte sich schon genug Druck im Inneren. Immer machte sie sich Vorwürfe, daß sie den hohen inneren Vorstellungen, die sie von sich hatte, nicht gerecht wurde. Nun kam auch noch dieser Entscheidungsdruck von außen dazu.

„Sie müssen selbst entscheiden, ob Sie eine Körpermeditation erleben wollen oder nicht!", platzte die Antwort des Professors unvermittelt in ihren Gedankenstrunk.

Sonja war vollständig überfordert. Sie wollte einerseits, daß sich die Bekanntschaft mit diesem außergewöhnlichen Menschen vertiefe, andererseits aber wollte sie unbedingt die Oberhand behalten. Sie wußte instinktiv, daß dies bei einer Körpermeditation nicht möglich war. Sonja wollte und konnte sich nicht entscheiden. Sie wollte Zeit gewinnen.

Sie sah, daß der Professor auf die Uhr blickte, aber das war ihr gleichgültig.

„Eine Frage habe ich noch", fragte Sonja und sie fragte etwas, das ihr schon die ganze Zeit auf der Zunge gelegen hatte.

„Wieso interessieren sich eigentlich keine Männer für die Liebesschule?"

Sogleich antwortete der Professor: „Gut, Sie

wollen Zeit gewinnen, um sich spontan noch nicht entscheiden zu müssen, aber da Ihre Frage auf einer genauen Beobachtung beruht, will ich sie ernst nehmen und beantworten."
Sonja hatte sogleich ihre Frage bereut, denn der Professor hatte wieder den belehrenden Unterton angenommen, den sie gar nicht leiden konnte. Aber jetzt war es zu spät.
Der Professor begann: „Es liegt in der Natur der Sache. Männer sind in dieser Gesellschaftsform, die sie selbst geschaffen haben, bevorzugt. Sie verweigern das Kosmische Gesetz, daß es zu einer ihrer vorrangigen Aufgaben gehört, Frauen qualitativ höchste Orgasmen zu verschaffen. Im Gegenteil, die Männer, vor allem die herrschenden, haben sich Frauen dressiert, die ihnen, also den Männern, Orgasmen zu verschaffen haben. In Prostitution und Pornographie verkaufen dressierte Frauen ihren Körper für viel Geld und ohne Würde."
Sonja blickte ihn gelangweilt an. Sie mochte es nicht, wenn der Professor so sprach, als stehe er vor einem großen Publikum.
„Was haben Männer in einer Liebesschule zu gewinnen?", fragte der Professor Sonja, aber er beantwortete seine Frage gleich selbst: „Nichts! Für die Männer gibt es in der Liebesschule nur ein einziges Fach: Selbstbeherrschung! Genau das aber wollen die Männer

nicht. Ich kann das leider nicht ändern. Die Männer verweigern die Arbeit an sich selbst. Sie haben zutiefst kein Interesse daran, daß sich irgendetwas ändert in einer Gesellschaft, die sie selbst beherrschen. Seit Jahrtausenden bestimmen sie das gesellschaftliche Leben, in dem die Frauen nur von Männern kontrollierte Rollen spielen dürfen. Wenn Frauen gegen diese Rollenvorgaben rebellieren, werden sie diffamiert. Im Mittelalter wurden sie als Hexen verbrannt."
Sonjas wacher Geist meldete sich zu Wort: „Wenn sich aber trotz all Ihrer pessimistischen Vorausschau ein Mann bei Ihnen in Ihrer Liebesschule anmelden würde, was würde dann mit ihm geschehen?"
Aber der Professor war nicht in Verlegenheit zu bringen. „Für diesen Fall gibt es eine klare Antwort: Für jenen Mann steht eine Liebeslehrerin zur Verfügung."
„Also Sie selbst belehren keine Männer", folgerte Sonja. Sie konnte sich im Moment selbst nicht erklären, wieso sie dieses Thema plötzlich so erhitzte.
Der Professor spürte ihre Erregung an diesem Thema und wiewohl er wieder auf die Uhr blickte und offensichtlich unter Zeitdruck stand, beantwortete er Sonjas Frage geduldig: „Nein, ich belehre keine Männer."
„Wieso?", fragte Sonja schnell.

„Männer geraten schnell in Konkurrenz zu anderen Männern. Männer wollen sofort eine Rangordnung festlegen. Männer wollen kämpfen. Es geht aber in der Liebesschule nicht um Kampf, sondern es geht um Seelentiefe. Die Männer müssen ihre tiefe weibliche Seite entdecken und dies können sie am besten mit einer Frau."
Der Professor ließ eine Pause entstehen und fuhr dann fort: „Übrigens, um Sie zu beruhigen, in meiner Liebesschule gibt es sehr wohl einige Männer... Aber das größere Interesse an der Liebesschule liegt bei den Frauen."
Der Professor hielt inne und blickte Sonja an. Sein Blick und vor allem das Wort Liebeslehrerin hatten in ihr einen wilden Wirbel ungeordneter Gefühle bewirkt. Auf einmal war ihr wieder die Geschichte eingefallen, die sie selbst als Folge eines Traumes nach der Begegnung mit dem Mann, der jetzt vor ihr stand, vor einiger Zeit geschrieben hatte: „Die Liebespyramide".
Sonjas Blut raste durch die Adern. Ihr wurde schwindlig. Die Bilder aus ihrer Erzählung „Die Liebespyramide" schnellten wie Feuerpfeile aus ihrem Unbewußten hervor. Sie verlor die Kontrolle über die Situation und wankte.
Sonja wollte nicht ohnmächtig werden. Auf keinen Fall wollte sie vor diesem merkwürdigen Menschen ohne Macht sein.

Sonja nahm ihren ganzen Willen zusammen. So bekam sie wenigstens ihr Hin- und Herschwanken unter Kontrolle. Aber das Zittern, das sich in ihrem ganzen Körper ausgebreitet hatte, blieb unvermindert bestehen.
Der Professor senkte seinen Blick.
Feinnervig hatte er bemerkt, daß Sonja über diesen wilden Energiewirbel, in dem sie gerade gefangen war, mit ihm auf keinen Fall sprechen wollte.
Sonja war froh, daß er sie nicht auf ihren Zustand ansprach.
Da sah sie aus dem Augenwinkel, wie der Professor wieder auf die Uhr blickte.
Schlagartig fühlte sich Sonja wieder sicher in den eingefahrenen Bahnen ihres Lebens.
„Sie sind in Eile?", fragte Sonja froh, wieder in der Alltagswelt angekommen zu sein.
„Es ist so", begann der Professor umständlich und es war ihm anzusehen, daß er diese Frage nur sehr ungern beantwortete.
Er fuhr verlegen fort: „Ich habe den Hörsaal und auch diesen Seminarraum nur gemietet."
Sonja blickte ungläubig.
Er fuhr erklärend fort: „Und seit einer Viertelstunde müßte ich schon draußen sein."
„Sie haben diesen Raum nur gemietet?"
Ohne die Antwort abzuwarten fragte Sonja: „Ja, sind Sie denn nicht wie ein normaler Professor von der Universität angestellt?"

„Nein!"
„Sind Sie überhaupt Professor?"
„Nein!"
„Heißen Sie am Ende auch nicht Da Silva?"
„Ich heiße nicht Da Silva."
„Um Gottes Willen, was geht hier vor?"
Der Professor lachte und sprach dann plötzlich scharf: „Sie sind ganz auf Ihre eigene Einschätzung dieser Situation gestellt. Sie haben zwei Möglichkeiten: Entweder Sie vertrauen mir oder Sie vertrauen mir nicht."
Sonja konterte aufgeregt: „Wie soll ich Ihnen denn vertrauen, wenn ich überhaupt nichts über Sie weiß?"
„Schauen Sie in meine Augen, dann..."
Aber dafür blieb Sonja keine Zeit mehr, denn in diesem Moment öffnete sich die Tür und ein Mann im grauen Kittel betrat den Raum. Sonja betrachtete ihn: Körpersprachlich klar und mit mürrischem Gesicht machte der hereintretende Hausmeister sehr deutlich, daß der Raum unverzüglich zu verlassen sei.
Also verließen Sonja und der Professor schnell den Raum.
Sonja war entsetzt. Sie fühlte sich verhöhnt und sprach leise vor sich hin.
Der Professor war noch einmal zurückgegangen, um ihre Jacke zu holen, die sie über einem Stuhl hatte hängenlassen.
Der Professor, der keiner war, reichte ihr die

Jacke so, daß sie hineinschlüpfen konnte. Sie aber nahm ihm die Jacke aus der Hand. Sie fand seine Höflichkeit völlig überflüssig. Sie fühlte sich belogen und betrogen. Sonja drehte sich abrupt um und ging. Jetzt fand sie den Weg zum Ausgang ohne weitere Zwischenfälle.

„Und tschüß, Professor Wie-auch-Immer", sagte sie leise, aber bestimmt vor sich hin, als sie die Treppen des Universitätsgebäudes nach unten ging. Ihr war zwar klar, daß sie die ganzen Aufregungen, die sie erlebt hatte, so einfach nicht wegstecken könnte, aber sicher war sie, daß sie diesen fiesen Kerl, wie sie den ehemaligen Professor jetzt nannte, nie mehr wiedersehen wollte.

Begegnung mit dem Herrn der Schlangen

Das Verdrängen der Situationen mit dem fiesen Kerl fiel Sonja dann doch leichter als erwartet. In ihrem Leben war plötzlich viel mehr los als früher. Sonja wurde bewußt, daß sie einen Attraktivitätssprung gemacht hatte. Ihr war aufgefallen, daß immer mehr Blicke sich auf sie richteten, wenn sie die Straße entlangschlenderte. Mehr Männer sprachen sie an und es waren durchaus attraktive Männer. Immer mehr Männer wollten ihre Telefonnummer. Immer mehr Anrufe erreichten sie.
Sie hatte die freie Auswahl. Aber auf keinen Fall wollte sie etwas überstürzen. Seit Nils fühlte sie sich verwundet. Was ihre gute Stimmung außerdem ansteigen ließ, war, daß der Frühling langsam in die Stadt einzog.
Wochen waren vergangen seit jenen kalten Tagen, in denen sie mit dem fiesen Kerl etwas zu tun gehabt hatte.
Die Tage wurden langsam wieder länger und vor allem immer wärmer. Immer öfter saß Sonja auf Bänken oder in Parks auf der Wiese und sonnte sich. Sonja liebte es, ihr Gesicht in die warme strahlende Sonne zu halten. Sie

spürte dann mit großer Hingabe, wie die Strahlen der Sonne durch ihre Stirn drangen und ihre im Winter immer leicht schmerzenden Stirnhöhlen beruhigten.
Aber dann wurde mit einem Schlag doch alles wieder anders. Der Winter kehrte zurück. Überall in den Nachrichten war der Kälteeinbruch angekündigt worden. Sonja hatte es nicht glauben wollen, aber dann war es doch gekommen, wie vorausgesagt worden war. Mißmutig kramte Sonja an diesem Abend ihre Winterjacke, die sie schon tief im Schrank für den nächsten Winter verstaut hatte, hervor und stellte sich der Kälte. Sie wollte noch ein wenig durch die alten Straßen Berlins schlendern.
Als sie ihre Hände, da sie ihre Handschuhe vergessen hatte, tief in die Jackentaschen grub, spürte sie einen Zettel. Sie holte ihn heraus. Als sie den Zettel zusammenknüllen wollte, um ihn wegzuwerfen, bemerkte sie, daß sie die Handschrift nicht kannte. Mit einem Mal erwachte ihre Neugierde. Sie rollte den Zettel vollends auf und las, was auf dem Zettel stand: 'WENN SIE REIF SIND FÜR EINE KÖRPERMEDITATION RUFEN SIE AN.' Dahinter stand eine Telefonnummer.
Sie erinnerte sich plötzlich, wie der Professor beim Treffen in der Universität am Ende ihre Jacke genommen hatte, um ihr wie ein

vollendeter Kavalier hineinzuhelfen.
Sonja war über sich selbst erstaunt, wie still sie diese Botschaft annahm. Keine Wut, keine Freude, nichts. Sie nahm zur Kenntnis, daß sie die Telefonnummer eines fremden Mannes hatte. Punkt! Aus! Basta! Nicht mehr und nicht weniger.
Abends kam es erneut zu einem Wetterumschwung. Auf das kalte Winterhochdruckgebiet folgte nun ein kräftiges Sturmtief.
Im Fernsehen wurde eine Orkanwarnung erlassen und nachts ging es los, genau wie es vorausgesagt worden war.
Sonja konnte lange nicht einschlafen, denn der Lärm von herunterfallenden Ziegeln, schlagenden Türen und Fenstern und brechenden Ästen wollte die schlafspendende Entspannung nicht kommen lassen.
Immer wieder schossen ihr Bilder vom fiesen Kerl durch ihren Geist. Unruhig wälzte sie sich hin und her. Sie wußte, daß sie nicht anrufen würde, und gleich am Morgen würde sie den Zettel das Klo herunter spülen. Sie wollte mit der ganzen Sache ein für allemal nichts mehr zu tun haben.
Sonja litt hin und wieder an Übersäuerung. Aus diesem Grund hatte sie Lutschtabletten in ihrer Nachttischschublade gelagert. Als sie ihr unangenehmes Sodbrennen für das Nichteinschlafen-Können verantwortlich gemacht

hatte, öffnete sie die Nachttischschublade und suchte nach den Tabletten. Da fiel ihr Blick auf das Schulheft, auf dem in ihrer Handschrift stand: „Die Liebespyramide“.

Ihr Herz schlug ihr bis zum Hals. Sie war wie elektrisiert. An Schlaf war von nun an nicht mehr zu denken.

Im Schein ihrer Nachttischlampe las sie die Geschichte, die sie selbst geschrieben hatte. Immer wieder schüttelte sie den Kopf. Das konnte doch nicht wahr sein. Da ging es auch um eine Liebesschule. Das durfte doch nicht wahr sein, daß sie so etwas geträumt hatte, gleich nachdem sie damals den Fremden getroffen hatte, der sich allerdings inzwischen als fieser Professor enttarnt hatte.

In diesem Moment wußte sie, daß sie ob sie wollte oder nicht mit dem Professor Kontakt aufnehmen müßte. Er müßte diesen Traum unbedingt erfahren. Außerdem wollte sie ihm das seidene Taschentuch, das sie inzwischen gewaschen hatte, zurückgeben.

Sonja war es gruselig zumute. Sie las die Geschichte von der Liebespyramide nochmal.

Der Sturm hatte sich gelegt. Sonja war völlig entspannt und schlief friedlich ein.

Am nächsten Morgen rief sie ohne nachzudenken sofort den fiesen Professor an.

„Hallo!“, sagte der am Telefon.

Sonja hatte gehofft, er würde sich mit einem

Namen vorstellen. Stattdessen fragte er gleich: „Was gibt's?"
Mit angespannter Stimme sprach Sonja: „Ich habe eine Geschichte für Sie. Damals in der Nacht nach meinem Geburtstag hatte ich einen Traum, den habe ich dann aufgeschrieben, und diese Geschichte habe ich heute Nacht gelesen und dachte, daß Sie vielleicht interessiert sind..."
Da unterbrach sie der Professor, der keiner war: „Welchen Titel trägt diese Geschichte?"
Sonja fand diese Unterbrechung unhöflich, aber hatte Verständnis, denn der Professor klang sehr aufgeregt.
„Die Liebespyramide", antwortete Sonja und hörte, daß es am anderen Ende der Leitung so ruhig geworden war, als ob er aufgehört hätte zu atmen.
Dann hörte sie ihn rufen: „Ist das möglich? Das ist ja unfaßbar! Um Gottes Willen, ich möchte diese Geschichte sofort lesen."
Sonja war geschmeichelt, aber auch überfordert. Wie sollte die Übergabe geschehen?
Der fiese Professor sagte: „Ich bin gerade wieder einmal in Berlin und komme überall hin, wo Sie mir diese Geschichte übergeben können. Wenn Sie das nicht können, dann sagen Sie mir, wo Sie mir diese Geschichte hinterlegen. Aber bitte verstehen Sie mich, ich muß diese Geschichte unbedingt lesen."

Sonja war gerührt. Noch nie in ihrem Leben hatte sich jemand so für ein künstlerisches Produkt von ihr interessiert.
Sonja hörte sich sagen: „Treffen wir uns morgen Mittag um zwölf im Las Cucarachas. Das ist ein mexikanisches Restaurant in der Oranienburger Straße, in das ich schon immer einmal wollte, aber nie einen entsprechenden Anlaß fand."
Sie wartete seine Zustimmung gar nicht mehr ab und legte auf.
Sie trafen sich pünktlich vor dem Restaurant und er begrüßte sie erfreut. Er hatte einen langen dunklen Mantel an und einen samtschwarzen Hut auf dem Kopf. Sonja fand, daß er richtig gut aussah. Höflich öffnete er ihr die Tür, als sie das ziemlich leere Restaurant betraten. Schnell hatten sie einen leeren Tisch gefunden mit Blick nach draußen auf die breite Straße. Nachdem er seinen Mantel ausgezogen hatte und seinen Hut vom Kopf genommen hatte, half er ihr ausgesprochen höflich aus ihrer Winterjacke.
„Ich kenne diese Jacke", sagte er verschmitzt.
Sonja war immer noch erstaunt, wie attraktiv er aussah. Fasziniert war sie von seinem langen dunkelgrünen Seidenschal, den er um seinen Hals geschlungen trug.
Als sie beide Platz genommen hatten, reichte Sonja ihm wortlos ihr Schulheft. Außer-

dem reichte sie ihm noch das von ihr schön zusammengefaltete Seidentüchlein. Freundlich dankend nahm er dieses Tüchlein und steckte es in seine Jackentasche. Dann wandte er sich ihrem Schulheft zu. Als er in ihrer Handschrift den Titel las, blitzten seine Augen auf. Fast unhöflich riß er ihr das Heft aus der Hand und begann sofort zu lesen.
Eine Kellnerin trat an den Tisch und fragte, was sie trinken wollten. Sonja begriff, daß sie für den Professor, der keiner war, mitbestellen mußte, denn der nahm nicht mehr wahr, was um ihn herum geschah.
Als dann die Getränke kamen, Apfelsaft für sie und Mineralwasser für ihn, bestellte Sonja auch das Essen für beide: Quesadillas und als Vorspeise Guacamole.
Ein Kellner trat zu den beiden heran und stellte Teller auf den Tisch und legte Besteck und Servietten daneben. Der Kellner war ziemlich abwesend und nahm Sonja nicht wahr. Aber Sonja nahm den Kellner wahr. Er war genau ihr Typ: Groß, schwarze Locken, cool, seit mindestens drei Tagen unrasiert und eine tolle Figur, die er selbstbewußt unter dem billigen braun-gelben Kellnerkostüm trug.
Es war für Sonja ein Schock zu erleben, wie stark sie auf diesen Kellner reagierte. Sie verschlang ihn mit all ihren Sinnen. Gerne hätte sie einen Blick von ihm erhascht. Aber der

Kellner schaute sie nicht an. Er wirkte sehr müde und tat leicht genervt nur noch das, was sein Job von ihm verlangte.
Der Professor hatte etwas gespürt und kurz nach oben geblickt. Blitzschnell hatte er die Situation erfaßt. Er hatte Sonjas sehnsuchtsvollen Blick, den sie dem Kellner hinterherschickte, gesehen. Aber er war viel zu tief in der Lektüre der Liebespyramide versunken und also beschloß er, dieser Situation keine besondere Bedeutung beizumessen.
Das Essen kam. Zu Sonjas großer Enttäuschung hatte die Kellnerin, die auch die Bestellung entgegengenommen hatte, wieder die Bedienung übernommen. Der hübsche Schwarzhaarige war wohl so etwas wie ein Unterkellner, zu dessen Aufgabenbereich es lediglich gehörte, den Tisch zu decken, dachte Sonja und bedauerte dies sehr.
Es schmeckte Sonja vorzüglich. Der Professor allerdings aß kaum etwas. Er war wieder ganz in der Lektüre versunken. Sonja aß in Ruhe und suchte mit ihrem Blick immer wieder nach dem schönen bedienenden Mann, der sich aber nicht mehr blicken ließ.
Also richtete Sonja ihren Blick auf den lesenden Mann gegenüber. Er war alt. Er ging auf die sechzig zu. Seine Haare waren ergraut. Sein Geist war beeindruckend, aber sein Körper war ihr einfach zu alt. Sie konnte ihre

Betrachtung nicht fortsetzen, denn der Professor hatte die Geschichte zu Ende gelesen und blickte sie offen an.
In seinem Blick lag Bewunderung, als er sagte: „Dies ist eine wirklich phantastische Geschichte. Geschrieben mitten aus der Seele."
Da sah Sonja aus den Augenwinkeln, wie der schöne Kellner das Lokal verließ und dann den Kragen seiner dunklen Jacke hochschlagend draußen am Fenster vorbeiging.
Obwohl der Kellner sie wieder nicht anblickte, fühlte Sonja ein Stich im Herzen und außerdem spürte sie noch eine Regung an andrer Stelle ihres liebeshungrigen Körpers...
Der Professor, der keiner war, war noch viel zu sehr mit der Geschichte der Liebespyramide beschäftigt, um sich an der momentanen Wirklichkeit orientieren zu können.
Nun riß Sonja das Gespräch an sich. Sie fragte sehr intensiv: „Ich habe Ihnen Einblick in meinen Traum gewährt. Nun habe ich eine Frage frei, die Sie mir unbedingt beantworten müssen."
Er nickte zustimmend, und während er ihr das Schulheft über den Tisch zurückreichte, fragte sie ihn: „Wie heißen Sie wirklich?"
Ohne zu zögern sagte der Professor todernst: „Sie haben eine ehrliche Frage gestellt, hier die ehrliche Antwort: Mein Name ist..."
Er richtete seinen Oberkörper auf, fixierte

Sonja scharf und sagte dann klar und deutlich: „... Herr der Schlangen!"
Sonja fand das blöd und albern. Sie war enttäuscht und erhob sich sofort.
„Ich gehe!"
Sie nahm ihre Jacke, steckte das Heft in eine der Seitentaschen und zog die Jacke an.
Im Gehen sagte Sie in der schnippischen Art, die sie gut beherrschte: „Ich nehme an, ich war eingeladen. Danke hierfür!"
Schnell verließ Sonja das Lokal.
Sie ließ den Herrn der Schlangen unverrichteter Dinge zurück.
Sonja hatte das wie ihr schien merkwürdig alberne Gebaren des Herrn der Schlangen als Vorwand genommen, um schnell dem verschwundenen Kellner folgen zu können.
'Vielleicht... ', so dachte Sonja, '... treffe ich den schönen Kellner noch irgendwo an einer Bus oder U-Bahn Station.'
Obwohl Sonja noch über eine Stunde suchend herumspazierte, blieb sie erfolglos. Der schöne Kellner war und blieb verschwunden.
Die nächsten Tage geisterte der schöne Unterkellner noch durch ihre Tagträume, aber langsam verschwand er dann wieder aus ihrem Bewußtsein. Sonja glaubte, sie würde ihn nie mehr wiedersehen.

Sonjas Lust- und Albtraum

Die Tage vergingen und Sonjas Leben schien sich völlig zu normalisieren. Ihre Alltagstätigkeit bestand größtenteils darin, daß sie sich einen Vorlesungsplan für das Herbstsemester zusammenstellte.
Den Herrn der Schlangen hatte sie vollständig vergessen, aber der meldete sich zurück. Nicht in Wirklichkeit, dort blieb er verschollen. Aber er erreichte Sonja über einen Traum. Etwa zwei Wochen nach dem Treffen in dem mexikanischen Restaurant hatte Sonja eines Nachts einen solch farbenfrohen, kraftvollen und doch so beängstigenden Traum, wie sie ihn in ihrem Leben noch nie gehabt hatte.
Als sie am Morgen aufwachte, verspürte sie allerdings keine Lust, den Traum aufzuschreiben. Die Bilder waren in ihr noch so aktiv, daß sie keinen Drang zur Dokumentation verspürte. Wohl aber verspürte sie den Drang, den Herrn der Schlangen anzurufen. Sie tat es unverzüglich. Am anderen Ende der Leitung ertönte seine Stimme: „Sind Sie endlich bereit zu einer Körpermeditation?"
Sonja antwortete völlig gelassen: „Nein."

Freundlich fragte der Herr der Schlangen weiter: „Was kann ich sonst noch für Sie tun?"
„Ich möchte mit Ihnen über einen Angsttraum sprechen, den ich in dieser Nacht hatte."
„Gerne", sagte der Herr der Schlangen, „Ich bin gerade wieder einmal für einige Tage in Berlin. Wann und wo?"
Bestimmt sagte Sonja: „Heute Nachmittag in dem Café des Anfangs... Also ich meine in dem Café, in dem wir uns zum ersten Mal getroffen haben."
„Paßt Ihnen sechzehn Uhr?", fragte der Herr der Schlangen entschlossen.
Knapp antwortete Sonja: „Ja", und legte auf.
Als Sonja im Badezimmer nackt vor dem Spiegel stand, betrachtete sie sich und dachte: 'Manchmal mache ich wirklich unüberlegte Dinge.' Dann lächelte sie. Sie fuhr sich über ihre Brüste und entlang ihren Hüften und sagte dabei laut: „Wenn ich nicht will, muß ich ja nicht hingehen."
Als sie sich im Café gegenübersaßen und er an seinem grünen Tee und sie an ihrer heißen Schokolade nippte, bereute Sonja ihren forschen Entschluß schon wieder.
Immer wieder in ihrem Leben geschah es, daß sie sich in Situationen verhedderte, in die sie eigentlich überhaupt nicht hatte hineingeraten wollen. Ihr ganzes Leben schien nach dieser Spielregel zu verlaufen. Durch

ihre Spontaneität kreierte sie immer wieder unmögliche Situationen, die sie nicht gewollt hatte, und dann mußte sie sich mit großer Anstrengung wieder aus diesen Situationen herausarbeiten.
Doch hier in diesem Moment beschloß sie, tapfer wie sie sein konnte, dem Herrn der Schlangen zu erzählen, welchen Traum sie in dieser Nacht gehabt hatte. Dieser Traum hatte sie in Angst und Schrecken versetzt.
Inzwischen hatte Sonja akzeptiert, daß der merkwürdige Fremde sich Herr der Schlangen nannte. Je näher sie diesen alten Mann kennenlernte, um so mehr fand sie, daß der Name zu ihm und zu seinem Ring am rechten Mittelfinger paßte. Außerdem hätte sie auch mit einem normal klingenden Namen niemals die Gewißheit erlangen können, ob dies auch sein wirklicher Name sei.
In diesem Moment lehnte sich der Herr der Schlangen zurück. Seine Augen wurden erwartungsvoll schmal, und Sonja verstand, daß dies bedeutete, daß sie beginnen sollte, ihren Traum zu erzählen.
Also fing sie unvermittelt an: „Es war irgendwo im Süden, vielleicht in Frankreich oder Italien. Es geschah in einer großen Villa auf dem Land. Menschen trugen Kleider aus einem der letzten Jahrhunderte. Ich kenne mich in historischer Mode nicht aus. Aber das

war es nicht, was mich bewegte. Es war das Licht, das orangefarbene Licht, wie wenn die Sonne abends untergeht und die letzten Strahlen schickt. Dieses Licht sagte mir, daß dies ein besonderer Traum sei."

Der Herr der Schlangen nickte zustimmend und Sonja sprach mit gedämpfter Stimme weiter: „Ich betrat das Haus. Ich suchte einen bestimmten Raum, aber um den zu finden, mußte ich durch viele Räume des geheimnisvollen Hauses gehen."

Der Herr der Schlangen nutzte die kleine Pause, die Sonja machte, und fragte sie: „Welche Kleider hatten Sie an?"

Sonja dachte angestrengt nach und sagte: „So direkt weiß ich es nicht, aber ich glaube, es war ein ganz leichtes Seidenkleid. Sicher bin ich nur, daß ich barfuß war. Dann", fuhr Sonja in ihrer Traumerzählung fort, „kam ich in den großen Raum, den ich gesucht hatte. In diesem Raum befanden sich viele Sofas und Sessel und auf dem Boden befanden sich ebenso wie an den Wänden dicke, bunt gemusterte Teppiche. Durch die offene Verandatür drang das orange Abendlicht und erhellte mit warmer Farbe den Raum. Überall waren Frauen. Ich meine, es waren wirklich schöne Frauen. Und das Auffällige war, daß sie alle nackt waren. Sie trugen nur hie und da ein zartes Seidentuch um die Schultern, das aber

nichts von ihrer weiblichen Pracht bedeckte. Sie blickten mich an und lächelten mir freundlich zu. Ich hatte das Gefühl, sie waren alle Königinnen. Je mehr sie mir so freundlich zulächelten, um so sicherer fühlte ich mich in ihrer Nähe."
Da schnalzte der Herr der Schlangen mit der Zunge und feixte. Offensichtlich freute er sich über irgendetwas.
Leise sagte er: „Ich wußte es!", und dann wiederholte er noch einmal etwas lauter: „Ich wußte es von Anfang an."
Sonja fand es schade, daß sie unterbrochen worden war. Sie fragte ihn: „Was wußten Sie von Anfang an?"
„Daß Sie eine Königin sind!"
Aber gleich sprach er schnell weiter und entschuldigte sich: „Bitte lassen Sie sich durch meine ungestüme Zwischenbemerkung nicht aus ihrem Erzählfluß bringen."
Sonja fuhr fort: „Draußen war es inzwischen dunkel geworden, und der Raum war mit vielen Kerzen wunderbar erleuchtet. Eine unglaublich weiche, weibliche Stimmung breitete sich in diesem Raum aus. Die Frauen legten sich in immer erotischere Positionen auf die Canapés, die kleinen Sofas und die schweren Teppiche, die auf dem Parkettboden lagen. Die Frauen lagen entspannt da und schienen auf etwas zu warten. Sie streichelten

sich, lehnten sich aneinander, und ich hörte immer wieder das leise gurrende Lachen der einen oder anderen Frau, die an einer sehr erregenden Stelle berührt worden war. Ich war fasziniert von dieser weiblichen Stimmung, die sich in dem Raum ausgebreitet hatte. Alle Frauen blickten hin und wieder auf die Tür, die zu einem weiteren Raum führte. Dahinter waren Geräusche zu hören. Eindeutige Geräusche. Wildes, teilweise unterdrücktes, teilweise lautes Liebesstöhnen. Aber auch Gelächter, Freude, Jauchzen, alles, was zum wilden, prallen Leben dazugehört, war zu hören. Es war erregend zuzuhören und sich vorzustellen, was zu diesen eindringlichen Klängen menschlicher Liebeslust führte. In diesem Moment öffnete sich die Tür, und heraus traten zwei wunderschöne Frauen mit langen, lockigen Haaren und wunderschönen Körpern, deren Formen mich an den zarten Wellenschlag des Ozeans erinnerten.
Da traute ich meinen Augen nicht. Mit jedem Schritt, den die beiden schönen Frauen näher kamen, wurden ihre Bäuche dicker und dicker. Sie waren schwanger. Sie tanzten durch den Raum. Alle klatschten ihnen sanften Beifall. Da gingen die beiden inzwischen hochschwangeren Frauen wieder in den Raum zurück, aus dem sie gekommen waren.
Ich war verwirrt, aber da sich all die anderen

schönen Frauen nicht bedroht fühlten, fühlte ich mich auch nicht bedroht und beruhigte mich. Ich sah mir den Raum genauer an. Die Teppiche hatten wunderbare Muster. Formen, die ich noch nie gesehen hatte. Rosa, gold und orange waren die vorherrschenden Farben. In der Ecke des Raumes war ein Bad, in das sich immer wieder Frauen setzten, um den ausströmenden Rosenduft des Badewassers mit allen Poren aufzunehmen. Der Rosenduft verbreitete sich im ganzen Raum."
Der Herr der Schlangen hatte die ganze Zeit zugehört und lächelte jetzt. Nachdem Sonja eine Pause machte, um sich ganz in dem Bild, das sie erzählte, auszubreiten, sagte er: „Sie haben mir das Ganze als einen Angsttraum angekündigt. Nun bin ich gespannt, wann das Angstmachende erscheint. Denn bis jetzt ist es doch ein wunderschöner Traum, aus dem man nie aufwachen möchte."
„Aber jetzt kommt's", sagte Sonja und es schien dem Herrn der Schlangen, als ob sie nach den richtigen Worten suchte, um das, was da jetzt kommen sollte, eindringlich zu beschreiben.
Als sie dann endlich die richtigen Worte gefunden hatte, fuhr sie fort: „Nach einer Weile kamen die beiden Frauen wieder aus der Tür heraus. Aber sie waren nicht mehr schwanger. Ihre Körper waren wieder glatt und schlank

wie vorher. Ich fragte mich, wo denn die Kinder seien, die sie geboren hatten. Plötzlich sah ich ihn. Aus dem Schatten hinter den beiden Frauen tauchte er auf und stand wuchtig da: Ein Mann-Monster. Ein großer, kräftiger, behaarter Mann mit groben Zügen. Aber das war nicht das, was mich erschütterte. Sein Mund war es. Dieser grobe Mund war blutverschmiert. Mit einem Schlag wurde mir klar, daß dieses furchtbare Monster die eben frisch geborenen Babys verschlungen hatte. Nun bekam ich es mit der Angst zu tun, zumal das Monster in den Raum trat, sich lächelnd auf ein Sofa setzte und entspannt in die Runde der Frauen blickte, die sich offensichtlich alle zu ihm hingezogen fühlten. Die ganze Szene war abstoßend. Ich war voller Ekel und doch gebannt. Ich konnte nicht fliehen, ich war von der unglaublichen Kraft dieses Mannes angezogen. Die Frauen sehnten sich nach Nähe zu ihm. Manche stützten ihren Kopf auf seine Knie, andere seitlich auf seine Oberschenkel. Zwei standen hinter ihm. Alle streichelten ihn und er genoß es. Dann plötzlich blickte er mich an. Immer noch blutverschmiert. Er hatte sich nicht die Mühe gemacht, sein Gesicht abzuwaschen. Erwartungsvoll blickte er mich an und ich wußte sofort, daß ich jetzt dran wäre. Der Blick des Mann-Monsters wurde immer fordernder und

dann sagte er mit einer tiefen Stimme: 'Was ist?', und sein Kopf machte eine Bewegung in Richtung des Zimmers, aus dem er gekommen war. Da erhob er sich. Nackt wie er war kam er auf mich zu und..."
Sonja zögerte erst und verstummte dann.
„Ja, und...?", sagte der Herr der Schlangen und war ganz gebannt. Er hatte seinen Oberkörper nach vorne gebeugt und Sonja angesehen. Seine Spannung, wie sich Sonja im Traum entschieden hatte, war groß.
Sonja war wie in Trance. Sie hatte ihren Blick vom Herrn der Schlangen gelöst und er war irgendwo in der Ferne haften geblieben.
Nach einer kurzen Weile suchten ihre Augen wieder die Seinen und sie sprach immer noch ein wenig betäubt: „Dann wachte ich auf."
Enttäuscht, aber doch lächelnd lehnte sich der Herr der Schlangen zurück und anerkennend murmelte er: „Ein gewaltiger Traum."
„Verstehen Sie diesen Traum?", rief Sonja ungeduldig. Sie hatte das Gefühl, mehr über sich verraten zu haben, als ihr recht war.
„Bevor ich diesen Traum in seinem Wesenskern deute, möchte ich darauf hinweisen, daß jede Deutung subjektiv ist. Jeder Mensch versteht gewisse Symbole anders als der andere. Es gibt hier kein richtig oder falsch. Es geht nur darum: Versteht man das Symbol oder versteht man es nicht?"

„Wer ist dieses Monster?“, rief Sonja, der nicht nach allgemeinen Ausführungen über die Subjektivität von Deutungen zumute war.
Genüßlich kräuselte der Herr der Schlangen seine Lippen und sagte mit verschmitztem Lächeln: „Ich bin das Monster.“
Sonja zuckte zusammen und rief gleich: „Aber wieso fressen Sie Kinder?“
Der Herr der Schlangen sagte: „Ich möchte nochmal darauf hinweisen, daß Deutungen Vermutungen sind. In der Sprache Ihres Traumes bin ich das Monster. Aber ich fresse keine Kinder, sondern es ist vielmehr so: Ich fresse den Kinderwunsch vieler Frauen.“
„Sind Sie gegen Kinder?“, rief Sonja scharf und aufgebracht.
„Selbstverständlich habe ich zu diesem Thema eine gespaltene Meinung. Für manche Frauen ist es gut, Kinder zu haben. Manche Frauen wollen und brauchen die Erfahrung der Mutterschaft, die Erfahrung der Verantwortung, die Erfahrung, einen anderen Menschen von Anfang an wachsen zu sehen. Aber es gibt auch Frauen, die dies nicht brauchen, bei denen der Kinderwunsch eine Ablenkung von ihrer wesentlichen Aufgabe ist. Und genau um solche Frauen handelte es sich in Ihrem Traum.“
Sonja war es nun doch unangenehm, mit welcher Selbstverständlichkeit der Herr der

Schlangen in ihrem Traum herumtrampelte. Wenig feinnervig, wie Sonja fand, fuhr der Herr der Schlangen fort: „In Ihrem Traum gibt es einen Meister, oder wie Sie sagen Monster, der den Frauen, die von ihm geschult werden wollen, nach und nach den Kinderwunsch wegfrißt."
Als der Herr der Schlangen Sonjas entsetztes Gesicht sah, fügte er hinzu: „Ich möchte noch einmal betonen, daß dies eine Traumdeutung ist, die ich Ihnen zum Nachdenken präsentiere. Es ist ausschließlich meine Sicht der Dinge und die ist genau so richtig wie Ihre Sicht der Dinge. Nicht weniger und nicht mehr. Ich bedaure allerdings nur, daß Sie Ihre Entscheidung im Traum nicht getroffen haben."
Sonja wurde rot, denn sie spürte in diesem Moment eine merkwürdige Anziehung. Genau die gleiche Anziehung, die sie im Traum dem Monster gegenüber gespürt hatte. Eine Anziehung, sich auf ein großes, gefährliches Abenteuer einzulassen. Sie wehrte sich gegen dieses Bild, aber es wurde immer stärker. Eine plötzliche Erregung keimte in ihr auf. Sie fühlte sich weich und verfügbar. Schnell blickte sie zum Herrn der Schlangen, aber der schien nichts zu bemerken.
Er lehnte sich zurück und sagte nachdenklich: „Dies ist ein wirklich phantastischer Traum. Ich hätte nur allzu gerne gewußt, wie

Sie sich entschieden haben. Schade."
Fast hämisch sagte Sonja: „Ja, schade, daß ich aufgewacht bin."
„Nein", sagte der Herr der Schlangen, „Hier täuschen Sie sich. Sie sind nicht aufgewacht, sondern eingeschlafen."
„Wie?", Sonja blickte verwirrt.
„Der Traum ist viel wahrer als Ihr wirkliches Leben oder etwas, das Sie für Ihr wirkliches Leben halten. Und deswegen nenne ich die Tatsache, daß Sie die wichtige Entscheidung nicht getroffen haben, ein Einschlafen und nicht ein Aufwachen."
Sonja stellte erleichtert fest, daß ihre Erregung nach seinem wie sie glaubte dummen Gerede sofort wieder abnahm.

Die erste Körpermeditation

Sonja war die folgenden Tage innerlich stark bewegt. Sie schwankte hin und her. Einerseits war sie vom Herrn der Schlangen angezogen, denn der lebte irgendwie in einer grenzenlosen Welt und verfügte über eine furchtlose, aber doch hochsensible Persönlichkeit. Aber er war zu alt. Sie konnte sich einfach keine Liebesromanze mit ihm vorstellen. Wie sollte sie sich denn in einen Mann verlieben, der ihr Vater, ja, manchmal sah er sogar so aus, als ob er ihr Großvater sein könnte?
'Ach', seufzte Sonja so manches Mal: 'Den Geist des Herrn der Schlangen und den Körper, das Aussehen und vor allem das Alter des Kellners vom mexikanischen Restaurant.' Bei dieser Vorstellung geriet Sonja sofort ins Schwärmen. Das wäre eine Mischung nach ihrem Geschmack.
Sonja wollte aber nicht wieder unverrichteter Dinge in ihren Phantasiewelten verschwinden. Sie wollte Leben erleben. Einmal erwog sie sogar, im „Las Cucarachas", dem mexikanischen Restaurant in der Oranienburgerstraße essen zu gehen. Aber sie verwarf diesen

Gedanken dann wieder. Sie mochte sich nicht, wenn sie irgendwo blöde vor sich hin grinsend wartete, bis der Schöne sie endlich bemerken würde. Da besann sie sich auf das Sprichwort, das sie in ihrer Kindheit so oft gehört hatte: Lieber den Spatz in der Hand als die Taube auf dem Dach. Es kam ihr allerdings komisch vor, daß sie den Hilfskellner als Taube und den Herrn der Schlangen als Spatzen einstufte.
Kurzentschlossen rief sie beim Herrn der Schlangen an und schnörkellos bestellte sie eine Körpermeditation. Der war gerade in Frankfurt, aber versprach zur Körpermeditation nach Berlin zu kommen. Eine Woche später wollten sich die beiden um siebzehn Uhr im Café des Anfangs treffen.
Als Sonja sich auf den Weg zum Café machte, wurde sie immer aufgeregter. Was würde geschehen? Wie weit würde er gehen? Wie weit würde sie es geschehen lassen? Diesmal wußte sie, daß sie in eine tiefere Beziehung mit ihm treten würde als je zuvor.
Sie war gespannt darauf, wie der Herr der Schlangen in einer solchen Situation sein würde. Selbst in der Öffentlichkeit nahm er ja kein Blatt vor den Mund. Wie würde er erst mit ihr sprechen, wenn er mit ihr alleine in einem Zimmer wäre?
Als Sonja das Café erreicht hatte, sah sie den

Herrn der Schlangen bereits in einem Sessel sitzen. Er lachte ihr freundlich zu, als sie ihn begrüßte. Sofort erhob er sich, um sie sanft zu umarmen. Das war ihr schon fast ein wenig zu dicht und zu vertraut. Schnell zog sie ihn nach draußen.
Sonja fand es, obwohl der Einfluß des Winters gebrochen war, immer noch recht kühl. Der Frühling hatte sich noch nicht wirklich durchsetzen können.
Der Herr der Schlangen griff nach ihrer Hand und so gingen sie still und Hand in Hand die Straße Unter den Linden entlang zum Hotel, in dem es geschehen sollte.
Sonja wurde immer aufgeregter, denn nicht nur, daß sie nicht wußte, was eine Körpermeditation wirklich war, sie wußte noch nicht einmal, ob überhaupt eine Körpermeditation stattfinden würde. Immer wieder schoß es ihr durch den Kopf, ob das Ganze nicht vielleicht ein von ihm ausgefeilter Plan war, um mit ihr schlicht und einfach Sex zu haben. Vielleicht war das Ganze der üble Trick eines älteren Mannes, der Lust auf junges Fleisch hatte. In ihrem jungen Leben hatte Sonja gerade von Freundinnen schon viel gehört, wie immer wieder ältere Autoritätspersonen hinterhältig versucht hatten, junge Frauen zu verführen.
Sie zog ihre Hand zurück. Der Herr der

Schlangen ließ sie gewähren. Er ahnte den Kampf, der in ihr stattfand. Er konnte sich lebhaft vorstellen, wie stark die illusionsgeprägte Sonja ringen mußte, um sich auf den Weg des Seelenerlebens zu begeben.
Das Hotel, das der Herr der Schlangen ausgewählt hatte, befand sich in der Nähe der Prachtstraße Unter den Linden, gleich neben dem Berliner Dom.
Der Herr der Schlangen blieb kurz stehen und gewährte Sonja auf diese Weise noch eine letzte kurze Bedenkzeit.
Sonja verhielt sich ruhig und abwartend.
Da nahm der Herr der Schlangen Sonja wieder bei der Hand und führte sie durch die große Drehtür ins Hotel.
Sonja war für einen Moment ohne Atem. So ein pompöses Hotel hatte sie nicht erwartet. Sie stand in einer riesigen Vorhalle, in deren Zentrum ein vielleicht dreißig Meter hohes bis zur Decke reichendes kreisrundes Aquarium stand. In dem gewaltigen Aquarium tummelten sich Fische in allen Farben und Größen im bläulichen Wasser.
Sonja fühlte sich auf der einen Seite geschmeichelt, ein so teures Hotel betreten zu dürfen, auf der anderen Seite, vor allem als sie den Blick des Herrn an der Rezeption sah, fühlte sie sich wie eine kleine billige Nutte, die jetzt mit einem reichen Herrn zu dessen

umfassender Lustgewinnung ins sündhaft teure Luxushotel abstieg.
Schnell waren die Formalitäten an der Rezeption erledigt und Sonja sah, daß der Herr der Schlangen über eine goldene Kreditkarte verfügte. Sie versuchte seinen Namen, der in der Karte eingestanzt sein mußte, zu lesen, aber es gelang ihr nicht.
Sie machten sich auf den Weg zum Zimmer, und immer noch gebannt blickte Sonja aufs Aquarium, als sie mit dem gläsernen Aufzug in den dritten Stock fuhren.
'333', dachte sie, als sie die Zimmertür sah, 'wird mein Schicksal.'
Als sie das Hotelzimmer betraten, fühlte Sonja sich wie eine Kuh, die zur Schlachtbank geführt wird. Sie beschloß aber, keinen Widerstand mehr zu leisten, sondern sie wollte jetzt eine Erfahrung machen. Sie konnte nicht immer wieder davonlaufen, um sich dann wieder aufs Neue angezogen zu fühlen.
'Im schlimmsten Falle', dachte sie wie sie fand schon ganz schön abgebrüht, 'nehme ich hinterher eine Dusche und dann wasche ich alles von mir ab. Es wird dann keine zweite Körpermeditation mehr geben.'
Sie hatte ihre Winterjacke und er seinen Mantel ausgezogen und ordentlich auf die Kleiderbügel im schicken Einbauschrank gehängt. Auch die Schuhe hatten sie ausgezogen. Er

sprach zu ihr: „Ich bin sicher, Sie möchten duschen. Tun Sie sich keinen Zwang an, nehmen Sie sich Ihre Zeit und hier...", er hatte ein Seidenkleidersäckchen aus seiner großen Aktentasche gekramt, das er ihr nun hinhielt, „... ziehen Sie sich dieses über. Es sind Kleider aus allerfeinster Seide."
Sonja nahm das leichte Seidentäschchen und verschwand im Bad. Neugierig öffnete sie sogleich das Säckchen und nahm die bunten Seidenkleider heraus. Es war eine weite Seidenhose und eine Seidenjacke, die ihr bis zum Oberschenkel reichte, in der Farbkomposition blau, grün und türkis.
Sonja vergewisserte sich sofort im Spiegel, daß man durch die Seide nicht hindurchsehen konnte. Da fiel ihr auf, wie schön sie war. Vor allem war sie erstaunt, wie treffend die Farbkombination zu ihren Augen paßte.
Als Sonja aus dem Bad ins Zimmer trat, sah sie sofort, daß auch er sich umgezogen hatte. Auch er trug eine seidene Hose mit langer Jacke, allerdings in den Farben rot, gelb und orange. Er sah indisch aus.
Dann legte sie sich auf seine knappe Anweisung hin aufs Bett und er sprach: „Ab jetzt geht es nur noch um Entspannung. Es ist unserer furchtbar bewegungsarmen und gefühlsarmen Kultur zu verdanken, daß die Menschen ihre Herzen hinter einem Muskelpanzer

der Anspannung verbergen. Also hilft nur Entspannung, wenn man die Bilder, die im Herzen ruhen, aktivieren will."
Der Herr der Schlangen rückte seinen Stuhl dicht ans Bett, auf dem Sonja abwartend lag. Er sprach weiter: „Das einzige, was Sie jetzt tun sollten: Bewußt atmen. Lassen Sie den Atem langsam, aber sicher zu den verspannten Stellen Ihres Körpers fließen."
Er legte sanft seine Hand auf ihren Unterbauch, knapp unter ihren Bauchnabel. Sie spürte die Wärme seiner Hand und sie konnte sich der Wärme, die von dieser Hand ausging, nicht mehr entziehen. Seine warme Hand öffnete Sonja. Sofort begann sie ihren Atem dorthin fließen zu lassen, wo seine Hand lag. Eine ganz feine, vibrierende Energie sprang über und entspannte sie tief.
Vielleicht eine Viertelstunde lang geschah nichts anderes, als daß sie diese Hand spürte und ihre Schwingungen immer mehr in sich aufnahm. Dann bewegte er seine Hand und legte sie zart auf ihren Oberbauch, dorthin, wo die Rippen einen Bogen bildeten. Seine Bewegung war sanft und liebevoll und Sonja hatte inzwischen Vertrauen gefaßt und atmete in langsamen und tiefen Atemzügen dorthin, wo er seine Hand auf ihren Körper gelegt hatte. Auch auf ihrem Oberbauch wirkte seine Hand warm und entspannend.

Plötzlich durchzuckte sie ein unglaublicher Schmerz in der Herzgegend, der sie erzittern ließ. Sie hielt die Luft an und verkrampfte. Sofort zog der Herr der Schlangen die Hand zurück und fragte: „Was ist?"
Sonja wurde schwindlig und schwarz vor Augen. Er legte seine Hand auf die Seite ihres Halses, streichelte dann sanft ihren Hals und sagte: „Ruhig, ruhig atmen. Tief durchatmen. Hierbleiben. Soonija, bleiben Sie hier."
Sie bemerkte, wie er kurz innehielt und aus einem winzig kleinen Fläschchen sich etwas auf die Innenseite seines Handgelenks rieb. Sofort breitete sich ein wunderbar intensiver Duft nach Rosen aus.
„Rosenöl", erklärte er mit sanfter Stimme: „Das ist reines Rosenöl."
Er hob das winzig kleine Fläschchen hoch und sagte: „Hierin befindet sich ein ganzes Zimmer so groß wie dieses hier voller bulgarischer Rosenblütenblätter. Diese wurden gepreßt und ergeben genau dieses winzig kleine Fläschchen voll."
Da entspannte sie sich wieder. Er streichelte sanft mit der rechten Hand ihren Hals. Der wunderbare Rosenduft breitete sich immer weiter aus.
Mit trockenem Mund fragte Sonja: „Was war dieser Schmerz?"
Er erklärte ihr mit sanfter Stimme: „Was das

war, weiß ich nicht. Was das war, wissen nur Sie. Es ist ein tiefer Schmerz, den Sie hier in Ihrem Oberbauch gespeichert haben. Dieser Schmerz ist jetzt durch meine Berührung aktiviert worden. Er ist jetzt da und will bearbeitet werden. Auch wenn Sie im Moment noch nicht genau wissen, was es ist, so wird sich Ihnen doch sehr bald zeigen, welches schmerzhafte Bild sich in ihr Bewußtsein drängt."
Der Herr der Schlangen hatte langsam gesprochen, so daß Wort für Wort in ihr Bewußtsein dringen konnte. Jetzt wurde ihr warm. Am ganzen Körper fühlte sie sich warm und wohlig und sie merkte langsam, wie diese wärmende Wohligkeit in eine ganz sanfte Erregung umschlug. Für einen Moment hoffte sie sogar, daß seine sanfte Hand an den Punkt ihrer höchsten Erregung wandern würde.
Aber die Hand des Herrn blieb ruhig an ihrem Hals. Sein Atem floß tief und gleichmäßig. Sonja paßte ihren Atem instinktiv dem seinen an und ihr Schmerz löste sich endgültig auf und eine tiefe Entspannung breitete sich aus. Sie wurde langsam müde.
Schließlich schlief sie ein.
Vielleicht eine Stunde hatte sie so tief entspannt geschlafen, als sie in der gleichen Position aufwachte, in der sie eingeschlafen war. Der Herr der Schlangen saß immer noch im Stuhl neben dem Bett. Er hielt die Augen ge-

schlossen, aber er schlief nicht. Sonja fühlte sich wohl und lächelte.
Da öffnete er die Augen und sagte: „Ich sehe, Ihnen geht es gut. Dann ist es Zeit für mich, Sie zu verlassen. Sie können heute Nacht hier bleiben. Das Hotelzimmer ist bezahlt. Ich werde Sie morgen früh wieder abholen. Dann haben wir noch einmal Zeit zu sprechen."
Er erhob sich und verschwand im Bad, um sich umzuziehen.
Sonja war enttäuscht. Er würde sie doch jetzt nicht einfach liegenlassen?
Als er umgezogen aus dem Bad zurückkehrte, sah er ihre Enttäuschung und sprach: „Glauben Sie mir, Sie müssen jetzt alleine sein. Sie müssen sich jetzt ganz alleine Ihrem Schicksal stellen. Vor allem müssen Sie jetzt versuchen zu beschreiben, was sich hinter dem Schmerz in Ihrem Brustmuskel verbirgt. Ich habe durch meine Berührungen etwas in Ihnen hervorgerufen. Ich habe etwas zum Klingen gebracht, was Ihnen längst verklungen erschien. Mit meiner Energie ist ein Erlebnis aus längst vergangener Zeit hervorgelockt worden, was Sie hinter einem heftigen Schmerz vor sich selbst verborgen gehalten hatten. Jetzt aber müssen Sie den Schmerz als Geschichte selbst wieder erleben. Da führt kein Weg dran vorbei. Ich lasse Sie jetzt alleine. Sie sind in diesem Hotel gut behütet."

Er legte einen Notizblock auf den Nachttisch und sprach weiter: „Ich empfehle Ihnen, diesen Notizblock reichlich zu nutzen. Sie sind noch sehr müde und werden wieder einschlafen. Aber morgen früh oder mitten in der Nacht werden Traumbilder oder Gedankenfetzen erscheinen, die sich zu einer Geschichte verbinden lassen. Es ist wichtig, daß Sie diese Einzelheiten der Geschichte, die im ersten Moment gar nicht zusammenzupassen scheinen, sofort aufnotieren. Denn die Geschichte wird wieder verschwinden, wenn es Ihnen nicht gelingt, sie sofort im Bewußtsein zu halten und zu dokumentieren. Das Unterbewußte ist wie ein Meer. Nur manchmal bei starkem Seegang, wenn die Wellen auf und nieder peitschen, kann man den Untergrund sehen. Dann muß man wach sein."
Als er gegangen war und die Tür leise geschlossen hatte, drehte sie sich um und weinte. Sonja war enttäuscht. Sie fand ihn gemein. Sie hatte sich geöffnet. Zum ersten Mal in ihrem Leben hatte sie sich bewußt einem Menschen geöffnet und der betrachtete sie als ein wissenschaftliches Experiment.
Hatte er denn gar kein Herz im Leib?
Hatte er denn nicht gesehen, wie sehr sie ihn jetzt brauchte?
Hatte er denn nicht bemerkt, wie alleine sie sich jetzt fühlte, verlassen und verloren?

Wie wichtig wäre es jetzt gewesen, seinen Atem zu spüren!
Sonja wurde zornig. Aber der Zorn fand keinen Ausdruck. Sie war zu müde. Unendlich müde. Sie drehte sich auf die Seite und atmete langsam und regelmäßig, so wie er geatmet hatte. Das beruhigte sie.
Sonja schlief sofort ein.
In der Nacht wachte sie mehrmals auf. Jedesmal hatte sie unglaublichen Durst.
Neben ihr Bett auf den Nachttisch hatte der Herr der Schlangen fürsorglich eine große Flasche Wasser gestellt. Immer wieder wachte sie auf und trank ein Glas Wasser und schlief dann gleich wieder ein.
Es war eine wilde, zerrissene Nacht.
Sonja machte sich Notizen: Traum- und Gedankenfetzen erschienen. Aber das alles ergab erst einmal noch keine zusammenhängende Geschichte.
Als es hell wurde und von weit draußen von der großen Straße der Alltagslärm in ihr Zimmer drängte, setzte Sonja sich im Bett auf, nahm Block und Stift zur Hand und formte aus den vielen Einzelheiten eine Geschichte. Sie bemühte sich, schön zu schreiben. Sie bemühte sich, eine gute Struktur zu finden, denn sie wußte, wenn der Herr der Schlangen käme, würde er als erstes fragen: „Wo ist Ihre Geschichte?"

Die Venezianische Liebesnacht

Venedig, ein Traum an Schönheit, Reichtum und Verworfenheit bildet den Hintergrund dieser Geschichte über verbotene Liebe und unbeherrschte Leidenschaft. Es war in den Jahren der völligen Entfesslung sexueller Obsessionen, die wie ein Gewitter über Norditalien hinwegzogen.

Nicht immer leuchtet die Gottesliebe klar im Herzen jener, die es sich zur Lebensaufgabe gemacht haben, genau von jener Gottesliebe heiligmäßig zu künden.

Gerade Mönche sind Anfeindungen ausgesetzt, denen sie in den allerseltensten Fällen widerstehen können.

Isabella wohnte im Norden Venedigs in der Nähe der Kirche zum Heiligen Geist und aus diesem Grunde ging sie dort zur Beichte. Der Priester dieser Kirche war Pater Pietro.

Daß Pater Pietro Isabella tiefer in die Sünde hineinstoßen würde, als je eine Frau von einem Priester gestoßen wurde - wer konnte das ahnen?

Es war kurz vor der Karnevalszeit noch lange vor Frühlingsbeginn, als Pater Pietro in seinem

Beichtstuhl saß und still betete. Da vernahm er Geräusche, die darauf schließen ließen, daß jemand den Beichtstuhl betrat.
Von diesem Moment an nahm das Schicksal seinen Lauf. Pater Pietro schob den Vorhang, der den Sünder vom Priester trennte, leicht zur Seite, weil er sehen wollte, wer sich da in seinen Beichtstuhl hineingekniet hatte.
Er erblickte einen schlanken Hals, auf dem dunkle Haare glänzend perlten.
Pater Pietro biß sich auf seine Lippen. So viel Schönheit an diesem regnerischen Nachmittag hatte er nicht erwartet.
Isabella war gerade achtzehn Jahre alt geworden und stand in der Blüte ihrer Jugend. Pater Pietro schloß die Augen, als Isabella ihre sinnlichen Lippen öffnete und mit süßer Stimme sprach: „Vergib mir, Vater, denn ich habe gesündigt."
„Wer könnte einer solchen Schönheit wie dir nicht vergeben?", wollte Pater Pietro sagen, doch natürlich schwieg er.
Isabella nahm sein Schweigen als Aufforderung und begann ihre Beichte. Ihr junges Herz trug schwere Last, denn Isabella war entbrannt für einen jungen Mann aus reichem und bekanntem Hause. Sein Name war Alberto. Trotz aller Mühen gelang es ihr nicht, ihre immer häufigeren unsittlichen Gedanken zu bannen. Im Gegenteil - mehrmals hat-

te sie nicht mehr an sich halten können, und beim Gedanken an seinen jungen, starken und wohlgeformten Körper hatte sie sich selbst unsittlich berührt.
Pater Pietro schluckte hörbar.
Isabella stockte in ihrer Beichte. Sie hatte an dieser Stelle eine Rüge des Beichtvaters erwartet, doch Pater Pietro schwieg. Er wollte sich nicht durch eine belegte oder gar zitternde Stimme verraten.
Nach einer Weile der Stille fragte Isabella scheu: „Ehrwürdiger Vater, was kann ich tun, um meine Schuld zu sühnen?"
Nun mußte Pater Pietro antworten und mit belegter Stimme sprach er so beherrscht, wie es ihm möglich war: „Mein Kind, es ist wahrhaft keine Sünde einen Mann zu lieben, und Alberto ist mir wohl bekannt. Er ist ein rechtschaffener junger und schöner Mann und ist noch keiner Frau versprochen. Wie willst du wissen, ob er nicht das Gleiche für dich empfindet wie du für ihn? Ego te absolvo", murmelte der Pater auf lateinisch die Vergebung ihrer Sünden und verließ dann schnell den Beichtstuhl, ohne Isabella ein Sühnegebet erteilt zu haben.
Eine Woche war vergangen. Das Karnevalstreiben auf den Straßen nahm immer wildere, lustigere und groteskere Formen an.
Pater Pietro hatte sich geschworen, die Lust

seines sündigen Fleisches zu bändigen.
Mit zusammengeschnürtem Herzen saß Pater Pietro wieder im Beichtstuhl. Da nahm er auch schon die vertrauten Schritte seiner allerheimlichsten Liebe wahr. Kaum hatte er im Beichtstuhl den Vorhang zugezogen, da hörte er auch schon Isabellas Stimme, die vor Erregung bebte. Wieder sprach sie davon, wie sehr sie Alberto begehrte.
Pater Pietro wollte nicht lügen, aber da war etwas in seinen Tiefen, das ihn zu einer gewaltigen Lüge zwang. Mit zittriger Stimme berichtete er Isabella, daß Alberto kürzlich zu ihm gekommen sei und ebenfalls sein Herz ausgeschüttet habe. Wegen des Beichtgeheimnisses dürfe er jedoch nicht ausführlich darüber sprechen. Pater Pietro nahm kaum Isabellas unterdrückten Freudenschrei wahr, als er erzählte, daß auch Alberto sie genau so begehre, wie sie ihn. In immer schöneren Worten schwärmte er von Alberto, der ein solch talentierter Mann und noch dazu adelig und wohlhabend sei. Immer mehr entbrannte Isabellas Herz. Pater Pietros Stimme wurde weich, als er begann, ihr Komplimente zu machen, die er freilich als Albertos Komplimente ausgab. So schwärmte er von ihren strahlenden Augen, die funkelten wie die Sterne am nächtlichen Himmel über Venedig, von ihrem kastanienbraunen Haar, das sich glänzend

über ihren Rücken wellte und von ihren harmonisch geschwungenen Hüften, die so zart schimmerten wie der Mond.
Isabella spürte, wie die Glut der Leidenschaft heiß ihren Leib durchströmte. Ihre Lippen bebten und erwartungsvoll zitterte sie Pietros verführerischen Worten entgegen.
Glückseligkeit durchströmte sie, als Pietro ihr von einer Verabredung erzählte, die Alberto wünsche und die er, Pater Pietro, in die Wege leiten solle. Schon in der nächsten Nacht wollte Alberto sie treffen. Er wollte Isabella in ihrem Hause besuchen. Isabella hatte dies in ihren Tagträumen schon häufig durchgespielt und Pater Pietro gebeichtet. Der hatte sehr genau zugehört. Isabella war in der Lage, ihren klugen Plan sofort zu offenbaren. Aufgeregt erklärte Isabella dem Pater genau, wie Alberto zu ihr gelangen könne. Pater Pietro machte sich eine genaue Skizze.
Für Pater Pietro war es kein Problem, sich vornehme Kleider zu beschaffen. Eine Maske, wie sie zu Karnevalsfesten üblich war, hatte er sich ebenfalls schnell besorgt. Seine Gier auf Isabellas heißen Körper hatte sein priesterliches Gewissen aufgelöst.
Gut verkleidet begab sich der Pater gegen Mitternacht zu Isabellas Haus. Unbemerkt konnte er sich an den Nachtwächtern, die von Isabella bestochen worden waren, vorbei-

schleichen und gelangte in die von Isabella so präzise beschriebene Kammer.
Aufgrund seiner Anweisungen, die er Isabella gegeben hatte, war das Zimmer dunkel. Die Fenster waren mit schweren Vorhängen verhängt. Nur eine kleine Kerze brannte in einer Ecke und erhellte wohl die Ecke, aber bei weitem nicht den ganzen Raum.
Pater Pietro konnte Isabella nur schemenhaft sehen und bewegte sich vorsichtig auf das große Himmelbett zu, auf dem sie lag.
Witternd nahm er ihren süßen Duft wahr und beugte sich über sie. In der Dunkelheit konnte er ihr Gesicht nicht erkennen, doch er hörte ihren feinen Atem, den er schon so gut kannte und dessen Rhythmus ihn so wild erregte.
Mit gezügelter Kraft ließ er seine Finger über ihren willigen Körper gleiten.
Als Isabella leise aufstöhnte, konnte sich Pietro nicht mehr halten. Die Leidenschaft glühte auf und der Damm brach unter der Last jahrelang zurückgehaltener Lust. Beide Körper waren liebeshungrig und nicht mehr in der Lage sich zu beherrschen. Mit Isabella erlebte der Priester die Zartheit, die Wildheit und die Lust der körperlichen Liebe. Die beiden liebten sich bis hart an die Grenze zur Besinnungslosigkeit.
Als im Morgengrauen der Hahn krähte, erinnerte er sich, daß um diese Zeit der Apostel

Petrus seinen Herrn und Meister Jesus verraten hatte. Er verabschiedete sich schnell und verschwand so leise und geschmeidig, wie er gekommen war.
Der Karneval in Venedig tobte seinem Höhepunkt entgegen und ganz Venedig befand sich in Vorbereitung auf das große, alles überragende Fest auf dem Markusplatz.
Auch Isabella war von dieser Vorfreude ergriffen und hatte sich ein besonders reizvolles Kostüm ausgewählt, das ihre frischen jungen und vor allem sehr weiblichen Reize zum Vorschein brachte: Sie hatte sich als Paradiesvogel verkleidet.
Isabella fieberte dem Festabend entgegen, vor allem deswegen, weil sie wußte, daß sie dort Alberto wiedersehen würde.
Das Fest war großartig vorbereitet. Alles funkelte und schimmerte in den prächtigsten Farben ausgelassener Lebenslust. Die Menschen genossen es, hinter Masken gut versteckt sich so zu geben, wie sie wirklich waren.
Als Isabella mit klopfendem Herzen endlich Alberto entdeckte, dessen obere Gesichtshälfte mit einer Vogelmaske bedeckt war und der an einem Baum lehnte, blieb sie leicht erstaunt stehen. Sie hatte ihn schmächtiger in Erinnerung. Hier an den Baum gelehnt sah er so kräftig und groß aus. Vielleicht hatte es etwas mit dem Laternenlicht, das ihn be-

schien, zu tun, so daß seine Proportionen anders wirkten, dachte Isabella. Mutig steuerte sie auf ihn zu und scheu sprach sie ihn an. Alberto lächelte ihr höflich zu. Isabella war unsicher. Er wirkte abweisend. Da dachte sie daran, wie leidenschaftlich er in der vergangenen Liebesnacht gewesen war.
Sie faßte Mut und begann über die gemeinsam so liebevoll erlebte Nacht zu sprechen. Isabella konnte deutlich sehen, wie Alberto die Stirn unter seiner Vogelmaske runzelte. Er fragte sie unvermittelt: „Was redest du?"
Isabella wich entsetzt zurück. Schnell sprach sie weiter, um herauszufinden, was geschehen war: „Aber Geliebter, du weißt doch, unser Mittelsmann Pater Pietro von der Heiligen Geist Kirche hat uns erst vor wenigen Nächten zusammengeführt..."
Sehr schnell bemerkte Alberto, was da gespielt worden war. Ohne weitere Tatsachen wissen zu wollen, kam er zu den richtigen Rückschlüssen. Sein Entschluß stand sofort fest: Isabella war von einem geilen unwürdigen Priester entehrt worden. Dies sollte der dreiste verfluchte Priester büßen.
Gleich am nächsten Morgen suchte Alberto den Priester in dessen Kirche auf.
Als Pater Pietro Alberto eintreten sah, wußte der schuldige Priester sofort, daß sein von wilder Leidenschaft diktierter Betrug aufge-

flogen war. Seine verruchte Tat war also bekannt geworden und nun folgte die verdiente Strafe gleich auf dem Fuße.
Alberto forderte Pater Pietro auf, ihm nach draußen auf die Treppe vor der Kirche zu folgen. Der Pater tat wie ihm geheißen und folgte dem wütenden Alberto wie ein Lamm, das zur Schlachtbank geführt wird. Als Pater Pietro bleich vor ihm stand, warf Alberto ihm verächtlich einen Degen hin.
„Wehr dich!", waren seine einzigen Worte, die er an den verstummten Priester richtete.
Pater Pietro griff nach dem Degen und hob ihn wie zum Kampfe, aber stach nicht zu. So kam es, daß Alberto dem Priester seinen Degen ohne dessen Gegenwehr so tief in den Leib stieß, daß er hinten wieder heraustrat. Pietro nahm es wie eine Erlösung. Schuld hatte ihn gequält. Nun war sie gesühnt.
Pater Pietro stürzte und sein Kopf schlug hart auf. Blut quoll aus seinem Oberbauch und rann über die Steine.
Alberto ließ Pietro voller Verachtung auf den Stufen zum Kirchenportal liegen.
Als die Nacht ihre Flügel über Venedig ausgebreitet hatte, ging Alberto in jenes Haus, in dem Isabella bereits auf ihn wartete. Alles verlief wie geplant. Diesmal mit dem echten Alberto. Er nahm Isabella im Sturm. In einem Nebensatz hatte er erwähnt, daß er den

verruchten Pater hart bestraft hatte.
Es dauerte eine Weile, bis Isabella sich selbst eingestand, daß Alberto sie enttäuschte.
Er wirkte fahrig, nicht bei der Sache und ganz und gar mit sich selbst beschäftigt. Schnell und hart war er in sie eingedrungen und nach wenigen Minuten war er erschlafft neben sie gesunken und schon bald eingeschlafen. Nach einer Stunde war er aufgewacht, hatte das Gleiche wiederholt und war dann wortlos wieder gegangen. Wie eine Ratte war er zurück in die Dunkelheit gehuscht, aus der er gekommen war.
In dieser Nacht wälzte sich Isabella qualvoll in ihrem Bette. Erst in den Morgenstunden fand sie unruhigen Schlaf.
In ihrem Traum erschien ihr Pater Pietro, der um Hilfe rief. Und als sie erwachte wußte sie, daß sie ihn finden mußte, denn das Leben des Priesters war in Gefahr.
Von dem Küster der Kirche zum Heiligen Geist erfuhr sie, daß Pietro sofort in ein einsames Kloster geschafft worden war. Man wollte von Seiten der Kirche bei aufkommenden Gerüchten den Schuldigen verbergen. Die schwere Wunde heile sehr langsam, doch es bestünde Hoffnung, fügte der Küster tröstend hinzu.
Isabella verstand sofort, was geschehen war.
In der ersten wunderschönen Liebesnacht war Pater Pietro bei ihr gewesen. Und als sie

Alberto angesprochen hatte, hatte der den üblen Betrug durchschaut und den Pater schwer verletzt. Isabella brauchte eine Woche, bis sie in ihren aufgewirbelten Gefühlen eine solche Ordnung geschaffen hatte, daß sie handlungsfähig wurde.
Unter dem Vorwand, ihren kranken Großvater zu besuchen, verabschiedete sie sich von ihrer erstaunten Familie. Sie nahm sich die Familienkutsche. Schon am nächsten Tag um die Mittagszeit kam sie am Kloster an, in dem Pater Pietro versuchte zu gesunden.
An der Klosterpforte bezeichnete sie sich forsch als Pietros Schwester und fand sogleich freundlichen Einlaß.
Lächelnd dachte sie: 'Wenn Pietro sich bei mir mit Betrug Einlaß verschafft hat, dann kann ich es ebenso bei ihm.'
Ein Mönch führte sie zu Pietros Krankenzimmer. Als sie die Tür zu Pietros schlichtem Zimmer öffnete, erschraken beide und hielten den Atem an und ebenso regungslos wie Pietro auf seinem Bett lag, stand sie im Türrahmen. Isabella wußte, daß es nun an ihr war zu handeln. Sie schloß die Tür hinter sich und ging zu Pietro und setzte sich auf sein Bett. Pietro geriet in Panik, aber dann sah er an ihrem Blick, daß sie nicht auf Rache sann, sondern ihm bereits vergeben hatte.
Pietro schluchzte auf. Zuckende Schamgefüh-

le ließen seine Wunde wieder aufbrechen. Isabella berührte sein warmes Blut, das von seiner Brust ins Bett pulsierte. Sie blickte Pietro an und er erwiderte ihren zärtlichen Blick. Beide wußten, daß sie in diesem Leben nie mehr gemeinsam glücklich werden könnten. Ihre Blicke kreuzten sich immer wieder, bis sie aufgaben, wegschauen zu wollen. Von Seele zu Seele blickten sie sich an. Ihre Tränen liefen ihre Wangen herunter und so zart, wie sich nur Seelen berühren können, strich Isabella mit ihren feinen Fingern über seine trockenen und heißen Lippen, die ein solches Feuer in ihr entfacht hatten.
Als sie das Gift aus einer mitgebrachten Phiole in ihren Mund träufelte, lächelte er. Sie legte sich neben ihn. Das Blut aus seiner Wunde lief unentwegt. Isabella spürte warm, wie seine Lebenskraft ihre Kleidung durchtränkte. Mit letzter Kraft legte er seinen Arm behütend um sie. Er wurde immer bleicher und lächelte immer noch, als sie schon längst eingeschlafen war.

Am Morgen danach

Sonja war wieder eingeschlafen, nachdem sie ihre innerlich so dramatisch erlebte Geschichte zu Ende geschrieben hatte. Wieder hatte sie das deutliche Gefühl gehabt, daß ihr die Geschichte diktiert worden sei. Sie hatte nur schreiben müssen, was diese innere Stimme ihr zuflüsterte.

Die beschriebenen Blätter lagen verstreut um sie herum. Der feine türkis, blau und grüne Seidenanzug umhüllte sie zärtlich.

Nach einer Weile hörte sie, wie die Tür geöffnet wurde. Sie stellte sich schlafend.

Sie hörte, wie er den Mantel und die Schuhe auszog und sich im Sessel am Fußende des Bettes niederließ. Sie spürte an den Wärmestrahlen, die ihren Körper durchdrangen, daß er sie anblickte. Sie genoß es, denn in diesem Moment fühlte sie sich jung und schön. Er blieb still.

Dann drehte sie sich zu ihm und blickte ihn mit offenen Augen an.

„Wo ist Ihre Geschichte?", fragte er genau so, wie sie es erwartet hatte.

Sonja erhob sich elegant aus dem Bett und sammelte die beschriebenen Blätter, die sie fein säuberlich nummeriert hatte, zusammen.

Wortlos reichte sie ihm die geordneten Blätter. Sofort begann er die Geschichte zu lesen. Sonja setzte sich aufs Bett und blickte ihn an. Er war ganz in ihre Geschichte versunken. Seine Augen jagten über das Papier und Sonja konnte an seinem feinen und konzentrierten Mienenspiel ablesen, an welcher Stelle ihrer Geschichte er sich gerade befand. Dann beschloß sie, nicht länger in seinem Gesicht zu versinken. Also ging sie ins Bad, duschte und zog sich dann an.
Als sie zurückkam, setzte sie sich auf das Bett, ihm direkt gegenüber und fragte erwartungsvoll: „Und?"
Er fragte sie zurück: „Was und?"
„Sind Sie zufrieden mit meiner Geschichte?"
Er sagte: „Das ist die falsche Frage. Die richtige Frage ist: Sind Sie mit ihrer Geschichte zufrieden? Fühlen Sie sich heute stärker, als Sie sich gestern noch gefühlt haben?"
„Ja", Sonja lächelte ihn an, „ja, ich fühle mich besser. Ich fühle mich, als ob ich ein bißchen weniger auf mir trage. Aber was bedeutet denn diese Geschichte?"
Sie blickte auf den Stapel Blätter, den er neben sich auf den typisch geschmacklosen Hotelschreibtisch gelegt hatte.
„Die Deutung einer Seelengeschichte", fing er an und nahm wieder den belehrenden Unterton an, den Sonja nicht liebte. Inzwi-

schen hatte sie sich aber daran gewöhnt, daß der Herr der Schlangen nur ganz selten für sie allein sprach. Immer hatte er ein größeres Auditorium vor Augen. Langsam lernte sie es, dies hinzunehmen.
„Die Deutung einer Seelengeschichte", fing der Herr der Schlangen noch einmal an, denn er hatte bemerkt, daß Sonja nicht aufmerksam gewesen war, „ist schwierig. Denn letztlich entschlüsselt sie sich nur dem, der diese Geschichte erlebt hat. Sie waren jede Figur. Sie waren Isabella und Sie waren Pietro und Sie waren Alberto. Und beim todbringenden Stoß, als der Degen in den Oberbauch fuhr und hinten durch den Rücken wieder heraustrat, haben Sie diesen Stich gespürt. Symbolhaft hat Ihre Seele Ihnen durch diesen großen Schmerz eine Seelenweisheit mitgeteilt."
Er machte eine Pause, um sicher zu sein, daß sie die ungeheuerliche Botschaft, die er spürte, ebenfalls spüren konnte: „Welch eine Weisheit, die Ihre Seele Ihnen mitteilt: Der Falsche war der Richtige und der Richtige war der Falsche. Passen Sie auf: Ihre Seele warnt Sie! Sie müssen darauf achten, daß sie den Richtigen nicht mit dem Falschen verwechseln. Es ist die größte Kunst einer wirklichen Frau, daß sie während sie sich öffnet nicht in ihre eigene Illusion verfällt."
Sonja war das Ganze ein wenig zu kompli-

ziert und deswegen fragte sie: „Was weiß ich denn jetzt mehr?"
Er blickte sie an und schüttelte den Kopf und lächelte und sagte: „Darum geht es nicht. Es geht nicht darum, daß die Seelengeschichten großartig gedeutet werden, sondern es geht darum, daß Sie lernen, viele Blickwinkel einzunehmen und also verschiedene Positionen zu integrieren. Sie sollen lernen, daß Sie in solche Geschichten verwickelt waren und alle Seiten verstehen sollen. Das ist das Ziel aller Seelengeschichten."
Als der Herr der Schlangen sah, daß Sonja ihn nicht verstanden hatte, wiederholte er: „Sie sollen lernen, alle Blickwinkel einnehmen zu können. Integration ist das Ziel unseres Lebens. Diese unglaublich wichtige Seelengeschichte, die Sie heute Nacht erlebt haben, warnt Sie: Der scheinbar Richtige ist der Falsche und der scheinbar Falsche ist der Richtige. Seien Sie auf der Hut!"
Der Herr der Schlangen fuhr erhitzt fort: „Dies ist erst der Anfang. Es werden noch andere Seelengeschichten in Erscheinung treten, die noch schwieriger zu verstehen sein werden, aber Sie werden sie verstehen müssen. Sie werden begreifen müssen, daß es in Ihrer Seele keine Moral gibt. In der Seele gibt es nur ein vorherrschendes Gefühl: Liebe. Die Liebe versteht alles. Die Liebe verzeiht alles."

Sonja, die diese Worte über die Liebe berührten, rief aufgebracht: „Aber wozu haben wir dann eine Moral?"
„Moral", sagte der Herr der Schlangen und blickte in Sonjas Augen, „ist die Krücke für Menschen, die selbst nicht gehen können. Moral ist der Blindenhund für Menschen, die selbst nicht sehen können. Moral ist die Landkarte für Menschen, die nicht wissen, wo sie sind. Wer aber sehen kann, wer selbst aufrecht gehen kann, wer weiß, wo er ist, braucht keine Moral. Denn er ist umgeben von der Liebe, die über aller Moral steht. Moral sind Gesetze, die zu bestimmten Zeiten an bestimmten Orten in bestimmten Kulturen eine sinnvolle Funktion hatten. Aber die Zeiten ändern sich und auch die Orte und die Kulturen ändern sich. Wenn sich dann aber die Moral nicht in gleichem Maße mitändert, dann wird aus ihrer ursprünglich stützenden und helfenden Wirkung eine gigantische Behinderung auf dem Weg zur inneren Freiheit."
Sonja wuchs das Gespräche weit über den Kopf hinaus und um ihre Verunsicherung zu verbergen, fragte sie mit kesser Stimme: „Und was machen wir jetzt?"
„Wir frühstücken", sagte der Herr der Schlangen und erhob sich. Er half ihr in die Jacke und sie verließen das Hotelzimmer. Sie fuhren mit dem gläsernen Aufzug hinunter in den

Frühstücksraum. Wieder blickte Sonja fasziniert in das gegenüberliegende riesige Aquarium, in dem sich die bunten Fische jagten. Als sie zum Herrn der Schlangen blickte, bemerkte sie, daß er gar keine Augen für die Fische hatte. Er hatte seine Stirn in Falten gelegt. Er war sehr nachdenklich.
Der Herr der Schlangen dachte, daß in dieser einfachen und sehr dramatischen Seelengeschichte für Sonja eine dringende Warnung lag. Sonja würde schon bald vor die Wahl gestellt werden, sich für den Richtigen zu entscheiden. Der Herr der Schlangen hatte bemerkt, daß Sonja die Warnung in seiner Deutung der Seelengeschichte nicht ernst genommen hatte. Dies beunruhigte ihn.
Als die beiden durch den Frühstückssaal schritten, blitzten von jedem Tisch aufmerksame Blicke zu ihnen herüber, die Sonja freudig aufnahm. Sie genoß es, daß jeder der Hotelgäste dachte, daß sie die junge, heiße Geliebte dieses älteren wohlhabenden Herrn an ihrer Seite sei.
Sie gingen zum Buffet und nahmen von dort ein reichhaltiges Frühstück. Sonja fiel auf, daß der Herr der Schlangen weder Wurst noch Ei noch Fisch vom reichhaltigen Buffet nahm, und sie fragte ihn: „Sind Sie Vegetarier?"
„Natürlich", antwortete der Herr der Schlangen und sah sie so an, als ob man nichts

anderes sein könnte, „bin ich Vegetarier."
„Aber Sie wollen mir doch mein Essen nicht verderben, oder?", fragte Sonja.
„Nein", antwortete der Herr der Schlangen ruhig, „essen Sie ruhig, was Sie gewohnt sind normalerweise zu essen."
Sonja war gekränkt und fragte: „Wieso sind Sie Vegetarier? Sind Sie irgendwie krank? Können Sie Fleisch nicht verdauen?"
Ruhig antwortete der Herr der Schlangen: „Nein, meine Liebe. Sie sind auf dem falschen Weg. Wenn Sie die Welt mit meinen Augen sehen könnten, dann könnten Sie sehen, daß Tiere unsere Freunde sind. Alle Tiere sind meine Freunde und ich glaube, es ist nicht wirklich nötig hinzuzufügen, daß man seine Freunde nicht ißt."
'So ein Blödsinn', dachte Sonja, aber sie sagte nichts, sondern genoß das Rostbratwürstchen, das sie gerade demonstrativ zuerst in Senf getunkt hatte und dann gierig verzehrte. Sie war hungrig und das Geschwätz über Tiere und Freunde berührte sie nicht im Geringsten.
'So schnell kann meine Zuneigung zu ihm kippen', dachte sie, 'Kaum bewegen wir uns gemeinsam im Alltag, da brechen wir auch schon sofort wieder auseinander.'
Der Herr der Schlangen ahnte, was sie gedacht hatte. Er wollte einlenken, als er antwortete: „Jeder Mensch hat seine Gewohn-

heiten. Viele stammen aus dem alltäglichen unbewußten Leben, genauer gesagt, aus dem Zusammenleben mit unbewußten Menschen. Die Welt könnte anders aussehen, wenn die Menschen bewußt leben würden. Das wissen Sie so gut wie ich. Aber viele ziehen es vor, unbewußt zu bleiben. Und Unbewußt-Sein heißt, man tut das, was andere einem vorgemacht haben. So übernimmt man auch den Geschmack der anderen. Es ist nun einmal tief in unser Leben hineingewoben, daß man an Festtagen Fleisch ißt. Einen Truthahn, ein Kaninchen, ein Hähnchen, einen Schweineschenkel oder was es sonst noch alles gibt. Man scheut sich sogar nicht davor, als besondere Delikatesse junge Tiere zu verzehren: Das Kälbchen und das Lämmchen sollen ganz besondere Essenserlebnisse darstellen. Aber wir vergessen, daß alle Tiere eine Aufgabe haben. Sie sind nicht auf der Welt, um unseren perversen Appetit auf Fleisch zu stillen. Tiere geben bestimmte Schwingungen ab, die notwendig sind, damit sich die Erde selbst erhalten kann. Jedes Lebewesen sendet also Schwingungen aus, die notwendig für das Ganze sind. Aber ich möchte nun das Gespräch mit dem einfachen Hinweis beenden, daß ich keine Freunde esse."
Der letzte Satz klang so ernst, daß Sonja dachte, ob sie mit ihrer Rostbratwurst Pro-

vokation nicht doch zu weit gegangen sei.
Ihr fiel auf, daß sie beim Rührei weniger nahm, als sie Hunger hatte, und anstelle der Schinkenscheibe entschied sie sich für Käse.
Der Herr der Schlangen fragte sie: „Sonja, nun geben Sie mir doch einen kurzen Bericht, wie empfanden Sie die letzte Nacht?"
„Spannend", sagte Sonja mit vollem Mund. „Spannend", wiederholte sie, als sie den Bissen heruntergeschluckt hatte.
Ja, sie hatte die Nacht wirklich als spannend empfunden, aber dieses Frühstück hätte etwas lebensfroher sein können.
'Nun ja', dachte sie so bei sich, 'er ist ja auch nicht mehr der Jüngste und es ist ja wohl das Vorrecht des Alters, mehr auf Diät zu achten und in geistigen Dingen zu schwelgen.'
Nach einem zweiten Stück Nußkuchen war sie satt und blickte ihn dementsprechend gelangweilt an. Sie lehnte sich zurück und fragte frech: „Und was machen wir jetzt?"
Da bemerkte Sonja plötzlich, wie eine Verwandlung mit dem Herrn der Schlangen vor sich ging. Er richtete sich auf, seine Augen wurden schmal und sein Gesichtsausdruck wurde kalt und herrisch. Sie erschrak vor seiner kalten Macht und wußte auf einmal nicht mehr, wer sie war. Sie fühlte sich in seiner Gewalt, sie war ihm willenlos ausgeliefert. Sie spürte, wie er sie am Handgelenk

packte und nach oben ins Hotelzimmer zerrte. Dort angekommen warf er sie aufs Bett und befahl ihr, die Kleider auszuziehen und sich bereitzumachen. Sie kam noch nicht einmal auf die Idee eines Widerstands.
„Möchten Sie noch eine Tasse Tee?", fragte der Herr der Schlangen höflich, und Sonja bemerkte erst jetzt, daß ihre Gefühle ihr einen Streich gespielt hatten. Es dauerte einen Moment, bis sie bemerkte, daß ihr der Herr der Schlangen immer noch vollkommen harmlos am Frühstückstisch gegenübersaß.
„Danke!", sagte sie kleinlaut und hielt ihm ihre Tasse hin.
„Wie ist Ihnen?", fragte freundlich der Herr der Schlangen. „Sie wirkten gerade so abwesend", fuhr er fort und Sonja antwortete gleich: „Mir war so komisch zumute, so als ob gleich etwas Übles passieren würde..."
„Liebe Soonija, bleiben Sie ruhig und machen Sie sich bewußt, daß Körpermeditationen den Menschen öffnen. Sie werden nach und nach immer bewußter werden für Energieströme und Kraftfelder um Sie herum. Auch werden Ihnen immer wieder plötzlich tiefe eigene uneingestandene Wünsche heftig ins Bewußtsein drängen. Seien Sie doch froh: Die Körpermeditation wirkt!"
Sonja blieb still. Mit einem Mal war ihr klar: Sie wollte nicht bewußter und sensibler wer-

den. Um aus dieser Gedankensackgasse herauszukommen, machte Sonja das, was sie immer machte, wenn es ihr unangenehm wurde: Sie dachte sich rasant aus sich selbst hinaus und in andere hinein. In diesem konkreten Falle wollte sie über den Herrn der Schlangen nachdenken: Der Herr der Schlangen war eine einzige Provokation. Hochgeistig einerseits und auf der anderen Seite konnte er von einem Moment auf den anderen dreist und unverschämt derb sein. Sie mochte beide Seiten und haßte beide Seiten. Im Moment war sie verwirrt. Was war los? Würden sie nochmals hoch aufs Zimmer gehen oder war das, wie er gesagt hatte, nur ihr eigener uneingestandener Wunsch gewesen?
Der Herr der Schlangen erhob sich. Sonja tat das Gleiche. Sie war gespannt, welchen Weg er einschlagen würde.
Der Herr der Schlangen ging vor Sonja her und führte sie zum Ausgang. Sonja konnte sich kaum eingestehen, daß sie wirklich sehr enttäuscht war.
Er nahm sie bei der Hand und sie spazierten die Straße Unter den Linden entlang in Richtung Brandenburger Tor. Fast zärtlich sagte der Herr der Schlangen: „Ich möchte Ihnen ein sehr interessantes Angebot machen."
„Hoffentlich kein Unanständiges."
Kaum hatte Sonja das gesagt, bemerkte sie,

wie unpassend diese Bemerkung gewesen war. Der Herr der Schlangen ging auf ihre Bemerkung nicht weiter ein und fragte: „Was halten Sie von folgender Idee?"
Sonja blickte ihn an. Instinktiv spürte sie, daß etwas ganz Wichtiges geschehen würde. Der Herr der Schlangen blieb stehen und nahm sie bei den Händen, als er sie fragte: „Willst du mit mir an wichtige Plätze dieser Welt reisen, um deine entscheidenden Seelengeschichten zu erleben?"
Sonja verlor den Boden unter den Füßen. Ihre Knie wurden weich und sie schwankte leicht. Sie war völlig verwirrt, weil er sie so plötzlich geduzt hatte. Und sein Angebot schien ihr im Moment übermächtig.
Der Herr der Schlangen umschlang Sonja und hielt sie fest. In Sonja wirbelten Bilder durcheinander. Die Liebespyramide. Die Körpermeditation im Hotelzimmer. Die Geschichte in Venedig. Das Frühstück. Und nun diese Frage. Er streichelte ihr über den Kopf und der Schwächeanfall war vorüber.
Hand in Hand gingen sie weiter.

Der Zeitgeist wandert westwärts

Es dauerte noch eine Weile, bis Sonja realisierte, daß der Herr der Schlangen sein Angebot ernst gemeint hatte und wirklich mit ihr um die Welt reisen wollte: Keine Seelenflüge auf Geistesflügeln, sondern ganz reale Körper, die einfache irdische Bedürfnisse hatten, würden in wirklichen Flugzeugen durch die weite Welt fliegen.
Der Herr der Schlangen führte aus: „Der Zeitgeist wandert westwärts. Also werden wir unsere Reiseroute genau so aufbauen: In Ägypten beginnend fliegen wir dann nach Griechenland, von dort aus nach Rom, dann nach Spanien und auf Columbus Spuren weiter in die Neue Welt."
Sonja spürte etwas Unglaubliches auf sich zukommen und deswegen und vor allem auch, um den Herrn der Schlangen im Redefluß zu halten, stellte sie die Frage: „Was ist der Zeitgeist? Wieso wandert er westwärts?"
Der Herr der Schlangen hatte auf diese Frage gewartet und er antwortete bereitwillig: „Der Zeitgeist ist eine Verdichtung von unglaublich hoher Energie. Hohe Energieverdichtungen

ermöglichen großes Wachstum.“
'Auweia', dachte Sonja, 'da hab ich ja was Schönes angerichtet. Jetzt legt er los.'
„Alles begann in Ägypten. Hier war circa dreitausend Jahre vor Christi eine ungeheure Energie und ein ungeheures Wissen versammelt. Dieses brachte den Menschen nicht nur Reichtum, sondern auch tiefe Weisheit und Selbsterkenntnis. Deine wunderbare Seelengeschichte 'Die Liebespyramide' stammt aus dieser spannenden Zeitepoche.“
Sonja schwieg.
Der Herr der Schlangen fuhr fort: „Leider gelang es den großen Eingeweihten jener Zeit nicht, ihre Weisheit weiterzuvermitteln. Viel Wissen ging verloren und steckt heute noch verborgen und für niemanden mehr lesbar und erkennbar im Wüstensand.“
Ein bißchen hämisch dachte Sonja: 'Unterm Wüstensand soll es auch bleiben. Altes Wissen interessiert doch niemanden mehr.'
Da nahm sein Gesicht einen sehr traurigen Ausdruck an. Sonja erschrak. Sie hatte ihn noch nie so traurig gesehen. Es war ihr, als habe er selbst sich unterm Wüstensand verloren und könne sich nun nicht mehr wiederfinden. Sonja bebte. Eine Welle wilder Zuneigung erfaßte sie. Wie gerne hätte sie ihn jetzt umarmt und seine traurigen Falten im Gesicht geküßt. Aber sie traute sich nicht.

Er sah ihre Anteilnahme, räusperte sich, nahm seine Gefühle wieder an die Zügel und fuhr fort: „Etwa sechs-, siebenhundert Jahre vor Christi wanderte der Zeitgeist weiter. Er suchte und fand seinen neuen Ort in Griechenland, genauer gesagt, in den beiden großen griechischen und notorisch verfeindeten Städten: Zum einen in Sparta und zum anderen in dem gigantischen Stadtstaat Athen. Dort bildeten sich Philosophen in Schulen, den sogenannten Akademien, in tiefer Weisheit selbst aus. Diese damals entwickelte Gedankenwelt bestimmt unser Denken heute immer noch. Die großen Philosophen wie Sokrates, Platon, Aristoteles trafen sich in Athen in Akademien und sprachen im wahrsten Sinne des Wortes über Gott und die Welt. Sie versuchten, den Menschen zu verstehen. Daß ihnen das nicht gelang, zeichnet sie aus. Der Satz von Sokrates: 'Ich weiß, daß ich nichts weiß', sollte im Grunde für uns alle gelten."
Er lachte und Sonja fühlte sich wieder wohl, denn er war wieder in guter Stimmung. Sie mochte ihn sehr, wenn er in guter Stimmung war, und sie mochte ihn, wenn er traurig war, und sie mochte ihn, wenn er plötzlich dreist wurde. Aber sie mochte ihn nicht, wenn er sie in irgendeiner Form belehrte.
Der Herr der Schlangen machte eine Pause, die Sonja zu nutzen versuchte, um ihre durch-

einandergeratenen Gedanken zu ordnen. Im Moment war sie dem Herrn der Schlangen sehr wohlgesonnen. Sie mußte vor sich selbst zugeben, daß die Körpermeditation sie beeindruckt hatte. Auch mußte sie zugeben, daß sie im Innersten ein sehr zerrissener Mensch war. Genau so, wie er es ihr bei der ersten Begegnung ins Gesicht gesagt hatte. Vielleicht konnte er ihr doch irgendwie helfen. Vielleicht war es für sie sogar notwendig, daß sie diese Reise machte.
Noch immer war sie fassungslos, daß sie Orte, an denen die Weichen für das Schicksal der Welt gestellt worden waren, sehen und erleben sollte. Daß er ihr eine Weltreise finanzieren würde, um dort Seelengeschichten zu erleben, war ihr immer noch unfaßbar.
Sonja mußte sich eingestehen, daß sie noch lange und weit davon entfernt war, zu verstehen, wie ein bestimmter Ort und ihre Seelengeschichte zusammenhängen würden.
Der Herr der Schlangen hatte seine kurze Pause beendet und fuhr fort: „Der nächste Sprung des Zeitgeistes führte nach Rom. Um die Zeit Christi Geburt herum war der Zeitgeist in Rom, dem Zentrum der Macht. Vieles Wissen aus Ägypten und aus Griechenland war in Rom versammelt und wurde dort größtenteils genutzt, um die Macht der Römer über andere Menschen weltweit auszu-

bauen. Hier sind schlimme Dinge geschehen. Orgien mit allen nur vorstellbaren sexuellen Perversionen, Völlerei oder unmenschliche Grausamkeiten haben in Rom im Namen der Macht stattgefunden."

Sonja schauderte. Auf keinen Fall wollte sie sich irgendetwas in dieser Richtung vorstellen und sie blickte den Herrn der Schlangen mit der leisen Aufforderung an, den Zeitgeist doch zügig weiterwandern zu lassen.

Der Herr der Schlangen verstand ihre Aufforderung und folgte ihr nicht.

Mit einem listigen Lächeln sagte er: „Der Zeitgeist blieb lange in Rom... sehr lange. In gewaltigen Orgien wurde sexuelle Lust immer weiter gesteigert. Möchtest du Einzelheiten wissen?", fragte er und blieb stehen.

Natürlich wollte sie Einzelheiten wissen, dachte sie und sagte laut: „Nein! Ich will keine Einzelheiten wissen."

Sie ging weiter. Mit schnellen Schritten holte er sie wieder ein und fuhr fort: „Über tausend Jahre später sprang der Zeitgeist weiter, nach London, nach Europa. Von dort aus, genauer gesagt von Barcelona aus, wanderte der Zeitgeist mit dem genialen Entdecker Columbus weiter in die Neue Welt. Amerika wurde entdeckt. Innerhalb von zwei Jahrhunderten bildete sich an der Ostküste der USA das eine Zentrum New York und an der West-

küste das andere Zentrum Los Angeles."
Sonja fragte: „Und wo befindet sich der Zeitgeist jetzt gerade?"
Der Herr der Schlangen sagte: „Jetzt hebt er gerade ab über Japan nach China."
Sonja war still. Auch der Herr der Schlangen war versunken. Er war in Gedanken mit der Frage beschäftigt, wo der Zeitgeist im Moment gerade war. Tokyo?
Sonja war nicht mehr den Ausführungen über den Zeitgeist gefolgt, sondern versank ganz in praktischen Gedanken über die Reisevorbereitung. Wo war ihr Reisepaß? Wie war das Ganze finanziell konkret geregelt? Wie viel Geld mußte sie mitnehmen? War ihre aktuelle Zahnbürste zur Reise bereit oder sollte sie sich doch lieber noch schnell eine neue kaufen? Mitten in diesen gedanklichen Reisevorbereitungen befiel sie Unwohlsein. Das kannte sie schon von sich. Immer, wenn sie sich freute, erschien kurz danach in ihrem Herzen nackte Angst. So auch jetzt in diesem Moment, in dem sie Hand in Hand mit dem Herrn der Schlangen die Friedrichstraße überquerte. Sie fragte sich, warum er diese große Investition in sie machte. Was würde er dafür verlangen? Er sprach von Seelengeschichten, aber was, wenn das eine Falle war?
Sie war jung und leicht verführbar. Das wußte sie und das wußte er. Würde er sie ausnut-

zen? Würde er sie einfach auf seine Weltreise mitnehmen, um sie zu seiner Gespielin zu machen? Immer wieder bohrten sich diese Fragen in ihr Bewußtsein und immer wieder geriet sie ins Schwanken. Vielleicht war die vergangene Nacht im vornehmen Berliner Hotel neben dem Dom nur eine geschickte Täuschung gewesen, die ihr Vertrauen in ihn steigern sollte? Vielleicht würde er draußen in der Welt, wo sie völlig abhängig von ihm wäre, über sie herfallen. Sonja lächelte, denn ihr fiel gerade wieder die Parallele zu Rotkäppchen ein: Der Wolf hatte das Rotkäppchen ja auch nicht gleich verschlungen. Erst verschlingt der Wolf die Großmutter und wartet dann, bis Rotkäppchen in sein Bett fällt, in dem er als Großmutter verkleidet auf sie wartet.
Sonja hoffte, daß er so feinnervig sein würde und ihre Bedenken zerstreuen würde.
Der Herr der Schlangen war noch immer ganz in seine Zeitgeistgedanken versunken.
Nach einer Weile blieb er stehen und als ob er von weit her komme, sah er Sonja an und fragte mit weicher Stimme: „Freust du dich auf diese Reise, die dein Leben verändern wird? Auf diese Reise der Reinigung? Auf diese Reise, wo wir beide dem Zeitgeist hinterherfliegen, um zu verstehen, was uns und die ganze Menschheit bewegt?"
Sonja gefiel seine schwärmerische Vertrau-

lichkeit in diesem Moment nicht. Sie wollte im Moment einfach nur noch Sicherheiten. Zwar hatte er schon einige Beweise geliefert, daß er vertrauenswürdig sei, aber trotzdem, Sonjas Herz blieb verschlossen. Sie wollte sich nicht öffnen. In diesem Moment hatte sie eine Erkenntnis: Sie fürchtete sich nicht vor ihm, sondern sie fürchtete sich vor sich selbst. Sie ahnte, daß tief in ihrer Seele Dinge verborgen waren, die besser verborgen bleiben sollten. Sie fühlte sich zu unerfahren, zu hilflos und zu schutzlos, um sich mit sich selbst so konsequent zu konfrontieren.
Der Herr der Schlangen sah das hilflose Gesicht, das Sonja machte, und er ging auf ihre Sorgen ein: „Es sieht aus, als ob du Angst hast. Sei ehrlich. Willst du diese Reise wirklich wagen oder sollen wir uns trennen, bevor es zu spät ist? Soll ich aus deinem Leben wieder so verschwinden, wie ich aufgetaucht bin? Leben heißt, sich andauernd entscheiden zu müssen. Und so ist es jetzt an dir, dich zu entscheiden: Ja oder nein."
Sonja zögerte und bat um Verständnis: „Ist es denn nicht ganz natürlich, daß ein junger Mensch zurückschreckt und Angst hat vor so einem gigantischen Angebot?"
Da fragte sie der Herr der Schlangen: „Was ist der schlimmstmögliche Fall, der eintreten kann? Ich möchte dich verstehen und des-

wegen möchte ich unbedingt begreifen, wovor du Angst hast. Also noch einmal: Was kann im schlimmstmöglichen Fall geschehen?"
Sonja fühlte sich klar und stark in diesem Moment. Also sprach sie: „Es kann geschehen, daß ich verrückt werde, daß ich in einer dieser Seelengeschichten steckenbleibe. Es kann geschehen, daß ich meine Orientierung völlig verliere und daß ich dem furchtbaren Wahnsinn verfalle, ein anderer Mensch zu sein, als ich in Wirklichkeit bin."
Der Herr der Schlangen nickte verständnisvoll und sagte: „Nun verstehe ich dich. Aber ich versichere dir, egal was geschehen wird, du wirst nicht wahnsinnig."
Sonja zuckte nervös auf: „Warum? Woher weißt du, daß ich nicht wahnsinnig werde?"
Mit hintergründigem Lächeln antwortete der Herr der Schlangen provozierend klar: „Du kannst nicht wahnsinnig werden, weil du schon wahnsinnig bist."
Sonja zuckte zusammen. Das hatte sie nicht erwartet. Was meinte er damit? Und gerade noch konnte sie die folgende Frage formulieren, ohne daß ihre Tränen den Satz ersticken: „Was meinst du damit?"
Er sagte: „Ist es nicht wahnsinnig, so zu leben wie du? Ohne Orientierung, ohne Sicherheit, ohne Ziel, ohne Vision? Du lebst in den Tag hinein und wirst von Kräften bestimmt,

die du nicht kennst. Mal machst du dies, mal machst du das. Möchtest du nicht ein Mensch werden, der sich selbst bestimmt? Möchtest du nicht ein Mensch werden, der sich ein Ziel setzt, das er dann auch wirklich erreichen will? Damit der Mensch sein Ziel erreichen kann, muß er verstehen, wer er selbst ist."

Für einen kurzen Moment brach aller Widerstand in Sonja zusammen. Sie warf sich nach vorne und umarmte ihn. Sanft legte er seine Arme um sie und sie entspannte sich.

„Ja", hauchte sie ihm ins Ohr, „Ich komme mit. Ich komme mit dir mit. Ich gehe mit dir auf eine Reise um die Welt."

Er reichte ihr seine Hand und sie legte ihre zarte, zitternde Hand in seine erfahrene Hand und sie drückten beide zu.

Es war versprochen.

Sie gingen weiter, doch plötzlich blieb er stehen und umarmte sie zart, als er zu ihr sagte: „In drei Tagen werden wir losfliegen, ich habe die Tickets schon gebucht."

Sonja löste sich abrupt aus der Umarmung. „Woher wußtest du denn so sicher, daß ich mitkommen würde?"

Der Herr der Schlangen beruhigte sie: „Das Leben ist ein einziges großes Spiel. Wer leben will, muß spielen können. Wer spielen will, muß lernen, etwas zu riskieren. Ich habe voll auf deine Zustimmung gesetzt."

Mit klarem Blick und einem feinen Siegerlächeln fuhr er fort: „Und gewonnen!"
Sonja gab sich mit dieser allgemeinen Erklärung zufrieden. Sie wollte jetzt unbedingt Konkretes über die Reise wissen.
Der Herr der Schlangen erläuterte: „Wir werden uns in drei Tagen am frühen Nachmittag am Flughafen Berlin Tegel treffen. Von dort aus beginnt unsere Reise. Unsere erste Station ist Ägypten, genauer gesagt Kairo. Ich möchte dich um eines bitten: Nimm so wenig wie möglich mit. Handgepäck muß reichen. Unbewußte Menschen nehmen Koffer voller Dinge mit, die sie an sich selbst erinnern. Der bewußte Mensch weiß, daß es nichts gibt, was er wirklich braucht. Außer einer Kreditkarte und einem Reisepaß braucht er nichts. Wenn du also packst, liebe Soonija, so vergesse nicht, daß ich genügend Energie habe, für uns beide diese Reise zu organisieren und auch zu finanzieren. Alles, was wir sonst noch brauchen, können wir uns problemlos auf der Reise beschaffen."
In Sonja stieg sofort wieder die quälende Frage auf, wie sie ihm das alles zurückzahlen sollte. Der Gedanke, daß sie in seiner Schuld stünde, war für sie nach wie vor unerträglich.
Der Herr der Schlangen erläuterte: „Es geht darum, daß wir die verborgenen Winkel deiner Seele kennenlernen. Und mein Vorteil ist

es, daß ich an dieser Energie, die frei wird, wenn du dich öffnest, teilhaben kann. Jede Seelengeschichte hat für mich unschätzbaren historischen Wert."
Sonja verstand diese hochtrabenden Worte nicht und schon wieder wurde ihr unwohl. Sie löste ihre Hand aus der seinen und vergrößerte den Abstand zu ihm.
„Ja", sagte er, „so geht es immer hin und her in dir. Zuneigung, Öffnung und angstvolles Verschließen. Als du ein Kind warst, war es für dich nötig, dich zu verschließen. Denn das, was da an Leben auf dich einprasselte, war zu hart. Ein trunkener Vater ist ein furchtbares Schicksal. Und eine Mutter, die in Illusionen ertrinkt, ist eine Verdopplung dieses grausamen Schicksals."
Sonja schluchzte. Es wurde ihr zu viel. Sie konnte ihre Tränen nicht mehr zurückhalten. Eine unglaubliche Sehnsucht nach Friede und Harmonie schwemmte sie weg.
Ganz tief in ihrem Inneren schimmerte plötzlich ein Bild auf: Eine harmonische Familie, ein hübscher Mann, zwei Kinder...
Der Herr der Schlangen war in seiner Freude gefangen, daß sie zugestimmt hatte. Er war glücklich. Er war sicher, daß er die Königin, die er für seine Liebesschule suchte, nun endlich gefunden hatte.
Er hielt Sonja fest. Beide atmeten für einen

kurzen Moment im gleichen Rhythmus. Dann lösten sie sich und Sonja sagte: „Ich muß jetzt nach Hause."
Er sagte zu ihr: „Ich habe dein Wort, daß du kommst."
Sie nickte. Ein Nicken, das ihr schwer fiel. Aber sie wußte, auch wenn sie im Moment panische Angst verspürte, sie hatte keine Alternative mehr. Sie wollte diese Reise.
Sonja nutzte die nächsten Tage, um sich auf die Reise vorzubereiten. Sie verabschiedete sich von allen Menschen, die sie kannte, und jedem sagte sie, sie mache eine kleine Reise um die Welt.

Kairo

So wie man einem alten Freund zuwinkt, winkte der Herr der Schlangen Sonja zu, als sie aus dem Shuttlebus am Flughafen Berlin Tegel ausstieg.
Er hatte sie schon seit einiger Zeit erwartet. Aber wirklich gezweifelt, ob sie kommen würde, hatte er nicht.
Sonja hatte nur einen kleinen Koffer dabei und war stolz, seinen Rat, absolut wenig Gepäck mitzunehmen, umgesetzt zu haben.
Insgeheim hatte Sonja gehofft, daß der Herr der Schlangen sich mehr über ihre Ankunft freuen würde. Er war merkwürdig ruhig und während der ganzen Kontrollen, die sie durchlaufen mußten, um in ihr Flugzeug zu gelangen, war er still geblieben.
Er wirkte sehr nachdenklich.
Kurz nach dem planmäßigen Start hatte er einige freundliche Floskeln mit ihr gewechselt, aber ein Gespräch war nicht zustande gekommen, denn der Herr der Schlangen hatte ein Manuskript aus seiner Reisetasche geholt und sogleich angefangen zu schreiben. Zwar versuchte Sonja immer wieder zu lesen, was er da schrieb, aber es gelang ihr nicht. Sein Bleistift jagte über das Papier. Er

schrieb schnell. Er schrieb wie getrieben. Sie sah die Schweißperlen, die sich auf seiner Stirn gebildet hatten und die nun an seinen Wangen entlang hinabliefen.
Sonja schlief ein. Die trockene Luft im Flugzeug, die enorme Höhe und das gleichmäßige Dröhnen der Turbinen hatten einschläfernd auf sie gewirkt. Als sie zwischendurch zum Essen in über zehntausend Metern Höhe aufwachte, schrieb er immer noch.
Sonja wagte nicht ihn zu stören. Sie war leicht angesäuert, denn das Ganze verlief bis jetzt völlig anders, als sie erwartet hatte.
Der Herr der Schlangen blieb unnahbar.
Trotzig schlief sie nach dem Essen, das sie kaum angerührt hatte, wieder ein.
Der Herr der Schlangen hatte, als das Essen serviert wurde, der Flugbegleiterin sein Tablett gleich wieder zurückgereicht. Er hatte keinen Hunger. Er schrieb immer weiter.
Als sie durch die Flugbegleiterin geweckt wurde und aufgefordert wurde, die Rückenlehne gerade zu stellen, hörte sie über den Bordlautsprecher, daß das Flugzeug sich bereits im Anflug auf Kairo befinde.
Der Herr der Schlangen hatte sein Heft zugeschlagen und er wirkte gelöster.
Er sagte zu ihr: „Die ganzen Seelengeschichten zu sammeln ist eine große und schwierige Aufgabe. Denn häufig erscheinen die Ge-

schichten dem, der sie erlebt, immer nur in ungeordneten Teilen. Man muß dann mit viel historischem Wissen, mit viel Feingefühl und vor allem mit unerbittlichem Ziel, den wahren dramaturgischen Faden zu finden, vorgehen. Das ist nicht immer einfach."
„Suchen Sie auch mit anderen...", sie wollte 'Frauen' sagen, aber sie fürchtete sich vor seiner Antwort und also sagte sie: „... Menschen Seelengeschichten?"
„Natürlich", antwortete er schnell und blickte sie erstaunt an.
„Gibt es denn etwas anderes", fragte er, „als die Geschichten der Seele zu sammeln? Das, was wir hier erleben", er zeigte um sich, „ist alles vergänglich. Die Seele aber, wenn sie erstrahlt, ist ewig. Und ich denke, wir alle leben doch für die Ewigkeit, oder?"
Er lachte und sie glaubte, Ironie über sein Gesicht huschen zu sehen, sie war sich aber nicht sicher. Er hatte die letzten Sätze sehr laut gesprochen, und die umsitzenden Passagiere blickten zu ihnen herüber. Sonja dachte, sie blickten so wie Kühe auf einer Kuhweide, wenn man in die Hände klatscht und alle Kühe kurz aufhören zu kauen, herblicken, dann den Kopf schütteln, um Fliegen zu verjagen, und wieder weiterkauen.
In Kairo am Flughafen lief alles nach Plan. Schnell waren sie durch den Zoll. Jetzt schon

zahlte es sich aus, daß sie beide nur Handgepäck mit sich führten, denn sie mußten nicht zur Gepäckausgabe.
Als sie dann in der Ankunftshalle standen, bemerkte Sonja, daß sie bereits erwartet wurden. Mit dem Ausdruck größter Freude, so daß Sonja fast eifersüchtig wurde, umarmte der Herr der Schlangen einen Araber mittleren Alters, mit dunklem Bart und dunklen Haaren. Der Herr der Schlangen hatte ihn mit Abdullah angesprochen und in einer schönen Sprache begrüßt: „Salam Aleikum."
Abdullah antwortete mit strahlenden Augen: „Aleikum Salam."
Der Mohammedaner nahm Sonjas Handkoffer und alle drei gingen gemeinsam hinaus auf den großen Parkplatz vor dem Flughafen und steuerten zielstrebig auf Abdullahs Auto zu. Als sie in dem kleinen Bus saßen, fragte Sonja schüchtern: „Wohin fahren wir?"
Der Herr der Schlangen stellte ihr den Fahrer als seinen Freund Abdullah vor und sagte: „Abdullah fährt uns gleich zur Sphinx."
„Aber es dunkelt schon", antwortete Sonja und vergewisserte sich mit einem Blick auf die große Stadt in der Dämmerung.
„Du brauchst nicht aufgeregt zu sein", sagte der Herr der Schlangen, „alles ist wohl geplant. Wir fahren zuerst ins Hotel, checken ein und dann fährt uns Abdullah zur Sphinx.

Dort findet Abend für Abend eine Lichtershow statt. In verschiedenen Farben angestrahlt stellt sich dir die geheimnisvolle Sphinx in der Dämmerung vor."
Sonja war kritisch: „Ich wußte gar nicht, daß wir touristische Attraktionen besuchen."
„Es geht nicht um Touristen Attraktionen. Es geht nicht darum, was die Menschen aus der Sphinx gemacht haben, sondern es geht darum, daß wir den Abend noch nutzen, damit du die Schwingungen der Sphinx, eines der größten Rätsel der Welt, gleich kennenlernst."
'Ramses Hilton' strahlte in roten Leuchtbuchstaben von der Hotelfront. Sie hielten an, stiegen aus und der Herr der Schlangen öffnete Sonja höflich die Tür zum Hotel.
Als sie dann an der Rezeption des großen, alten und reichen Hotels standen, schwitzte Sonja, obwohl sich über ihr ein Ventilator drehte. Was wäre, wenn er ein Doppelzimmer bestellen würde? Waren sie nun ein Liebespaar oder nicht? Langsam wollte Sonja es irgendwie hinter sich bringen. 'Warum nimmt er mich nicht einfach, legt mich ins Bett, schläft mit mir und fertig?', dachte sie.
Fast ein wenig enttäuscht war sie, als sie bemerkte, daß er für sich und sie zwei Einzelzimmer reserviert hatte.
Er reichte ihr den Schlüssel und sagte: „Mach dich ein wenig frisch. Wir treffen uns in einer

Viertelstunde wieder hier in der Lobby. Nimm einen Pullover mit, es kann um diese Jahreszeit nachts noch sehr kühl werden."
Sie nahmen gemeinsam den Aufzug, denn sie wohnten auf demselben Stock.
Sonja ging schnell zu ihrem Zimmer.
'Zwar nicht Tür an Tür, aber immerhin auf demselben Stock', dachte Sonja, als sie ihr Zimmer aufschloß.
Sie duschte sich und nahm sich dann Zeit, aus dem Balkonfenster hinauszuschauen.
Das Hotel stand an einer großen vierspurigen Brücke. Sonjas Blick fiel auf den Nil, auf dem bunte Ausflugsdampfer herumfuhren und andere Dampfer ihre Fracht transportierten. Sie nahm die Geräusche einer lebendigen, vitalen Stadt wahr. Da durchjauchzte sie plötzlich ein Schwall tiefer Lebensfreude.
„Oh Gott, ich bin ein Glückskind", sagte sie. „Ich bin noch so jung und schon darf ich hinaus, um die Welt zu erleben."
Immer noch mit glücklichem Lächeln auf den Lippen zog sie sich an.
Sie traf den Herrn der Schlangen wartend in der Lobby und gut gelaunt fuhren sie dann zu dritt durch Kairo hinaus zu den Pyramiden, die circa eine Stunde Autofahrt vom Stadtzentrum entfernt lagen.
Sonjas Körper bebte noch vom Flug und sie fühlte sich offen, um die Bilder einer ihr völ-

lig fremden Kultur in sich aufzunehmen. Vor allem fiel ihr auf, wie die vielen Menschen, die sich geschäftig durch die Straßen schlängelten, laut miteinander sprachen und wild gestikulierten und vor allem lachten. Die Männer, die meisten mit Bart, waren alle in einen Kaftan gekleidet, die Frauen waren größtenteils verschleiert. Nie sah Sonja irgendwo eine Frau alleine. Immer gingen sie zu zweit, das heißt mit einer anderen Frau, oder sie standen in einer Gruppe mit anderen Frauen. Es machte sie nachdenklich, als sie sah, daß alle Frauen, außer vielleicht einigen vereinzelten Touristinnen, sehr stark verschleiert waren. Bei manchen war sogar der Sehschlitz verschleiert. Was Sonja bei den Frauen um so deutlicher wahrnehmen konnte, war ihr Gang. Bald achtete sie bei den vielen verschleierten Frauen immer mehr auf deren Gang und bemerkte erstaunt, auf welch unterschiedliche Weise Frauen gehen können.
Die Straßen waren verstopft. Sie kamen nur ganz langsam voran, aber das war Sonja ganz recht. So konnte sie das quirlige orientalische Leben aus nächster Nähe beobachten. Das Leben spielte sich weitgehend auf der Straße ab. Sonja wußte nicht, ob das wegen der lebendigen Kultur oder schlicht und einfach aus Armut geschah.
Die Menschen verkauften und kauften, aßen

und ruhten und beteten und lernten und belehrten sich, alles auf der Straße.
Je näher sie ihrem Ziel kamen und je weiter sie sich vom Stadtzentrum Kairo entfernten, um so ärmer und schmutziger wurden die Menschen, Häuser und Straßen.
Manches Mal mußte Sonja die Augen schließen vor zu viel Schmutz und Krankheit und Verzweiflung. Überall lag Müll herum und Menschen und Tiere hausten dazwischen.
Wo ging denn das viele Geld hin, das Touristen jahraus, jahrein hierher schleppten?
Dann sah Sonja einen großen Platz mit Bussen und ihr Herz schlug ihr bis zum Halse, denn hinter dem Parkplatz ragten die Pyramiden in den Abendhimmel. Die Cheops und die Chephren Pyramide. Sie hatte sich mit einem Reiseführer ein wenig vorbereitet.
Abdullah stieg aus und löste die Eintrittstickets für die beiden.
Der Herr der Schlangen und Sonja gingen durch das Tor, das den großen Bereich der Pyramiden vom Alltagsgeschehen trennte. Abdullah würde im Auto warten.
Dann hatten sie sich ziemlich weit vorne in den vielleicht fünfzig Stuhlreihen, von denen aus man die Lichtershow aus nächster Nähe betrachten konnte, einen Platz gesucht und gefunden. Es war nicht viel los beim Weltwunder, denn die Zeit vor Ostern war nicht

die typische Touristenreisezeit.
Sonja sah zum ersten Mal die Sphinx. Natürlich hatte sie schon Fotos gesehen, natürlich hatte sie eine ungefähre Ahnung gehabt, wie die Sphinx aussah, die als ewige Wächterin vor den beiden uralten Pyramiden stand. Aber nun in natura wollte sie völlig überwältigt sein. Sie hatte geglaubt, daß sie unglaublich ergriffen sein würde. Aber es kam völlig anders: Sonja spürte nichts und das teilte sie ihrem Begleiter auch kleinlaut mit.
Der Herr der Schlangen beruhigte sie, indem er sagte: „Das ist völlig normal. Das Bewußtsein kann nicht fassen, was wir sehen. Aber glaube mir, es gibt verborgene Kräfte in uns, die jetzt aufwachen, die sich jetzt regen, die jetzt die Erinnerung an das ewig heilige Wissen dieser Welt aktivieren."
Das beruhigte Sonja und so konnte sie ohne Druck, etwas Besonderes spüren zu müssen, dem Farbenspiel zusehen. In wunderschönen Farben wurden die Pyramiden und die Sphinx abwechselnd bestrahlt. Eine Stimme aus flatternden Lautsprechern erklärte auf Englisch, was auch immer. Wenn Sonja mal ein englisches Wort erkannte, so verstand sie aber dessen Bedeutung nicht.
Als Sonja am Ende dem Herrn der Schlangen ehrlich erklärte, daß sie kein Wort verstanden habe, lachte er und sagte: „Das ist auch

nicht nötig. Hier hat niemand auch nur die geringste Ahnung. Alles, was sie sagen, ist wissenschaftlicher Unsinn. Wie kann man Übersinnliches beschreiben, wenn man nicht an Übersinnliches glaubt?"

Inzwischen war es dunkel geworden. Mühelos fanden sie den geduldig auf sie wartenden Abdullah auf dem Parkplatz wieder.

Sonja war sehr müde und auf der Rückfahrt nickte sie ein.

Als sie aufwachte, hatte draußen das Nachtleben eingesetzt. Wie Schatten aus der Unterwelt huschten die Menschen durch die Seitenstraßen. Sonja war gespannt, wie die Nacht verlaufen würde. Würde er ihr eine Körpermeditation anbieten?

Schweigend brachte der Herr der Schlangen Sonja an ihre Zimmertür, neigte seine Stirn an ihre Stirn und sagte dann sanft: „Gute Nacht. Habe süße Träume. Wir treffen uns um viertel nach neun zum Frühstück."

Sonja schlief wie ein Stein. Nichts regte sich in ihrem Innern, keine Bilderflut erschien, keine Seelengeschichte rührte sich.

Sonja fiel in einen unglaublich tiefen und entspannenden Schlaf.

Um neun stand sie auf und bedauerte, nicht mehr Zeit zu haben. Zu gerne hätte sie auf ihrem kleinen Balkon gesessen und einfach nur ins ägyptische Leben hinuntergeschaut,

das sich rund um die Brücke abspielte.
Als sie im verspiegelten Aufzug nach unten fuhr, hatte sie das deutliche Gefühl, daß der Herr der Schlangen an dem heutigen Tag ziemlich herumstressen würde.
Gleich nach dem Frühstück gingen der Herr der Schlangen und Sonja ins Ägyptische Nationalmuseum. Dies lag in der Nähe des Hotels und war locker zu Fuß zu erreichen. Der Herr der Schlangen zeigte ihr viele Statuen, die alle als Beigaben der großen ägyptischen Pharaonen in deren Gräbern gefunden worden waren. Er sprach von verschiedenen Zeitepochen, sprach von Hathor der Muttergöttin, von Echnaton dem Rebellen, von Ramses dem Zweiten, der vierundsechzig Frauen hatte. An dieser Stelle seiner Rede hatte er Sonja angeblickt, aber sie hatte geradeaus auf die goldene Totenmaske des jung verstorbenen Tut Anch Amun geblickt.
Sonja hatte schon immer einen Horror vor Museen gehabt und hier in diesem touristenüberströmten Nationalmuseum war es genau so, wie es für sie in Museen immer war. In ihrem Kopf warf sie alles durcheinander. Sie kam zwar aus dem Staunen nicht heraus, aber in das altägyptische Leben auch nicht hinein. Sie wußte nur, daß sie die völlig falschen Schuhe anhatte, denn die, die sie anhatte, drückten teuflisch.

Der Herr der Schlangen war in seinem Element, das konnte sie spüren und auch sehen. Sonja war aufgefallen, daß auf den merkwürdigen Kopfbedeckungen vieler Pharaonenstatuen vorne eine goldene aufgerichtete Schlange angebracht war.
Der Herr der Schlangen erklärte ihr: „Das ist die Kobra. Das Zeichen der Macht."
Sonja hatte Hunger, aber der Herr der Schlangen hatte beschlossen, das Mittagessen ausfallen zu lassen. Sonja schluckte. Sie fühlte sich jämmerlich, aber zu schwach, um effektiv zu protestieren.
Sie fuhren in der gleichen Besetzung wie am Vortag wieder hinaus zu den Pyramiden. Es war die gleiche Fahrt, die sie schon am Vortag gemacht hatten, nun aber bei voller Hitze im Auto ohne Klimaanlage und mit beißendem Hunger. Das alles bewirkte bei Sonja wachsenden Widerstand. Sie schwitzte und fühlte sich unwohl. Dem Herrn der Schlangen schienen die ganzen Strapazen trotz seines Alters nichts auszumachen. Er wirkte ruhig und in sich gekehrt.
Sonja erinnerte sich spontan an einen Satz, den er einmal gesagt hatte: „Andere Menschen trinken mit großem Genuß Alkohol. Ich trinke Situationen."
Der Herr der Schlangen ließ Sonja bei den Pyramiden in Ruhe. Keine Erklärungen, kei-

ne Belehrungen. Sonja setzte sich gleich auf einen großen Stein, der aus einer Pyramide herausgebrochen war und zu deren Füßen lag. Sogleich zog sie ihre schicken Schuhe aus. Was sie befürchtet hatte, war jetzt sichtbar: Sie hatte sich Blasen gelaufen. Kaum hatte sie ihren Fußschaden begutachtet, da war sie auch schon umringt von Ägyptern, die allerlei Souvenirs verkaufen wollten.
Gelangweilt blickte Sonja an ihnen vorbei. Aber das half nichts. Da erinnerte sich Sonja, wie es der Herr der Schlangen immer machte. Er sagte zu den aufdringlichen Händlern: „Shukran Habibi!" und schüttelte dabei mit freundlichem Gesicht verneinend den Kopf. Daraufhin lachten dann die Händler freundlich und ließen ab von ihm. Was das heiße, hatte Sonja den Herrn der Schlangen gefragt, und er hatte geantwortet: „'Shukran' heißt 'danke' und 'Habibi' heißt 'mein Freund'!"
Dies wandte sie nun an: „Shukran Habibi", sagte sie und schüttelte verneinend den Kopf. Es wirkte. Die Händler lachten und freuten sich, daß eine Ausländerin ihnen in ihrer Sprache antwortete. Fröhlich winkten sie ihr zum Abschied zu und gingen fort.
Sonja spazierte über das Geröllfeld zwischen den beiden großen Pyramiden. Sie wollte nichts verstehen, sondern schlicht und einfach die „Schwingung des Ortes" aufnehmen,

wie der Herr der Schlangen ihr geraten hatte. Nach einer Weile beschloß sie hinunter zur Sphinx zu gehen. Dort angekommen bemerkte Sonja, daß einerseits eine unheimliche Hektik herrschte. Große, dicke Busse spuckten pausenlos Touristen aus aller Welt aus. Andererseits verbreitete die Sphinx eine unheimliche Stille um sich. Am meisten war Sonja fasziniert von einem Taubenschwarm, der das Haupt der erhabenen Sphinx umkreiste und sich dann respektlos auf Haupt und Schulter der steinernen Sphinx niederließ.
Lange und gedankenverloren stand Sonja bei der Sphinx und blickte zu ihr hinauf. Sonja wollte tiefe Gedanken denken, aber es gelang ihr überhaupt nicht.
Dann war die verabredete Zeit gekommen und Sonja machte sich wieder auf den Weg zurück zum Auto.
Wie verabredet trafen sich die drei wieder am Auto, das auf dem Parkplatz stand.
Nun am späten Nachmittag war es bereits kühler geworden und Sonja freute sich auf das Abendessen, aber daraus wurde wieder nichts. Der Herr der Schlangen hatte beschlossen, daß sie erst am nächsten, dritten und letzten Tage ausführlich essen gehen würden. Die kommende Nacht sollte sie unbedingt nüchtern verbringen. Sonja murrte zwar und ging wieder in den Widerstand gegen den

Herrn der Schlangen, aber sie war einfach zu müde, um für ihr Recht zu kämpfen. Ihr Hunger war allerdings weniger geworden.
Wie am Vortag begleitete der Herr der Schlangen Sonja zu ihrem Zimmer und verabschiedete sich dort von ihr. Diesmal mit einem zarten Kuß auf ihre Stirn.
Als Sonja sich ausführlich geduscht hatte und im Bett lag und gerade dachte, wie hundemüde sie sei und wie schön es sei, jetzt einschlafen zu können, geschah es: Ein Zittern durchwebte ihren ganzen Körper. Angst packte sie im Genick. Sie hatte Angst, daß unter den Möbeln Geister hervorkriechen würden oder daß Einbrecher in ihr Zimmer kämen, durch die Tür, über den Balkon, aus dem Wandschrank. Ihre Angst wurde so stark, daß sie kaum noch atmen konnte.
Sonja sprang auf und wählte am Telefon seine Zimmernummer, aber der Herr der Schlangen nahm nicht ab. Das konnte doch nicht sein, oder? Wo war er?
Sonja zog sich einen Bademantel über, lief hinaus auf den Gang zu seinem Zimmer und klopfte heftig, aber niemand öffnete ihr.
Sie lief zurück in ihr Zimmer und sie begriff: Sie war mit sich allein.
Sie legte sich aufs Bett und blickte von dort aus entspannt auf den Nil.
Geistesgegenwärtig legte sie sich einen Stift

und einen Block zurecht.
Dann schlief sie erschöpft ein.
Immer wieder in der Nacht wachte sie auf. Sie trank viel Wasser, denn der Hunger war zurückgekehrt und hatte sie gepeinigt. Die Nüsse und die Chips aus der Minibar hatte sie schon längst verzehrt. Das hatte nichts gebracht. Immer noch nagte Hunger an ihr. Aber doch fühlte sie sich gut. Sie wußte, daß aus den Tiefen ihrer Seele Bilder nach oben drängten. Sie spürte, sie würde die Geschichte fassen können.
'Wie bei einer Geburt fühle ich mich', dachte Sonja gerade noch, dann überwältigte sie die Bilderflut. Wieder war es so, als ob eine Stimme ihr die Geschichte diktiere.
Draußen graute schon der neue Tag, als Sonja die Traumfetzen und inneren Bilder zu einer durchgängigen Geschichte geformt hatte.
Mit dem Schlußpunkt unter die Geschichte, die sie „Die Dunkelkammer" genannt hatte, kippte Sonja nach hinten ins Bett und schlief sofort ein.

Die Dunkelkammer

Danubia war eine erfahrene Lehrerin an einer der alten ägyptischen Einweihungsschulen, deren geistige Wurzeln bis hin zu den ersten Schulen auf dem versunkenen Kontinent Atlantis zurückreichten.
Danubias Lieblingsschülerin hieß Maya und war eine begabte Tänzerin. Sie wurde von Danubia gefördert und auch gefordert.
Eines Tages war es soweit: Maya sollte vor den Lehrern der nächsten Stufe der Einweihungsschule vortanzen. Hierzu hatten sie sich in dem großen Übungsraum getroffen, der in der Nähe der Großen Pyramide errichtet worden war.
Besonders begabte Schüler und Schülerinnen hatten in der Einweihungsschule die Möglichkeit, ihre Ausbildung schneller zu durchlaufen, wenn sie schon früh die Fähigkeit erreichten, so zu tanzen, daß die Seele bei ihrem Tanz durch sie hindurchschimmerte.
Während Danubia und Maya warteten, hörte Maya ein Geräusch aus der Ferne und drehte ihren Kopf in Richtung der Geräuschquelle.
„Maya, hast du eine Frage?", fragte Danubia, denn es war den Schülern nicht gestattet, zu fragen oder auch nur zu sprechen, ohne dazu

aufgefordert worden zu sein.
„Ja", antwortete Maya gehorsam.
„So frage", sprach Danubia aufmunternd.
Maya fragte: „Was ist dieser Ton?"
Danubia erklärte Maya, daß dies eine Stimme sei, die aus der Dunkelkammer käme. Maya hatte noch nie etwas von der Dunkelkammer gehört und so erklärte Danubia weiter: „Die Dunkelkammer befindet sich in der Großen Pyramide. Sie ist der Ort, an dem sehr schwierige Übungen für fortgeschrittene Schüler stattfinden. Dort, im dichten Dunkel der Großen Pyramide, verschwinden nach einer Weile alle deine Wahrnehmungen. Du kannst dich nicht mehr riechen, nicht mehr schmecken, nicht mehr sehen, nicht mehr hören, nicht mehr fühlen. Diese Übung bewirkt, daß du deiner Wahrnehmung nicht mehr trauen kannst. Du hast nur noch den Glauben an dich selbst, das heißt, das Wissen deiner Seele.
Der Sinn der Übung ist also die Stärkung deines Selbstvertrauens.
Diese Übung darf aber nie länger als einhundertacht Atemzüge andauern, weil du sonst die Orientierung in deinem Inneren verlierst und sich die Wahrnehmung deiner Innenwelt in Wahnsinn wandelt. Die unglaublich hohe Energie der Pyramide verbrennt dir deine Energiezentren im Körper, wenn du dich län-

ger als einhundertacht Atemzüge in diesem unglaublich hohen Energiefeld aufhältst."
Maya war erschüttert über die großen Gefahren, die auf dem Einweihungsweg lauerten. Doch Danubia beruhigte sie: „Du brauchst keine Angst zu haben. Vor der Dunkelkammer wartet immer ein verantwortungsvoller Lehrer, der dich nach deiner Weile wieder heraus ans Licht zurückführen wird."
Schritte ertönten draußen vor dem Übungsraum. Kurz danach traten Magdon und Doria ein. Magdon war ein Lehrer im mittleren Alter und Doria war eine junge und außergewöhnlich schöne Lehrerin. Sie waren die verantwortlichen Lehrer für Tanz und Heilige Rituale der nächsten Einweihungsstufe.
Als Magdon und Doria eingetreten waren, verneigte sich Maya ehrfürchtig vor ihnen. Sie berührte mit ihrer Stirn den Boden, so wie es für eine Schülerin vorgeschrieben war.
Die drei Lehrer begrüßten sich gegenseitig würdevoll, indem sie sich voreinander neigten. Dann stellten sich die drei Lehrer in einem Halbkreis auf. Magdon stand in der Mitte. Danubia sprach die grüßenden Worte und leitete so den Seelentanz der Schülerin Maya ein: „Maya, erhebe dich und tanze für die Heiligen Drei Urkräfte: Das Heilige Ja, das Heilige Nein und die Heilige Kraft der Versöhnung."
Sogleich erhob sich Maya und sprach die vor-

gegebenen Worte, die jede Schülerin vor der Prüfung sprechen mußte: „Ich bitte euch, erhabene Lehrer, mit prüfendem Auge und forschendem Sinn zu urteilen, ob mein Tanz aus tiefster Seele geschieht."
Maya verneigte sich wieder voller Ehrfurcht und berührte mit ihrer Stirn den Boden.
Nun sprach Magdon zur Eröffnung des heiligen Rituals die vorgeschriebenen Worte: „Möge der Heilige Tanz beginnen."
Die Lehrer hoben ihre Arme in die Höhe und richteten ihre Handflächen so auf Maya, daß sie ihr Kraft spendeten.
Maya begann zu tanzen. Ihr Gesang und das Klatschen ihrer Hände bildeten einen Rhythmus, der ihren Tanz beflügelte. Sie tanzte so innig und seelenhaft, wie es ihr möglich war. Ihr geschmeidiger Körper bildete anmutige Figuren. Sie versuchte, sich aus dem düsterdunklen Erdenrund heraus ins ewige Licht des Universums hinein zu tanzen. Dann an dem Punkt ihrer größten Öffnung, wo Maya plötzlich das Gefühl hatte, sie wurde eins mit den Kosmischen Bewegungen, hielt sie abrupt inne und konzentrierte sich ganz auf ihren Atem. Ihr Tanz war beendet.
Maya verbeugte sich tief vor den Lehrern und kniete sich dann wieder hin und berührte mit der Stirn den Boden.
Die Lehrer hielten inne und konzentrierten

sich vollständig auf ihren Atem. Mayas Tanz hatte sie berührt.
„Habt ihr ihre Seele schimmern sehen?", fragte schließlich Danubia die beiden Lehrer.
Doria blickte Maya an und sprach: „Mir war so, als habe ich ihre Seele schimmern sehen."
Die beiden blickten auf Magdon, der mit rauher Stimme sagte: „Ich habe wenig Seele gesehen, aber sie ist gut gebaut. Sie ist wohl geformt. Mir gefällt sie. Von mir aus hat sie bestanden. Sie kann gerne auf unserem Fest heute Abend tanzen."
Danubia war entsetzt über Magdons grobe und unwürdige Äußerung. Sie wandte sich Maya zu und sprach: „Maya, es ist Zeit für dich zu gehen. Zieh dich zurück und warte an der Ostseite der Pyramide auf mich."
Maya verneigte sich, erhob sich und trat zum Ausgang. Sie war durch das merkwürdige Verhalten von Magdon zutiefst verunsichert. Sie war noch zu jung und unerfahren, um Magdons verschwommenen Blick und seine anzüglichen Worte verstehen zu können.
Als Maya fort war, blickte Danubia Magdon und Doria streng an. Sie versuchte ihrem Gesichtsausdruck Verachtung beizumischen, was ihr aber nicht überzeugend gelang.
Mit kaum unterdrückter Wut sagte sie: „Ich bin entsetzt, euch beide hier so außer euch anzutreffen. Eure Geilheit ist unverhohlen

und eure Unbeherrschtheit offensichtlich."
Ohne eine Antwort der beiden abzuwarten, drehte sich Danubia um und verließ entrüstet den Übungsraum.
Doria und Magdon blieben allein zurück.
In ihnen züngelte heiße Lust, der sie frönen wollten. Doria begann verführerisch für Magdon zu tanzen. Erst sah er lüstern zu, dann tanzte er lüstern mit und dann versanken die beiden tanzend ineinander.
Doch mitten in ihrem Liebestanz erschien plötzlich Maya. Ohne Demutsbezeugung wollte sie schwer atmend den beiden Lehrern etwas unheimlich Wichtiges mitteilen. Ihre Augen waren angstgeweitet und sie stotterte Unverständliches.
Magdon war wütend, unterbrochen worden zu sein, und er rief streng: „Fort mit dir!"
So ging Maya unverrichteter Dinge fort.
Als Maya ein zweites Mal all ihren Mut zusammennahm und die beiden Lehrer wieder störte, weil sie Dringendes melden mußte, wurde sie diesmal von Doria angefahren: „Bist du noch bei Sinnen, uns jetzt zu stören? Wenn ein Mann in Wallung ist, sollte man ihn unter keinen Umständen stören. Verschwinde."
Maya ging schnell, doch schon bald kam sie zum dritten Mal und rief allen Respekt außer Acht lassend fast in Todesangst: „Ich habe furchtbare Geräusche aus der Dunkelkammer

gehört. Ich glaube, es waren Hilfeschreie." Maya kniete sich sofort hin und berührte mit der Stirn den Boden, als ob sie um Vergebung bitte für ihre Unverschämtheit, ihre Lehrer zu stören, aber der Notfall, von dem sie berichten wollte, schien ihr diese respektlose Störung zu rechtfertigen.

Magdon war mit einem Schlag völlig verändert und fragte aufmerksam: „Du hast Hilfeschreie gehört? Und danach? Was hast du nach den Schreien gehört?"

Maya richtete sich auf und sagte: „Danach war es still. Furchtbar still."

„Verschwinde", rief Magdon Maya nun wieder sehr unfreundlich zu.

Maya verneigte sich zuerst vor Doria, dann vor Magdon und schritt zur Tür. Als sie dort angekommen war, rief Magdon der vollkommen verunsicherten Maya mit strenger und einschüchternder Stimme nach: „Sprich mit niemandem darüber. Ich selbst werde mich um diese merkwürdige Sache kümmern."

Schnell lief Maya hinaus ins strahlend leuchtende Abendrot.

Nun waren Magdon und Doria allein im Übungszimmer. Als Magdon sich Doria zuwandte, stand diese völlig erstarrt still. Beide wußten sofort, was geschehen war. Magdon blickte Doria an. Sie hatte alle Farbe aus dem Gesicht verloren und ihre Augen blickten leer,

als sie langsam begann zu taumeln.
Magdon sprach laut und klar: „Die Sonne ist gerade untergegangen."
Er hielt die taumelnde Doria fest und fragte streng: „Wann hast du deinen Schüler in die Dunkelkammer geführt?"
Doria war nicht in der Lage sofort zu antworten. Sie blickte mit vor Angst geweiteten Augen irgendwo in die Ferne.
Dann sprach sie langsam und mit lebloser Stimme: „Kurz nach Sonnenhöchststand."
Nachdem Doria das gesagt hatte, brach sie zusammen und fiel Magdon in die Arme.
In diesem Moment erschien Danubia aufgeregt im Übungsraum und fragte: „Warum ist die Dunkelkammer immer noch versperrt?"
Keiner der beiden antwortete. Sie blickten mit vor Entsetzen geweiteten Augen zu Danubia.
Noch einmal wiederholte Danubia ihre Frage. Als ihr wieder niemand antwortete, ging sie direkt auf Magdon zu und fragte ihn streng und direkt: „Wann genau ist der Schüler in die Dunkelkammer geführt worden?"
Magdon blickte Danubia in die Augen und sprach mit rauher und bebender Stimme: „Kurz nach Sonnenhöchststand."
Danubia schrie auf: „Nein!"
Ungeheurer Schrecken breitete sich nun auch in ihrem Gesicht aus.
„Schnell", sagte sie mit flachem Atem, „wir

müssen sofort die Dunkelkammer öffnen."
So schnell sie konnten, schritten Danubia, Magdon und Doria zur Dunkelkammer an der Nordseite der Pyramide.
Ohne daß es einer der aufgeregt Voranschreitenden bemerkte, folgte ihnen Maya, die die Geschehnisse um die Dunkelkammer aus einiger Ferne beobachten wollte.
An der Nordseite der Großen Pyramide angekommen, öffneten Danubia und Magdon die Türe zur Dunkelkammer. Alle schraken zurück. Heraus stolperte Kirin, der ein ehemals großer und starker Schüler gewesen war. Er war erblindet, schleppte sich noch zwei Schritte hinaus ins Licht, das er nicht mehr sehen konnte, und in die Luft, die er nicht mehr atmen konnte. Er brach zusammen. Schwer schlug er auf und Blut quoll ihm aus den Ohren. Er blieb leblos auf dem steinernen Boden liegen.
Alle verharrten in Schrecken und blickten entsetzt auf den toten Schüler, um dessen Kopf sich eine Blutlache bildete.
Nach einer Weile, die Magdon gebraucht hatte, um die Geschehnisse zu verarbeiten, sprach er laut zu den beiden Lehrerinnen: „Es war ein Unfall."
Doria war nicht in der Lage zu sprechen, ebenso wenig wie Danubia. Also sprach Magdon weiter: „Unfälle geschehen immer wieder.

Wir Lehrer haben das Recht, Unfallopfer diskret zu entsorgen. Es besteht keine Pflicht, Angehörige zu benachrichtigen. Der Einweihungsweg ist nicht ohne Lebensgefahr. Das wissen doch alle!"
Danubia erwiderte: „Aber es besteht die unbedingte Pflicht, dem Leiter der Einweihungsschule diesen Vorfall zu berichten."
Magdon blickte sie zornig an und sagte: „Vielleicht ist es gut, in diesem Falle niemandem irgendetwas zu berichten."
Auch Doria stimmte Magdon zu: „Es ist gut, in diesem Falle niemandem zu berichten."
„Außer uns gibt es keine Zeugen", wiederholte Magdon seinen Plan.
Doch Danubia wehrte sich gegen den Plan der beiden. Sie wollte dem Leiter der Schule von ihrer aller Schuld berichten.
Danubia hatte sich bereits weggedreht um loszugehen, da sagte Magdon mit einer gefährlich schwingenden Stimme: „Du willst von unserer Schuld berichten? Hast du denn vergessen, was du selbst getan hast? Hast du deine eigene Schuld vergessen?"
Danubia wußte zunächst nicht, wovon Magdon sprach, aber sie hörte ihm dennoch aufmerksam zu, denn in der Tat war ihre Seele nicht frei von Schuld.
Magdon fuhr unerbittlich fort: „Ich erinnere mich an einen Moment vor vielen Jahren, als

ich im Planetarium der Kleinen Pyramide durch unsere geschliffenen Gläser den Morgenhimmel beobachtete. Da fiel mir ein geschliffenes Glas aus der Hand. Ich bückte mich und als ich es aufhob, blickte ich hindurch und da sah ich etwas vor der Dunkelkammer. Eine Schülerin kniete vor ihrem Lehrer und lenkte ihn gekonnt und sehr lustvoll ab."
„Und, was hat das mit mir zu tun?", fragte Danubia mit belegter Stimme, obwohl sie sehr wohl wußte, was das mit ihr zu tun hatte.
Magdon blickte sie kalt an: „Du warst die Schülerin, die den Lehrer abgelenkt hat. So hat er das Zeitmaß überschritten. Und die Schülerin, die er zu betreuen hatte, war zu lange in der Dunkelkammer geblieben. Seitdem ist sie behindert. Sie arbeitet heute im Garten der Schule. Sie jätet das Unkraut. Zu mehr ist sie nicht mehr in der Lage. Später habe ich erfahren, daß die Schülerin, die zu lange in der Dunkelkammer war, deine schärfste Konkurrentin war. Soll ich das dem Leiter der Einweihungsschule melden?"
Danubia blickte Magdon flehend an und rief laut und entsetzt: „Nein, niemals."
„Wird der Leiter der Schule von diesem Unfall hier erfahren?", fragte Magdon.
„Nein, niemals", versprach Danubia.
Magdon wollte nun diesen Bund des Verschweigens besiegeln und holte ein weißes

Tuch hervor. Jeder der drei Lehrer schnitt sich mit der scharfen Klinge eines kleinen Messers, das Magdon aus einer Tasche seines Gewandes geholt hatte, in den Mittelfinger ihrer rechten Hand. Sie ließen Blut aufs Tuch tropfen. Sie alle drei kannten das Ritual, das sie eben im Begriffe waren, durchzuführen: Das Blutschuldtuch.
Sie legten das Bluttuch ihrer Schuld über den Toten. Nun könnte niemand mehr diesen Toten erspüren. Er war unauffindbar verborgen unter dem Bluttuch ihrer Schuld. Auch mit den feinsten Sinnen und der besten Intuition war der tote Kirin nicht mehr zu orten. Magdon packte den Toten und zog ihn fort. Er mußte die Leiche vergraben.
Als er an einem Rosenbusch vorbeikam, entdeckte er Maya, die sich dort zitternd versteckt hatte. Es ihr jedoch nicht gelungen, sich vor Magdons scharf beobachtenden Augen verborgen zu halten.
Magdon ließ die Leiche fallen, sprang hinter den Rosenbusch und packte Maya brutal am Genick. Er zerrte sie hinter dem Busch hervor und schob sie vor sich her, bis er die beiden Lehrerinnen erreicht hatte.
Danubia, Magdon und Doria blickten sich an. Ihnen allen war klar, daß sie keine Zeugin für ihre brutale Tat gebrauchen konnten.
Magdon ging langsam auf Maya zu und sprach

gefährlich: „Maya, du möchtest doch gerne wissen, was die Dunkelkammer ist."
„Ja", sprach Maya voller Angst, „ich möchte wissen, was die Dunkelkammer ist, aber erst, wenn meine Zeit gekommen ist."
„Maya, deine Zeit ist jetzt gekommen", sagte Magdon und nahm Maya fest am Arm.
Entsetzt schrien Doria und Danubia auf und riefen beide mit einer Stimme: „Nein!"
Magdon drehte sich zu den beiden um und sprach langsam und sehr deutlich und wiederum sehr gefährlich: „Alles oder nichts."
Doria und Danubia blickten zu Boden und deuteten auf diese Weise an, daß sie duldeten, was jetzt zu geschehen habe.
Magdon wandte sich wieder Maya zu. Er versprach ihr, sie nur für eine kurze Weile in der Dunkelkammer zu lassen. Schon nach neun Atemzügen wollte er die Dunkelkammer wieder öffnen. Maya hatte furchtbare Angst, denn sie ahnte, daß weiteres Unrecht geschehen würde, wo doch schon so viel Unrecht geschehen war. Auf der anderen Seite war es oberstes Gesetz der Einweihungsschule, daß niemand unter keinen Umständen jemals lügen dürfte. Wenn also ein Lehrer der Heiligen Einweihungsschule die Wahrheit sagte, konnte und durfte sie Magdon nicht widersprechen. Außerdem hatte sie keinerlei Möglichkeit, sich Magdon zu widersetzen. Sein

Griff war so sicher und so fest, daß sie beim besten Willen nicht an Flucht denken konnte.
„Lehrerin", rief Maya um Hilfe und griff nach Danubias Hand, „ich bin unschuldig. Ich habe nichts getan. Ich habe nur gesehen und gehört. So helft mir doch!"
Danubia dachte an ihre eigene Schuld und antwortete kalt: „Nein!"
Magdon schubste Maya, die aufgehört hatte, sich zu wehren, in die Dunkelkammer und schloß hinter ihr sofort die schwere Tür.
Die drei wußten, daß sie aus der Einweihungsschule nicht fliehen könnten, denn dann wäre ihre Schuld offensichtlich. So beschlossen die drei, daß sie auch Mayas unvermeidlichen Tod als Unfall erklären würden.
Sie wollten nun so unauffällig wie möglich zurück zu den Übungshallen gehen und so tun, als ob nichts geschehen sei.
Doch als die drei sich umdrehten, um einen letzten Blick auf die Dunkelkammer zu werfen, sahen sie, daß die Tür weit offen stand. Erstarrt blieben sie stehen.
Aus der Dunkelkammer trat in seinem dunklen Mantel der Leiter der Einweihungsschule. Er hielt Maya im Arm, die vor Angst zitterte. Magdon, Danubia und Doria knieten sich sofort vor den Leiter der Einweihungsschule. Dieser fragte mit strenger Stimme: „Was ist in der Dunkelkammer geschehen?"

Magdon antwortete mit belegter Stimme: „Wir haben schwere Schuld auf uns geladen."
„Schwerste Schuld", pflichtete Doria bei.
Danubia erklärte: „Aus Lust haben wir unsere Pflicht verletzt. Ein Schüler ist in der Dunkelkammer gestorben und diese Schülerin, die Zeugin unsrer Freveltat geworden war, wollten wir ebenfalls vernichten."
Magdon senkte demütig sein Haupt. Sodann sprach er: „Wir sind bereit für die Strafe."
Doch zu ihrer Überraschung sprach der Leiter der Schule: „Ich strafe euch nicht."
Dann schwieg er und nach einer Weile der unheilvollen Stille wagte Danubia zu fragen: „Wie geht es jetzt weiter?"
Der Leiter der Schule antwortete nicht.
In die unerträgliche Stille hinein fragte Doria: „Was geschieht mit unserer Schule?"
Erstaunt blickte der Leiter der Schule die drei Lehrer an und fragte: „Welche Schule?"

Gespräche am Nil

Anerkennend blickte der Herr der Schlangen von den Blättern hoch, auf denen Sonja die dramatische Geschichte der Geschehnisse um die Dunkelkammer aufnotiert hatte.
Er hatte die Seelengeschichte während des gemeinsamen Frühstücks fasziniert gelesen. Er hatte nichts gegessen, sondern nur grünen Tee getrunken.
Sonja befriedigte ihren kräftigen Hunger mit allerlei Leckereien. Vor allem das scharf gewürzte Kichererbsenmus, das sie fingerdick auf Fladenbrot aufgetragen hatte, hatte es ihr angetan. Von Fleisch und Fisch, vor allem aber von Wurst nahm sie Abstand. Sie hatte sich vorgenommen, Tierprodukte nur noch dann zu essen, wenn der Herr der Schlangen abwesend war.
„Sehr gut geschrieben", lobte sie der Herr der Schlangen und Sonja fühlte sich wohl. 'Wenn er zufrieden ist', dachte sie, 'dann machen ja die Seelengeschichten einen Sinn.'
Der Herr der Schlangen ordnete die Blätter und fragte dann: „Darf ich das behalten?"
„Natürlich, wenn ich immer darauf Zugriff haben kann", sagte Sonja. Sie wollte großzügig, aber nicht allzu großzügig sein.

„Natürlich", sagte der Herr der Schlangen, „Es ist deine Geschichte."
Sonja war schon bei süßem Kuchen angelangt und genoß gierig, die süßen Teile hinunterzuschlucken und dann mit heißem schwarzen Tee nachzuspülen.
Noch mit vollem Mund fragte sie: „Ich verstehe den Schluß nicht. Wieso fragte der Leiter der Schule: 'Welche Schule?'"
Der Herr der Schlangen antwortete lächelnd: „Ich verstehe den Schluß sehr gut. Der Leiter der Schule hatte sich das Gesetz auferlegt, niemanden zu töten. Er hätte die drei Lehrer töten müssen, denn sie hatten die strengen Gesetze der Heiligen Einweihungsschule gebrochen. Es blieb ihm nur noch ein Ausweg. Er mußte die Schule sofort auflösen."
„Aber dann ist doch das ganze Wissen der Einweihungsschule verloren!", ereiferte sich Sonja. Ihre Wangen röteten sich. Sie blickte entsetzt den Herrn der Schlangen an.
Über dessen Gesicht huschte für einen kurzen Moment eine unfaßbare Trauer.
Sonja erschrak. Als er bemerkte, daß sie ihn anschaute, mühte er sich, wieder Gelassenheit auszustrahlen.
„Ja", sagte der Herr der Schlangen mit trauriger Stimme und atmete hörbar aus, „sehr viel Heiliges Wissen ist für immer verloren."
Wieder erschrak Sonja, denn in seinen Au-

gen schimmerten Tränen. Dies wollte und konnte sie nicht ertragen.
Schnell fragte sie eine Ablenkungsfrage: „Was machen wir denn heute?"
Der Herr der Schlangen antwortete ihr: „Wir machen einen Spaziergang entlang dem Nil und über den Nil, dann essen wir, und da unser Flug nach Athen um neunzehn Uhr geht, fahren wir um sechzehn Uhr zum Flughafen."
„Wann checken wir aus?", fragte Sonja und hoffte in diesem Moment sehr auf ein gemeinsames Stündchen im Hotelzimmer.
„Jetzt!", sagte der Herr der Schlangen und erhob sich. „Wir gehen auf unsere Zimmer, packen und geben unsere Koffer Abdullah, der sie draußen im Auto verstauen wird."
Sonja blickte enttäuscht.
„Was ist?", fragte der Herr der Schlangen aufmerksam und sah sie offen an.
Sonja gab sich einen Ruck und sprach ehrlich: „Ganz am Anfang hast du viel geredet über Serien von Orgasmen, auf die eine Frau ein Recht habe, und ich muß gestehen, daß mich das schon beeindruckt hat."
Sonja wurde rot, aber sie sprach weiter: „Also, ich meine, ganz am Anfang hat mich das Gerede zuallererst abgestoßen, aber so nach und nach hat mich dieses heiße Thema dann doch irgendwie beschäftigt."
Nun wurde Sonja noch röter, als sie wie sie

fand todesmutig und fordernd weitersprach: „Was ist denn jetzt damit?"
Sonja sah, daß der Herr der Schlangen eine Scherzantwort sagen wollte, sich dann aber zurückhielt. Er hatte gespürt, daß sie im Moment sehr verletzlich war.
Ernst antwortete er: „Ein Orgasmus ist keine Frage einer bestimmten körperlichen Technik, sondern eine Frage, ob die Frau den Orgasmus zuläßt. Je mehr Schuld auf der Seele der Frau liegt, um so weniger wagt sie es, Orgasmen zuzulassen."
Es war schon spät und die Diener und Kellner machten Lärm beim Abräumen des Buffets und teilten so den beiden mit, daß sie den Frühstückstisch räumen sollten.
„Laß uns jetzt aufbrechen. Wir können dieses Thema später auf dem Spaziergang wieder aufnehmen und vertiefen."
Sie fuhren beide auf ihr Stockwerk, packten ihre wenigen Sachen ein und trafen sich dann wieder an der Rezeption.
Hier sah Sonja, wie er wieder mit der goldenen Kreditkarte zahlte. Gerne hätte sie den auf der Kreditkarte eingestanzten Namen herausgefunden, aber wieder kam sie zu spät.
Als die beiden draußen am Auto bei Abdullah ihre Koffer abgegeben hatten, ging Sonja nochmal unter dem Vorwand, die Toilette besuchen zu müssen, zurück zur Rezeption.

Als sie den Rezeptionisten fragte, wer der Herr da gerade gewesen sei, blickte der erstaunt. „Sie möchten den Namen Ihres Vaters wissen?", fragte der Rezeptionist verwundert, „Gibt es ein Problem?"
Sonja versicherte schnell, es gebe kein Problem, und ging hinaus, wo ihr 'Vater' bereits auf sie wartete.
Er empfing sie mit den Worten: „Abdullah wird hier auf uns warten. Um vier Uhr werden wir zum Flughafen fahren. Wir haben also genügend Zeit für einen Spaziergang und ein ausgiebiges Mittagessen."
Sonja stimmte zu und freute sich, wie gut er alles organisiert hatte.
Dann gingen sie Hand in Hand hinüber zum Nilufer. Die Menschen, denen sie begegneten, blickten alle sehr freundlich. Sicherlich, vermutete Sonja, dachten alle, wie schön es sei, daß der Vater seiner Tochter diese kulturell so spannende Stadt zeigte.
Viele Männer sprachen die beiden immer wieder an, ob sie keine Schiffahrt machen wollten. Immer wieder antwortete der Herr der Schlangen freundlich: „Shukran Habibi!", und die Händler ließen lachend von ihnen ab. Der Herr der Schlangen wartete geduldig, ob Sonja das heiße Thema vom Frühstück nochmal ansprechen würde, und Sonja wartete geduldig, bis der Herr der Schlangen wie ver-

sprochen das heiße Thema vom Frühstück wieder aufnehmen würde. So stieg zwar die Spannung zwischen den beiden, aber das heiße Thema vom Frühstück sprachen sie beide nicht mehr an.
Zum Mittagessen wählte der Herr der Schlangen ein kleines Lokal an der Straße.
Er bestellte eine Auswahl von leckerem Kichererbsenmus und eingelegtes Gemüse mit knusprigem Fladenbrot.
Sonja hatte großen Hunger und also schmeckte alles herrlich. Dazu trank sie schwarzen Tee, den sie sich heftig süßte.
Während des Essens begann der Herr der Schlangen unvermittelt: „Das Problem ist, daß wir mit unserer Schuld nicht umgehen können. Im Laufe eines Lebens laden wir Schuld auf uns und wenn man noch frühere Leben dazuzählt, steigt die Schuld noch weiter. Wie viele falsche Entscheidungen haben wir getroffen? Wie oft haben wir andere verletzt durch etwas, das wir getan haben, oder noch mehr durch Taten, die wir unterlassen haben? Diese enorme Schuld, die wir verdrängen, verbietet uns eine freie und kraftvoll orgastische Entladung. Ein Orgasmus sind Kontraktionen, die in einer ganz individuellen Frequenz eine unglaublich große Lust entfalten. Aber wie gesagt, das kann erst dann geschehen, wenn die Seele frei von Schuld ist."

Sonja nahm eine Gabel voll eingelegtem Gemüse und tat so, als spreche der Herr der Schlangen über nichts Besonderes.
Der fuhr erhitzt fort: „Jede Frau hat eine ganz eigene Orgasmusfrequenz."
Ob er das aus eigener Erfahrung wisse, wollte Sonja fragen, aber sie biß in eine eingelegte Pfefferschote, die überraschend scharf war. Sonja mußte heftig husten.
Der Herr der Schlangen sprach weiter: „Ich habe Verständnis dafür, daß es sehr schwer ist, einen Zusammenhang herzustellen zwischen Orgasmus und Schuld. Aber ich will es nochmal versuchen. Denn darauf beruht die gesamte Funktionsweise meiner Liebesschule: Die Teilnehmer dieser Schule sollen lernen, sich selbst zu entschulden. Dann sind sie frei von Schuld und kräftige und liebevolle und vor allem erfolgreiche Liebhaber."
Sonja hörte aufmerksam zu und verzichtete darauf, die Gabel neu zu füllen. Sie wollte wirklich verstehen und blickte den Herrn der Schlangen aufmunternd an.
„Orgasmusfähig ist die Frau, die unschuldig ist", sprach der Herr der Schlangen bestimmt.
'Es ist faszinierend, so laut über dieses wirklich intime Thema zu sprechen und keiner im ganzen Restaurant kann einen verstehen', dachte Sonja amüsiert.
Dann runzelte sie die Stirn und fragte: „Aber

wie wird man wieder unschuldig?"
Geduldig antwortete der Herr der Schlangen: „Indem wir uns Schritt für Schritt durch Erhöhung unseres Bewußtseins entschulden."
Der Herr der Schlangen machte eine kurze Pause, aß ein Stück Brot mit Gurkensalat, kaute es und schluckte es herunter.
Dann fuhr er fort: „Ich versuche durch die Seelengeschichten und durch das Seelentheater das Bewußtsein zu erhöhen. Indem wir uns bewußt machen, oder besser indem wir bewußt spielen, was uns belastet, werden wir wieder unschuldig. Man könnte auch sagen: Bewußtsein bewirkt Unschuld. Unbewußtheit kreiert immer wieder neue Schuld."
Sonja aß weiter. Der Herr der Schlangen blickte sie aufmerksam an und eine ganze Serie von Fragen schoß ihm durch den Kopf. Würde es ihm gelingen, Sonja immer weiter ins Bewußtsein ihrer Schuld zu führen? Würde es ihm gelingen, sie wieder unschuldig zu machen? Es war so wichtig für seinen Plan. Sonja mußte wieder unschuldig werden. Sie mußte sich selbst bewußt werden. Sie müßte lernen, für alles Verständnis zu haben. Sie müßte lernen, auch in den schwierigsten Situationen gelassen zu bleiben.
Sonja genoß völlig unbeschwert das Essen und natürlich auch die vielen aufmerksamen Blicke der Kellner, die sie auf sich zog.

Die arabischen Kellner konnten sich an der unverschleierten und hübschen Sonja überhaupt nicht sattsehen.
Der Herr der Schlangen machte sich klar, daß er viel in Sonja investierte. In den Seelengeschichten, die sie erlebte, zeigte sie auch eine enorme Tiefe, aber würde das reichen? Was, so fragte sich der Herr der Schlangen weiter, wenn in ihren Seelentiefen sich das illusionäre romantische Ideal einer Kleinfamilie als Schutzwall vor wirklicher Tiefe durchsetzen würde? Dann müßte sie um ihres emotionalen Gleichgewichts Willen die Liebesschule als unrealistischen Wahnsinn abtun.
Der Herr der Schlangen wischte sich eine Fliege von der Stirn und beobachtete Sonja beim Essen und freute sich, daß es ihr schmeckte.
Nach dem Essen gingen die beiden zum Hotel. Vor dem Hotel wartete Abdullah bereits wie verabredet auf sie.
Auf der Fahrt zum Flughafen gerieten sie in mehrere Staus, schafften es aber noch pünktlich. Der Herr der Schlangen und Abdullah verabschiedeten sich herzlich.
Die Beziehung zwischen Abdullah und Sonja war während der Tage kühl geblieben und so war auch jetzt der Abschied.
Check-in, Sicherheitskontrolle und die üblichen Rituale einer Flugreise brachten sie lokker hinter sich und saßen dann im Flugzeug,

das pünktlich nach Athen startete.
Wie schon auf dem Flug von Berlin nach Kairo schrieb der Herr der Schlangen wie getrieben. Diesmal allerdings wagte Sonja zu fragen: „Was schreibst du da?"
Knapp, aber freundlich antwortete der Herr der Schlangen: „Ein Theaterstück."
„Worüber?", fragte Sonja neugierig.
Der Herr der Schlangen antwortete geduldig: „Es ist ein Theaterstück und ich bin sicher, du kannst sowohl das Thema, als auch den Titel erraten."
„Die Liebesschule."
Lachend nickte der Herr der Schlangen. „Genau so ist es."
„Wo soll das Stück aufgeführt werden?", fragte Sonja.
„In New York."
„Warum New York?"
„Dort ist alles möglich!"
„Und wann?"
„An Pfingsten."

Athen

Es war Nacht, als Sonja und der Herr der Schlangen im Hotel in Athen ankamen. Sonja staunte über den unfreundlichen Taxifahrer, der sie schweigend und verstockt vom Flughafen zum Hotel gefahren hatte.
Das Hilton Hotel war so, wie Sonja es inzwischen gewohnt war: Sehr vornehm, sehr exklusiv, sehr teuer. Es lag nur wenige Gehminuten vom Athener Zentrum entfernt.
Von ihrem Hotelzimmer aus konnte Sonja die beleuchtete Akropolis sehen. Diese uralten heiligen Tempelreste standen auf einem hohen Hügel inmitten von Athen und strahlten hell durch die Nacht.
Was würde jetzt auf sie zukommen?
Sonja spürte, wie ihr die Kräfte für dieses Experiment schwanden. Immer wieder nagten Zweifel an ihr. All ihre Erfahrungen der letzten Tage spitzten sich auf die eine Frage zu: Überschätzte der Herr der Schlangen sie nicht hemmungslos? Sie war nicht die, für die er sie hielt. Er projizierte eine aus seinem Blickwinkel für seine Zwecke geschaffene, ideale junge Frau auf sie, die sie nicht war. Sie wollte sich ihrer Tiefe nicht bewußt werden. Sie wollte keine Seelengeschichten

unter Schmerzen gebären. Sie wußte noch nicht einmal, ob sie eine Seele hatte, und sie wußte noch nicht einmal, ob sie eine Seele wollte, und im Grunde wußte sie noch nicht einmal, was eine Seele war.

Sie nahm sich vor, ihn zu fragen, was er denn wirklich mit ihr vorhätte. Inzwischen hatten die beiden so viel Vertrauen zueinander gefaßt, daß sie glaubte, daß er ehrlich auf diese Frage antworten würde.

Sie ließ sich ein Bad ein und versuchte im warmen Wasser zu entspannen, was ihr aber nicht gelang. Sie war noch nicht wirklich in Athen angekommen. Die Dunkelkammer spukte ihr noch durch den Kopf. Der Herr der Schlangen hatte gesagt, daß die Seelengeschichte die Grundlage für ein Seelentheaterstück sei. Erst wenn man mit allen Sinnen die Seelengeschichte als Theaterstück erlebe, könne die Seelengeschichte ihre heilsame Kraft entfalten.

'Aber welche Rolle sollte ich denn in dieser Dunkelkammergeschichte spielen?', dachte Sonja ratlos.

Sie wußte, daß sie keine Lösung finden würde. Nachdem sie so lange im warmen Wasser gelegen hatte, daß die Haut an ihren Fingern runzlig geworden war, stieg sie aus dem Bad und trocknete sich ab.

Dann legte sie sich ins Bett. Sie fühlte sich

bleischwer, aber der Schlaf kam nicht. Sie fühlte sich furchtbar. Sie fühlte sich fremdbestimmt. Sie lebte in einem anderen Leben. Wieder kamen die quälenden Fragen in ihr auf: Was hatte sie mit den Phantasien dieses alten Mannes zu tun? Was sollte das alles?
Ihre Wut auf den Alten, wie sie den Herrn der Schlangen im Inneren manchmal nannte, wurde plötzlich so stark, daß Sonja spürte, daß sie unbedingt etwas tun mußte.
Ohne zu zögern stand sie auf ging zur Minibar, holte sich dort eine eiskalte Coca Cola, schüttete das süße schwarze Getränk in ein Wasserglas, öffnete eine Miniflasche Wodka, schüttete den Inhalt dazu und trank das Gemisch in großen Zügen.
Da entdeckte sie auch eine Schachtel Zigaretten und Streichhölzer neben der Minibar. Sie machte sich noch ein Coca Cola Gemisch, diesmal mit Whiskey, setzte sich auf die Fensterbank und rauchte und trank gierig.
Ja, sie war frei!
Sie mußte sich von dem Alten nichts diktieren lassen. Morgen früh würde sie sich mit Kaffee vollaufen lassen und Fleisch und Wurst essen so viel sie wollte.
Sie war doch in Griechenland und freute sich auf Fisch, vor allem auf den in Ringe geschnittenen und frittierten Tintenfisch.
Sie fühlte sich sofort besser bei dem Gedan-

ken, daß sie offen gegen ihn und seine Werte verstoßen würde. Das ganze Geschwafel von Schuld und Unschuld ging ihr tierisch auf die Nerven. Plötzlich ging ihr alles, was der Alte gesagt hatte, auf die Nerven. Sie wollte nicht mehr sein Versuchskaninchen sein. Punkt! Aus! Schluß! Basta!
Betrunken stürzte sie ins Bett.
Am Morgen beim Frühstück sah der Herr der Schlangen sofort die Veränderung, die mit ihr vorgegangen war.
Mit einem strengen Unterton sagte er: „Nicht nur, daß du Kaffee trinkst beunruhigt mich, sondern auch deine graue Gesichtshaut. Du hast in der vergangenen Nacht geraucht und getrunken. Warum tust du das?"
Sonja antwortete trotzig: „Mir geht dieses ganze Versuchskaninchen Projekt tierisch auf die Nerven", sagte sie und war bereit für eine heftige verbale Auseinandersetzung.
„Sollen wir die Reise abbrechen?", fragte der Herr der Schlangen ernst und besorgt.
In diesem Moment trat ein Kellner zu ihm heran und sagte: „Telefon für Sie."
Schnell erhob er sich, als habe er auf einen dringenden Anruf gewartet.
Sonja hatte Zeit, um seiner Frage nachzugehen. Wollte sie das Projekt Liebesschule abbrechen? Einerseits natürlich ja. Das Ganze wurde ihr zu gruselig. Andererseits war da

etwas, eine Schwingung, die vom Herrn der Schlangen ausging, die ihr Vertrauen einflößte. Und die Möglichkeit, die Welt und ihre Geschichte auf unglaublich intuitive Art und Weise und vor allem kostenfrei kennenzulernen, war eine Verlockung ersten Grades.
Sonja beschloß, der ganzen Sache doch noch eine Chance zu geben.
Gerade als sie dachte: 'Also eine Chance hat dieser Herr der Schlangen noch', da trat dieser an den Tisch und blickte sie gespannt an.
„Entschuldigung!", sagte Sonja. Sie wußte instinktiv, daß dies die einzig mögliche Äußerung war, die den Herrn der Schlangen in dieser Situation erreichen würde.
Der Herr der Schlangen lächelte milde und sagte: „Gerne nehme ich deine Entschuldigung an. Ich weiß um die Widerstände, die immer wieder versuchen, die wirkliche Liebe zu zerstören. Es ist die Aufgabe aller Suchtmittel, das Ego auf Kosten der Liebesfähigkeit aufzubauen. Also laß uns gehen. Wir haben heute wieder mal ein dichtes Programm. Zieh dir diesmal bitte bequeme Schuhe an."
Sonja war gut gelaunt und ließ es geschehen, daß er, gleich nachdem sie sich vorm Hotel zum gemeinsamen Spaziergang getroffen hatten, nach ihrer Hand griff.
So gingen sie bei strahlendem Frühlingssonnenschein durch die engen Gassen, die

um den Hügel führen, auf dem die Akropolis steht. Der einstündige Spaziergang vom Hotel zur sonnenbeschienenen Akropolis führte sie leicht bergauf. Überall standen Ruinen, Tempel und Säulen und kündeten von einer mächtigen längst vergangenen Kultur.
„Hier“, schwärmte der Herr der Schlangen, „ist die Wiege unserer Kultur. Hier haben Menschen Gedanken gedacht, die unser Denken heute noch immer bestimmen. Hier wirkten die großen Denker Sokrates und seine beiden berühmten Schüler Platon und Aristoteles.“
Sonja erinnerte sich, daß sie diese Namen alle schon einmal gehört hatte, und zwar, als der Herr der Schlangen so angeregt über den Weltgeist gesprochen hatte.
Der Herr der Schlangen strahlte, als er fortfuhr: „Vor allem Sokrates, der große Frager seiner Zeit, fasziniert mich. Er hat nichts anderes getan, als den ganzen Tag auf dem Marktplatz - also hier - herumzuspazieren und jeden nach dem Sinn seines Tuns zu fragen.“
Sonja, der flau im Magen war, fragte: „Welche Bücher hat Sokrates geschrieben?“
Lachend antwortete der Herr der Schlangen: „Sokrates hat kein einziges Wort aufgeschrieben. Das haben seine Schüler für ihn getan. Der bekannteste Satz, der Sokrates zugeschrieben wurde, lautet...“
Der Herr der Schlangen machte eine bedeu-

tungsvolle Pause, um Sonjas volle Aufmerksamkeit zu erreichen. Dann sprach er weise: „'Ich weiß, daß ich nichts weiß.'"
Sonja legte ihre junge Stirn in Falten. So wollte sie zeigen, daß sie über diesen merkwürdigen Satz nachdachte, den sie auch bereits aus den Ausführungen des Herrn der Schlangen über den Zeitgeist kannte.
Der Herr der Schlangen fuhr fort: „Sokrates wurde angeklagt, die Jugend verdorben zu haben. Damit ist natürlich nichts Sexuelles gemeint, sondern Philosophisches. Sokrates hat die Jugend aufgefordert, selbständig zu denken, und das gefiel den Autoritäten nicht, die bedingungslosen und blinden Gehorsam verlangten. Also wurde Sokrates angeklagt. Als er sich in einer scharfen Verteidigungsrede rechtfertigte und sich also nicht den Regierenden beugte, wurde er zum Tode durch den Schierlingsbecher verurteilt. Schierling ist ein Pilz, der tödliches Gift enthält."
Der Herr der Schlangen hielt inne und zeigte auf eine Felsengruppe in der Ferne.
Dazu sprach er: „Siehst du dort hinten oben die Felsengruppe? Dort ist der Areopag oder auch Areiopagos, der Areshügel. Auf diesem Felsen tagte in der Antike der oberste Rat von Athen. Dort wurde Sokrates vor circa zweitausendsechshundert Jahren verurteilt."
Der Herr der Schlangen hatte zu der Felsen-

gruppe gezeigt, aber Sonjas Blick war an einigen Vasen hängengeblieben, die im Schaufenster eines der vielen Touristengeschäften standen. Die Abbildungen auf den Vasen fesselten Sonjas Aufmerksamkeit. Es trieb ihr die Schamröte ins Gesicht, als sie sah, wer da wen wo leckte, wer da was in welche Öffnung steckte und wie viele Männer Frauen Lust bereiteten und wie viele Frauen Männern Lust bereiteten und wie viele Männer Männern Lust bereiteten und wie viele Frauen Frauen Lust bereiteten.
Sie blickte schnell zur Seite, damit der Herr der Schlangen ihr Abschweifen nicht bemerkte, aber es war bereits zu spät. Er hatte ihren Blick aufgefangen.
„Ja", sagte er heiter, „die Griechen waren ein ausgesprochen lustbetontes Volk."
„Ich weiß nicht", sagte Sonja abwehrend und errötend, „ich finde das alles zu heftig."
„Wir dürfen diese Dinge nicht mit unserem heutigen Moralverständnis betrachten", hub der Herr der Schlangen weitschweifig an, aber Sonja unterbrach ihn sofort: „Mit welchem Moralverständnis denn sonst?"
Der Herr der Schlangen war erstaunt über Sonjas heftige Abwehr.
Gelassen fuhr er fort: „Zuerst einmal müssen wir unsere eigene Moral verstehen, nach der wir unbewußt leben. Wenn wir diese ver-

standen haben, dann können wir andere Moralvorstellungen beurteilen. Leider kommt dies in den meisten Fällen einer Verurteilung gleich. Wir vorverurteilen andere Moralvorstellungen, ohne uns in sie verständnisvoll hineingearbeitet zu haben."
Sonja wurde wütend und fauchte: „Ich brauche keine Kenntnis von einer fremden Moralvorstellung, um Analverkehr eklig zu finden."
Sie blickte demonstrativ die Straße entlang und beide gingen von dem Schaufenster fort, hinter dem die Vasen standen, auf denen die gold gemalten Körper auf schwarzem Hintergrund wüste Orgien feierten.
Der Herr der Schlangen ließ eine Weile verstreichen, dann fragte er nach: „Hast du denn Erfahrungen mit..."
Sonja unterbrach ihn schnell und ungestüm: „Es hat mal einer versucht, es hat aber weh getan und es war einfach eklig."
Sie machte eine Pause, in der sie sich das peinliche Erlebnis wieder ins Gedächtnis rief. „Widerlich!", rief sie wieder aus und sagte dann klar und bestimmt: „Ich möchte auf keinen Fall darüber sprechen."
Der Herr der Schlangen nickte, fragte aber doch: „Möchtest du über dein persönliches Erlebnis nicht sprechen oder allgemein über dieses Thema nicht sprechen?"
Sonja mußte nicht lange nachdenken, um zu

antworten: „Weder über mein ekliges Erlebnis möchte ich sprechen noch allgemein möchte ich über diese entfesselte griechische Moralvorstellung sprechen!"
Da sprach der Herr der Schlangen: „Wir müssen uns vorstellen, daß die Alten davon ausgingen, daß wir Menschen aus Schwingungen bestehen. Da gibt es Menschen, die höher schwingen, und da gibt es Menschen, die niedriger schwingen. Da die Alten die Erziehung sehr ernst genommen haben, hat der Lehrer den Schüler auf drei Ebenen erzogen. Zum einen den Geist durch Schulung des logischen Denkvermögens, zum anderen die Gefühle durch Deutung der Traumsymbole, und dann den Körper durch direkte Übertragung der höheren Schwingungen."
Sonja lachte laut und provozierend. Ausgelassen spielte sie einen Mann, der breitbeinig die Straße entlang ging. Mit tiefer männlicher Stimme sprach sie: „He Kleiner, komm mal her, he, soll ich dir vielleicht mal in den... äh, ich meine natürlich, soll ich dir vielleicht mal meine höhere Schwingung übertragen?"
Sonja schlug sich auf die Schenkel und lachte. Der Herr der Schlangen blieb still. Sonja stieß ihm betont kameradschaftlich an den Oberarm: „Hey, verstehste denn keinen Spaß?"
„Doch!", antwortete der Herr der Schlangen, „Ich verstehe Spaß. Aber ich unterscheide

zwischen Spaß und Dummheit. Bei den alten Griechen war die wichtige Frage der Erziehung, wie sich Wissen von Lehrer auf Schüler überträgt, von zentraler Bedeutung."
Sonja fühlte sich nun ganz im Widerstand.
Der Herr der Schlangen versuchte sachlich zu bleiben, als er sagte: „Es geht darum, daß die feinere Schwingung in den Ort der Basis übertragen wird, damit sich dort die niedere Schwingung in eine höhere transformieren kann. Sowohl vom Lehrer, als auch vom Schüler setzt das ein hohes Bewußtsein voraus. Der Schüler übergibt sich ganz dem Lehrer und der Lehrer trägt die volle Verantwortung für den Schüler."
Sonja fand eine Frage, mit der sie ihren Widerstand anschaulich ausdrücken konnte: „Wenn allerdings der Lehrer gar keine hohe Schwingung hat, was dann?"
„Dann", sagte der Herr der Schlangen und blickte traurig nach oben in den wolkenlosen Himmel, „dann befinden wir uns mitten in einer der furchtbarsten Katastrophen."
Sonja fragte nach: „Gab es in der Geschichte viele solcher furchtbaren Katastrophen?"
Der Herr der Schlangen fühlte sich bei diesem Thema nicht wohl. Es könnte für Sonja viele Mißverständnisse bergen.
Er sagte: „Es ist immer eine große Katastrophe. Du selbst hast ja in Kairo eine Seelen-

geschichte erlebt, in der genau das geschehen ist: Unwürdige Lehrer."
Sonja sah seinen Schmerz. Es war offensichtlich, daß der Herr der Schlangen litt. Sein Gesicht war schmerzverzerrt, als er weitersprach: „Es gibt sogar in der Mythologie eine solche Katastrophe, die üble Folgen hatte. Kennst du die Sage von Ödipus?", fragte er Sonja, die froh war, daß sie sich in diesem Mythos ein wenig auskannte.
„Das war doch der, der seinen Vater erschlug und mit seiner Mutter schlief."
„Genau der war es", nickte der Herr der Schlangen. „Aber das Ganze war die Folge einer Freveltat. Die Geschichte, die du kennst, war bereits die Strafe der Götter für eine Freveltat, die der Vater vorher begangen hatte."
Da Sonja schwieg, nahm der Herr der Schlangen dies als Zustimmung, den Mythos Ödipus ausführlicher zu erzählen: „Laios, der Vater von Ödipus, hatte schwere Schuld auf sich geladen. Laios war König von Theben und ein befreundeter König hatte ihm seinen Sohn geschickt, damit dieser nicht vom vatermilden König verzogen würde. Es war damals üblich, daß ein König seinen Sohn schon in jungen Jahren einem anderen König zur Erziehung übergab. Da ein Vater viel zu milde sein würde, wenn es um die Erziehung des eigenen Sohnes zum König ginge, gab man den jun-

gen Sohn an einen anderen Königshof, wo er dann streng und mitleidlos erzogen wurde. Noch bevor Laios ein verantwortungsvolles Lehrer-Schüler-Verhältnis aufgebaut hatte, nutzte er den fremden Königssohn für die Befriedigung seiner Lust. Diese Freveltat bezahlte er später, wie es bekannt ist, mit dem Tode durch die Hand seines eigenen Sohnes."

„Wie kann man einen richtigen Lehrer erkennen?", fragte Sonja plötzlich.

Der Herr der Schlangen achtete darauf, daß sich sein Blick nicht mit dem ihren kreuzte, als er sagte: „Der Schüler hat ein natürliches Vertrauen. Dies ist das einzige, um seinen Lehrer zu erkennen: Vertrauen."

Sonja blickte in die Sonne, sie genoß die Wärme und das Licht. Sie fragte sich, ob sie dem Herrn der Schlangen vertraue, aber sie kam zu keinem tragfähigen Urteil.

Der Herr der Schlangen fuhr fort: „Es gibt nicht ein bißchen Vertrauen. Ebenso wenig, wie es ein bißchen schwanger gibt. Entweder man vertraut oder man vertraut nicht. Dazwischen gibt es nichts."

Sonja schwieg betroffen. Sie schloß die Augen, um den Anschein zu erwecken, daß sie die Sonne genießen würde. Aber im Inneren ließ sie die Frage, deren Beantwortung er forderte, nachhallen: Vertraute sie ihm ganz und gar? Sie spürte, daß dahinter eine noch viel

tiefere und wichtigere Frage lauerte: Vertraute sie sich selbst? Ehrlich mußte sie sich eingestehen, daß sie selbst zutiefst verunsichert war. Weder ihr Vater noch ihre Mutter waren in der Lage gewesen, ihr so viel Selbstvertrauen mit auf den Weg zu geben, wie sie jetzt gebraucht hätte. Sonja spürte in diesem Moment, daß der Herr der Schlangen eines Tages alles von ihr fordern würde. Würde sie das aushalten können?
Sonja war ehrlich zu sich selbst und fragte sich, was denn schlimmstenfalls passieren könnte, und sofort gab sie sich selbst die Antwort: Sie könnte verrückt werden! Ja, sie spürte noch immer diese Angst, sie könnte in irgendeiner Rolle, in die sie der Herr der Schlangen stoßen würde, hängenbleiben. Auf einmal hätte sie kein Bewußtsein mehr dafür, daß das alles nur intensiv erlebte Rollen seien, und sie würde glauben, alles wäre wahr und wirklich und sie wäre dann Gefangene ihrer selbst erfundenen Rollen.
Der Herr der Schlangen hatte es ihr selbst erklärt, daß das Bewußtsein, daß man seine Rolle selbst ändern kann, ein Zeichen von stabiler psychischer Gesundheit sei. Was aber, dachte Sonja und es lief ihr eiskalt den Rükken hinauf und hinunter, wenn sie nicht mit stabiler psychischer Gesundheit gesegnet sei? Da schossen ihr plötzlich Bilder aus ihrer Kind-

heit ins Bewußtsein. Der betrunkene Vater, der durch die Wohnung torkelte und verbittert auf die Reichen schimpfte, die Mutter, die in der Ecke saß und verzweifelt weinte, weil schon wieder ein Kind in ihrem Bauche wuchs, das sie kaum versorgen könnte.
Diese Bilder, die ihr jetzt ins Bewußtsein schossen, waren absolut nicht geschaffen, um bei ihr den Eindruck zu erwecken, daß sie psychisch stabil sei.
Sonja beschloß ihrer eigenen Vergangenheit zu entfliehen, um im aktuellen Moment aufzutauchen. Sie blickte um sich und erfreute sich an dem hellen Frühlingstag in Athen.
Sonja zog den Herrn der Schlangen auf eine freie Bank, die in einem kleinen Park stand. Sie setzten sich nebeneinander und der Herr der Schlangen blickte hoch auf die Akropolis, die wie ein fernes Luftschloß von alter Schönheit kündete. In der Hand hielt der Herr der Schlangen eine Paprika, die er mit einem Taschenmesser durchschnitt. Er reichte ihr eine Hälfte und sie nahm sie dankbar. Die Paprika knackte, als sie hineinbiß.
Erfreut kommentierte der Herr der Schlangen: „Jetzt nach diesem langen zähen und kalten Winter in Deutschland tut es gut, frische Vitamine zu sich zu nehmen."
Nachdem sie beide die Paprika herzhaft genossen hatten, schüttete Sonja ihr Herz aus:

„Ich habe Angst zuzugeben, daß ich nicht wirklich stabil bin. Ich habe in meiner Familie keinen Rückhalt. Im Gegenteil: Tief in mir bin ich hilflos und völlig verunsichert."
Der Herr der Schlangen legte beschützend den Arm um sie und Sonja genoß es.
Mit beruhigender Stimme sprach der Herr der Schlangen: „Du magst deine Kindheit so erlebt haben, daß sie dir das wichtige Selbstvertrauen geraubt hat, aber ich muß dir etwas Wichtiges und Verblüffendes sagen."
Sogleich fuhr er fort: „Ohne deine Kindheitsgeschichte hätten wir uns nicht getroffen. Ohne verwundet zu sein, hättest du mir nie zugehört. Ohne tiefe Erschütterung hätte sich mir deine Seele nie gezeigt. Also sei dankbar gegenüber deiner eigenen Geschichte, die dich so verwandelt hat, daß du bis jetzt den Mut gehabt hast, diesen außergewöhnlichen Weg der Seele mutig zu beschreiten."
Der Herr der Schlangen wußte sehr wohl, daß er zu Sonja nur die halbe, tröstende Wahrheit gesprochen hatte. Konzentriert dachte er nach: Tief in Sonja mußte sich eine starke Sehnsucht gebildet haben nach einem normalen, harmonischen Mann, nach normalen, harmonischen Kindern, nach einem normalen, harmonischen Beruf, nach einem normalen, harmonischen Heim.
Würde Sonja die Kraft haben, sich an der

schmerzhaften Wirklichkeit ihrer Seele zu orientieren, wenn die Wellen wilder Sehnsucht nach familiärer Geborgenheit über ihr zusammenschlagen würden?
Die Sonne ließ die aus hellem Stein erbaute Akropolis aufblitzen. Beide blickten hoch auf den mächtigen Hügel.
Sonja dachte, daß sie einen so schönen warmen Tag seit einem halben Jahr nicht mehr erlebt hatte. Was der Herr der Schlangen zu ihr gesagt hatte, hatte sie ungemein beruhigt. Das Gefühl ein besonderer Mensch zu sein, eine Auserwählte, schmeichelte ihr und rückte momentan ihre Sorgen über ihr mangelndes Selbstvertrauen in die Ferne.
Der Herr der Schlangen war immer noch versunken in die Sorge, daß sich in Sonja aufgrund ihrer zerrissenen Kindheit eine tiefe Sehnsucht nach heiler Familie gebildet hatte. Damit wäre sein Plan, Sonja als Königin der Liebesschule zu erziehen, zum Scheitern verurteilt. 'Gegen blinde Sehnsucht, die sich an Illusionen orientiert, bin ich absolut machtlos', endete der Herr der Schlangen seine düstere Gedankenkette.
Der Herr der Schlangen tröstete sich mit dem Gedanken, der ihm schon so oft im Umgang mit anderen Menschen Trost gespendet hatte: Er wollte nicht Sonjas Wirklichkeit sehen, sondern er wollte sich an ihren Möglichkeiten

orientieren, die sie zweifellos hatte.
Mit heiterer Stimme fragte er: „Siehst du dort etwa hundertfünfzig Meter unter der Akropolis die helle Felsengruppe?"
Er zeigte in die Ferne auf einen weiß schimmernden Felsen, der sich aus der Erde erhob.
Sonja nickte.
„Laß uns dorthin gehen. Ich will dir eine Geschichte erzählen, die dir gefallen wird."
Sonja und der Herr der Schlangen erhoben sich von der Bank, auf der sie ihre gelbe Paprika mit gutem Appetit verzehrt hatten, und gingen los.

Die Geschichte von Teiresias

Zuerst gingen Sonja und der Herr der Schlangen noch eine angelegte Asphaltstraße entlang. Als die entgegenkommenden Touristen immer weniger wurden, drehten sie unter der Führung des Herrn der Schlangen nach links zu den kleinen Felsenhügeln, die sich um den großen Hügel, auf dem die Akropolis stand, gebildet hatten. Sie gingen einen Feldweg entlang und verließen auch diesen bald und gingen querfeldein. Sonja zog sofort ihre Schuhe aus und ging barfuß weiter. Sie genoß es, die Wiese unter ihren Füßen zu spüren.
Sie stiegen ein wenig aufwärts und hatten bald das kleine Felsenplateau erreicht.
Hier wollte der Herr der Schlangen Sonja die angekündigte Geschichte erzählen.
Ohne Scheu legte der Herr der Schlangen sich so auf den Grasboden, daß die Beine auf dem Felsen zu liegen kamen. Der Oberkörper lag auf dem Grasboden und den Kopf lehnte er an einen Baum. Sonja legte sich daneben und kuschelte sich eng an ihn. Sie mochte seinen Duft und je näher sie ihm kam, um so bewußter wurde ihr, wie gut er duftete.

Er roch nach einer Mischung aus Honig, Zitrone und Sandelholz.
Sonja fühlte sich geborgen und freute sich im Voraus auf seine volle Erzählstimme.
Sie lag in seinem linken Arm und ihre linke Hand ruhte auf seinem Herzen.
Der Herr der Schlangen versank in Seligkeit.
Er dachte bei sich: 'Wie schön ist es, an einem solch alten Ort die Heilkraft zu spüren.'
Sonja drängelte verspielt: „Nun erzähl mir doch schon endlich die Geschichte, die du mir versprochen hast."
Ungeduldig, aber sehr zärtlich klopfte sie ihm mehrmals auf die Brust.
Mit einem Blick auf die von der Nachmittagssonne beschienene, weiß-golden glänzende Akropolis begann der Herr der Schlangen mit weicher und entspannter Stimme: „Ich erzähle dir jetzt die Geschichte von Teiresias. Einst waren die Götter des Olymp wieder einmal versammelt und suchten ein Thema, an dem sie sich ergötzen könnten. Einer der übermütigen Götter kam auf die Idee, eine Frage an die anderen Götter zu richten, von der er wußte, daß die Beantwortung dieser Frage die anderen ebenso interessieren würde wie ihn selbst. Also fragte er: 'Die Menschen pflegen doch sehr intensiv und mit großer Freude den Akt der Liebe. Die Männer dringen mit großer Lust in die Frauen ein und die Frau-

en lassen mit ebensolcher Lust dieses Eindringen geschehen. Und hier die Frage: Empfinden Mann und Frau die gleiche Lust beim Liebesakt? Empfindet der Mann die größere Lust oder empfindet die Frau die größere Lust? Wer empfindet mehr? Der Mann oder die Frau oder beide im gleichen Maße?'"
Der Herr der Schlangen wartete, ob Sonja eine Frage oder einen Kommentar hätte, aber die trommelte mit ihren Fingern wieder auf seine Brust, was er als Aufforderung deutete, weiterzuerzählen.
Also fuhr er mit volltönender Stimme fort: „Den Göttern gefiel diese Frage und also wollten sie sie kompetent beantwortet haben. Die Göttinnen zierten sich ein wenig. Sie hätten dieses Thema gerne im Dunkeln gelassen. Aber jetzt war es nunmal im Licht einer offenen Diskussion und forderte objektive Klärung. Die männlichen Götter entwickelten sogleich eine Idee: Sie würden einen hübschen jungen Mann wählen, der die Freuden der Liebe als sein wichtigstes Lebensziel ansah. Diesen würden sie dann in Bezug auf die körperliche Liebe sieben Jahre mit reichlichen Erfahrungen versehen. Sodann würden sie ihn verwandeln in eine schöne Frau mit ebensolcher Zuneigung zur körperlichen Liebe. Auch diese würden sie dann in sieben Jahren mit reichlichen Erfahrungen in der kör-

perlichen Liebe versehen. Sodann würden sie den mit beiderlei Erfahrungen gesegneten Menschen in den Olymp, den Sitz der Götter, laden und sich an seinem ehrlichen Bericht über die körperliche Liebe, sowohl aus dem Blickwinkel des Mannes, als auch aus dem Blickwinkel der Frau, erfreuen."

Sonja gefiel die Geschichte bis hierhin. Sie schmiegte sich enger an den Herrn der Schlangen. Der warme, milde Frühlingstag, der von der Mittagssonne noch warme Felsen, seine tiefe, beruhigende Stimme und sein Wissen drangen tief in sie ein und ließen sie ganz in dem Moment versinken.

Zum ersten Mal in ihrem Leben stellte sich Sonja jene Frage, die sich die Götter gestellt hatten. Eine befriedigende und klare Antwort fand sie nicht. Sie mußte sich eingestehen, daß sie über diese Frage noch nie ernsthaft nachgedacht hatte. Nun machte sie sich auch keine Mühe mehr darüber nachzudenken, denn sie würde ja gleich die Antwort erhalten.

Der Herr der Schlangen, der Sonjas Näherrücken sehr genossen hatte, fuhr fort: „Man kann ja versuchen, diese Frage ersteinmal selbst zu beantworten, bevor man dem Bericht des Teiresias lauscht. Was glaubst du denn, Soonija?"

Wieder erregte Sonja die Art und Weise, wie er ihren Namen aussprach. Er machte das

nicht immer, aber wenn er es machte, berührte sie das jedesmal. Eine Antwort auf seine Frage allerdings wollte sie ihm auf keinen Fall geben. Sie wollte nichts über sich verraten.
Mit leiser, gurrender Stimme flüsterte sie in sein Ohr: „Nun erzähl schon weiter!"
Der Herr der Schlangen erzählte mit noch weicherer und tieferer Stimme weiter: „Als die vierzehn Jahre um waren, wurde Teiresias vor den Olymp geladen. Dort stand er groß und schön und genoß es sehr, als Menschensohn unter den Göttern verweilen zu dürfen.
Die Götter umringten ihn und waren gespannt auf seinen Bericht. Nachdem ihm von Zeus, dem obersten Gott im Olymp, das Wort erteilt war, begann Teiresias unverzüglich mit heller und klarer Stimme zu sprechen: 'Es war mir gestattet, sieben Jahre als Mann der Vorzüge der körperlichen Liebe teilhaftig zu werden und sieben Jahre als Frau den herrlichen Akt der Liebe zu genießen. Das Urteil, das ich aus diesem besonderen Vorzug, den noch nie ein anderer Mensch vor mir erlebt hat, getroffen habe, ist klar wie die Sonne am unbewölkten Himmel und klar wie der volle Mond in der sternenklaren Nacht.'
Hier hielt Teiresias geschickt inne, denn er genoß es sehr, die Götter ein wenig auf die Folter zu spannen."
Sonja durchschaute den Sinn der Erzähl-

pause. Der Herr der Schlangen wollte ebenso wie Teiresias die Spannung erhöhen. Sie mußte sich eingestehen, daß sein Plan aufgegangen war. Sie war enorm gespannt, was jetzt kommen würde.
Da fuhr der Herr der Schlangen fort: „Teiresias also sagte: 'Ich habe beim Akt der Liebe als Frau sieben Mal mehr Lust empfunden, als ich als Mann Lust empfunden habe!'"
Sonja hielt die Luft an. Sie rückte etwas ab. Nun wurde ihr die Situation doch zu heiß. Sie erinnerte sich an den Moment, als sie den Herrn der Schlangen kennengelernt hatte. Damals hatte er auch von der übermäßigen Wucht des weiblichen Orgasmus gesprochen. Sonja war es sehr unangenehm, daß dieses Thema jetzt, wo sie ihm körperlich so nahe war, wieder erschienen war.
Feinnervig hatte der Herr der Schlangen bemerkt, wie Sonja ein wenig von ihm abgerückt war, und lächelnd fuhr er fort: „Genau so wie du jetzt erschrocken und unangenehm berührt bist von dieser dreisten Veröffentlichung eines weiblichen Geheimnisses, war auch damals Hera, die Ehefrau des Götterführers Zeus unangenehm berührt. Wütend, daß das Geheimnis der enormen weiblichen Lust preisgegeben worden war, sprang sie auf den ahnungslosen Teiresias zu und blendete ihn mit einem Fluch."

Einerseits tat Sonja Teiresias leid. Er hatte ja wirklich nichts Böses getan. Aber andererseits, fand sie, wäre es auch absolut nicht nötig gewesen, dieses tiefste Geheimnis der weiblichen Lust so arglos auszuplaudern.
Gespannt wartete Sonja jetzt auf das Ende der Geschichte.
Der Herr der Schlangen fuhr fort: „Der erschrockene Zeus trat daraufhin auf Teiresias zu und sprach: 'Den Fluch meiner Ehefrau Hera kann ich nicht aufheben, denn sie ist eine Göttin, so wie ich ein Gott bin. Aber zum Ausgleich für deine Blindheit will ich den Fluch in eine Gnade umwandeln: Hiermit verleihe ich dir die Sehergabe, so daß du Menschen helfen kannst, ihr Schicksal besser zu begreifen, indem du obwohl auf körperlicher Ebene blind die tieferen Seelenzusammenhänge im menschlichen Schicksal sehen kannst.'"
Der Herr der Schlangen atmete tief durch, als er fortfuhr: „Teiresias erscheint übrigens sowohl in der Ödipus Sage, als auch in der Odysseus Sage als der blinde Seher, der das Schicksal der beiden voraussieht, ohne selbst eingreifen zu können."
Sonja schnaufte leicht. Ihr ging dieses ganze weiblicher-Orgasmus-Gerede mit einem Mal furchtbar auf die Nerven. Wieder mußte sie daran denken, wie der Herr der Schlangen sie gleich zu Beginn ihrer Begegnung mit dem

Orgasmusthema belästigt hatte.
Ungefiltert brachte sie ihre Meinung zu Gehör: „Warum um Gottes Willen kommst du eigentlich immer wieder mit diesem weiß Gott peinlichen Thema daher?"
Sonjas heftige Erregung drückte sich dadurch aus, daß sie gleich zweimal Gott zu Hilfe rief. Sie war vom Herrn der Schlangen weggerückt. Alle Vertraulichkeit zwischen ihnen war plötzlich verschwunden.
Sonja setzte sich auf. Das Gleiche tat der Herr der Schlangen. So saßen sie sich gegenüber, als der Herr der Schlangen seine harsche Rede begann: „Gerne will ich dir antworten!", rief der Herr der Schlangen. Seine Oberlippe war weiß geworden.
Seine Augen waren schmal, als er fortfuhr: „Wie will ich denn die Frauen motivieren, damit sie wirkliche Frauen werden? Das eine Drittel der Frauen mutiert zu Männern, das andere Drittel spritzt sich im Jugendwahn Botox ins Gesicht und füllt sich mit Silikonimplantaten auf, und das letzte Drittel spielt ahnungslose Mädchen und will mit Sexualität überhaupt nichts zu tun haben."
Sonja dachte, daß sie wohl am ehesten zum dritten Drittel gehöre, aber vertiefen konnte sie diesen Gedanken nicht, denn der Herr der Schlangen fuhr aufgebracht fort: „Ja, diese von den Männern gut dressierten Weibchen

schlucken sogar Pillen, die ihren gesamten Hormonhaushalt durcheinanderwerfen, nur damit sie ihren Männern zu Willen sein können, wenn die es wollen. Wie soll denn der Mann Beherrschung lernen, wenn die Frau ihm alles erlaubt? Frauen sind von Natur aus Göttinnen, denn sie sind die Hüterinnen allen Wachstums. Aber heutzutage sind sie mutiert zum Spielzeug männlicher Phantasien."
Sonja war jetzt wütend und rüstete sich zur Antwort, aber der Herr der Schlangen donnerte weiter: „Viele wollen den Männern signalisieren, daß sie sehr wohl in der Lage sind, Männerwünsche hervorragend zu befriedigen. Sie machen allerlei Unwürdiges, nur damit der Mann bei ihnen bleibt."
Sonja war nicht wesentlich beeindruckt von dem, was der Herr der Schlangen von sich gegeben hatte.
Etwas ruhiger fuhr der Herr der Schlangen fort: „Die Welt würde sich sofort ändern, wenn die Frauen ihr Recht auf gigantische Orgasmen wahrnehmen würden. Sie müßten dann sofort beginnen, ihren Männern Beherrschung beizubringen. Und beherrschte Männer wären ein Segen für die Welt. Aber leider...", der Herr der Schlangen unterbrach seine Rede, blickte an der Akropolis vorbei in den blauen Himmel und fuhr dann fort: „... leider verleugnen die Frauen ihre sexuelle Lust..."

Nun konnte Sonja sich nicht mehr zurückhalten und fragte laut: „Wieso denn?"
Als ob er darauf gewartet hatte, beantwortete der Herr der Schlangen die Zwischenfrage: „Instinktiv weiß die Frau, daß wenn sie wirklich lustvoll befriedigt wird, sie sofort abhängig vom beherrschten Mann wird."
Messerscharf dachte Sonja kurz nach und stellte die glasklare Frage: „Die Frau soll einen Mann erziehen, von dem sie abhängig ist?"
Der Herr der Schlangen fuhr fort: „Liebste Soonija, genau um diese Frage zu klären, habe ich die Liebesschule ins Leben gerufen."
Sonja erhob sich. Sie verbiß sich jeden Kommentar. Auch der Herr der Schlangen erhob sich. Gerne hätte er eine Reaktion von Sonja gehabt, aber die strich sich ihr Kleid glatt und gegenseitig klopften sie sich Gräser, die sich in ihren Kleidern verfangen hatten, vorsichtig ab. Beide achteten peinlich genau darauf, keine Stellen zu berühren, die im weitesten Sinne erotisch hätten gedeutet werden können.
Unverzüglich machten sie sich auf den Weg zurück zum Hotel.

Wilde Nacht in Athen

Sie suchten den kürzesten Weg ins Hotel. „Möchtest du heute Abend eine Körpermeditation?", fragte der Herr der Schlangen Sonja, als sie durch die pompöse Vorhalle zu den Aufzügen traten.
Bereits im Aufzug beantwortete Sonja die Frage: „Wenn ich vorher noch was essen darf!", stellte Sonja lächelnd ihre Bedingung. Ebenfalls lächelnd, aber zu keinem Kompromiß bereit antwortete der Herr der Schlangen: „Das geht nicht. Für eine Körpermeditation mußt du unbedingt nüchtern sein."
Sonja ließ sich keine Regeln oder Anordnungen reindrücken. Trotzig sagte sie: „Dann eben nicht! Ich habe Hunger und lasse mir durch niemanden das Essen verbieten."
Zwar wußte sie, daß der Herr der Schlangen nie zu Abend aß. Aber das war ihr im Moment gleichgültig. Eine halbe rohe Paprika war entschieden zu wenig als Mittagessen gewesen. Sie würde auf seine Kosten im Restaurant, das dem Hotel angegliedert war, ausgiebig zu Abend speisen.
Als Sonja nach einem kühlen Abschied in ihrem Hotelzimmer stand, überfiel sie unvermittelt das Grauen. Sie hatte die Schimpf-

rede auf Frauen, wie sie die Rede des Herrn der Schlangen zusammenfaßte, noch nicht verdaut. Sie blickte auf die Minibar, wo ihr ein neuerlicher Absturz zuwinkte. Wieder spürte sie diese Lust, sich hemmungslos zu betrinken. Ihr wurde mit einem Mal klar, welche enormen Probleme sie hatte, sich dem Alten zu beugen. Sie wollte sich niemandem beugen. Sie wollte keine Regeln akzeptieren. Und natürlich ging ihr dieses ewige Orgasmusgequatsche auf die Nerven. Was waren denn Frauen nun: Nutten oder Göttinnen?
Vor allem ging es ihr tierisch auf die Nerven, daß er sich als Lehrer aufspielte, obwohl sie gar nicht seine Schülerin sein wollte. Nein, sie wollte nichts lernen. Ihr Leben war doch bis jetzt auch ohne seine Ratschläge gut verlaufen. Sie hatte das Abitur gut bestanden, sie war gesund und eine Zukunft voller verlockender Möglichkeiten lag vor ihr.
Sie legte sich in ihren Kleidern aufs Bett und wollte sich so richtig in ihren Freiheitsrausch hineindenken, aber es klappte nicht. Im Gegenteil, sie spürte, wie ihre Lust zu kämpfen abnahm, und sie verspürte eine immer stärker werdende Lust, ein Weib zu sein. Erst mochte sie das Wort Weib nicht, dann aber fühlte sie noch weiter in sich hinein und steigerte das Gefühl, indem sie das Wort Weib nochmal änderte. Sie hatte Lust Weibchen

zu sein. Das war ihr aber dann doch zu viel. Sie beschloß, bei dem Wort Weib zu bleiben. Da tat sie etwas, was sie ganz selten tat: Sie gab nach! Völlig ruhig und sicher griff sie zum Telefon und wählte seine Zimmernummer.
Er nahm gleich den Hörer ab.
Sonja sagte völlig unaufgeregt: „Ich möchte heute noch eine Körpermeditation!"
„Wann soll ich kommen?"
„In einer halben Stunde", sagte Sonja und ärgerte sich. Sie sehnte sich nach ihm, und zwar jetzt. Je mehr sie darüber nachdachte, wie sehr sie sich nach ihm sehnte, um so mehr sehnte sie sich nach ihm.
Zur Überbrückung nahm sie ein Bad, aber die Zeit verging immer noch nicht schnell genug. Sie fühlte sich wie eine Braut. Auf jeden Fall aber wie eine Frau, die sich sicher war, daß ihr Bräutigam sie in dieser Nacht begatten würde.
Als er klopfte, öffnete sie in ihrem seidensanften türkisblauen Anzug.
Wortlos betrat er ihr Zimmer und zog sich bis auf seinen rotgelben Seidenanzug, den er unter seinen Alltagskleidern trug, aus.
Gehorsam legte sie sich in entspannter Position aufs Bett und er setzte sich daneben.
Er duftete nach Rosen.
Langsam wanderte seine Hand über ihren Körper und blieb dann auf ihrem Hals liegen.

Sonja hatte geahnt, daß er diese Stelle finden würde, an der sie so sensibel war.
Leicht drückte er die Fingerspitze seines Mittelfingers in einem ganz bestimmten Rhythmus auf ihren Hals, da übernahmen Sonjas Muskeln, die er berührte, seinen Rhythmus und zuckten selbständig weiter.
Sonja erschrak vor so viel geballter Lust, die ihre Halsmuskeln erzeugten. Es war für sie ungeheuer lustvoll, in ihrem Körper einen Rhythmus zu erleben, den sie selbst nicht mehr beherrschen konnte.
Längst hatte er seine Hand zurückgezogen, da zuckte es in Sonja immer noch weiter.
Nun bekam sie eine Ahnung davon, was ein wirklicher Orgasmus sein konnte.
Als sie angefangen hatte zu denken, waren diese Zuckungen sofort verklungen.
Sonja wollte die Kontrolle wieder vollständig zurückerlangen, also fragte sie sogleich: „Wie machst du das?"
Noch während er seine Hand ruhig auf ihren Oberbauch legte, erklärte er ihr: „Jeder Mensch hat einen ganz eigenen Rhythmus. Diesen Rhythmus suche ich. Ich nenne das die Seelenschwingung. Wenn ich diese Seelenschwingung treffe und du dich treffen läßt, dann offenbart sich dir dein eigener Rhythmus und du empfindest enorme Lust."
In poetischer Stimmung fügte er hinzu: „Die-

se Lust ist die Freude deines Körpers, daß du wieder zu ihm zurück nach Hause kommst."
Der Herr der Schlangen hing seinen eigenen Worten nach und sprach dann versonnen: „Dies ist das Ziel, das alle Menschen haben sollten: Die Heimkehr aus der illusionären Fremde zurück in den eigenen Körper."
Der Herr der Schlangen ließ weiter seine Hand über ihren Körper wandern. Seine Hand blieb ein Fingerbreit über ihrem Bauchnabel liegen und nach einer Weile begann er das gleiche Spiel, das er schon auf ihrem Hals gespielt hatte. Mit der Fingerkuppe seines Mittelfingers drückte er rhythmisch auf Sonjas Bauch und schon bald begannen die lustvollen Kontraktionen wieder. Mehrmals wurde Sonja von ihrem eigenen Körperrhythmus regelrecht durchgeschüttelt.
Dann bat der Herr der Schlangen Sonja, sich auf den Bauch zu drehen, was diese bereitwillig und langsam und genüßlich tat.
Als der Herr der Schlangen sie zu einer ersten Orientierung am Rücken berührte, lief ein Schauder Sonjas Rücken rauf und runter. Auf ihrem ganzen Körper bildete sich Gänsehaut. 'Wenn eine solch leichte Berührung meines Rückens meinen ganzen Körper schon erschaudern läßt', dachte Sonja, 'dann frage ich mich, was noch alles geschehen kann.'
Kaum hatte er seine Hand auf ihren Rücken

in Herzhöhe gelegt, da strahlte es von dort aus heiß durch ihren Körper. Als er dann mit seiner Fingerkuppe wieder ihren Rhythmus suchte, erlebte Sonja wieder, wie ihre Muskeln selbstständig in wilden Rhythmen zuckten. Das waren regelrechte Orgasmen. Zwar nicht dort, wo Sonja sie erwartet hatte, aber so intensiv, daß ihr schwindlig wurde. Immer mehr Stellen an ihrem Rücken begannen unter seinen zarten und rhythmischen Berührungen zu zucken. Vor allem die Muskelstränge, die seitlich entlang der Wirbelsäule verliefen, reagierten stark. Sonja versuchte einige Male etwas zu sagen, aber das ging nicht. Ihre Zuckungen am ganzen Körper raubten ihr wie ein Schluckauf alle Worte.
Der Herr der Schlangen hielt erstaunt inne.
„Soonija", sagte er sanft und betonte ihren Namen wieder so, wie sie es so gerne hörte.
„Du reagierst enorm."
In diesem Moment strich er mit seiner Hand noch einmal ganz leicht über ihren Rücken. Mit einem Schrei machte sie sich ihrer enormen Erregung, die sie nun ganz erfaßt hatte, Luft. Sie zuckte noch einmal auf, biß ins Kopfkissen, dann wurde sie sofort ruhiger. Ihr Atem wurde tief und entspannt und dann war sie mit einem Mal eingeschlafen.
Der Herr der Schlangen erhob sich, zog leise und langsam seine Kleider über den Seiden-

anzug, dann deckte er sie fürsorglich zu und verließ leise das Zimmer.
Vorher hatte er noch auf ihren Nachttisch geblickt und sich überzeugt, daß dort Stift und Papier bereitlagen.
Mitten in der Nacht wachte Sonja eingetaucht in endlose Seligkeit auf. Sie fühlte sich so wohlig, so sicher und so behütet.
Nach dieser völlig neuen Erfahrung in der Körpermeditation war sie zutiefst bereit, ihrem Leben einen gewaltigen Schub in Richtung Liebesschule zu geben.
Immer wieder wachte sie auf und versank ganz in den Bildern ihres Traumes. Schon lange hatte sie sich in ihrem Körper nicht mehr so wohl gefühlt wie in dieser Nacht. Jeglicher Streß, der sich in ihrem Rücken und Nacken festgesetzt hatte und den Sonja als Verspannung erlebte, war verschwunden.
Plötzlich hatte sie Durst. Sie stand auf, trat zur Minibar und trank das Fläschchen Mineralwasser leer. Sie wollte sogleich beginnen ihre Geschichte zu formen, aber diesmal gelang es ihr nicht, die Bilder, die ihr erschienen waren, in eine Geschichte zu pressen.
Die Bilder waren so schön und so stark, daß Sonja wieder in ihnen versank. Sie wurde wieder ein Teil der Bilder und konnte nicht die Distanz aufbauen, die notwendig ist, um die erlebten inneren Bilder in eine verständ-

lich geschriebene Geschichte zu bannen.
Dann kippte ihre selige Stimmung um.
Dies geschah über einen kleinen Gedanken, der immer größer wurde, bis er so groß und beherrschend wurde, daß er den völligen Zusammenbruch ihrer Seligkeit bewirkte.
Sonja hatte auf einmal das spontane Bedürfnis gehabt, sich jemandem mitzuteilen.
Der Herr der Schlangen kam nicht in Frage, denn der wußte alles besser und würde alles so komplex deuten, bis sie es selbst nicht mehr verstehen würde. Sie dachte ernsthaft darüber nach, ihren Vater oder, was realistischer war, ihre Mutter anzurufen, um ihr mitzuteilen, wie glücklich sie gerade sei.
'Geteilte Freude ist doppelte Freude', dachte Sonja. Sie wollte sich einfach ganz normal jemandem mitteilen. Sonja hatte den Telefonhörer schon in der Hand und legte sich die Worte zurecht und begann die Nummer zu wählen und dabei passierte es. Sonja bemerkte sofort, daß das, was sie erlebt hatte, nicht vermittelbar war.
Was geschah mit ihr? Sie erlebte Dinge, die sie ihrer eigenen Mutter nicht sagen konnte.
Was geschah mit ihr? Gehirnwäsche?
Plötzlich hatte sich ihr Wohlgefühl in blanken Horror verwandelt. Sie legte den Telefonhörer wieder auf. Ihre Angst wurde immer stärker und wandelte sich in Zorn.

'Was macht dieser Mann mit mir?', fragte sie sich. Ihr Zorn wurde immer stärker.
Da klopfte es.
„Komm rein!", schrie sie überlaut, und der Herr der Schlangen trat ein.
Sofort rief sie: „Was machst du mit mir?"
Gefaßt und klar antwortete er: „Ich hole alles aus dir raus, was in dir drin ist!"
Sonja lachte höhnisch: „Vielleicht ist gar nichts in mir drin. Du aber legst alles in mich hinein und holst es dann scheinheilig wieder aus mir heraus. Du manipulierst mich!"
Er trat auf sie zu und wollte sie tröstend berühren, aber sie war in ihrer Wut gefangen und stieß ihm gegen seine Brust.
„Welche Bilder hast du denn gesehen, die dich so in Wut versetzt haben?", rief der Herr der Schlangen und kreuzte zum Schutze vor ihren Schlägen seine Arme vor seiner Brust.
Da rief Sonja: „Hör auf mich zu manipulieren! Laß mich in Ruhe!"
Der Herr der Schlangen machte sich nun endgültig von ihren trommelnden Fäusten frei und trat einen Schritt zurück. Er setzte sich in einiger Entfernung zu ihr in einen Sessel vor dem Fenster. Distanz war jetzt gut.
Ruhig und bestimmt fragte er: „Welche inneren Bilder hast du denn erlebt?"
Sonja ließ sich heulend in die Kissen fallen.
Der Herr der Schlangen spürte, daß er nun

sehr vorsichtig sein müßte, denn sonst würde sie die Bilder nicht preisgeben.
Sonja brauchte eine Weile, bis sie sich beruhigt hatte. Mit der strengen Aufforderung, die sie an sich selbst richtete, vernünftig zu sein, gelang es ihr dann nach einer Weile, ihm ruhig atmend in die Augen zu sehen.
Der Herr der Schlangen wiederholte geduldig: „Erzähle mir von deinen Bildern, die dich in solche Unruhe versetzt haben."
Sonja schwieg.
Der Herr der Schlangen fuhr fort: „Die Bilder müssen sehr schön gewesen sein, gemessen an der Anstrengung, die du jetzt aufwendest, um sie wieder wegzudrücken."
Sonja wurde aggressiv und schrie verzweifelt: „Deine Überlegenheit kotzt mich an."
Sonjas grüne Augen blitzten kampfbereit.
Der Herr der Schlangen wollte unbedingt wissen, was sie so bewegt hatte.
Also blieb er ruhig. Er blickte Sonja an, atmete entspannt und wartete.
Sein Atem wirkte beruhigend auf Sonja.
Der Herr der Schlangen wußte, daß er in diesem Moment keinesfalls irgendeinen Druck auf Sonja ausüben dürfe. Entweder sie erzählte von sich aus, was sie so bewegt hatte, oder aber er würde es nie erfahren.
Sonjas Blick veränderte sich, er wurde milder und bekam einen weichen Ausdruck.

Plötzlich begann sie zu sprechen: „Es war in einer griechischen Akademie und nachdem der Leiter der Akademie über allgemeine philosophische Themen gesprochen hatte, machte er ein Zeichen und darauf bildeten sich Paare - Männer und Frauen meistens. Jedes Paar suchte sich ein Plätzchen. Unter einer bunten leichten Baumwolldecke lagen die Paare nebeneinander und..."
Sonja errötete und blickte am Herrn der Schlangen vorbei zum Fenster hinaus in den Nachthimmel von Athen.
Der Herr der Schlangen achtete darauf, daß er ihren Blick nicht kreuzte. Er wollte wissen, was unter der Decke geschehen war.
Rot aufblühend fuhr Sonja etwas hölzern fort: „Die weibliche Akademieteilnehmerin lag auf dem Rücken, spreizte dann leicht die Beine und zog das linke Knie an. Der männliche Akademieteilnehmer legte sich dicht links neben sie und führte...", Sonja hustete und der Herr der Schlangen blickte schnell zum gegenüberliegenden Fenster hinaus in den sternenklaren Nachthimmel von Athen, als sie fortfuhr: „... seinen männlichen Teil ein."
Sonja wußte, daß das sehr unerotisch formuliert war, aber sie wollte, daß das Ganze auf keinen Fall erregend klingen sollte. Der Herr der Schlangen war schließlich ein Mann und saß nachts in ihrem Zimmer. Sie dachte, daß

sie sich auf keinen Fall wehren könnte, wenn der Herr der Schlangen auf die verwegene Idee kommen würde, das, was in ihrem Traum in der Akademie geschehen war, hier und jetzt mit ihr spontan nachzustellen.
Sonja fuhr fort: „Nachdem der männliche Teil eingeführt worden war, blieben die beiden ruhig nebeneinander und ineinander liegen und sprachen über philosophische Themen. Wenn nach einer Weile die Männlichkeit so... also ich meine... wenn die männliche Spannkraft... also wenn es nicht mehr so paßte... also ich meine..."
Sonja blickte hilfesuchend zum Herrn der Schlangen, der nickte: „Ich verstehe schon."
Sonja fuhr mit immer noch roten Wangen fort: „Also, dann bewegte sich der Mann ein wenig und alles paßte wieder zusammen."
Sonja freute sich, daß sie das Ganze zwar nicht sehr erregend, aber immerhin gut verständlich formuliert hatte.
Nun nachdem die Peinlichkeiten formuliert waren, konnte sie formulieren, wie wohl sie sich im Traum gefühlt hatte.
Also fuhr Sonja fort und konnte und wollte nicht verhindern, daß sich in ihre Schilderung immer mehr ihre eigene Begeisterung einschlich: „Stundenlang blieben die Schüler ineinander versunken und genossen die Wärme und die Kraft, die vom Becken nach

oben ins Herz drang. 'Denken mit Leib und Seele' wurde dieser angenehme Teil der täglichen Schulung genannt."
Rasch zückte der Herr der Schlangen sein schwarzes Notizbüchlein und schrieb auf, wie Sonja diesen Teil der Übung genannt hatte.
Sonjas Augen leuchteten, als sie fortfuhr: „Diese Art zu lernen war wunderschön, denn es wirkte nicht nur von unten nach oben, sondern auch von oben nach unten, das heißt, wenn der männliche Akademieteilnehmer und die weibliche Akademieteilnehmerin miteinander sprachen und ihnen war ein guter gemeinsamer Gedanke gekommen, dann kam es beiden auch unten. So war es eine unglaubliche Lust gemeinsam zu denken, weil denken wirklich Spaß machte, weil man mit Leib und Seele dachte, fühlte und lernte. Es war einfach herrlich..."
Nun übernahm echte Begeisterung Herrschaft über Sonja. Sie hatte sich aufgesetzt, ihre Wangen glühten und ihre Brustwarzen starrten durch das Seidentuch, das sie sich um die Schultern geschlungen hatte.
Voller Begeisterung sprach sie: „So muß man lernen! Als Ganzes muß man lernen. Wir müssen lernen, daß wir ineinander passen und zueinander gehören. Nur so kann Wissenschaft menschlich werden, wenn männliche und weibliche Energie sich ineinander fügen

und sich gegenseitig erforschen."
Nun glänzten auch die Augen des Herrn der Schlangen. Die Begeisterung von ihr war auf ihn übergesprungen. Der sonst so beherrschte Herr der Schlangen entzündete sich an Sonjas Begeisterung: „Ja! Das wollen wir der Welt zeigen: So soll man forschen!", rief er und sah, daß er einen Fehler gemacht hatte. Sonja wollte keine Gemeinschaft mit ihm. Er war vielleicht der Geburtshelfer gewesen, aber nicht der Vater ihres Babys.
Kalt und scharf rief Sonja: „Was um Gottes Willen heißt hier 'wir'?"
Der Herr der Schlangen wußte in diesem Moment, daß nichts mehr die kommende katastrophale Krise verhindern konnte.
Er ließ die Schultern hängen und versuchte durch gleichmäßig tiefe Atmung Sonja zu beruhigen, die aber redete sich in Rage: „Ich laß mich von dir nicht vor deinen Karren spannen. Ich will der Welt nichts zeigen!"
Der Herr der Schlangen konnte sehen, wie Sonja sich verwandelte. Eben noch war sie schön und zart geöffnet und im Fluß des Lebens und der Liebe. Nun aber konnte er wahrnehmen, wie sie sich verschloß. Sie versuchte jetzt Distanz zu gewinnen, indem sie das eben Erlebte vor sich selbst verleugnete. Der Herr der Schlangen wußte, sie würde jetzt alles Menschenmögliche versuchen, um sich

von der Sünde reinzuwaschen, die sie aus dem unbewußten, aber strengen Blickwinkel einer alten und vor allem untauglichen Moralvorstellung heraus begangen hatte.
Resigniert dachte der Herr der Schlangen, daß es der Kirche in jahrtausendelanger Gehirnwäsche gelungen sei, Sexualität aus dem Leben zu verbannen. Die Wucht dieser Verbannten Lebenskraft würde er jetzt gleich zu spüren bekommen.
„Ich habe nichts damit zu tun!", rief Sonja. „Ich lasse mich von dir nicht verführen, deine Meinung hinaus in die Welt zu tragen."
Der Herr der Schlangen machte eine Geste, die beruhigend wirken sollte. Er dachte, daß die Situation hier wirklich bedenklich werden konnte. Wenn Sonja immer lauter schrie und die Hotelangestellten die Polizei rufen würden und er wäre in ihrem Zimmer und wahrscheinlich würde sie ihn beschuldigen, er habe dies und das versucht, dann wäre er in Bedrängnis. Denn jeder glaubt lieber einer jungen Frau als einem alten Mann.
Plötzlich richtete Sonja den gesamten Haß, der sich in ihrem Inneren gebildet hatte, nicht mehr gegen den Herrn der Schlangen, sondern gegen sich selbst. Ihr Atem ging schwerer, tiefer und schneller. Ihre Hände krümmten sich in einem heftigen Krampf nach innen. Ihre Muskeln um den Mund spannten sich an.

Sie atmete sich in einen Krampf. Sonja geriet in Panik: Das konnte lebensbedrohlich werden, wenn nicht bald etwas geschah.
Aber der Herr der Schlangen blieb ruhig.
Er erhob sich und kam langsam näher, setzte sich dann neben Sonja aufs Bett und holte aus seiner Tasche sein winzig kleines Glasfläschchen mit reinem Rosenöl hervor.
Dieses Glasfläschchen hielt er Sonja unter die Nase, so daß sie den Duft eines ganzen Rosenfeldes einatmen konnte.
Sonja entspannte sich sofort und atmete wieder tiefer aus.
Auf Anordnung des Herrn der Schlangen betonte sie das Ausatmen jetzt mehr als das Einatmen. Sie folgte ihm.
Als sie soweit wiederhergestellt war, daß sie wieder sprechen konnte, fragte sie mit noch zittriger Stimme: „Was ist geschehen?"
„Du hast dich zu sehr aufgeregt, dabei hast du mehr eingeatmet als nötig. Dein Körper wußte nicht wohin mit dem vielen Sauerstoff und fing an, Krämpfe zu produzieren..."
Sonja war nicht nach medizinischer Erklärung, deswegen unterbrach sie ihn: „Worüber habe ich mich so aufgeregt?"
Was eben geschehen war, war nur noch schemenhaft in ihrem Bewußtsein.
„Du hast einen mächtigen Kampf erlebt."
Der Herr der Schlangen hielt inne. Er wollte

nicht weitererzählen, aber als Sonja ihn gespannt ansah, fuhr er dann doch fort: „Auf der einen Seite war deine Erfahrung über die Schönheit der Erkenntnis und auf der anderen Seite stand die enge bürgerliche Moral."
Obwohl Sonja wußte, wer gewonnen hatte, fragte sie: „Und, wer hat gewonnen?"
Traurig blickte der Herr der Schlangen und seine Stimme klang melancholisch, als er wahrheitsgemäß antwortete: „Die Moral."
Sonja wechselte sofort das Thema und sagte: „Ich liebe Rosenduft."
Wortlos nahm der Herr der Schlangen das Parfümfläschchen wieder aus der Tasche und beträufelte vorsichtig die Innenseiten von Sonjas Handgelenken.
Als diese dann die beiden Handgelenke vor ihre Nase führte, versank sie wieder in dem von ihr so geliebten Rosenduft.
Müdigkeit kroch angenehm durch ihren Körper und sie gab sich ihr wehrlos hin. Sie spürte noch den Kuß auf ihrer Stirn und hörte, wie der Herr der Schlangen leise die Tür hinter sich schloß, als er ihr Zimmer verließ.

Erfolterter Widerruf

Gerne hätte der Herr der Schlangen Sonja bis zum Nachmittag schlafen lassen. Er wußte genau, wie anstrengend die Arbeit ist, Bewußtsein über sich selbst zu erlangen. Auch wußte er, wie schwer es ist, Dinge für sich zu akzeptieren, die außerhalb der gesellschaftlich tolerierten Normen lagen.
Der Grund Sonja zu wecken war banal: Der Flieger nach Rom ging um vierzehn Uhr fünf und nun war es schon elf.
Nachdem das Telefon eine ganze Weile geklingelt hatte, nahm Sonja unwillig den Hörer ab. Doch dann bestätigte sie gleich, daß sie so schnell wie möglich nach unten zum Frühstück kommen würde, und hielt ihr Wort.
Unten im Hotel Restaurant war es dem Herrn der Schlangen gelungen, trotz des weit vorangeschrittenen Vormittags noch ein ausgiebiges Frühstück zu organisieren.
Sonja erschien und sie fühlte sich schön, denn sie hatte ausreichend und tief entspannt geschlafen.
Einige gierige Männerblicke richteten sich auf sie, doch sie beantwortete die Blicke nicht.
Sie war hungrig und so auch der Herr der Schlangen. Sonja genoß es, ein reichhaltiges

Frühstück zu sich zu nehmen. Dem Herrn der Schlangen fiel Sonjas überaus großer Appetit auf Milch, Butter und Käse auf.
'Sie braucht dringend Nervennahrung', dachte der Herr der Schlangen. Dann wandte er sich seinem eigenen Hunger zu und genoß das Frühstück: Der Griechische Bergtee schmeckte vorzüglich. Die Croissants waren frisch. Die Früchte reif und üppig.
Der Taxifahrer wartete schon vor dem Hoteleingang auf die beiden und los ging es durch das quirlige Athen zum Flughafen.
Obwohl es vom Kalender her noch vor Frühlingsanfang war, schien die Sonne sommerhaft und Sonja nutzte die halbe Stunde Wartezeit am Flughafen, um ihr Gesicht in die Sonne zu halten, oder wie sie selbst formulierte: „Ich halte mein Gesicht in die Sonne, um mich von ihr durchknutschen zu lassen."
Wieder schrieb der Herr der Schlangen während des Flugs und Sonja döste vor sich hin. Der Herr der Schlangen vermied es, über die vergangene Nacht zu sprechen. Sonja vermied sogar daran zu denken.
Während Sonja nach der Landung in Rom versuchte, sich schnell in die Welt der Shuttlebusse und Busverbindungen einzuarbeiten, winkte der Herr der Schlangen einfach ein Privat-Taxi heran.
Als Sonja ins vornehme Taxi einstieg, dachte

sie bei sich: 'Ich muß mir dringend abgewöhnen, immer nach der billigsten Möglichkeit Ausschau zu halten.'

Direkt am Campo de' Fiori checkten sie in das gleichnamige Hotel ein.

Sie waren in Rom, einer der spannendsten und lebendigsten europäischen Städte, angekommen und befanden sich direkt im Herzen dieser altertümlichen Stadt.

Nur wenige Schritte trennten sie von all den Sehenswürdigkeiten, von denen Sonja schon so viel gehört hatte.

Diesmal lagen ihre Hotelzimmer nicht nur auf dem gleichen Stockwerk, sondern sogar direkt nebeneinander.

'Aha!', dachte Sonja, 'Langsam kommt er mir immer näher.'

Als sie ihre Dusche aufdrehte, konnte sie hören, wie der Herr der Schlangen nebenan ebenfalls seine Dusche aufdrehte.

'Besser, als wenn ich ihn pinkeln höre', dachte Sonja. Sie mochte es nicht, wenn durch die oft dünnen Hotelwände fremde Verdauungsgeräusche an ihr Ohr drangen.

Als sie sich dann wie verabredet unten in der Hotellobby trafen, hatten beide noch feuchte Haare und beide sahen herrlich erfrischt aus.

Er nahm sie bei der Hand, als sie draußen in der Sonne standen, und dann gingen sie freudig hinein in die römische Welt.

Sonja dachte, daß bei den Menschen, die sie beobachteten, sicherlich der Eindruck entstehe, ein Vater zeige seiner wissensdurstigen Tochter die römische Welt.
Rom erblühte bunt in den Frühling hinein und machte es den beiden ausgesprochen leicht, die ewige Stadt auf Anhieb zu mögen.
Das Leben in Rom verlagerte sich nach einem kühlen regnerischen Winter wieder langsam auf die Straße. Die abendliche Sonne tauchte den Platz in warmes Licht.
Die beiden wählten das nächste Straßenrestaurant Antico Forno, das in der Nähe des Hotels am Campo de' Fiori lag.
Sie nahmen Platz und entschieden die italienische Frage, ob sie Pizza oder Spaghetti zu sich nehmen sollten, getrennt: Er entschied sich für Pizza und sie für die dünnen langen Nudeln, die die italienische Küche so weltberühmt gemacht haben.
Irgendwie hatte die vergangene Nacht die beiden auseinandergerissen und nun galt es diesen Riß wieder zu kitten. Sonja wollte mit ihm Alltag genießen, ohne Tiefe, ohne Seelengeschichten, ohne Provokation.
Kaum hatten sie bei dem freundlichen Kellner ihre Bestellung aufgegeben, bemerkte Sonja, daß der Herr der Schlangen außergewöhnlich unruhig war. Bislang war es Sonja nicht aufgefallen, aber nun sah sie es deut-

lich: Auf der Stirn des Herrn der Schlangen hatten sich Schweißtropfen gebildet. Jetzt erst sah sie, wie nervös er immer wieder um sich blickte. Dann kam das Essen, aber er rührte seine Pizza nicht an.
Der Herr der Schlangen fing unvermittelt an zu sprechen. Gar nicht wie sonst mit volltönender Stimme und gut zur Schau gestellter Souveränität, sondern verunsichert, getrieben, ja, teilweise sogar ängstlich.
Was geschah da gerade?
Sonja hatte sich eine Gabel voll Spaghetti gedreht und blickte gespannt auf ihn.
Er fing an zu reden.
Geistesgegenwärtig nahm Sonja einen Stift aus ihrer Handtasche und schrieb so gut sie konnte alles, was der Herr der Schlangen sagte, auf der weißen Papiertischdecke mit. Immer wieder unterbrach der Herr der Schlangen sich selbst und schien dann in sich hineinzuschauen. So jedenfalls erklärte sich Sonja sein Augenverdrehen.
Sonja wußte genau, was vor sich ging: Der Herr der Schlangen war nun selbst in eine Seelengeschichte hineingeraten. Er zeigte alle Symptome, daß in ihm ein Seelenkonflikt aufgebrochen war, um lebhaft in sein Bewußtsein zu drängen.
An den benachbarten Tischen blickten die Menschen besorgt auf ihn. Aber da Sonja ih-

nen beruhigend zulächelte, gab es für sie keinen Grund zur Sorge.
„Giordano Bruno...", als der Herr der Schlangen diesen Namen ausgesprochen hatte, erinnerte sich Sonja, daß hier der Platz der Hinrichtung eines gewissen Mönches Giordano Bruno gewesen war. Auf ihrem Gang vom Hotel zum Restaurant hatte Sonja im Zentrum des Platzes eine Büste mit Sockel und Inschrift wahrgenommen.
Der Herr der Schlangen sprach weiter: „Ich habe vieles geleistet... für die Katholische Kirche... Aber ich glaube nicht und niemals, daß Jesus Sohn Gottes ist... Aahhh!"
Der Herr der Schlangen schrie kurz auf, als ob er geschlagen würde... schreckte dann hoch und wachte auf, blickte freundlich lächelnd um sich und war dann aber schon wieder in einer anderen Welt.
„Ich widerrufe nicht", schrie er plötzlich und wieder erschien es, als ob er gefoltert würde, so schmerzverzerrt war sein Gesicht.
Sonja erschrak und eine riesige Welle von Mitgefühl durchwogte ihre Brust. Sie konnte diesen Mann, der ihr gegenüber saß, nicht leiden sehen. Ihre Augen füllten sich mit den Tränen hemmungslosen Mitgefühls.
Dann war alles auch schon wieder vorbei.
Der Herr der Schlangen entschuldigte sich sehr gefaßt für die Unannehmlichkeiten, die

er ihr in der Öffentlichkeit bereitet habe.
Er ließ seine kalte Pizza stehen und mühte sich, den Anschein zu erwecken, als sei nichts Besonderes geschehen.
„Wer ist Giordano Bruno?“, fragte Sonja.
Als sie sah, daß sich seine Augen mit Tränen füllten, bereute sie ihre Frage.
Der Herr der Schlangen war froh, daß er sich aussprechen konnte: „Giordano Bruno war ein wunderbarer Mensch und großartiger Denker. Er wurde im Jahre 1548 nach Christi geboren. Leider war er seiner Zeit voraus und war als Mönch der mächtigen Katholischen Kirche ein Dorn im Auge. Bereits im Jahre 1576 wurde er zum ersten Mal der Ketzerei angeklagt und floh aus Italien. Doch er schätzte die Katholische Kirche falsch ein, weil er nicht glauben wollte, wie brutal, dumm und grausam die Kirche sein konnte. So gelang es dem Vatikan, Giordano Bruno aus Deutschland zurück nach Italien zu locken. Dort im Machtbereich der Katholischen Kirche wurde er gefangen, in den Kerker gesperrt und gefoltert. Entkräftet nach sieben Jahren Gefangenschaft starb er im Jahre 1600 hier auf diesem Platz, dem Campo de’ Fiori, auf dem Scheiterhaufen.“
Dem Herrn der Schlangen rollten die Tränen über die Wangen. Sonja tupfte sie mit einer Serviette ab.

Mit weicher Stimme sagte er: „Niemand ist gegen Seelengeschichten gefeit. Sie können dich immer und überall treffen."
Sonja sagte: „Ich wußte gar nicht, daß du als Meister immer noch überrascht wirst von unerlösten Seelengeschichten."
Er antwortete, Satz für Satz seine Fassung zurückgewinnend: „Solange der Mensch lebt, ringt er mit Geschichten, die er noch nicht erlöst hat. Ich darf dir an dieser Stelle gestehen, daß mein Haß gegen die Kirche, die im Mittelalter die besten Menschen - die Männer als Ketzer und die Frauen als Hexen - aufs Brutalste vernichtet hat, daß dieser Haß in mir immer noch nicht erlöst ist."
Gerade als das Gesicht des Herrn der Schlangen einen verbitterten Ausdruck annehmen wollte, klangen volltönend Kirchenglocken, die zur Abendmesse riefen, an ihre Ohren.
Der Herr der Schlangen lachte laut: „Komm, laß uns gehen, sie jagen mich schon wieder."
Glücklich wegen seiner wiederhergestellten guten Laune war Sonja aufgestanden und hatte ihn bei der Hand genommen.
Gemeinsam gingen sie hinein in einen wunderschönen italienischen Abend.

Abschied in Rom

Der Herr der Schlangen wollte nach dem für ihn sehr erschöpfenden Erlebnis seiner Seelengeschichte wieder zurück ins Hotel, um wie er zu Sonja sagte einen ruhigen Abend zu verbringen. Er wollte Kraft für den nächsten Tag schöpfen. Aber Sonja wollte das auf keinen Fall. Der Abend war so schön warm und sie wollte unbedingt noch einen ersten Eindruck von Rom bekommen.

Der Herr der Schlangen spürte zwar, daß dies ins Unheil führen könnte, aber er dachte, wenn er sich zurückhalte und nichts erzähle, was ihre Nerven strapazieren könnte, dann würde schon alles gut gehen und das wäre wichtig, damit alles wieder gut werden würde. So verbarg er in seinem Inneren die Erkenntnis, wie erschöpft er nach seiner eigenen Seelengeschichte war.

Sie machten sich auf den Weg zur Spanischen Treppe, eine bekannte Sehenswürdigkeit, die Sonja unbedingt an ihrem ersten Abend schon erleben wollte.

Gemütlich schlenderten sie den Weg vom Campo de' Fiori zur Spanischen Treppe, vorbei an der Piazza Navona, wo Sonja entzückt an allerlei Schmuckständen anhielt und all die

hübschen Perlenketten und Ohrringe betrachtete, die zum Verkauf angeboten wurden.
Nach einer halben Stunde waren sie an der Spanischen Treppe angelangt.
Sonja wünschte sich ein großes Eis, um es genüßlich auf der Treppe sitzend zu verzehren. Natürlich erfüllte der Herr der Schlangen ihr diesen Wunsch.
Glücklich saß Sonja auf einer Treppenstufe und hielt einen riesigen Eisbecher in ihren Händen, auf dem sich noch ein Berg Schlagsahne auftürmte. Sie genoß die schönen Menschen, die vorbeischlenderten, vor allem die jungen, stolzen Italiener. Sie genoß das Licht der Dämmerung und sie genoß das beste Eis, das sie seit langer Zeit gegessen hatte.
Der Herr der Schlangen wirkte mißmutig.
Er wollte sich auf keinen Fall von Sonjas guter Laune anstecken lassen, denn er wußte, das könnte seine für Sonja gefährliche Begeisterung hervorlocken. Je weniger Kontrolle er über sich hatte, um so schneller konnte seine Begeisterung die Führung über seinen Charakter übernehmen. Er wußte, daß er dann Sonja hemmungslos überfordern würde.
Da sagte Sonja schalkhaft lächelnd: „Wann fängst du denn an, von den Schweinereien, die hier in Rom passiert sind, zu erzählen?"
Sie wollte einen souveränen Eindruck ausstrahlen, sie wollte so tun, als machten ihr

die Perversionen, die hier in Rom ihren Ursprung hatten, nichts aus.
Sonja übersah die Zeichen, die ihr Körper entwickelte. Sie war viel zarter und sensibler, als sie sich eingestehen wollte. Daß ihr Oberbauch sich leicht zusammenzog, deutete sie lediglich als Reaktion auf das kalte, süße Eis und die fette Sahne.
Der Herr der Schlangen blieb auf der Hut und antwortete ausweichend: „Ja, in der Tat, hier ist sehr viel Unangenehmes passiert."
Sonja bemerkte, daß der Herr der Schlangen sich zurückhielt, und das reizte sie zu einem weiteren Vorstoß.
Mit frechem Blick den Löffel mit Eis und Sahne dreist zwischen ihren Lippen herumdrehend, sagte sie lächelnd: „Was ist denn hier Unangenehmes passiert?"
Immer noch blieb der Herr der Schlangen aufmerksam und antwortete dementsprechend vorsichtig: „Vor zweitausend Jahren war Rom Weltmacht. Überall auf der damals bekannten Welt hatte Rom die Macht übernommen. Der Strom der Sklaven, die aus aller Welt nach Rom geführt wurden, war endlos. Man kann sich lebhaft vorstellen, welche Grausamkeiten hier in dieser Welthauptstadt im Zeichen der Macht und der hemmungslosen Lust geschahen."
Sonja hatte ihr Eis aufgegessen und unten

im Plastikbecher schwamm ein Rest geschmolzenen Eises als dicke süße Brühe. Sie setzte den Becher an und nahm einen tiefen Schluck der fetten Süße.
„Ich bin sicher, der Herr der Schlangen wird mir Beispiele erzählen, um meine müde Phantasie in Schwung zu bringen", stichelte Sonja.
Der Herr der Schlangen dachte bei sich, daß sie nun schon zum dritten Mal nach konkreten Berichten gefragt habe, und er schloß daraus, daß ihre Seele kräftig genug sei, um von den Geschehnissen, die damals hier in Rom geschehen waren, zu erfahren.
„Was für eine Zeit", sagte der Herr der Schlangen, „als damals die souveräne römische Militärmacht auf die hilflose Wehrlosigkeit der restlichen Welt traf."
Sonja stellte den leeren Eisbecher weg, fischte ein Tempo aus ihrer Handtasche und wischte sich Hände und Mund ab.
Der Herr der Schlangen nahm dies als Zeichen, mit einer kleinen Geschichte, die historisch verbürgt war, zu beginnen.
Er nahm sich vor, Sonja ganz genau zu beobachten, und bei dem geringsten Zeichen ihres Widerstands wollte er die Geschichte sofort abbrechen.
Sonja verfügte, so glaubte er, über eine hohe Dynamik. Zum einen war sie hochsensibel und seelenhaft, zum anderen durchaus derb

und bodenständig. Das war weder gut noch schlecht. Mit einem hohen Bewußtsein hätte sie durchaus die Möglichkeit, ein großartiger Mensch zu werden, der sowohl hohe geistige Ziele verfolgt, als auch die Fähigkeit, sich in ganz einfache Menschen hineinzufühlen. Ohne Bewußtsein allerdings würde sie zwischen ihren beiden Möglichkeiten hin und her torkeln und durch enormen Kräfteverschleiß sich selbst zugrunde richten.

Doch der Herr der Schlangen wollte nicht weiter herumspekulieren, sondern den Moment nutzen, um ihrer Seele neue Bilder zur Verinnerlichung anzubieten.

Der Herr der Schlangen begann: „Als im Jahre siebenunddreißig nach Christus der römische Kaiser Caligula an die Macht kam, da war es seine erste Amtshandlung, den Senat zu demütigen. Der Senat bestand aus vielen Senatoren, die wiederum die Aufgabe hatten, den Kaiser zu beraten und natürlich letztlich auch zu kontrollieren. So war es gedacht, aber so funktionierte es bei Caligula nicht. Er war jung und verrückt. Er wollte ein Exempel statuieren, um sogleich seine Unabhängigkeit und Macht gegenüber dem Senat zu demonstrieren. Caligula berief also den Senat ein und ordnete an, daß alle Senatoren ihre Frauen und Töchter am nächsten Tag auf den Treppen des Kapitols versammeln sollten. Das Kapitol werden wir übrigens morgen besuchen. Es liegt nur zehn Gehminuten von unserem Hotel entfernt und ist wie alles hier in Rom ein äußerst beeindruckender Anblick. Doch nun zurück zu unsrer Geschichte: Als am folgenden Tag die Frauen auf den Treppen saßen und warteten, was geschehen sollte, konnten sie nicht ahnen, was ihr Schicksal war. Sie hatten Ehrungen durch den neuen jungen Kaiser erwartet. Nicht wenige Töchter machten sich sogar Hoffnung, als Kaiserin auserwählt zu werden. Alle hatten sich aufs Schönste und Lieblichste herausgeputzt. Die Senatoren hatten auf des Kaisers Geheiß hin in seiner Nähe Platz genommen. Von dort aus blickten sie auf ihre Frauen und Töchter und warteten gespannt, was geschehen würde. Caligula hatte seine Leibgarde aufmarschieren lassen, damit die kommende Szene durch keine Unruhe, weder von außen noch von Seiten der Senatoren, gestört werden könnte. Schon seit dem frühen Morgen hatten einige andere Mitglieder von Caligulas Leibgarde das männliche Geschmeiß der Stadt zusammengetrommelt. Aus den Tavernen und von der Straße waren Männer aller Altersstufen aufgesammelt worden, die das Maximum an Ungepflegtheit und Verwahrlosung bildeten. Übel riechend, ungepflegt, teilweise noch von der Nacht betrunken, zahnlos und mit schwärenden Wunden bedeckt, hatten die Männer sich zu einem langen Zug geformt, der nun Richtung Kapitol mehr torkelte als marschierte. Sie waren von Caligulas Soldaten mit feixenden und anspielungsreichen Zurufen zum Versammlungsplatz der Frauen und Töchter geführt worden."

Der Herr der Schlangen war sehr in das Bild, das er sprachlich zu gestalten hatte, versunken. Sonja war immer bleicher geworden. Der Herr der Schlangen war gebannt von dem, was er vor seinem inneren Auge erlebte. Nur kurz erinnerte er sich, daß er durch seine eigene heftige Seelengeschichte erschöpft war und aus diesem Grunde die Wirklichkeit nicht mehr richtig einschätzen konnte. Aber er wischte diesen Gedanken fort und sprach weiter: „Man hatte den Männern Aufregendes versprochen und dieses Versprechen locker gehalten. Als die Männer schließlich angekommen waren und die schönen und jungen Frauen sahen, konnten sie nicht begreifen, was hier geschehen sollte. Die Klügsten unter ihnen ahnten, als sie Caligulas spöttischen Blick sahen, was geschehen würde. Von hinten drückten gierige und geile Männer immer weiter nach vorne und die Soldaten wiesen die vorderen Männer an, auch die hinteren herantreten zu lassen. Als die stinkenden Männer immer näher kamen, begannen die

Frauen aufgeregt mit ihren Fächern zu wedeln. Entsetzt und hilfesuchend blickten sie zu ihren Männern und Vätern und schließlich auf den Kaiser. Dieser aber gab das Signal, indem er seine Hand zum Kaiserlichen Gruß hob, und das Unfaßbare geschah: Die Horde stinkender Männer warf sich auf die Frauen. Die Senatoren schrien auf, die Frauen schrien auf, die Töchter schrien auf, und Caligula weidete sich an den Schreien, die diese zutiefst entwürdigende Szene begleiteten. Die Senatoren, die ihren Frauen und Töchtern beistehen wollten, wurden von der Leibgarde mit brutaler Waffengewalt daran gehindert. So wurden die ehrwürdigen Senatoren gezwungen, dem entwürdigenden Schauspiel zuzuschauen. Je stärker sich ein Senator wehrte, um so stärker wurde auf ihn eingeschlagen. Überdeutlich machte der Kaiser Caligula auf diese Weise dem Senat klar, was er von ihm hielt."
Der Herr der Schlangen schüttelte den Kopf über die unglaublich brutale, eklige und dreiste Anordnung des verrückten Kaisers.
„Das ist doch unglaublich. Man stelle sich vor, daß eine Frau all ihre Körperöffnungen..."
Sonja übergab sich.
Unverdaute Spaghettinudeln vermischt mit sahniger Creme sprudelten ihr in einem dikken Schwall aus dem Munde. Ein zweiter Schwall ergoß sich über die Treppen. Der drit-

te Schwall enthielt keine Spaghetti mehr.
Sonja erhob sich zitternd und stieg vorsichtig die Treppen hinab. Sie nahm seine stützende Hand an, aber nur, bis sie die untersten Stufen erreicht hatten. Dort ließ sie abrupt los und lief, stolperte, torkelte zurück ins Hotel. Der Herr der Schlangen folgte ihr niedergeschlagen in einiger Entfernung.
Als sie das Hotel erreichte, fragte Sonja den Mann an der Rezeption, ob er wisse, wann der nächste Zug nach Deutschland fahre.
Als der Rezeptionist sie fragte, wie ihr Zielbahnhof in Deutschland lautete, sagte Sonja: „Berlin!"
Er versprach ihr, sofort eine günstige Verbindung herauszusuchen.
Der Herr der Schlangen setzte sich auf ein Sofa in der Hotelhalle und blickte hinaus in den dunklen Abend. Er war müde.
Nun ging alles sehr schnell.
Sonja erschien mit ihrem Koffer. Der Herr der Schlangen hatte ein Taxi bestellt, das sofort gekommen war. Beide stiegen ein. Der Herr der Schlangen begleitete sie schweigend zum Bahnhof. Dort löste er das Ticket für sie, und die halbe Stunde, die sie am Bahnhof warten mußte, saßen sie schweigend in der römischen Nacht auf einer Bank am Bahnsteig.
Nur einmal unterbrach der Herr der Schlangen die zähe Stille zwischen ihnen mit einer

Frage, deren Beantwortung er schon wußte: „Soll ich dich nicht lieber auf deiner Reise nach Berlin begleiten? Man kann nie wissen, was geschieht."
Sonja fauchte wütend zurück: „Bislang sind mir nur schlimme Sachen passiert, wenn du mich begleitet hast. Deswegen: Nein, danke!"
Als der Herr der Schlangen ratlos sitzenblieb, nahm Sonja nochmals alle Kraft zusammen, um unmißverständlich abweisend zu sein: „Ich möchte jetzt alleine sein."
Der Herr der Schlangen erhob sich, drehte sich um und ging schweigend in die italienische Nacht. Er hatte ihr doch nur die Wahrheit erzählt. 'Aber', so dachte er müde, 'wer hält die Wahrheit aus?'

Zurück in Berlin

Sowohl Sonja, als auch dem Herrn der Schlangen war es nach dem Ereignis in Rom klar, daß der Kontakt zwischen ihnen fürs erste auf Eis gelegt werden müßte.
Der Herr der Schlangen saß zwar immer, wenn er in Berlin war, im Café des Anfangs und hoffte darauf, Sonja dort zu treffen. Jedoch wußte er natürlich auch, daß Sonja einen großen Bogen um das Café machen würde.
In jener Zeit pendelte der Herr der Schlangen wenn er nicht in Berlin war zwischen Lissabon und anderen europäischen Hauptstädten hin und her und nutzte seine Reisezeit, indem er immer weiter wie besessen an seinem Theaterstück arbeitete.
Sonja bemühte sich alles zu vergessen, was auf ihrer Reise geschehen war. Sie war nicht bereit zur Reflexion über die einzelnen Stationen und Erlebnisse, sondern sie verurteilte die ganze Reise als einen Fehler, der zum Glück, wie sie immer wieder zu sich sagte, ohne größere Konsequenzen geblieben war.
Sie war guter Dinge, denn in Berlin gab es allerlei Ablenkungen, die vermieden, daß sie in allzu grüblerische Gedanken hätte versinken können.

Nils hatte kurz nach ihrer Rückkehr angerufen und von einem Filmprojekt erzählt, das er und einige Freunde von ihm den Sommer über machen wollten. Sie hatte sich sehr gefreut, daß er dabei an sie gedacht hatte. Als er sie fragte, ob sie mitmachen wolle, hatte sie sich noch mehr gefreut. Diese Freude aber hatte sie ihm nicht gezeigt und einfach nur ziemlich cool zugesagt.
Sonja war dann doch sehr erstaunt, daß sie sich in einem Casting vorstellen mußte.
Als sie in dem besetzten Haus in Berlin-Kreuzberg, wo der Film spielen sollte, ankam, begrüßte das Filmteam sie sehr freundlich. Drehort war das alte, vom Zerfall bedrohte Haus, das im Herbst abgerissen werden sollte. Nils war sehr höflich und aufmerksam ihr gegenüber und hatte seine Hintergedanken. Er hatte ihr nämlich gleich erzählt, daß er derzeit solo sei. Dabei hatte er versucht, ausgesprochen verführerisch zu lächeln.
Nachdem sich alle auf dem Hof vor dem alten Haus versammelt hatten, erläuterte ein junger Mann mit Hasenscharte den Film. Er heiße Karl Feinmann, sein Künstlername sei Motte und jeder, der wollte, könne ihn Mo nennen. Er habe das Drehbuch zu diesem Film selbst geschrieben. Der Kurzfilm hatte den Titel: „Die Träne am Hinterkopf“. In diesem Kurzfilm ging es darum, daß eine junge Pro-

stituierte aus Versehen einem Kriminalkommissar ihre Dienste anbietet und dieser ihre Dienste aus Versehen annimmt. Alles Weitere sollte dann frei improvisiert werden.
Für Sonja ging es darum, erläuterte ein anderer junger Mann mit Hut und Sonnenbrille, der sich als Regisseur vorstellte, die Prostituierte, die die Hauptfigur in diesem Amateurfilm war, überzeugend darzustellen.
Am Ende seiner einführenden Rede fügte der Regisseur noch hinzu, daß dieser Film ein Absolut-No-Budget-Film sei.
Sonja schüttelte sofort den Kopf. Nein, von diesem Thema hatte sie wirklich genug. Das hatte sie in den letzten Wochen als Seelengeschichten getarnt genügend durchgespielt.
Sie wollte gehen, aber dann blieb sie doch. Sie sagte sich selbst, daß sie den Weg nach Kreuzberg nicht gemacht habe, um unverrichteter Dinge wieder zurückzufahren. 'Außerdem', dachte sie, 'so ein Casting kann doch auch ganz lustig sein.'
Es waren noch drei weitere Damen zum entscheidenden Vorspiel erschienen.
Sonja vermutete, daß Nils den versehentlichen Kriminalkommissar spielen würde.
Das Filmteam bestand aus dem Kameramann, der eine kleine digitale Kamera hatte, wie sie die Touristen immer vor sich hertragen, um touristische Sehenswürdigkeiten zu filmen.

Der Drehbuchautor mit Hasenscharte gehörte zum Team, um eventuell Szenen gleich umzuschreiben. Außerdem war da der junge Mann mit Hut, der sich schon als Regisseur vorgestellt hatte. Henning sollte später vielleicht noch dazukommen, hatte Nils erklärt, denn es könnte sein, daß der Kameramann abspringen würde und dann würde Henning als Ersatzkameramann einspringen.
Dann spielten die drei jungen Damen nacheinander vor und versuchten dabei ihre verschwommenen Vorstellungen einer Prostituierten so überzeugend wie möglich im Spiel umzusetzen.
Das beobachtende Filmteam blieb verhalten.
Dann war Sonja an der Reihe. Sie hatte keine Ahnung, was sie tun sollte. Ihre Vorgängerinnen waren wenig inspirierend gewesen.
Da hatte sie die Idee: Sie stellte sich einfach die Stimmung vor, die sie in der Zeit in Ägypten, Griechenland und Rom erlebt hatte.
Kaum hatte sie diese Stimmung in sich wiederbelebt, da hörte sie den Regisseur schon laut rufen: „Wow!"
Dann folgte Nils mit: „Wow!"
Der Regisseur freute sich über die leichte Entscheidung und ließ seinem „Wow" einen weiteren Satz folgen: „Die nehmen wir."
Der hasenschartige Drehbuchautor und auch der unentschlossene Kameramann nickten

und drückten so ihre Zustimmung aus.
Zu Sonja gewandt sagten sie und stülpten ihre Daumen nach oben: „Gute Darstellung. Genau getroffen. Super! Bingo!"
Sonja genoß ihren Triumph über die anderen drei Mitbewerberinnen. Die waren schockiert, weil sie sich nicht vorstellen konnten, was an Sonja so sexy sein sollte.
Für Sonja bestand kein Zweifel mehr, daß sich auf ihrer Reise in ihrem Inneren eine Tür geöffnet hatte, die es ihr nun ermöglichte, gewisse Energien, über die sie offensichtlich verfügte, je nach Bedarf zu aktivieren.
Die vier Männer überschlugen sich von nun an vor Freundlichkeit und wollten gleich am Abend mit ihr eine wichtige Besprechung in einer angesagten Kneipe durchführen. Aber Sonja wimmelte sie ab mit dem Hinweis, daß sie Terminabsprachen erst dann führen würde, wenn sie Einzelheiten des Produktionsplans schwarz auf weiß vor sich hätte.
Die jungen Männer blickten sich ratlos an. Keiner von ihnen hatte jemals das Wort Produktionsplan gehört.
Sonja war aufgewühlt. Der souveräne Umgang mit den vier Männern war völlig neu für sie. Sie war stärker geworden. Jetzt erst war für sie spürbar, daß auf der Reise doch etwas mit ihr geschehen war.
Sonja wurde klar, daß sie nun endlich einen

Bezug herstellen müßte zwischen dem, was bislang geschehen war, und der Person, die sie jetzt geworden war. Vielleicht gab es ja doch so etwas wie Seelengeschichten, die Lebensenergie freisetzten und in das individuell gefühlte Lebensschicksal hineinspielten?
Sonja beschloß alleine essen zu gehen. Sie wollte ihre erlebte Veränderung bei einem schönen Abendessen mit einem kühlen Gläschen Weißwein durchdenken.
So fuhr sie also mit der S-Bahn zu den Hackeschen Höfen. Dort auf dem großen kopfsteingepflasterten Platz vor der S-Bahn-Haltestelle hatten drei nebeneinanderliegende Restaurants Stühle und Tische im Freien aufgestellt. Das gute Wetter hatte Frühlingsgefühle ausgelöst und so war auf den ersten Blick gar kein Tisch frei. Trotzdem trat Sonja heran. Sie wollte etwas essen, vor allem aber freute sie sich auf das kühle Glas Weißwein, mit dem sie sich selbst feiern wollte. Hatte sie nicht die Basis für eine Filmkarriere geschaffen?
Da sah sie ihn. Sie erkannte sofort den Herrn der Schlangen. Von hinten sahen seine grauen Haare grauer als gewöhnlich aus und seine Schultern waren breiter geworden.
Sonja war überrascht über die hemmungslose Freude, die sie durchflutete. Ja, sie hatte sich nach ihm gesehnt. Vor allem nach seinem sicheren Wissen, seinen sicheren Hän-

den und nach seiner sicheren Stimme. Sie atmete tief durch und zwang sich dann ihren Atemrhythmus zu verlangsamen. Sie wollte ihm ihre Wiedersehensfreude nicht zu auffällig zeigen. Sie versuchte sich zu beruhigen. Viele Bilder ihrer Begegnungen in den letzten Wochen und Monaten wirbelten in ihr hoch. Bevor sie ihn ansprechen wollte, wollte sie sich klar werden, wer er für sie war. Er selbst hatte immer auf Klarheit gedrungen. Sie unterdrückte ihren spontanen Impuls, ihn gleich anzusprechen. Sie wollte sich unbedingt zuvor innerlich ordnen.
Sonja setzte sich auf einen Mauervorsprung eines alten Hauses, das den Platz begrenzte, und hielt ihr Gesicht in die Frühlingssonne.
Sonja dachte nach: Einerseits schätzte sie den Alten wegen seines Wissens, auch wegen seines Interesses an ihr und ihren Talenten. Aber auf der anderen Seite war ihr die Ebene ihrer Verbindung unheimlich. Wo sollte das hinführen? Er war alt, ungefähr dreimal so alt wie sie. Sie sehnte sich aber nach einer intensiven und intimen Beziehung zu einem jungen Mann. Eine Beziehung, die Zukunft hatte. Vielleicht eine kleine Familie. Ja, sie wollte Mutter werden. Sonja geriet mit ihren Gedanken in jene Gespaltenheit, mit der sie seit dem ersten Moment ihrer Begegnung rang. Der Alte könnte ihr die Welt zei-

gen, aber er sollte aufhören, immer wieder zu versuchen, in ihre Psyche einzudringen. Ja, sie wollte klipp und klar wissen, was er mit ihr vorhatte. Dies wollte sie ihn fragen. Direkt und unverblümt.
Abrupt stand Sonja auf und ging zum Herrn der Schlangen. Jetzt oder nie!
Sie trat von hinten an seinen Tisch heran und blickte verwundert auf den fast vollen Bierstiefel und die Schweinshaxe, die über den Tellerrand hing. Dann machte sie noch einen Schritt weiter und sah dem Mann ins Gesicht, dessen Kinn vor Fett glänzte.
„Setzen Sie sich ruhig", sagte der fremde Mann, bevor er sich die fette Schweineschwarte, die er mit Sauerkraut beladen hatte, in den Mund schob.
Sonja bemerkte jetzt, daß dies nicht der Herr der Schlangen war.
Sonja drehte sich schnell weg. Sie hatte keine Lust mehr zu feiern. Sie beschloß, nach Hause zu fahren. Sie wollte sich in ihrem Bett verkriechen. Sie wollte alleine mit sich und ihren verwirrenden Gedanken sein.
Sonja nahm die S-Bahn, deren Station direkt am Platz lag, und fuhr nach Hause.
Sie blickte aus der ratternden und quietschenden Bahn durch die zerkratzten Fenster hinaus in die alte, große Stadt, durch die sie raste. Sie wollte ihre Gedanken ordnen. Sie

wollte klären, wie weit sie sich auf den Alten einlassen sollte und wie weit sie den unterbrochenen Kontakt lieber weiter unterbrochen sein lassen sollte.
In der S-Bahn saß ihr ein junges Pärchen gegenüber. Das Kind, das die beiden hatten, war so um die drei Jahre alt. Das Mädchen nuckelte am Schnuller. Gleich würde es einschlafen. Die jungen Eltern, beide in Sonjas Alter, saßen Hand in Hand nebeneinander. Alle drei lächelten sich freundlich zu.
'Ach', dachte Sonja, 'wie schön ist es, einfach nur normal zu sein, so wie die drei jungen Menschen mir gegenüber.'
Und Sonja fragte sich: 'Was hat der Herr der Schlangen eigentlich gegen die Familie?'
Sonja erinnerte sich, wie er ihr einmal erklärt hatte, daß die Familie Ursache für geistige Verkrüpplung sei. Sie wußte gar nicht mehr, wie er es begründet hatte. Nunja, für ihn war es einfach, gegen Familie zu sein. Er war schließlich zu alt, um eine Familie zu gründen. Aber was sollte sie machen, wenn ihr Märchenprinz plötzlich erscheinen würde?
Dann schlief die junge Mutter, die Sonja gegenüber saß, ein und lehnte dabei zärtlich ihren Kopf an die Schulter des jungen Vaters, auf dessen Schoß das kleine Mädchen schlief.
'Welch ein schönes Bild', dachte Sonja, als sie die kleine Familie betrachtete. Sonja ge-

stand sich ein, daß sie sich nach einer soliden Geborgenheit und schlichter Einfachheit mit einer völlig normalen Zukunft sehnte.
Da fing sie einen blitzenden, eindeutigen Blick des jungen Vaters auf.
Schnell blickte sie aus dem Fenster in die grauen Wohnblöcke, die vorbeiwankten.
Einerseits war sie geschmeichelt, weil sie als Frau wertgeschätzt wurde, andererseits aber entsetzt, daß der junge Vater auch mit der schlafenden Ehefrau an seiner Seite die Möglichkeit nutzte, um Kontakt zu knüpfen, dessen Ursprung klar sexueller Natur war.
Sonja war aufgewühlt. Sie hatte sich mit der jungen Mutter identifiziert und war sauer auf den jungen Ehemann. Im nächsten Gedankenschritt war sie sauer auf alle Männer. Denn Männer nutzten doch Frauen für ihre Zwecke hemmungslos aus, oder?
Sonja wurde immer wütender. Im nächsten Gedankenschritt war sie dann beim Herrn der Schlangen, denn der war auch ein Mann und also nutzte er sie doch auch nur aus.

NOFRETETE

Sonja wußte am nächsten Morgen nicht mehr genau, wovon sie geträumt hatte. Doch ein Bild war ihr ganz deutlich vor Augen gewesen, als sie erwacht war: Nofretete! Diese altägyptische Büste einer Pharaonin mit perfekt schönen Gesichtszügen.
Sonja sah Nofretete, dieses Sinnbild weiblicher tief vergeistigter Schönheit, immer vor sich, gleichgültig, ob sie die Augen geschlossen oder geöffnet hatte. War dieses Bild eine Erinnerung, die in Ägypten wachgerufen worden war? Sonja wußte es nicht, aber ihr war sofort klar, daß sie Nofretete sehen mußte.
Nach einem kleinen Frühstück fuhr sie mit der S-Bahn zum Alten Museum auf der Museumsinsel. Kaum hatte sie ihr Ticket gelöst, da stand sie auch schon in einem wohltemperierten verdunkelten Raum.
Viele Menschen drängten sich um einen Glaskasten, in dem die Büste der Nofretete dezent beleuchtet zu sehen war.
Sonja war atemlos. Niemals in ihrem Leben hatte sie so viel Schönheit gesehen. In tiefen Atemzügen sog sie die Schönheit einer wirklichen Königin in sich ein.
„Solche Schönheit ist Heilung", hörte sie die

vertraute Stimme des Herrn der Schlangen. Sonja war verwirrt. Träumte sie, hörte sie innere Stimmen oder stand der Herr der Schlangen wirklich hinter ihr?
Da spürte sie einen zarten Kuß auf ihrer Schulter. Sie zuckte zusammen und drehte sich um. Sie konnte ihr Gefühl nicht einschätzen. Freude, Ärger, Entrüstung? Sie wußte nicht, wie sie reagieren sollte, aber sie spürte, daß sie heftig errötete.
„Ich bin froh, daß ich dich treffe", sagte der Herr der Schlangen. Er fuhr fort: „Seit Tagen bin ich in Berlin und komme täglich immer wieder hierher. Irgendwie ahnte ich, daß du kommen würdest."
Sonja wollte fragen, wie er so etwas ahnen könnte, aber sie verkniff sich die Frage, denn er hätte sie bestimmt wieder so tiefgeistig beantwortet, daß sie die Antwort nicht hätte verstehen können.
'Wenn er eine freche Bemerkung über meinen knallroten Kopf macht, dann drehe ich mich sofort um und gehe', dachte Sonja.
Der Herr der Schlangen sagte nichts, sondern fragte höflich: „Darf ich dich einladen?"
„Wozu?", fragte sie schnippisch.
Galant sagte er gut gelaunt: „Zu einem kleinen, aber feinen Mittagessen."
Sonja sagte nichts, also fuhr er fort: „Ich kenne da auf dem Hackeschen Markt einen Platz,

auf dem drei Restaurants Stühle und Tische aufgestellt haben."
Sonja lächelte. Sie mußte daran denken, daß sie genau dort gestern Abend hatte essen wollen, um ihr erstes Engagement als freie Filmschauspielerin zu feiern.
„Darf ich dieses Lächeln als Zustimmung deuten?", fragte er sehr charmant, und immer noch lächelnd antwortete sie: „Ja!"
Vertraut schritten sie hinaus aus dem Museum in die strahlende Frühlingssonne.
Sonja wollte nicht auf die vergangene Reise zu sprechen kommen und fragte um abzulenken: „Glaubst du, daß Nofretete die Ehefrau des Pharao Echnaton war?"
Sein Gesicht kurz in die Sonne haltend sagte der Herr der Schlangen: „Ich glaube, die Büste, die wir gesehen haben, stammt als Anschauungsobjekt aus einer Bildhauerschule. Wann immer sie dort den Auftrag hatten, eine Pharaonin darzustellen, wählte der Bildhauer dieses perfekte Vorbild als Modell für seine Auftragsarbeit."
Der Herr der Schlangen hatte sein kurzes Sonnenbad beendet und schritt nun entschlossen die Stufen hinunter.
Sonja spürte, daß für ihn das Thema Nofretete beendet war, und sie folgte ihm.
Das Restaurant, zu dem sie gingen, war nur zehn Gehminuten vom Museum entfernt.

Als sie sich an den Tisch, den er ausgewählt hatte, gesetzt hatten, begann er sogleich die Rede, so wie Sonja es befürchtet hatte, auf die vergangene gemeinsame Reise zu bringen. Sie wußte in diesem Moment, daß es unvermeidlich war, über diese Reise zu sprechen. Sie wollte nicht zu ablehnend sein, aber sie wollte unbedingt vorsichtig bleiben.
„Wie hast du die vielen spannenden Erlebnisse unserer Reise verdaut?"
Schnippisch antwortete Sonja: „Gar nicht! Ich habe unsere Reise gar nicht verdaut."
„Was hast du denn dann damit gemacht?", fragte der Herr der Schlangen und blickte ihr gespannt in die Augen.
In Sonja schnellte Wut nach oben, als sie laut sagte: „Ausgekotzt!"
Der Herr der Schlangen zuckte zurück.
Sonja mochte die Position, von der aus sie ihn verletzen konnte. Es machte ihr Spaß ihm zurückzugeben, was er ihr angetan hatte: „Ich habe die Brocken, die ich schlucken mußte, nicht verdaut, sondern ich habe sie sofort wieder ausgekotzt."
Sie fügte angewidert hinzu: „Die Brocken waren wirklich zu eklig."
Der Herr der Schlangen wirkte traurig, als er antwortete: „Vergiß bitte nicht, daß dir die Brocken nicht von außen... äh... eingeführt wurden, sondern daß es Brocken waren, die

die ganze Zeit in dir schlummerten."
Sonja war in Kampfesstimmung.
„Ich lasse mir von niemandem einreden, was in mir schlummert und was nicht. Du hast mir diese eklige Caligula Geschichte erzählt."
Scharf konterte der Herr der Schlangen: „Du hättest nicht so unglaublich stark reagiert, wenn im Inneren nicht etwas in Schwingung geraten wäre. Du hast also sehr wohl etwas mit dieser Geschichte zu tun."
Als er Sonjas zusammengepreßte Lippen sah, fügte er versöhnlich hinzu: „Aber lassen wir das jetzt. Nichts aus der Vergangenheit soll unser schönes Frühlingsmittagessen stören."
Der Herr der Schlangen sah ein, daß er nicht weiter in Sonja eindringen konnte.
Er ließ die Schultern hängen, seufzte tief und atmete schwer. Sein Blick wurde trüb. Wieder hatte er mit Fragen zu kämpfen, die ihn schwächten. War Sonja wirklich eine Königin der Liebesschule, für die er sie hielt? War er, der Herr der Schlangen, davor gefeit, Illusionen auf den Leim zu gehen? Wieso erhielt er von ihr so wenig Unterstützung? Hatte er irgendetwas falsch berechnet? War ihre Sehnsucht nach einer jungen Familie vielleicht doch stärker als alles andere?
Er ließ den Kopf hängen.
Dann atmete er tief aus und schloß müde und erschöpft die Augen.

Sonja erschrak. „Um Gottes Willen!“, rief sie und dachte, daß sie ihn noch nie so alt gesehen hatte, wie er gerade vor ihr saß.
Der Kellner trat an den Tisch. Der Herr der Schlangen richtete sich auf. Seine Augen strahlten und seine Figur war wieder von Grazie erfüllt. Nachdem sie ihre Bestellung aufgegeben hatten, sie frischen Spargel und er Frühlingssalat, fragte er abweichend: „Womit beschäftigst du dich denn derzeit?“
„Ich spiele in einem Spielfilm die Hauptrolle“, antwortete Sonja stolz.
„Darf man fragen, welche Rolle du spielst?“
„Nein!“, sagte Sonja fest und bestimmt und doch leicht errötend.
Der Herr der Schlangen lächelte und sagte: „Nun ja, dann kann ich es mir ja denken.“
Sonja schwieg und nippte an ihrer Apfelsaftschorle. Einen Weißwein zu bestellen hatte sie nicht gewagt.
Der Herr der Schlangen sprach schwungvoll: „Ist das nicht der Wahnsinn?“
Sonja runzelte die Stirn und fragte: „Was ist der Wahnsinn?“
„Wie junge Menschen ihr teures Leben für billige Illusionen wegwerfen.“
„Wer sagt denn, daß ich mein Leben für billige Illusionen wegwerfe?“
„Ich! Eher gewinnst du eine Million im Lotto, als daß du ein Filmstar wirst.“

Sonja sah ihn abweisend an: „Wer sagt denn, daß ich ein Filmstar werden will?"
Der Herr der Schlangen beantwortete ihre Frage mit einer Gegenfrage: „Wovon handelt denn dieser Spielfilm?"
Sonja wurde wieder leicht rot, denn der Herr der Schlangen hatte sie getroffen. Sie wollte ihm den Inhalt des Filmes keinesfalls verraten. Sie zuckte mit den Schultern und sagte: „Der Titel des Kurzfilmes lautet: Die Träne am Hinterkopf."
„Nun", fuhr der Herr der Schlangen fort, „wenn du mitspielst in einem solchen Film, dessen Inhalt du nicht erzählen willst, woher kommt dann die Motivation? Vom Titel kommt sie bestimmt nicht."
Sonjas Gegenwehr war nur noch schwach. „Ich werde bezahlt für die Rolle!"
„Wieviel?", kam es sehr schnell zurück.
Sonja schwieg und gab sich geschlagen.
Resigniert dachte sie: 'Hoffentlich kommt das Essen bald.'
Immer wieder geriet sie in diese merkwürdige Spaltung: Einerseits wollte sie seine Aufmerksamkeit und Anerkennung. Andererseits war er ihr zu alt. Sie konnte ihn in ihre Sehnsuchtsträume nicht miteinbeziehen.
Der Herr der Schlangen war nun richtig in Schwung gekommen und legte los: „Immer mehr Menschen träumen davon, mit einem

Schlag berühmt zu werden. Bewunderung, Ruhm und Geld wollen sie die Menge. Anstrengen wollen sie sich natürlich nicht. Über Nacht wollen sie im Rampenlicht stehen und frei sein, um tun und lassen zu können, was sie wollen. Sie wollen Geld, Aufmerksamkeit und Anerkennung ohne Gegenleistung."
„Was ist daran schlimm?", fragte Sonja unwillig, aber sie fühlte sich nicht wirklich wohl in ihrem Trotz.
Sonja nahm einen tiefen Schluck von ihrer Apfelsaftschorle und der Herr der Schlangen fuhr fort: „Hinter jedem Star stehen Konzerne, die den Star zwingen, ihren Kulturauftrag pausenlos zu verkünden."
Sonja verstand nicht und fragte: „Welchen Kulturauftrag?"
Geduldig blickte der Herr der Schlangen in den Himmel. Er erklärte: „Die milliardenschwere Kulturindustrie hat den Auftrag, dem Menschen immer wieder Situationen vorzuspielen, bis der Mensch so hypnotisiert ist, daß er glaubt, was er da in Film und Fernsehen sieht, sei Abbildung einer erstrebenswerten Wirklichkeit. Und wenn der Zuschauer unter allen Umständen so ein Leben führen will, wie es ihm vorgegaukelt wird, dann ist der Kulturauftrag erfolgreich ausgeführt. Der Kulturauftrag lautet: Führt ein Leben in bedingungslosem Konsum und Drogenrausch!

Denkt nicht selbständig. Sehnt euch nach Freiheit, aber geratet immer tiefer in die Abhängigkeit von Konzernen, die euch so lange zwingen zu konsumieren, bis ihr tot umfallt."
Mit einer Portion Selbstironie fügte er hinzu: „Guten Appetit!"
Der Kellner war an den Tisch getreten und hatte den Teller Frühlingssalat vor ihn gestellt und die Spargel mit Frühlingskartoffeln vor Sonja, die sofort zu essen begann.
Sie aßen schweigend.
Der Herr der Schlangen hatte bemerkt, daß es ihm nicht gelungen war, Sonja zu erreichen. Aber er gab noch nicht auf.
Sonja stellte nun die Frage, die sie seit einiger Zeit mit sich herumgetragen hatte: „Sage mir ehrlich, welchen Plan hast du mit mir?"
Der Herr der Schlangen kaute noch sorgfältig weiter, dann schluckte er und legte bedächtig Messer und Gabel zur Seite.
„Gut!", sagte er, „Die volle Wahrheit!"
Sonja nickte. Sie spürte, daß er ihr nun die Wahrheit sagen würde, und sie war gespannt.
„Wie du weißt", begann er ganz ernsthaft, „leite ich eine Liebesschule in Portugal. Dort finden eine Reihe intensiver Übungen statt. Und zwar in der Form, wie ich sie an der Universität kurz vorgestellt habe."
Sonja unterbrach ihn aufgeregt: „Welche Übungen?", rief sie ungeduldig, da sie sich

nicht mehr genau erinnern konnte, was er damals kurz vorgestellt hatte.
„Es geht immer um Seelengeschichten!", antwortete der Herr der Schlangen sachlich und fuhr fort: „Die über Tanz- und Körpermeditationen herausgefundenen Seelengeschichten sind die Grundlage. Aufgrund dieser Seelengeschichten entwickle ich dann Theaterstücke, die reinigend und heilend sind für Spieler und Zuschauer."
Sonja nickte und nahm ein Stück Spargel in den Mund. Nachdem sie das Stück Spargel eingesaugt, gekaut und geschluckt hatte, fragte sie: „Nun ja, das klingt doch gut, aber was hat das mit mir und meiner angeblichen Veranlagung zur Königin zu tun?"
Ernsthaft fuhr der Herr der Schlangen fort: „Ganz ehrlich: Von den drei Königinnen, die notwendig sind, um die Strukturen einer vitalen Liebesschule am Leben zu halten, ist eine Königin leider ausgefallen."
Damit ließ Sonja sich nicht abspeisen. Scharf fragte sie nach: „Was heißt ausgefallen?"
Der Herr der Schlangen antwortete: „Sie hat sich verliebt und möchte nun mit dem Mann ihrer Träume eine Familie gründen."
„Was ist daran schlimm?", fragte Sonja. Sie war froh, daß sie hier und jetzt über wirklich Wesentliches sprachen. Zwar spürte sie deutlich, daß es dem Herrn der Schlangen unan-

genehm war, aber ihr gefiel es gut, ihn so in der Klemme zu sehen.
Geduldig antwortete er: „Nichts ist daran schlimm. Ich wünsche ihr von Herzen alles Gute und frohes Gelingen. Aber als Königin einer Liebesschule fällt sie natürlich aus."
Sonja wollte am Thema dranbleiben und fragte: „Was sind denn die Bedingungen, um eine Königin der Liebesschule zu sein?"
Der Herr der Schlangen antwortete vorsichtig: „Eine Frau, die ihre Potentiale lebt. Eine Frau, die sowohl überzeugend männlich, als auch ebenso überzeugend weiblich sein kann. Kurz: Eine Frau ohne Illusionen."
Sonja war das zu allgemein.
Der Herr der Schlangen fuhr fort: „Und natürlich ist es wichtig, daß sie bewußt entscheidet, in welcher Situation sie welche Rolle ihres vielfältigen Repertoires wählt."
Sonja bemerkte, daß der Herr der Schlangen langsam seine Bereitwilligkeit, über die Liebesschule zu sprechen, wieder zurückzog. Deswegen fragte sie schon ziemlich aufgeregt: „Und jede Königin hat einen König. Ist das auch so in der Liebesschule?"
„Natürlich", antwortete der Herr der Schlangen, „Jede Königin hat einen König."
Sonja bemerkte, daß der Herr der Schlangen über dieses Thema nicht weitersprechen wollte. Denn als sie fragte: „Hat denn jede Köni-

gin denselben König?", blickte der Herr der Schlangen in die Ferne und schwieg.
Sonja wußte, wenn er diesen Blick in die Ferne aufsetzte, war das Thema, über das er gerade gesprochen hatte, beendet.
Wie Sonja erwartet hatte, änderte der Herr der Schlangen nun das Thema.
Er fragte sehr höflich und charmant: „Darf ich dich am kommenden Sonntag zu einem Osterspaziergang einladen?"
Sonja reagierte überrascht: „Ist denn am Wochenende schon Ostern?"
„Ja", nickte der Herr der Schlangen. „Heute ist Gründonnerstag, morgen Karfreitag und am Sonntag ist die Auferstehung des Herrn."
„Also gut!", sagte Sonja frohgelaunt und wurde gleich konkret: „Am Sonntag um elf Uhr treffen wir uns am Café des Anfangs."
Die frischen Spargel und die Frühlingskartoffeln hatten ihr hervorragend geschmeckt.

Der Osterspaziergang

Die verbleibenden Tage bis zum Ostersonntag und also auch bis zum verabredeten Osterspaziergang ging Sonja das Bild des völlig erschöpften und uralt aussehenden Herrn der Schlangen nicht mehr aus dem Kopf. Sie war berührt von der Tatsache, daß der Herr der Schlangen unglaublich viel auf sich nahm, um ihr eine Welt zu eröffnen, die sie ohne seine Hilfe niemals hätte finden können und ohne seine Erläuterungen auf keinen Fall hätte verstehen können. Nach den Erfahrungen, die sie gemacht hatte, war sie sicher, daß die Motivation für den alten Herrn nicht sexueller Natur war, aber was genau wollte er dann? Gut, er wollte sie mit ihrer Vergangenheit aus früheren Leben konfrontieren, damit sie ein bewußter Mensch würde. Sie sollte eine Königin werden. Aber warum gerade sie? Hatte er nichts Besseres zu tun, als eine junge Frau, wie sie es war, von seiner Liebesschule zu überzeugen? Zudem glaubte sie doch gar nicht an frühere Leben. Wie war sein Hinweis, sie sei die dritte Königin der Liebesschule, zu verstehen?
Gerade die Hinweise, die der Herr der Schlangen über die Liebesschule gegeben hatte,

beschäftigten Sonja sehr. Sonja grübelte darüber nach, ob sie als Königin nicht auch Herrschaft über Männer hatte. Vielleicht hatte sie ja auch Herrschaft über junge Männer. Gerade als sie sich in diesen verlockenden Gedanken einschwingen wollte, fiel ihr ein, daß es für eine Königin verboten war zu heiraten. Sofort hörte sie auf, über die Liebesschule weiter nachzudenken.
Sonja war sich bewußt, daß sie sich weiter mit dem alten Herrn auseinandersetzen mußte, aber diese Liebesschule war ihr sehr unheimlich. Sonja bemerkte, daß sich der Vorfreude auf den Osterspaziergang auch wieder diese Angst beimischte, sie würde vielleicht in Situationen geraten, die sie selbst nicht mehr kontrollieren könnte.
Als sie ihn am Café des Anfangs traf, schien er blendend gelaunt und überreichte ihr als Ostergeschenk ein Schokoladenei.
„Frohe Ostern!", rief er freudig.
Sonja bedankte sich höflich für das Schokoladenei. Sie mochte kleine Geschenke.
Das Wetter war traumhaft und so zögerten die beiden nicht, sich gleich auf den Weg zu machen. Entlang der Spree wollten sie gehen, vorbei am Hauptbahnhof, vorbei am Regierungsviertel, vorbei an dem internationalen Kulturzentrum, das die Berliner wegen des Baustils scherzhaft Schwangere Auster

nennen, führte sie ihr Weg. Sie gingen still vergnügt und Hand in Hand entlang am Wasser. Es waren wenige Leute unterwegs, denn um diese frühe Mittagszeit galt das Interesse der meisten Menschen dem Mittagessen.
„Lammbraten", begann der Herr der Schlangen das Gespräch aus heiterem Himmel, „ist heute am Ostersonntag das bevorzugte Mittagessen der gläubigen Christenheit."
Sonja hörte gespannt zu, denn sie wußte wenig über Ostern. Als Kinder hatten sie morgens im Hinterhof nach versteckten Ostereiern gesucht. Aber da sie keine hartgekochten Eier mochte, war das kein richtiger Spaß gewesen. Schokoladeneier, die sie gerne aß, hatte es früher nicht gegeben.
„Ist das nicht unglaublich...", fuhr der Herr der Schlangen fort, „... da sagt der Religionsgründer, er sei das Lamm Gottes, um seine Schwäche, Weichheit und Hingabe zu symbolisieren, und nun schlachten die Gläubigen millionenfach auf der ganzen Welt unschuldige Lämmer, rösten und verzehren sie. Oh, mein Gott!"
Ängstlich blickte Sonja auf die Falten im Gesicht des Herrn der Schlangen. Gerade seine Falten um die Augen gaben ihm wieder diesen traurigen Gesichtsausdruck, vor dem sie sich so fürchtete, denn immer dann wurde ihr Herz von einer Welle des Mitleids ergriffen.

In solchen Momenten hätte er sie dann um alles bitten können und sie hätte es ihm ohne Zögern gewährt.
In diesem Moment änderte sich der Gesichtsausdruck des Herrn der Schlangen. Er blickte wieder so provozierend, wie er zu Beginn des Gesprächs geblickt hatte.
Warum konnte er denn keine Ruhe geben, fragte sich Sonja. Warum mußte er immer gegen alles Normale sein?
Sie beschloß ihn zu fragen: „Wieso bist du gegen alles? Sei doch froh, du bist reich, frei, gesund. Was willst du mehr?"
Der Herr der Schlangen blieb stehen. Seine Augen blitzten. Sonja kannte ihn schon so gut, daß sie wußte, daß das bedeutete, daß er sich herausgefordert fühlte und sich nun wuchtig und umfassend verteidigen würde.
„Es geht nicht um mich, es geht um uns alle. Wir müssen uns entscheiden, in welche Richtung wir uns bewegen..."
Sonja unterbrach ihn, denn das Gespräch entwickelte sich nicht in die Richtung, die sie sich gewünscht hatte: „Wer ist wir?"
Der Herr der Schlangen war von seinen eigenen Gedanken begeistert und deswegen überhörte er den angespannten Unterton, den Sonja ihrer Frage beigemischt hatte.
„Wir, das ist die Menschheit", antwortete der Herr der Schlangen schnell, denn er wollte

seinen zentralen Gedanken schildern, „... also die Menschheit kann sich in zwei Richtungen entwickeln: Einmal weg vom Zentrum zum Rande hin und einmal hin zum Zentrum. Der Großteil der Menschheit entwickelt sich weg vom Zentrum. Diese Menschen sind nicht bei sich selbst. Sie nehmen Drogen, um nicht in ihrem Zentrum zu sein. Sie lassen sich treiben bis zum Rande des Wahnsinns, genauer gesagt bis zum Rande des Weltraums."

Der Herr der Schlangen blickte auf Sonja, um eine Reaktion bei ihr abzulesen, aber sie zuckte nur mit den Schultern und starrte aufs Wasser, das ohne anders zu können in eine Richtung floß, und zwar weg von der Quelle.

Der Herr der Schlangen hatte sich erhitzt und sprach weiter: „Der andere, verschwindend kleine Teil der Menschheit, zu dem ich gehöre, sucht unbedingt ins Zentrum zu gelangen, versucht mit aller Macht, gegen den Strom zurück zur Quelle zu schwimmen."

Der Herr der Schlangen blickte wieder gespannt zu Sonja, aber die wollte keine klare Stellung beziehen.

Sie fragte beiläufig und legte durch lockere Betonung Wert darauf klarzumachen, daß die kommende Frage nicht wirklich beantwortet werden müßte: „Aber was hast du denn eigentlich von dieser riesigen Mit-aller-Macht-gegen-den-Strom-Schwimm-Anstrengung?"

Aber der Herr der Schlangen blieb abrupt stehen und rief: „Hey! Ich will ins Zentrum, denn von dort aus läßt sich alles überblicken, läßt sich alles verstehen. Vom Zentrum aus kannst du sinnvoll eingreifen, denn nur von dort aus kannst du die Folgen deiner Taten wirklich einschätzen. Nur im Zentrum bist du wirklich bei dir. Nur im Zentrum bist du frei!"
Sonja sah seine Begeisterung. Sie sah allerdings auch, wie vereinzelte Spaziergänger erschrocken auf ihn blickten und vor allem zu seinem euphorisch vorgetragenen Schlußsatz: „Nur im Zentrum bist du frei!", den Kopf schüttelten.
'Wahrscheinlich', so dachte Sonja, 'denken die anderen, daß die Krankenschwester mit dem Verrückten heute Ausgang hat oder die Tochter ihren senilen Vater an der frischen Luft herumführt.'
Sonja war das alles zu hoch beziehungsweise zu blöd. Sie wollte dringend das Gespräch auf ein anderes Thema bringen.
Eine Bank unter einer Trauerweide war leer und also lenkte Sonja ihre Schritte dorthin und setzte sich. Der Herr der Schlangen setzte sich neben sie und legte zärtlich seine Hand auf ihren Nacken. Schon als Sonja seine Hand kommen sah, wußte sie, daß er sie treffen würde. Und so war es auch. Kaum berührte er sie, da rieselte es ihr den Rücken hoch

und runter. Sie atmete tief ein und atmete tief aus, um bei sich zu bleiben.
„Was tust du da?“, fragte sie.
„Ich tue nichts“, antwortete er sofort.
„Aber was geschieht dann?“, fragte Sonja und bemühte sich weiterhin, ihm ihre Erregung auf keinen Fall zu zeigen.
„Ich möchte dir durch meine Berührung ermöglichen, daß du wieder in Fluß kommst.“
Der Herr der Schlangen zog seine Hand langsam von ihrem Nacken zurück und Sonja beruhigte sich wieder.
„Du hast überall im Körper Blockaden“, erläuterte der Herr der Schlangen geduldig.
Als er Sonjas erschrockenes Gesicht sah, beeilte er sich ihr zu erklären: „Alle Menschen haben Blockaden. Das sind unverdaute Erlebnisse, die in uns auf Erlösung warten. Solange sie aber nicht erlöst werden, verbrauchen sie Energie, um sich selbst aufrechtzuerhalten, und wir erleben sie als eine Behinderung, die den natürlichen Fluß unserer Lebensenergie beeinträchtigt.“
Sonja fühlte mit einem Mal das Gleiche, was sie bereits auf der Reise gefühlt hatte: Er überforderte sie maßlos. Zu viel aus seiner Welt schwappte wann immer er sprach in ihre Welt. Sie wußte, daß das aber immer nur eine Weile gutgehen könnte. Irgendwann würde Sonja sich dann übervoll fühlen und alles

würde ihr wieder viel zu viel werden und sie müßte es wieder auskotzen.
„Erkläre mir Ostern", sagte Sonja, denn sie wollte nicht, daß er weiter in sie eindringe mit seiner Blockadentheorie.
Der Herr der Schlagen verstand, warum Sonja diese Frage gestellt hatte, und änderte seine Körperhaltung. Er lehnte sich entspannt auf der Bank zurück, verschränkte die Hände hinter seinem Kopf und während er aufs Wasser blickte, begann er über das Ostermysterium zu sprechen.
Sonja blickte über das Wasser, das stetig floß, so wie der Redestrom des Herrn der Schlangen. Sie wurde still, fühlte sich auf der einen Seite wohl umgeben von der dunkelweichen Stimme eines Mannes, der ihr die Welt erklärte. Genau dies hatte sie sich so von ihrem Vater gewünscht, nämlich daß er ihr die Welt erklärte. Aber auf der anderen Seite sehnte sie sich nach dem unbeschwerten Umgang mit Gleichaltrigen. Sie war - so fand sie - noch viel zu jung, um so tief und so schwer in wesentliche Fragen verstrickt zu werden.
„Das Wort Ostern kommt von Ostara, der germanischen Göttin der Morgenröte..."
Sonja hörte wohl die Worte, aber sie dachte an den Film, in dem sie mitspielen würde...
„... Ostern selbst wurde von der Kirche wie folgt festgelegt: Das erste Wochenende nach

dem dritten Vollmond des neuen Jahres..."
Sonja dachte nicht so sehr an die Rolle, die sie spielen würde, sondern sie dachte mehr an den Erfolg, den sie als Filmschauspielerin auf internationaler Ebene ernten würde. Vielleicht würde sie eines Tages von einem einflußreichen Produzenten entdeckt werden...
„... Ostern beginnt ja eigentlich mit dem Gründonnerstag. Fälschlicherweise glauben viele, das hätte etwas mit der Farbe grün zu tun. Hat es aber nicht!..."
Der Herr der Schlangen blickte Sonja ins Gesicht. Er freute sich, daß er durch die korrekte Deutung dem Gründonnerstag eine völlig überraschende Wendung geben konnte.
Sonja blickte ihn etwas fern an und freute sich, als er weiterredete: „... Gründonnerstag kommt eigentlich von Greindonnerstag. Es ist also der Tag, an dem man greinen soll. Verstehst du, was greinen bedeutet?", fragte er Sonja, die bedauerte, daß sie in ihren angenehmen Tagträumen schon wieder gestört worden war. Aber sie wollte ihn auf keinen Fall provozieren, also kramte sie aus ihrer Erinnerung eine Assoziation hervor: „Greinen sagt man doch, wenn kleine Kinder so unzufriedene Laute von sich geben."
„Gut!", sagte der Herr der Schlangen im Stile eines Lehrers und fuhr fort: „Die Richtung stimmt: Greinen heißt jammern und wehkla-

gen und eigentlich: Beklagen. Also...", fuhr er fort und bemerkte, daß Sonja einen ganz weichen Blick bekam, der ihm anzeigte, daß sie sich gerade wieder von einem Tagtraum wegschwemmen ließ...
Der Herr der Schlangen wollte Sonja zeigen, daß Wissen spannender sei als Tagträumen, und sprach: „... am Gründonnerstag beklagen wir die Sünden, die wir begangen haben. Wir halten Rückblick auf das vergangene Jahr und sind kritisch uns selbst gegenüber..."
Sonja konnte sich nicht mehr dem Gefühl entziehen, das sie erleben würde, wenn sie in Hollywood bei der jährlichen Preisverleihung den Oskar für die beste weibliche Hauptrolle in der Hand halten würde...
„... Karfreitag ist der Tag, an dem Jesus für uns gestorben ist. Ein wunderbarer Mythos, in dem das eigene Opfer im Vordergrund steht. Angesichts des Kreuzigungsopfers unseres Religionsgründers offenbart sich für jeden Menschen die Frage aller Fragen: ‚Wofür opfere ich mich?'"
Sonja war mit der Frage beschäftigt, was sie vor den überall laufenden Kameras sagen sollte, wenn sie den vergoldeten Oskar in ihren Händen halten würde.
Der Herr der Schlangen hatte die Abwesenheit bei Sonja bemerkt und gedacht, daß sie nicht am Gründonnerstag interessiert sei, sondern

an dem viel bekannteren Karfreitag. Deswegen wollte er unbedingt noch die Herkunft des Wortes Karfreitag erklären...
„... Das Wort ‚Kar' in Karfreitag kommt von dem althochdeutschen Wort 'Chara', was so viel bedeutet wie kümmern oder trauern. Diese Wortwurzel ist auch im Wort Caritas, eine kirchliche Einrichtung für Notleidende, zu finden. Auch im Englischen haben wir ja das Wort: 'care'..."
Nun lächelte Sonja und der Herr der Schlangen bemerkte, daß Sonja nicht in seine Rede versunken war, sondern in ein inneres Bild. Sonja hielt gerade in ihrer Vorstellung die Dankesrede. Vor allem ihren Vater im Smoking und ihre Mutter im Abendkleid, die beide versöhnt in der ersten Reihe saßen, hob sie in ihrem öffentlichen Dank hervor.
Der Herr der Schlangen fuhr unbeirrt fort:
„... Am Karfreitag, übrigens dem höchsten Feiertag der Evangelischen Kirche, sollen wir trauern. Wir sollen uns erlauben darüber zu trauern, daß die Liebe gestorben ist. Wir sollen begreifen, daß wir einerseits die Liebe selbst sind, aber andererseits auch die sind, die die Liebe gekreuzigt haben. Wir sind beides. Und vor allem müssen oder besser dürfen wir am Karfreitag darüber nachdenken, was unsere Vision ist, für die wir uns kreuzigen lassen..."

Sonja war gerade dabei, ihre Dankesrede zu beenden und hielt noch einmal den Oskar hoch in den aufbrausenden Applaus, da hörte sie plötzlich eine Stimme aus dem Lautsprecher: „Auch du liebe Sonja mußt dich oder besser darfst dich jetzt an Ostern entscheiden, für welche Idee, für welche Vision, für welche Lebensaufgabe du dich opfern willst."
Sonja hielt den Oskar in die Richtung, aus der die Stimme gekommen war. Aber da bemerkte sie, daß sie keinen Oskar in der Hand hielt, und dann bemerkte sie, daß sie in die erwartungsvollen Augen eines leidlich bekannten Herrn blickte. So legte sie sich die Worte zuerst zurecht und dann endlich antwortete sie offen und ehrlich: „Ich weiß es nicht...", sagte sie mit belegter Stimme, als sich der Saal der Oskarverleihung in Los Angeles schneller leerte, als ihr lieb war.
Sonja sprach zum Herrn der Schlangen: „Ich habe hüpfende Ziele."
Der Herr der Schlangen lachte aus tiefstem Herzen. Das gefiel ihm: Hüpfende Ziele. Sie sagte nicht, sie habe keine Ziele, sondern sie erlebte ihre untätige Ziellosigkeit so, als habe sie wohl Ziele, aber die hüpften heute hierhin und morgen dahin.
„Es gibt keine hüpfenden Ziele", sagte er plötzlich streng. „Wenn man ein Ziel erreicht hat, dann verändert es sich, sonst nicht. Es

gibt keine hüpfenden Ziele, sondern nur Ziele, die man ernst nimmt und erreichen will, oder solche, die man nicht ernst nimmt und also auch nicht erreichen will. Das sind keine Ziele, sondern das sind Illusionen... Ich will es dir im Folgenden beweisen..."
Mit weicher, freundlicher Stimme fuhr er fort: „Was ist ein Ziel, das dir so gut gefällt, daß du oft in allen passenden oder auch unpassenden Situationen davon träumst?"
Sonja wurde rot, sie fühlte sich ertappt. Aber dann dachte sie, daß sie sich für ihren Tagtraum doch nicht schämen müßte.
Also sagte sie: „Ich hätte gerne einen Oskar für beste schauspielerische Leistung."
Sonja blickte ein wenig ängstlich auf den Herrn der Schlangen, denn sie erwartete nun eine heftig ablehnende Rede. Sie wußte ja bereits, wie gereizt der Herr der Schlangen auf jede Form von Illusionen reagierte.
Aber seine Reaktion war völlig anders, als sie erwartet hatte: „Was tust du konkret, um dein hochgestecktes Ziel zu erreichen?"
Sonja konnte es kaum glauben: Er fragte allen Ernstes nach wirklichen Schritten, um ein solch illusionäres Ziel zu erreichen?
Er nickte mit dem Kopf, als er sagte: „Du kannst aus einer Illusion Wirklichkeit machen, wenn du versuchst, sie wirklich zu leben. Das aber heißt, daß du unglaublich hart an dir

arbeiten mußt, um dein Ziel zu erreichen."
Plötzlich wurde Sonja müde. Es wurde ihr alles zu viel. Dieses Herumgedenke verwirrte sie mehr, als daß es ihr Klarheit verschaffte.
Der Herr der Schlangen bemerkte ihre Abwehr und sagte: „Du bist müde, nicht wahr?"
Sonja nickte schnell.
In einiger Entfernung von der Bank stand eine große alte Kastanie, die in frischem lichthellen Grün in den Frühling hineinstrahlte.
Dorthin führte der Herr der Schlangen Sonja, breitete sein Jackett auf dem Grasboden aus und beide legten sich auf das Jackett in den Schatten der Kastanie, deren Blätter über ihnen jung und zart und grün erschimmerten.
Sonja lehnte sich an ihn.
Sie erinnerte sich daran, wie sie noch vor einigen Wochen gemeinsam in Athen am Hügel mit Blick auf die Akropolis gelegen hatten.
Wieder wie damals lag sie an seiner linken Seite und es war in diesem Moment für Sonja ganz natürlich, daß sie sich eng aneinanderschmiegten. Sonja fühlte sich wohl. Ein zartes Gefühl wehte zwischen ihnen hin und her.
War es sein Duft nach Honig, Zitrone und Sandelholz, oder war es seine sichere und behütende Geste, mit der er sie umarmte, oder war es sein tiefer Atem, mit dem er seine eigene Entspannung signalisierte?
Sonjas Atem wurde immer tiefer. Ihre Müdig-

keit war verflogen, stattdessen machte sich nun eine tiefe Entspannung breit.
Sie begann zu schluchzen, denn mit der Entspannung, die sich in ihr ausbreitete, drängte sich auch eine tiefe Trauer in ihr nach oben. Das Gefühl, daß sie alleine und völlig mißverstanden auf der Welt sei, würgte sie.
In seinem Schutze erlaubte sie sich, ihre eigene Verzweiflung ehrlich einzugestehen.
Er war da und das war gut so.
In ihrer Angst, daß düsterdunkle Verzweiflung sie packen würde, um sie in eine Tiefe zu werfen, wo es keine Namen mehr gab und sie also für immer untergehen würde, spürte sie, daß sie mit ihm verbunden war. Sie spürte, wie ihre Wange auf seine Schulter drückte, wie sie ihn mit jedem Einatmen roch, wie ihr linker Arm auf seinem Brustkorb ruhte und ihre Hand auf seinem pochenden Herzen lag. Sie spürte weiter, wie ihre Brüste gegen seine linke Seite drückten. Ihren Oberschenkel hatte sie angezogen, so daß er auf seinem Unterleib lag. Ihr Geschlecht zitterte an seiner Hüfte. Sonja wurde mit jedem Atemzug erregter. Er hatte seine linke Hand auf ihren Nacken gelegt. All ihre Aufmerksamkeit richtete sie jetzt auf seine warme und vibrierende Hand. Sie konnte kaum noch die feinen Schwingungen seiner Hand aushalten, deswegen fragte sie: „Was machst du da?"

Er antwortete sanft: „Ich mache nichts!"
Träge fuhr er fort: „Ich lasse einfach Kosmische Energien durch mich hindurchströmen. Je leerer ich mich fühle, um so mehr strömt durch mich hindurch in dich hinein."
Sonja fragte aufgeregt: „Spürst du die Energie, die durch dich fließt?"
„Nein!", sagte der Herr der Schlangen und erklärte: „Erst an deiner Reaktion spüre ich die Kräfte, die durch mich wirken."
'Das war schön gesagt', dachte Sonja und konnte nicht mehr richtig denken, denn der Herr der Schlangen hatte seine Hand unter den Querträger ihres BHs geschoben und begonnen, leicht mit dem Mittelfinger auf die Muskelstränge entlang ihrer Wirbelsäule zu drücken. Dann nahm er noch den Zeigefinger dazu und drückte nun abwechselnd mit dem Mittel- und Zeigefinger, und Sonja erlebte diesen Rhythmus so intensiv, daß sie Angst bekam. Aber es war viel zu lustvoll, als daß sie ihrer Angst folgen wollte. Sie wollte mehr. Genau in diesem Moment verselbständigten sich die Schwingungen und liefen entlang der Wirbelsäule über ihre Lenden und explodierten in ihrem Geschlecht.
Es kam ihr.
Sie spürte Zuckungen in ihrem Schöpfungsorgan, die sie noch nie gespürt hatte.
Je tiefer sie atmete, um so größer wurde ihre

Lust. Sie wollte das nicht. Sie wollte aufhören zu atmen, aber das ging natürlich nicht mehr. Irgendetwas zwang sie, immer tiefer zu atmen. Die Zuckungen in ihrem Geschlecht kamen immer schneller hintereinander. Alles Blut, alle Kraft, alle Lust schien sich zwischen ihren Beinen zu versammeln, um dort sogleich in tausend Funken glühender Lust zu explodieren. Sonja hatte keine Kontrolle mehr über sich. Starke und ungeheuer lustvolle Kontraktionen ihres Schöpfungsorgans lösten sich ab mit Vibrationen ihres gesamten Unterleibs. Es war ihr, als ob sie weit in den Kosmos hinausflöge, angetrieben von Turbinen kreisender Lust. Sie konnte nicht anders, als leise zu stöhnen. Es kostete sie all ihre Willensanstrengungen, um leise zu bleiben. Sie biß sich auf die Lippen. Aber die lustvollen Kontraktionen wurden noch intensiver und wieder gingen die Zuckungen in Vibrationen über, die den ganzen Körper in feinste Schwingung versetzten.

Sekunden? Minuten? Stunden? Sonja spürte, daß sie aus der Zeitachse herausgeschleudert worden war und nun fand sie nur sehr mühsam wieder in sie zurück.

Nach einer Weile zog der Herr der Schlangen seine Hand zurück und in diesem Moment verklang alles. Sonja spürte das Verklingen so, wie ein Akkord verklingt. Immer leiser

werdend, bis die Schönheit des Klanges sich langsam aus dem momentanen Empfinden in Erinnerung verwandelt.
Der Herr der Schlangen wartete, bis Sonjas Atem wieder ruhig und gleichmäßig floß, dann fragte er: „Geht unsere Reise weiter?"
Mit leiser, aber klarer Stimme sprach Sonja das einzige Wort, das in dieser seelenvollen Stimmung für sie möglich war: „Ja!"
Sie blieben noch dicht aneinandergeschmiegt in stiller Übereinstimmung liegen, bis der Wind vom Spree-Kanal her immer kühler wehte. Dann erhoben sie sich, umarmten sich sanft und freundschaftlich und gingen los.
Wortlos schritten sie den Weg, den sie gekommen waren, zurück.
Die beiden wagten nicht, die weihevolle Stimmung, die zwischen ihnen hin und her wehte, mit Worten oder Gesten zu zerstören.
Als sie am Hauptbahnhof vorbeikamen und die Reisegeräusche herüberklangen, fragte Sonja: „Wann?"
Als ob er auf diese Frage gewartet habe, antwortete er: „Ostermontag!"
„Aber das ist ja morgen!"
„Ja, morgen!"

Barcelona

Der Herr der Schlangen hatte den Abend damit verbracht, Reisevorbereitungen zu treffen. Es war nicht einfach, am Ostersonntagabend einen Flug für den nächsten Tag zu buchen. Aber der Herr der Schlangen dachte, wo ein Wille und eine gültige Kreditkarte ist, ist auch ein Weg.

Sonja war an diesem für sie so ereignisreichen Ostersonntag sofort ins Bett gegangen. Vorbei am besorgten Blick der Mutter hatte sie etwas von Erkältung und Fieber gemurmelt. Sie wollte unbedingt Ruhe haben.

Sie wollte nachspüren, was geschehen war. Sie wollte mit ihrem Bewußtsein noch einmal erleben, was ihr unter der Kastanie an der Spree widerfahren war.

Der Flug nach Barcelona sollte am Ostermontag Nachmittag stattfinden. Diese Nachricht auf der Mailbox erfreute Sonja. Denn erst am Morgen, nachdem sie zehn Stunden durchgeschlafen hatte, hatte sie ihre Mailbox abgehört. Sie hatte also noch genug Zeit zu packen und auch noch Zeit, um ihren Freunden ihre neuerliche Reise mitzuteilen.

Am Flughafen trafen sich der Herr der Schlangen und Sonja wieder.

Sie freuten sich aufeinander, so wie man sich auf gute Freunde freut.
Die Flugvorbereitungen überstanden sie problemlos und auch der Flug verlief ohne Probleme. Es war das übliche Bild: Er schrieb wie getrieben. Es war faszinierend für Sonja zu sehen, mit welch einer Geschwindigkeit sein weicher Bleistift über das Papier fegte. Sie hatte den Herrn der Schlangen einmal gefragt, warum er keinen Laptop habe, denn das würde doch alles viel einfacher machen. Der Herr der Schlangen hatte geantwortet, daß Computer für Kopien gut seien, aber nicht fürs Original. Er möchte erleben, hatte der Herr der Schlangen betont, wie seine Schwingungen sich übers Herz, von dort aus in seinen Arm und dann weiter in seine Hand und von dort aus über den Bleistift in Worte auf das Papier übertrugen.
Sonja versuchte zu schlafen und geriet ins Dösen. Sonja döste gerne. Sie erschuf sich in solchen Momenten ihr eigenes Traumreich und war von Traumgestalten, die sie selbst erschaffen hatte, umgeben. Im Notfall, also wenn die Gestalten zu dreist wurden und ein Eigenleben beanspruchten, konnte sie kontrollierend eingreifen und den Tagtraum in eine andere, von ihr gewünschte Richtung lenken. Aber diesmal klappte es nicht mit dem Dösen. Sie suchte Unterhaltung.

Es war ihr gleichgültig, ob sie den Herrn der Schlangen störte oder nicht, sie fragte ihn: „Warum schreibst du immer im Flugzeug?"
Es dauerte eine Weile, bis er ihr antwortete. Er schien von weit her zu kommen.
„Ich schreibe gerne in Übergängen. Ich nutze die Unruhe des Moments, wenn sich der eine Ort in einen anderen wandelt, um meine konzentrierte Arbeit zu vollenden."
Sonja lächelte, als sie sagte: „Vielleicht werde ich ja Schriftstellerin, aber dann will ich mein Arbeitszimmer in einem schönen kleinen Holzhäuschen am Meer haben. Und dann schreibe ich und gehe spazieren und das Meeresrauschen inspiriert mich..."
Der Herr der Schlangen lachte und antwortete ihr: „Weißt du, was ich machen würde, wenn ich ein Häuschen am Meer hätte?"
Sonja blieb still, denn sie war sicher, er würde es ihr gleich sagen: „Ich würde keine Zeile schreiben, sondern hemmungslos die Situation genießen. Strandspaziergänge... in den Dünen liegen... bei offenem Fenster im Sessel sitzend den Wellen lauschen..."
Versonnen blickte der Herr der Schlangen in seine innere Bilderwelt und fügte dann noch dazu: „Schöne und vor allem unberührte Natur nehme ich immer, um mich aufzuladen, niemals um dort geistig zu arbeiten."
Die Landung verlief gut, die Wartezeit bis zum

Ausstieg war kurz und wie üblich rief der Herr der Schlangen mit souveräner Geste eines der dunklen Taxis, die vornehmer und teurer waren als die üblichen.
Als sie beide im Taxi saßen und am Meer entlang nach Barcelona hinein in die Innenstadt fuhren, öffnete Sonja ihr Autofenster und sog den Duft des Meeres tief in sich ein. Sie wußte nicht warum, aber plötzlich erfaßte sie ein tiefes Heimatgefühl. Für einen kurzen Moment fühlte sie sich wie zu Hause. Der Herr der Schlangen bemerkte ihre Entspannung. Er legte den Arm um sie und sie genoß es, als er sagte: „Es gibt nichts Schöneres als stille Vertrautheit", und auch er atmete tief den Duft des Meeres ein.
Das Hotel Flor Parks, in dem sie untergebracht waren, lag an der Rambla, der großen Straße, die sich wie eine Hauptschlagader durch das pulsierende Barcelona zieht. Die Rambla ist eine enorm breite Straße mit einem belebten Mittelstreifen, auf dem Gaukler, Straßenkünstler und Spontanverkäufer ihr Wesen oder Unwesen treiben. Sonja war begeistert vom ersten Eindruck, den diese lebendige Katalanische Stadt auf sie machte.
Nachdem sie eingecheckt hatten, gingen beide auf ihre Zimmer, um sich frisch zu machen. Wieder wie schon in Rom lagen die beiden Zimmer nebeneinander.

Sonja hatte darauf bestanden, noch einen Abendspaziergang zu machen. Nachdem sie sich in ihrem vornehmen Hotelzimmer kurz frischgemacht hatte, drängte sie hinaus auf die Rambla. Es war bereits Abend, aber die Temperaturen waren mehr als frühlingswarm. Sonja und der Herr der Schlangen schlenderten gemeinsam die Straße entlang. Er war gedankenverloren und ganz mit sich selbst beschäftigt. Sonja kannte ihn und wußte, daß er noch über sein Theaterstück nachgrübelte, an dem er auf dem Flug geschrieben hatte. Sonja hingegen war ganz in den Moment eingetaucht und in den Farben und Bildern gefangen, die sie umfluteten.
Dann standen sie vor einem großen Platz, in dessen Mitte von im Kreis fahrenden Autos umrundet eine riesige Säule in den Abendhimmel ragte. Oben auf der Säule stand ein Mann aus Stein und blickte westwärts. Sonja blickte fragend zu dem Steinmann hinauf.
Der Herr der Schlangen sagte erklärend: „Das ist Columbus, der den Seeweg nach Indien gesucht und Amerika entdeckt hat.“
Sonja war merkwürdig berührt, als sie das Wort Amerika hörte. Fast schüchtern fragte sie den Herrn der Schlangen von der Seite: „Warst du schon mal in Amerika?“
„Ich besitze ein Apartment in Manhattan und bin dort so oft wie möglich. Man könnte sa-

gen, dort ist meine eigentliche Heimat."
Er blickte hinunter zum Strand, und als die Ampel auf grün sprang, gingen sie im Strom der Menschen über die Straße.
Sonja war es, als ob der Herr der Schlangen im Moment nicht weiter über seine Heimat in New York sprechen wollte.
Am Meer angekommen nahmen sie Platz in einem der vielen Restaurants am Segelhafen. Sonja bestellte sich zum Auftakt eine katalanische Spezialität: „Pan con Tomate", ein geröstetes Weißbrot mit einer Art Tomatenmus. Sie war hungrig und genoß das Abendessen. Der Herr der Schlangen sah zu, mit welchem Appetit sie aß. Sonja war gut gelaunt.
Nach dem Essen fühlte Sonja sich schwer. Sie hatte zu viel von dem frischen Käse und den herrlichen Oliven gegessen.
Aber es war nicht nur das Essen, das sie schwer machte. Irgendwie fürchtete sie sich vor der Nacht, die nun immer näher rückte. Rom war ihr noch allzu nah.
Nach dem Essen gingen sie nicht ins Hotel, sondern auf ihren Wunsch hin schlenderten sie noch weiter hinunter zum Strand.
Dort setzten sie sich auf den noch warmen Sand und blickten hinaus aufs Meer, von dem ein sachter und kühler Wind wehte.
Anfangs gab sich Sonja ganz dem Rauschen des Meeres hin und blickte in die Wellen, die

sich in stetigen Rhythmen am Ufer brachen. Der Herr der Schlangen war die ganze Zeit über sehr schweigsam gewesen.
Nach einer Weile schmerzte Sonja der Rükken und sie ließ sich langsam nach hinten in den Sand kippen. Sie blickte in den Abendhimmel und genoß das Glitzern der Sterne. Da drehte sich der Herr der Schlangen ihr zu und legte seine Hand auf ihren Bauch. Er tat dies ganz genau so, wie er es immer während einer Körpermeditation getan hatte.
Sonja bemerkte, wie stark ihr Körper reagierte. Wo er sie auch berührte, antwortete ihr Körper mit heftigem lustvollen Zucken.
Bald war Sonja ganz aufgewühlt und wurde in eine Geschichte hineingezogen, die in ihr gespeichert gewesen war.
Die untergegangene Sonne erhellte den Horizont. Zwar waren einige Strandspaziergänger unterwegs, aber Sonja fühlte, daß um sie und den Herrn der Schlangen eine unsichtbare Schutzschicht gelegt worden war.
Niemand wagte, sie zu stören.
Zu ihrer Freude einerseits, aber auch zu ihrem Entsetzen andererseits war ihr Körper viel empfänglicher für seine Berührungen geworden. Als er aufgehört hatte, sie mit seinem Handauflegen zu Bildern zu führen, und sich neben sie legte, lehnte sie sich an ihn und lag genau so neben ihm wie bei ihrem furiosen

Höhepunkt unter der Kastanie in Berlin. Aber sehr schnell spürte Sonja, daß es zu einer Wiederholung des Ostererlebnisses nicht kommen würde.
Dann hörte sie seine Stimme aus weiter Ferne, als er fragte: „Erlebst du Bilder?"
Genau in diesem Moment schoß eine Flut von Bildern in sie ein. Ganz konzentriert versuchte sie, die Bilder zu einer Geschichte zu ordnen. Der Herr der Schlangen hatte sich wieder aufgerichtet und Sonja sah aus den Augenwinkeln, daß er sein Notizbuch in der Hand hielt und sich anschickte, alles mitzuschreiben, was sie ihm schildern würde.
Zum ersten Mal seit der Zeit, als sie begonnen hatte, mit dem Herrn der Schlangen die Körpermeditation zu machen, spürte Sonja eine Trauer in sich, die nicht mehr verschwinden wollte. Sonja war erstaunt über diese merkwürdige Trauer.
Sie ahnte in den Tiefen ihrer Seele, daß es die letzte Geschichte sein würde, die sie mit dem Herrn der Schlangen erleben würde.
Spontan nannte sie den Titel der Geschichte: Die drei Oliven.

Die drei Oliven

Es war die Zeit der Maurenkriege.
Der junge edle Ritter Diego de Martinez war eingeladen auf eine Fiesta der reichen spanischen Gutsherrenfamilie de Montagna in der Nähe der südspanischen Stadt Granada.
Die Tische standen dicht aneinandergereiht im Innenhof des großen Anwesens de Montagna. Überall erleuchteten Fackeln, Kerzen und Lampions den riesigen Innenhof, in dessen Zentrum ein Springbrunnen sprudelte, um den herum eine Bühne aufgebaut worden war, die als Tanzfläche genutzt wurde.
Diego, der in der Nähe der Tanzfläche stand, trank gerade ein Glas vom schweren Rotwein, als Clara de Montagna an ihm vorbei drängte. In ihrer Hand trug sie drei schwarze Oliven, die sie von einer alten Frau, die im Verdacht stand, Hexe zu sein, erhalten hatte. Diese drei Oliven, so hatte es ihr die alte Hexe für ein Goldstück versprochen, hatten die Kraft, Wünsche zu erfüllen. Als Diego sich umdrehte, sah er Clara, die sich gerade eine der drei Oliven in den Mund stecken wollte.
„Oh, man bringt mir Oliven, darf ich mir eine nehmen?", fragte Diego und blickte Clara blitzend an. Clara hatte gerade auf ihre Olive

gebissen und hielt sie noch zwischen ihren Zähnen. Clara nickte ihm zu. Da nahm Diego nicht die Olive, die Clara ihm anbot, sondern er küßte Clara frech auf den Mund und biß dabei die andere Hälfte der Olive ab.
Als sich ihre Lippen heiß und trocken berührten, war es beiden so, als ob die Funken sprühten und ihre Herzen entzündeten.
Ganz offensichtlich für Clara begann die erste Olive bereits ihre Wirkung zu entfalten.
Das Fest dauerte bis tief in die Nacht und Diego und Clara tanzten und tanzten und tanzten. Mit jedem Tanzschritt spürten die beiden immer sicherer, daß sie vom Schicksal füreinander bestimmt waren.
Zum Abschied dieses aufregenden Sommernachtfestes verabredeten sie sich für den nächsten Tag. Und so ging es dann immer weiter. Bei jedem heimlichen Treffen in den folgenden Wochen entdeckten beide mit Staunen, wie vertraut sie sich bereits geworden waren. Sie genossen es, wie zart und liebevoll Körper miteinander umgehen können, wenn sie sich gegenseitig vertrauen.
Diego besaß einen kleinen Weingarten unweit der Stadt Granada. Dort stand eine kleine Wetterhütte für Werkzeug, das vor allem im Herbst zur Traubenernte gebraucht wurde. Dies war ihr kleines heimliches Heim.
Clara erklärte ihren Eltern, daß sie von einer

französischen Gouvernante deren Sprache erlernen wollte, und so erhielt sie die Erlaubnis, immer wieder einige Zeit außerhalb des Hauses zu verbringen.
Ohne Bedenken gab sie sich Diego hin und beide erlebten, wie jedes Zusammensein und Aufeinandertreffen - auf welcher Ebene sie sich auch immer begegneten - eine immense Kraft für beide freilegte.
So begannen sie, ihre Hochzeit sorgfältig zu planen und vorzubereiten. Freilich vorerst nur in ihren Tagträumen. Sie wollten ihre Familien erst später benachrichtigen, erst dann, wenn sie ihren eigenen Plan gut durchdacht und vollendet und in die Wege geleitet hätten.
Immer wieder zitierte Clara ein Sprichwort ihrer Großmutter: Willst du Gott zum Lachen bringen, dann erzähle ihm von deinen Plänen.
So erzählten sie ihm ihre Pläne und hatten beide das Gefühl, daß Gott herzhaft lachte.
Doch das allmächtige Schicksal machte Clara und Diego einen wirklich mächtigen Strich durch ihre verliebte Rechnung.
Während einer Schlacht, in der die Spanier die eindringenden Mauren erfolgreich zurückschlugen, wurde Diego vom Hieb eines vergifteten maurischen Schwertes verletzt.
Das anschließende schwere Wundfieber packte Diego hart und warf ihn lebensgefährlich schüttelnd aufs Krankenlager.

Clara schlich heimlich zu ihm ins Lazarett und gab ihm dort am Krankenlager aus ihrem Mund während eines Kusses die zweite Hälfte der zweiten Olive zu essen. Wie die beiden erhofft hatten, gesundete Diego.
Nun konnte ihre wiederauferstandene Liebe neue Blüten treiben.
Clara glaubte, daß alles ein gutes Ende nehmen würde. Aber sie wurde bitter enttäuscht. Diego hatte sich verändert. Die Nähe des Todes hatte ihm klargemacht, wie schnell das Leben vorüber sein könnte. Mit einem Male war ihm klar geworden, wie viele Seiten des Lebens er noch nicht kennengelernt hatte.
Kurz nach seiner wunderbaren Genesung hatte er beschlossen, von nun an das Leben in vollen Zügen zu genießen.
Fast jeden Abend war er betrunken und seine Liebesleidenschaft wurde wahllos. Bald wurde er zum Gespött aller. Aus der Armee war er ausgeschlossen worden und Clara besuchte er nur noch, wenn er für seine Spielschulden Geld brauchte.
Clara liebte ihn zwar immer noch, aber sie war nicht mehr in der Lage, sich zu ihm zu bekennen. Immer tiefer hatte sie nach all den Verletzungen, die er ihr zugefügt hatte, ihre Liebe zu ihm in sich zurückgezogen.
So wie ihre Liebe begonnen hatte, so kam sie jetzt zu einem Ende: Heimlich.

Claras Eltern hatten die heimliche Liebesaffäre ihrer Tochter in Erfahrung gebracht. Sie waren entsetzt über den moralischen Verfall von Diego und reagierten sofort. Schließlich stand der gute Ruf ihrer Familie auf dem Spiel. Die tatkräftigen Eltern lösten die heimliche Verlobung der beiden offiziell auf und zwangen Clara, der Heirat mit einem älteren Grafen, der sein prächtiges Schloß in der Nähe von Madrid hatte, zuzustimmen.
Clara ergab sich scheinbar in ihr Schicksal. Alle Vorbereitungsrituale einer Pracht-Hochzeit mit dem ungeliebten, aber reichen Grafen ließ sie über sich ergehen.
In der Nacht, bevor sie nach Madrid übersiedeln sollte, verkleidete sie sich als Mann, verließ heimlich ihr Zimmer, schlich aus dem großen Haus und suchte den heruntergekommenen Diego auf den Straßen Granadas.
Sie dachte intensiv an Diego und vertraute ihrer Intuition, daß sie ihn finden würde.
Diegos Seele war krank. Er hatte die Liebe, die Hoffnung und den Glauben verloren.
Auch Claras Seele war durch ein Übermaß an Schmerzen, die Diego ihr zugefügt hatte, krank geworden.
Es regnete in Strömen an jenem späten Herbstabend, und in kleinen Bächen stürzte das Wasser von den Dächern und wandelte die Straßen in kleine Bäche aus Matsch.

Clara fand Diego neben einem Trinkhaus. Er saß auf dem Boden und war zu erschöpft, um sich vor dem Regen zu schützen. Glücklicherweise war er noch nicht betrunken.
„Es ist heute die letzte Nacht", sagte Diego. „Ich habe gehört...", fuhr er fort und hustete, „... daß du nach Madrid reist, um dort zu..." Wieder hustete er, denn er brachte das Wort nicht über die Lippen.
Clara nickte sogleich und bestätigte ihm mit kraftloser Stimme: „Ja, diese Nacht heute Nacht ist unsere letzte Nacht."
Beide hörten das Plätschern des Regens in den Pfützen der Straße und auf den Dächern. Diego sagte mit schwacher, zitternder Stimme: „Ich habe alles verdorben."
„Ja, das hast du", sagte Clara ohne Vorwurf in der Stimme, aber mit der Sicherheit eines Herzens, das tief verletzt worden war.
„Die Nähe des Todes hatte mich in Panik versetzt. Ich hatte Angst, das Leben zu verpassen. Leben habe ich im Rausch gesucht und jetzt, wo ich halbwegs nüchtern bin, kann ich den großen Schmerz, den ich dir zugefügt habe, nicht mehr ertragen."
Diego schluchzte auf. Seine Hände zitterten. Sein ganzer Körper verlangte nach Alkohol, dem Trank des ewigen Vergessens. Aber er nahm alle Kraft zusammen, um nüchtern zu bleiben, denn er wollte sich Clara unbedingt

verständlich machen. Er wollte, daß sie ihn zumindest ansatzweise verstünde.
Clara spürte wieder die Liebesschmerzen, Diego verloren zu haben. Sie dachte an die vielen Momente der vergangenen Monate, in denen sie das Gefühl, die Liebe ihres Lebens für immer verloren zu haben, immer näher an den Wahnsinn herangeführt hatte.
Diego wandte ihr das Gesicht zu, das von dem Licht einer Straßenlaterne beschienen war. Regentropfen und Tränen hatten sich vermischt. Er sagte: „In all den Frauen, die ich hatte, habe ich immer nur dich gesucht."
Diego hatte es große Überwindung gekostet, diesen Satz zu sagen, aber Claras Herz erreichte er nicht wirklich.
Clara schwieg und wickelte dann aus einem weißen Seidentüchlein die dritte Olive aus. Sie hielt die schwarze Olive in der Hand, damit sich der Wunsch ihres Herzens auf diese wundervolle Ölfrucht übertrage. Clara war sich sicher, daß der Verzehr dieser Olive ebenso wie die beiden vorigen Oliven ihren innigen Wunsch erfüllen würde.
„Auf daß unsere Liebe einen Weg finde", sagte Diego, als er die Hälfte der Olive abbiß.
„Ja", wiederholte Clara: „Auf daß unsere Liebe einen Weg finde."
„Auf daß alles gut enden möge!", sagte Diego so heiter, wie er seit Monaten nicht mehr ge-

wesen war. Ja, er konnte spüren, wie sich sein Herz öffnete und die Liebe zu Clara wieder in Fluß geriet. Mit großer Freude und noch größerer Hoffnung, daß alles gut werden würde, kaute er die Olivenhälfte und schluckte sie dann andächtig hinunter.
Dann aß Clara die andere Hälfte der Olive. Jetzt konnte sich Claras Wunsch, den sie auf die Olive übertragen hatte, erfüllen.
Als die beiden am nächsten Morgen gefunden wurden, lagen sie zärtlich aneinandergelehnt. Der Regen hatte aufgehört. Die aufgehende Sonne schien beiden ins Gesicht. Der Tod hatte sie mit einem zarten Lächeln auf den Lippen zurückgelassen.

Das Angebot

Sonja erwachte aus dem Bann, in den diese Geschichte sie geschlagen hatte, und gewahrte langsam die Umgebung. Der dunkle Himmel zeigte, daß es schon Nacht geworden war. Als Sonja den Kopf drehte, sah sie den Herrn der Schlangen, der im Sand saß und wie getrieben in sein Notizbuch schrieb. Sie wußte, daß er die Geschichte, die sie gerade geträumt, erlebt und erzählt hatte, aufnotierte.
Das Meer rauschte und Sonja blickte auf die Wellen. Wann immer sich die Wellen brachen, blitzte das sich kräuselnde Wasser aus dem Dunkel der Nacht hell auf.
Dann hörte sie, wie der Herr der Schlangen das Notizbuch zuklappte.
Es war zu kühl geworden, um noch weiter im Sand zu sitzen. Sie erhoben sich, schüttelten den Sand aus ihren Kleidern und gingen schweigend den Weg zurück ins Hotel. Er hatte ihr sein Jackett um die Schultern gelegt und sie hatte es dankbar geschehen lassen. Im Hotel angekommen gingen sie in ihre Zimmer. Für den nächsten Tag hatten sie sich zu einem mächtigen Frühstück verabredet.
Sonja war froh, daß er sie mit weiteren Fragen oder Belehrungen in Ruhe ließ, denn die

Trauer, die sich so schwer auf sie gelegt hatte, war immer noch bei ihr.
Sonja war müde und ging nach dem Duschen ins Bett und erlebte einen tief entspannenden traumlosen Schlaf.
Zum Frühstück erschien der Herr der Schlangen mit gewichtiger Miene, so als ob er ihr Wichtiges mitteilen müsse.
Er sah nicht gut aus. Sonja konnte ihm ansehen, daß er wenig geschlafen hatte.
In diesem Moment dachte sie entsetzt: 'Er könnte wirklich mein Großvater sein.'
Während die Kellner sich bemühten, dem Ruf des Hotels, ein ausgesprochen leckeres Frühstück zu servieren, gerecht zu werden, begann der Herr der Schlangen recht unvermittelt: „Ich denke, es ist nun an der Zeit, liebe Sonja, daß du einige Zeit in der Liebesschule verbringst."
„Ach", sagte Sonja ziemlich frech und lachte: „Akuter Königinmangel?"
Der Herr der Schlangen blickte auf seine Armbanduhr. Er wirkte gehetzt.
„Das kann man sehen, wie man will...", antwortete der Herr der Schlangen unbestimmt und fuhr fort: „Aber es ist jetzt für dich an der Zeit, daß du dich entscheidest."
Sonja spitzte schnippisch ihren Mund, sagte aber nichts. Der Herr der Schlangen wollte dem Ausdruck ihres Widerwillens zuvorkom-

men, indem er sagte: „Ich weiß, daß du es haßt, unter Druck gesetzt zu werden. Aber Entscheidungen müssen unbedingt getroffen werden, sonst findet das Leben nicht statt. Man kann sich nicht immer alle Möglichkeiten offenhalten."
Sonja sagte immer noch nichts.
Da sprach der Herr der Schlangen weiter: „Der Mensch läßt sich so lange alle Wege offen, bis er keinen geht."
Sonja war immer noch zu unentschieden, um zu antworten. So fuhr der Herr der Schlangen vorsichtig fort: „Mein Vorschlag ist der: Ich lade dich drei Tage in die Liebesschule nach Portugal ein. Du verschaffst dir einen Überblick und sprichst dort mit wem und worüber du willst. Du genießt einen weiteren Tag am Meer und bist dann reif für die Entscheidung."
Sonja fand spontan, daß das gut klang, und sie sagte: „Das klingt gut."
Langsam entspannten sich die angespannten Gesichtszüge des Herrn der Schlangen. Sonja verstand warum. Er war nervös gewesen wegen ihrer Reaktion. Hätte sie abgelehnt, so wäre seine ganze Mission gescheitert gewesen. Sonja wäre dann für ihn nichts anderes gewesen als eine riesige Fehlinvestition.
Sonja nutzte den Druck, unter dem er stand, um besser zu verstehen, was seine Motivation war. Also fragte sie direkt: „Wieso bist du

sicher, daß ich als Königin für deine Liebesschule geeignet bin?"
Sonja hatte sich gerade ein Walnußbrot mit guter Landbutter und edlem Lavendelhonig bestrichen und biß herzhaft hinein.
Der Herr der Schlangen setzte bedächtig seine Teetasse ab und antwortete: „Es gibt keine Sicherheit. Wir müssen lernen, daß wir alle im unsicheren Raum leben. Das einzige, was uns Sicherheit gibt, ist Vertrauen. Solange du mir vertraust und mich ernst nimmst, spüre ich die Königin in dir."
Sonja, die im Genuß ihres Honigbrotes versunken gewesen war, wirkte enttäuscht, als sie den Bissen herunterschluckte und fragte: „So gibt es also keine direkten Anzeichen an mir, die beweisen, daß ich Königin bin?"
„Nein!", beeilte sich der Herr der Schlangen zu sagen, „Dein Vertrauen in mich ist der einzig gültige Beweis, den ich habe."
'Das ist wenig', dachte Sonja. 'Sehr wenig', dachte sie weiter, als sie sich ein Stück Weißbrot abschnitt und mit Butter bestrich.
Laut fragte sie: „Und wenn mein Vertrauen in dich erschüttert wird, was dann?"
Der Herr der Schlangen zog die Augenbrauen nach oben. Er zögerte mit seiner Antwort nur einen kurzen Moment und antwortete dann: „Wenn du zweifelst, bin ich verloren. Wenn du zurückkehrst zu deinen Ansichten,

daß ich ein alter Phantast sei, während der Rest der Gesellschaft ein sinnerfülltes Leben lebt, dann habe ich verspielt."
Sonja erschrak, denn sie hatte im selben Moment genau das gedacht, was er gesagt hatte: Daß er ein alter Phantast sei.
Laut sagte sie: „Nein, das denke ich nicht."
Sie konnte und wollte ihn nicht enttäuschen. Noch nicht. Schnell dachte sie sich einen Plan aus: Sie würde sich diese Liebesschule mal anschauen und dann würde sie sich leider, leider, leider gegen die Liebesschule entscheiden und das wäre dann endgültig und dann wäre alles vorbei und sie hätte ein bißchen die Welt gesehen und alles wäre im Großen und Ganzen doch ganz spannend, nett und interessant gewesen.
Der Herr der Schlangen nickte und wollte nun die nächsten Schritte sehr konkret planen.
„Es ist so", sagte er, „Ich muß nun einiges koordinieren. In zwei Tagen muß ich unbedingt in New York sein."
Sonja blickte ihn so an, als wolle sie zu ihm sagen: „Na und?"
Der Herr der Schlangen legte seine Stirn in Falten, denn er dachte angestrengt nach.
Unternehmungslustig blickte er Sonja an: „Jetzt weiß ich, wie wir es machen!"
Sonja mochte es, wenn er so ganz arglos ohne Hintergedanken über sie verfügte. Er wirkte

dann so jung und vertraut.
„Heute ist Dienstag. Heute Abend fliegen wir zurück nach Berlin. Ich setze mich dort gleich ins nächste Flugzeug nach Frankfurt und von dort aus nach New York. Obwohl das Theaterstück noch nicht vollendet ist, muß ich mit den Proben beginnen. Die Welturaufführung ist am Pfingstsonntag."
Sonja befürchtete, er würde ihr nun das Pfingstfest erklären, und sogleich begann der Herr der Schlangen zu sprechen: „Fünfzig Tage nach Ostern ist das Pfingstfest. Die Bibel berichtet, daß die Jünger von Jesus um diese Zeit vom Heiligen Geist erleuchtet waren. Sie waren plötzlich in der Lage, in allen Sprachen zu sprechen und sich zu verstehen."
Sonja dachte belustigt, dann könnte sie sich das Französisch Studium sparen, wenn sie mittels des Heiligen Geistes rein sprachenmäßig erleuchtet werden würde.
„Fällt dir etwas auf im Vergleich zum Alten Testament?", fragte der Herr der Schlangen.
Sonja fiel im Vergleich zum Alten Testament nichts auf. Also schüttelte sie den Kopf.
Der Herr der Schlangen hatte rote Wangen bekommen. Aufgeregt fuhr er fort: „Du kennst doch die Geschichte aus dem Alten Testament: Der Turmbau zu Babel."
Sonja tat es leid, daß sie ihn enttäuschen mußte. Deswegen formulierte sie schwam-

mig: „Die Geschichte kommt mir irgendwie bekannt vor, aber konkret kann ich mich gerade nicht an sie erinnern."
„Nun, dann will ich dir auf die Sprünge helfen", sagte der Herr der Schlangen und erzählte: „Die Menschen auf der Erde erlebten vor Urzeiten eine Phase göttlichen Glücks. Leider verfielen sie dem Hochmut und beschlossen, einen Turm bis in den Himmel zu bauen. Als Gott sah, daß sie es ernst meinten, verhinderte er ihre bis dahin so wunderbare Verständigung. Gott gab jedem eine andere Sprache. Keiner konnte den anderen mehr verstehen und das gemeinsame Werk konnte nicht vollendet werden."
Sonja fand das alles sehr interessant, aber vielmehr interessierte sie sich für das, was der Herr der Schlangen mit ihr vorhatte. Sie fragte: „Wie geht es weiter in deinem Plan?"
Der Herr der Schlangen fuhr in seinem Plan fort: „Wir machen es so: In sieben Wochen fliegst du nach Lissabon. Dort treffen wir uns und fahren dann in die Schule."
Sonja überlegte.
Der Herr der Schlangen fragte: „Oder willst du schon früher in die Schule?"
„Nein, nein!", antwortete Sonja sehr schnell. Sonja dachte, daß sie nicht eine Stunde früher in der Liebesschule sein wollte als er. Ja, sie dachte sich sogar einen eigenen Plan aus:

Sie würde eine günstige Mitfahrgelegenheit buchen und so könnte sie dann gemütlich eine Reise in den Süden erleben.
Vielleicht, so dachte Sonja, fände sich ja eine nette junge Reisegruppe mit jungen Männern und so. So eine gemeinsame Reise in den Süden könnte großen Spaß bringen. Sonja wollte nicht alleine fliegen.
Diese Gedanken aber teilte sie dem Herrn der Schlangen nicht mit.
Wortlos erhob sie sich.
Beide gingen auf ihr Zimmer, um zu packen.
Der Taxifahrer, der sie wieder zum Flughafen bringen würde, wartete schon.

THEATER IM FLUG

Ebenso schnell, wie sie vom Flughafen in Barcelona ins Hotel gekommen waren, ging es nun den gleichen Weg wieder zurück. Wieder versank Sonja beim offenen Autofenster im Duft des Meeres. Diesmal allerdings mischte sich Abschiedsschmerz bei. Sie wäre noch gerne am Meer geblieben.
Die Trauer in ihr, die sie sich nicht erklären konnte, war wieder spürbar geworden.
'Merkwürdig', dachte Sonja, 'Diese Trauer in mir verschwindet gar nicht mehr.'
Ihr kam es vor, als ob sich irgendetwas anbahnte. Vielleicht, so dachte Sonja, wirkten die Seelengeschichten auf sie. Immer gingen diese Seelengeschichten schlecht aus. Wieso war das so? Das wäre doch mal eine gute Frage an den Herrn der Schlangen.
Als sie dann am Security Check in einer langen Schlange standen und rings um sie herum Spanisch und Katalanisch gesprochen wurde und Sonja sich also sicher war, daß niemand sie verstehen würde, weil sie sich schämte, öffentlich eine so merkwürdige Frage zu stellen, da fragte sie ohne Einleitung: „Warum enden denn die Seelengeschichten immer in Katastrophen? Immer geht die Liebe

unter. Wieso denn? Muß das so sein? Ist das immer so? Oder ist das nur bei mir so?"

Der Herr der Schlangen freute sich über diese Frage, denn sie verkürzte nicht nur die Wartezeit, sondern zeigte auch, daß Sonja sich wirklich ernsthaft mit den Seelengeschichten auseinandersetzte.

Also antwortete er: „Wir müssen lernen, daß Liebe nicht einfach festgehalten werden kann. Liebe muß gelernt werden, sonst verflüchtigt sie sich sofort. Auch müssen wir lernen, daß die Mächtigen der Welt sich vor der Liebe fürchten und also alles tun, um die Liebe zu unterdrücken und dort, wo sie dennoch auftaucht, zu zerstören."

Sonja nickte ungläubig. „Aber alle Menschen sehnen sich doch nach Liebe."

Da lachte der Herr der Schlangen lauthals: „Kein Mensch sehnt sich nach Liebe. Alle sehnen sich nach Macht. Jeder will Macht über den Anderen, damit man diesem dann die freudvolle Befriedigung der eigenen Bedürfnisse befehlen kann."

Der Herr der Schlangen blickte um sich und fing einige leicht entrüstete Blicke auf, weil er so laut gelacht hatte.

Dann sah er Sonja an und fuhr fort: „Außerdem enden die Seelengeschichten immer in Katastrophen, und zwar aus einem wirklich einfachen Grund: Eine Seele erinnert sich

immer nur an Katastrophen."
Sonja blickte verdutzt und wollte das gar nicht glauben. Der Herr der Schlangen fuhr fort: „Die Seele hat die Aufgabe, uns zur Erlösung zu führen und uns in die Unschuld zurückzuführen. Unser Religionsgründer sagte einmal: 'Werdet wie die Kinder.'"
Sonja sah, wie weiter vorne in der Kontrolle ein harmlos aussehender Reisender seinen Koffer öffnen mußte. Der Koffer war voller Sexspielzeug: Dildos, Vibratoren, Reizunterwäsche, Strapse...
Der Herr der Schlangen sprach weiter: „Die Seele erinnert sich nur an das Lernprogramm, das in ihr festgelegt ist..."
Jetzt hatte der Herr der Schlangen auch den offenen Koffer entdeckt und blickte Sonja an, die aber sofort wegschaute, so daß der Herr der Schlangen annehmen mußte, sie habe gar nichts gesehen. Um ihn in diesem Glauben zu bestärken, fragte sie sehr arglos: „Welches Lehrprogramm?"
Der Herr der Schlangen korrigierte sie sanft: „Lernprogramm. Ich sagte Lernprogramm."
Sonja wurde rot und sagte: „Mein ich doch, Lernprogramm. Also, welches Lernprogramm ist in der Seele festgelegt?"
Der Herr der Schlangen antwortete: „Die Seele vergißt alle glücklichen Momente, denn die sind ja schon erfüllt und also erlöst. Die

Seele aber speichert alle unglücklichen Momente, damit diese vom Bewußtsein bearbeitet und also in glückliche Momente verwandelt werden können."

Mit sichtlicher Freude untersuchten die Sicherheitsbeamten den Koffer des Sexspezialisten. Nun hielten sie Handschellen und Peitschen in die Höhe. Sonja konnte nicht mehr so tun, als sehe sie nichts.

„Huch, was ist denn das?", fragte sie, obwohl sie schon wußte, was das war.

Der Herr der Schlangen hatte keine Zeit mehr für eine Antwort, denn nun waren sie selbst an der Reihe und mußten ihr Handgepäck aufs Fließband stellen.

Es ging von nun an alles sehr schnell und bis die beiden im Flugzeug saßen, hatten sie keine Zeit mehr, über die schwierige Aufgabe der Seele oder die Funktion von Handschellen und Peitschen zu sprechen.

Als sie dann im Flugzeug nebeneinander saßen und Sonja den Herrn der Schlangen wieder schreiben sah, wollte sie sich nicht mehr damit zufrieden geben zuzuschauen, wie sein Bleistift übers Papier fegte. Sie wollte mehr in seine Welt eindringen. Sie wollte ihn verstehen. Wie sollte sie denn Vertrauen aufbauen, wenn sie ihn nicht kannte? Wenn sie sich schon damit abfand, daß sie seinen richtigen Namen nicht wußte, dann wollte sie

wenigstens mehr über ihn wissen. An welchem Theaterstück schrieb er da?
Also fragte Sonja und wählte eine literarisch anspruchsvolle Formel: „Sprich mir von dem, was du da schreibst!"
Der Herr der Schlangen horchte auf und dann legte er seinen Stift zur Seite. Ihm war es ganz recht, wenn er jetzt über sein Theaterstück sprechen konnte. So konnte er überprüfen, welche Wirkung die Geschichte, die er gerade dramatisierte, auf sie ausübte. Also gab er dem Drängen Sonjas gerne nach.
„Das Theaterstück 'Die Liebesschule' beginnt selbstverständlich mit einer Tanzmeditation, die von der Königin der Liebesschule angeleitet wird. Das Thema dieser Tanzmeditation, die von den drei männlichen und vier weiblichen Spielern getanzt wird, hat folgenden Inhalt: Gott, gespielt von einer Afroamerikanerin, ist gefesselt und steht unter der Kontrolle dreier dunkler Kosmischer Kräfte."
„Langsam, langsam!", verschaffte sich Sonja Gehör und bremste den Herrn der Schlangen wieder auf normale Geschichtenerzählgeschwindigkeit zurück, „Wieso wird Gott von einer Schwarzen gespielt?"
Geduldig erläuterte der Herr der Schlangen: „Die ersten Menschen entwickelten sich in Afrika und waren schwarz."
Sonja nickte, fragte aber dann engagiert

weiter: „Aber wieso ist Gott eine Frau?"
Der Herr der Schlangen lächelte frech: „Ich habe hier von meiner künstlerischen Freiheit Gebrauch gemacht. Ich habe gedacht, der streng männliche Gott der Weltreligionen könnte zum Ausgleich durchaus mehr weibliche Energie gebrauchen."
Dann fuhr der Herr der Schlangen in seiner Geschichte fort: „Den folgenden drei Kräften ist es gelungen, durch eine Revolution, auf die Gott nicht vorbereitet war, den Himmel zu erobern: Kriegslust, Sexlust und Drogenlust. Diese drei haben die Kontrolle nicht nur im Himmel, dem Wohnort Gottes, sondern auch auf der ganzen Welt übernommen."
„Wie ist ihnen das gelungen?", fragte Sonja.
„Ganz einfach. Wie ich dir an Ostern erklärt habe, gibt es im gesamten Kosmos zwei Bewegungsrichtungen: Einmal hin zum Zentrum und einmal weg vom Zentrum. In dem Moment, als immer mehr Energien weg vom Zentrum strebten, wurde Gott so geschwächt, daß es nur noch eine Frage der Zeit war, bis die Kräfte, die weg vom Zentrum drängten und die sich rasant vermehrten, die Herrschaft über den gesamten Kosmos übernehmen konnten. Mein Theaterstück setzt in dem Moment ein, in dem sich bereits auf dem Planeten Erde eine Gegenkraft gebildet hatte, die wieder zurück zum Zentrum drängen woll-

te. Dadurch fühlten sich die drei Dunkelkräfte zurecht bedroht."
Sonja gefiel diese Geschichte wesentlich besser als seine Erläuterungen an Ostern, an die sie sich kaum noch erinnern konnte.
Sie fragte spitzfindig: „Wie aber haben die drei Dunkelkräfte von der Bedrohung auf dem Planeten Erde erfahren?"
Der Herr der Schlangen erläuterte: „Beim Abhören der Gebete, die sich von Menschen auf der Erde an Gott gerichtet haben, haben die drei düsteren Kräfte erfahren, daß in der Kreativhauptstadt der Erde, in New York, eine Liebesschule gegründet wurde. Dies bedeutet eine große Gefahr für die drei dunklen Kosmischen Kräfte, deren gesamtes System auf Macht aufgebaut ist. Und wie ich dir schon erläutert habe, schließen sich Macht und Liebe gegenseitig aus. So wissen die drei dunklen Kräfte sofort: Wenn die Liebe sich ausbreitet, wird ihre Macht zerbrechen. Absolut richtig denken sie: 'Wehret den Anfängen!' So beschließen also die drei Dunkelkräfte auf die Erde zu reisen, um die Schule zu zerstören."
Sonja legte die Stirn in Falten. Sie spürte, wie ihre Traurigkeit wieder stärker wurde. Also fragte sie: „Siehst du denn die Liebesschule in Portugal bedroht? Wieso ist die Liebesschule auf einmal in New York?"
Er zuckte zusammen und blickte aus dem

kleinen Flugzeugfenster. Sie sah, daß sich seine Augen mit Tränen füllten und daß er schluckte. Er kramte eine Serviette hervor und wischte sich die Augen. Deutlich spürte Sonja, wie froh er war, abgelenkt zu werden, als er seine Theatergeschichte weitererzählte: „In einer speziell eingerichteten Transformationskammer ist es möglich, einen menschlichen Körper zu erhalten. Diese Prozedur müssen die drei Energien durchlaufen und dann können sie mit ihrem neu erworbenen Menschenkörper ihrem Ziel auf dem Planeten Erde entgegenschweben."
Der Herr der Schlangen wollte eine kleine Pause machen, doch als er Sonjas gespannten Gesichtsausdruck sah, fuhr er schnell fort. Er blickte wieder zum Fenster hinaus, als er sagte: „Währenddessen führt die Leiterin der Liebesschule mit ihren Schülern Übungen zum Ausgleich zwischen den männlichen und weiblichen Energien durch. Die Schüler üben hart, denn sie haben begriffen, daß sie in der Lage sein müssen, weibliche und männliche Energien zu unterscheiden und im Rollenwechsel intelligent anzuwenden."
Sonja unterbrach den Herrn der Schlangen mit einer Frage, die ihr auf der Zunge lag: „Sind das auch die Übungen, die in der echten Liebesschule durchgeführt werden?"
Der Herr der Schlangen nickte und sagte: „Für

mich gilt folgendes künstlerisches Grundgesetz: Nichts ist wert im Spiel dargestellt zu werden als das, was wirklich geschieht."
Er blickte Sonja an und fügte dann mit einem Lächeln hinzu: „Oder noch besser formuliert, das, was geschehen kann."
„Was heißt das?", fragte Sonja.
Sie spürte in seinen Worten einen verborgenen Hintersinn, den sie nicht verstand.
Der Herr der Schlangen erläuterte: „Ich sehe in Menschen nicht nur das, was sie momentan sind, sondern ich orientiere mich an den Möglichkeiten, die in ihnen ruhen."
Der Herr der Schlangen bemerkte an Sonjas fragendem Blick, daß sie ihn nicht verstanden hatte. Aber der Herr der Schlangen wußte, wie wichtig es für sie war, genau das, was er gerade erklärt hatte, zu verstehen.
Also erklärte er geduldig: „Deswegen kann ich nie jemanden fortschicken oder mich von jemanden trennen..."
Eine Flugbegleiterin trat zu Sonja heran und fragte sie, ob sie noch etwas zu trinken wünsche. Aber Sonja war so gebannt von dem, was der Herr der Schlangen gerade gesagt hatte, daß sie nur kurz den Kopf schüttelte und sich ihm dann wieder zuwandte und fragte: „Das verstehe ich nicht. Aus welchem Grund kannst du niemanden wegschicken?"
Der Herr der Schlangen antwortete: „Wie ich

gerade schon gesagt habe, ich sehe in jedem Menschen sein großes Potential an Möglichkeiten. Vor allem also seine Zukunft, seine Entwicklung und seine Hoffnung."
Sonja spürte wieder die Trauer, die in ihrem Oberbauch pochte, als sie fragte: „Auch wenn jemand dich und deine Schule verrät?"
„Auch dann", antwortete der Herr der Schlangen und fuhr fort: „Erinnerst du dich an deine Ägyptische Geschichte?"
„Die Dunkelkammer?", fragte Sonja, um sich zu vergewissern, daß sie beide dieselbe Seelengeschichte meinten.
Der Herr der Schlangen nickte und fragte weiter: „Ja, die Dunkelkammer. Am Ende, erinnerst du dich an das Ende?"
Sonja erinnerte sich und fragte: „Als der Leiter der Einweihungsschule die Schule auflöste?"
Der Herr der Schlangen nickte: „Lieber löste er die ganze Schule auf, als daß er seine Lehrer ausschloß oder gar hinrichtete."
Aus dem Lautsprecher erklang die lässig lokkere Stimme des Flugkapitäns, mit der er mitteilte, daß sie soeben den Sinkflug begonnen hatten.
Sonja drängelte: „Weiter im Theaterstück."
Der Herr der Schlangen freute sich über ihren Eifer und fuhr dann fort: „Inzwischen sind die drei dunklen Kosmischen Kräfte auf dem Planeten Erde angekommen und suchen auf

diesem für sie unbekannten Planeten die Hauptstadt New York. Allerdings landen sie durch einen Koordinatenfehler zunächst in Afrika, dann in China, dann im Irak und schließlich in Europa. Überall erleben sie reichlich interkulturelle Probleme. Hier findet der lustige Teil des Theaterstücks reichlich Nahrung."
Der Herr der Schlangen blickte aus dem Fenster. Berlin flackerte in der Dämmerung auf. Er wandte sich wieder Sonja zu und fuhr fort: „Inzwischen ändert sich die Szene. Wir sind wieder in der New Yorker Liebesschule. Dort werden nach den Tanzmeditationen die Körpermeditationen vorgestellt. Also steht immer einer der Schüler mit erhobenen Armen in Form eines Kreuzes in der Mitte der Bühne, während eine Spielerin hinter ihm steht und ihn berührt. Der Spieler reagiert stark und beschreibt in schmerzhaft geäußerten Wortfetzen die Geschichte, die ihm ins Bewußtsein drängt. Die anderen Spieler ziehen sich bereits in seine Seelengeschichte um und spielen sie dann in historischen Kostümen und mit angemessener Musik."
Sonja schwieg und der Herr der Schlangen fuhr fort: „Seelengeschichten sind die einzigen Geschichten, die es aus meinem Blickwinkel wert sind, dargestellt zu werden. Bei der Entwicklung eines Seelentheaterstückes muß man als Regisseur darauf achten, daß

sich der zentrale Spieler seinem seelischen Konflikt stellt. Erst wenn sich der Spieler, dessen Seelengeschichte gespielt wird, für seinen Seelenkonflikt öffnet, produziert er so viel Energie, daß er sich, seine Mitspieler und das Publikum in seinen Bann zieht..."

„Könnten Sie bitte Ihren Tisch hochklappen und die Lehne aufrecht stellen?", rief ihnen laut und unfreundlich die Flugbegleiterin zu. Während der Landeanflug begann, beeilte sich der Herr der Schlangen, das Theaterstück in groben Zügen fertigzuerzählen.

„Nachdem die Schüler und Schülerinnen das Seelentheaterstück aufgeführt haben, spricht die Leiterin sehr ernsthaft zu ihren Schülern und erklärt, daß die Gefahr besteht, daß dunkle Kosmische Kräfte kommen, um die Liebesschule zu zerstören. Doch mit der Kraft der Unschuld könne es ihnen gelingen, die zerstörerischen Kosmischen Kräfte zu besiegen. Hierfür aber müssen sie all ihre Seelengeschichten bearbeiten, um ihre Unschuld wieder zurückzugewinnen. Noch während die Leiterin spricht..."

Sonja unterbrach den Herrn der Schlangen: „Ist Leiterin so etwas wie eine Königin?"

Der Herr der Schlangen lächelte, als er sagte: „Genau so ist es!"

„Weiter!", sagte Sonja aufgeregt.

Der Herr der Schlangen fuhr fort: „Nun er-

scheinen die drei Kosmischen Kräfte in Menschengestalt und also auch mit Namen: Master of War, Lady Porn und Lord of Drugs. Sie treten unbemerkt ein und hören der Leiterin zu. Sie schauen auch noch ganz interessiert zu, als die Schüler wieder mit dem Spiel der Seelengeschichten beginnen..."
Hier mußte der Herr der Schlangen unterbrechen, denn der Pilot hatte die Maschine hart aufgesetzt und ein heftiger Hopser hatte alle Passagiere für einen kurzen Moment die Luft anhalten lassen.
Der Herr der Schlangen atmete tief durch und erzählte weiter: „Nun haben die dunklen Kosmischen Kräfte sich ausreichenden Überblick verschafft und sie beschließen, anzugreifen und mit der Zerstörung zu beginnen. Als aber auf Geheiß des Lord of Drugs hin Master of War und Lady Porn ihre Waffen, die negative Energien bündeln können, auf die Schülerinnen und Schüler richten, können sie nicht schießen, denn die Schülerinnen und Schüler und auch die Lehrerin der Liebesschule waren vollständig offen und verwundbar und also unschuldig. Lady Porn und Master of War wissen, daß wenn sie auf jemanden schießen, der vollständig unschuldig ist, ihre geballte negative Energie zu ihnen zurückkehren und sie selbst vernichten wird."
Sie mußten im Flugzeug noch warten.

Sonja war unwillig. Das mit dem Geöffnet-Sein und der wiedererlangten Unschuld gefiel ihr nicht. Da war zu viel Botschaft drin.
Unbeirrt fuhr der Herr der Schlangen fort: „Doch da tritt Lord of Drugs auf den Plan und bringt neue Gefahr, denn er besitzt kein Gefühl und so kann er auch völlig geöffnete Menschen oder wie man auch sagen könnte, vollständig unschuldige Menschen umbringen. Er zielt auf die Leiterin."
„Oder auch Königin!", unterbrach ihn Sonja.
Der Herr der Schlangen stimmte ihr kopfnikkend zu und sprach dann weiter: „Doch im Moment der höchsten Gefahr erscheint Gott. Ihr ist es gelungen, sich zu befreien, und nun kommt sie, um gegen Lord of Drugs anzutreten. In einem offenen Kampf soll es sich entscheiden, wer der Sieger und also neuer oder alter Herrscher über den Kosmos ist. Und nun, hör zu, kommt es..."
Die Stimme des Herrn der Schlangen nahm einen verschwörerischen Klang an, als er anfing, den Schluß zu erzählen. Sonja konnte unschwer heraushören, daß er auf diese Idee besonders stolz war. Leider kam es nicht mehr dazu, denn alle standen auf.
Die Reisenden holten aus den Fächern über ihnen ihre Reisetaschen heraus und es entstand mächtige Unruhe.
Nachdem Sonja und der Herr der Schlangen

mit ihrem Handgepäck das Flugzeug verlassen hatten, folgten sie dem Menschenstrom, der sie zum Ausgang führte.
Als sie im Taxi saßen und zum Hotel am Dom fuhren, fand der Herr der Schlangen, daß jetzt die nötige Ruhe gegeben war, um ihr das Ende des Theaterstückes zu erzählen. Mit gedämpfter Stimme erzählte der Herr der Schlangen das Ende des Theaterstückes: „Das Publikum selbst bestimmt, wer der Sieger ist. Wann immer das Publikum schweigt, gewinnt Lord of Drugs an Kraft, doch wann immer das Publikum atmet und Töne und Geräusche macht, unterstützen sie Gott und also wird Gott stärker. So bleibt es dem Publikum überlassen, ob sie mit ihrem Schweigen die Zerstörung vorantreiben oder ihren Atem und ihre Stimme fließen lassen, um Gott zu unterstützen."
„Ich bin gespannt, wie das Publikum reagiert", sagte Sonja ebenso gedämpft wie er.
Der Herr der Schlangen blickte sie ernst an: „Ich bin gespannt, wie du reagierst."
Sonja mochte das nicht. Eben war sie noch aufmerksame Zuhörerin gewesen und nun mußte sie sich plötzlich entscheiden.
Sie sagte widerwillig: „Ich will mich jetzt aber auf keinen Fall entscheiden!"
„Also bist du gegen Gott und läßt ihn in seiner Anstrengung, die Menschen ins Zentrum zu führen, alleine."

Sonja antwortete nicht, sondern blickte durch das Autofenster hinaus ins abendliche Berlin. Sie war froh, wieder hier zu sein. Der Alte konnte mit seinen dauernden Versuchen, in ihre Gedanken- und Gefühlswelt einzudringen, schon ganz schön nervig sein.
Als sie am Hotel anhielten, fragte der Herr der Schlangen, ob sie noch ins Hotel mitkommen wolle zu einem Gespräch. Vielleicht habe das Theaterstück Fragen aufgeworfen, die sie noch besprechen wollte.
Aber Sonja wollte nicht.
Sie mochte dieses ewige Sich-entscheiden-Müssen einfach nicht. Konnte er sie denn nicht einfach in Ruhe lassen? Konnte er ihr denn nicht die Zeit geben, die sie brauchte?

Kleiner Abschied

Sonja war gemeinsam mit dem Herrn der Schlangen aus dem Taxi ausgestiegen. Obwohl sie Lust dazu hatte, wußte sie, daß sie so einfach nicht weglaufen konnte. Es mußte ja noch geklärt werden, wann und wo und wie sie das nächste Treffen, das ja in der Liebesschule in Portugal sein sollte, verabreden wollten. Da sie, wie sie ihm eben klar gesagt hatte, auf keinen Fall mit ihm ins Hotel gehen wollte, lenkte sie ihre Schritte zu einer leeren Bank, die direkt am Spreekanal stand. Sie blickten hinüber auf den Dom.
Beide fröstelten. Es war in Deutschland viel kühler, als es noch am Vortag in Barcelona gewesen war.
Sonja begann die Organisation des nächsten Treffens anzusprechen. Sie räusperte sich und begann erst etwas zögerlich, aber dann immer sicherer: „Also, diesmal würde ich gerne den Flug nach Lissabon selbst buchen."
Der Herr der Schlangen sagte nichts, runzelte aber die Stirn. Das sah Sonja und reagierte auf seine Zweifel: „Ich möchte unbedingt lernen, wie man eine Reise selbst organisiert!"
„Wieso?", fragte der Herr der Schlangen, der nicht verstand, daß sie so viel Energie an ei-

ner Nebensache verschwenden wollte.
Aufgeregt erklärte Sonja weiter: „Ich will erwachsen werden und das heißt, ich muß lernen, etwas selbst zu machen."
Sie hatte das gesagt, aber gedacht hatte sie etwas anderes. Sie wollte heimlich einen völlig anderen Reiseverlauf planen.
Der Herr der Schlangen war verwundert. So selbstbewußt hatte er Sonja noch nie erlebt. 'Da haben die Seelengeschichten ja schon etwas Gutes bewirkt', dachte er, 'Jeder Wunsch des Menschen nach Selbständigkeit muß unbedingt unterstützt werden.'
Zwar hatte der Herr der Schlangen eine leise Ahnung, daß hier etwas nicht in Ordnung sein konnte, aber genauer wollte er sich im Moment da nicht hineinfühlen.
Sonja fühlte sich merkwürdig und sie begriff plötzlich, daß ihre Trauer etwas mit dieser Heimlichkeit zu tun hatte. Sonja ahnte zwar, daß ihr kleiner Reisebetrug eine katastrophale Wirkung nach sich ziehen könnte. Aber sie ging dieser Ahnung nicht weiter nach.
Der Herr der Schlangen rang ihr das Versprechen ab, daß sie auf direktem Wege am Pfingstsonntag nach Lissabon fliege. Er würde in der Liebesschule einen Fahrer verständigen, der sie dann vom Flughafen Lissabon abholen würde und direkt in die Liebesschule bringen würde. Sie gab ihm das Versprechen,

ohne mit der Wimper zu zucken.
Er gab ihr das Reisegeld, das großzügig bemessen war. Er mühte sich, ihr die Tausend unauffällig zuzustecken, da es für Passanten doch merkwürdig ausgesehen hätte, wenn ein älterer Herr einer sehr jungen Dame eine größere Summe auf der Straße überreichte.
Sie saßen dann noch eine Weile stumm nebeneinander auf der Bank und blickten auf den inzwischen beleuchteten Berliner Dom.
Der Herr der Schlangen bereitete schon im Geiste seine Reise nach New York vor.
Sonja dachte über ihren Reiseplan nach, den sie unbedingt durchsetzen wollte. Insgeheim machte es ihr einen großen Spaß, daß sie die Anordnungen des Herrn der Schlangen nicht so umsetzte, wie der es wünschte. Sie freute sich sogar diebisch, daß sie gar nicht daran dachte, ihr Versprechen zu halten. Wer war sie denn? So weit käme es noch, daß sie sich in vollständige Abhängigkeit begeben würde!
So wie es aussah, würde sie den Herrn der Schlangen sieben Wochen lang nicht sehen. Also wollte sie zum Abschied freundlich sein und formulierte tröstlich: „Oh, wir werden uns jetzt sieben lange Wochen nicht sehen."
Der Herr der Schlangen antwortete gelassen: „Das bedeutet, daß du viel Zeit für dich hast, die Entscheidung innerlich gut vorzubereiten. Viele Menschen glauben, daß die Zeit dazu

da ist, um sie totzuschlagen. Aber Zeit ist immer der Weg zur sicheren Entscheidung."
Da war wieder das Thema, das ihr so tierisch auf die Nerven ging. Sich entscheiden!
Wieso konnte man die Dinge nicht einfach laufen lassen? Er selbst sagte doch immer, alles sei im Fluß...
Obwohl Sonja sich zum Abschied vorgenommen hatte nett zu sein, konnte sie ihren Vorsatz nicht erfüllen und also beschloß sie den Herrn der Schlangen zu fragen: „Wieso nervst du mich immer mit deinen Entscheidungen? Ich denke, alles ist im Fluß. Wieso muß ich mich dann immer entscheiden?"
Er blieb ruhig, sah sie an und sagte dann: „Irgendwann muß man sich entscheiden, ob man in die eine oder in die entgegengesetzte Richtung geht. Man muß sich nicht andauernd neu entscheiden. Aber wenn man nicht entschieden ist, wie du..."
Sonja schien zum ersten Mal seit sie ihn kannte eine gewisse Bitterkeit in der Stimme des Herrn der Schlangen zu hören. War er ungeduldig? Glaubte er nicht mehr an sie? Sie beschloß nichts mehr zu sagen, denn auf einmal fürchtete sie sich vor seiner Schärfe.
Der Herr der Schlangen fuhr fort: „... dann wird jeder Schritt immer wieder die ungeklärte Grundfrage aufwerfen."
Sonja schwieg immer noch. Sie fröstelte. Und

außerdem war sie müde vom Flug.
Er aber fuhr fort: „Wenn die Entscheidung getroffen ist, dann folgen die nächsten Schritte wie selbstverständlich. Zum Beispiel muß ich doch wissen, ob ich zum Klettern in die Berge fahre oder zum Tauchen ans Meer. Jedes Reiseziel setzt eine völlig verschiedene Vorbereitung voraus. Leider begreifen das viele Menschen nicht und das Schicksal trifft sie dann immer völlig unvorbereitet an."
'Na und?', dachte Sonja trotzig und wollte unbedingt dieses Entscheidungsthema hinter sich bringen. Aus diesem Grund dachte sie sich ein Thema aus, das ihn ablenken würde.
„Wieso machst du ausgerechnet in New York dein Liebesschultheaterstück?"
Sonjas Plan klappte. Sehr ehrlich und in plötzlich guter Stimmung antwortete der Herr der Schlangen: „New York ist so verrückt und erlaubt einem so viel Spielraum, daß es als einzige Stadt für die Liebesschule in Frage kommt. Außerdem hat New York ein unglaublich interkulturelles Potential. Alle Nationen dieser Welt leben dort zusammen."
Sonja horchte auf: „Ich denke, die Liebesschule ist in Portugal."
Aufgeregt fuhr sie fort: „Ich meine, die echte Liebesschule ist doch in Portugal. In New York machst du doch nur ein Theaterstück über die Liebesschule, oder was ist los?"

Der Herr der Schlangen bemerkte seinen Versprecher und ihre Unruhe und mischte seiner Stimme einen beruhigenden Unterton bei, als er sagte: „Sonja, das war ein Versprecher. Natürlich meine ich das Theaterstück..."
Sie glaubte ihm nicht. Er spürte das und deswegen brachte er ein Argument vor: „Das Theaterstück braucht internationale Spieler: Afroamerikaner, Asiaten, Südamerikaner... und die findet man am besten in New York. Es ist, als ob New York ein Abbild der ganzen Welt im verkleinerten Maßstab ist."
Sonja war sicher, daß er nicht die ganze Wahrheit sagte. Sie spürte wieder deutlich diese Trauer, die sie nicht erklären konnte. Sie wollte nach Hause. Sie wollte weg von ihm. Sie brauchte jetzt unbedingt und schnell Abstand zu ihm.
„Mir ist kalt", sagte Sonja und erhob sich.
Er erhob sich ebenfalls. Sie standen sich gegenüber und blickten sich in die Augen.
Sonja bemerkte, wie die unbestimmte Trauer, über die sie nicht sprechen konnte, plötzlich stärker wurde und ihr bis zum Hals klopfte.
Der Herr der Schlangen sah, daß ihr Tränen über die Wange liefen.
In diesem Moment wünschte sich Sonja, daß er sie umarmte, und so geschah es auch.
Der Herr der Schlangen konnte gar nicht anders, als sie zu umarmen.

Nun, als er sie in seinen Armen hielt, war Sonja entsetzt. Anstatt sich behütet, beschützt und getröstet zu fühlen, wurde die unbestimmte Trauer in ihr immer stärker.
Sie löste sich aus seinen Armen.
„Gute Reise!", sagte sie schnell, als sie seinen Blick sah, in dem sich Sorge ausdrückte.
Sie küßte ihn schnell auf die Wange und drehte sich abrupt um und ging.
„Gute Reise wünsche ich dir auch!", rief er ihr etwas verwirrt nach.
Sonja lief recht schnell los in Richtung der nächsten U-Bahn-Haltestelle.
Erleichtert bemerkte sie, daß jetzt endlich die merkwürdige Trauer nachließ.
Sie drehte sich noch einmal um zu ihm und winkte zum Abschied.
Er stand bewegungslos da. Er hatte ihr nachgeblickt. Jetzt hob er nur kurz seine Hand, um ihr zum Abschied zu winken, und ließ sie gleich darauf müde wieder sinken.

Sonjas Tagtraum

Sonja war froh, daß sie jetzt erst einmal eine ganze Weile Ruhe hatte. Sie wollte unbedingt Abstand gewinnen zum Herrn der Schlangen, um dann aus der Distanz heraus die für sie richtige Entscheidung zu treffen.
Im Moment aber wollte Sonja sich zuerst einmal ganz auf ein Leben konzentrieren, das ihr zusagte. Sie genoß es, unter Gleichaltrigen zu sein. Sie genoß es, sich mit Freunden am Abend zu betrinken und über ganz normale Dinge zu sprechen, wie zum Beispiel was sie machen würde, wenn sie einen Freund hätte, oder was sie studieren wollte, oder was sie in den Sommerferien machen wollte. Fragen über ihre Zukunft reichten nur bis zum nächsten Abend. Sonja genoß es, mit Freunden die Zeit totzuschlagen, und dachte kaum noch an den Herrn der Schlangen und an ihre Pfingstreise.
Ihre Trauer war beim Abschied vom Herrn der Schlagen ebenso schlagartig verschwunden, wie sie aufgetaucht war. Sonja fühlte sich von Tag zu Tag wohler.
Der späte Frühling übernahm immer deutlicher die Herrschaft übers Land und ließ Tag für Tag Sommerahnungen immer wahrer werden.

Die Filmarbeit schien voranzugehen, obwohl Sonja schnell bemerkt hatte, daß es hier nicht richtig professionell zuging. Das war ja auch nicht nötig. Sie genoß es, begehrt zu sein.
Der Regisseur mit Hut und Sonnenbrille, der Autor mit Hasenscharte, der Kameramann, der dabeigeblieben war und es also nicht nötig geworden war, Henning zu engagieren, und obendrein auch noch Nils begehrten sie.
Sie fühlte sich genau so, wie sie alle am Set scherzhaft nannten: The Queen.
Obwohl die vier immer wieder versuchten, sie auf ein Bierchen einzuladen, blieb Sonja ihnen gegenüber zurückhaltend.
Mit ihren Freundinnen aber war sie vertraut und feierte mit ihnen Abend für Abend ab.
Wenn sie abends nicht betrunken war, dachte sie nachts, bevor sie einschlief, an jene andere Welt, in die sie vom Herrn der Schlangen geführt worden war.
Da entdeckte Sonja etwas, das schnell eine Angewohnheit wurde, die ihr immer mehr Spaß bereitete. Sie begann vor dem Einschlafen, sich sanft zu streicheln, und machte sich schöne Gedanken. Meistens war sie in der Liebesschule, und zwar in einer solchen Liebesschule, wie sie sich eine Liebesschule vorstellte. Natürlich war sie dort die Königin der Liebesschule und viele Männer kamen von überall auf der Welt zu ihr, um von ihr die

hohe Kunst der Liebe zu erlernen. Sie selbst war in wunderschöne Seidenkleider gewandet und wenn sie erläuternd sprach oder Übungen anleitete, dann hatte sie im wahrsten Sinne des Wortes eine große Wirkung auf die eifrig lernenden Männer. Die Männer waren alle jung und hübsch und gut gebaut und vor allem: Sie waren nackt. Deswegen konnte Sonja ihre aufreizende Wirkung auf die lernenden Männer so gut sehen. Sonja war Königin der Schule und alle Männer mußten beziehungsweise durften von ihr Tanz erlernen. Sie mußten lernen, nach einer von ihr entwikkelten Choreographie zu tanzen. Es machte ihr einen enormen Spaß, die Männer sehr wirkungsvoll herumzudirigieren.
Diese Tagträume wurden eine Sucht und Sonja genoß sie immer mehr, manchmal sogar auch tagsüber.
Es war eine Schönwetterphase in diesen Spätfrühlingstagen und Sonja genoß die Sonne. Stundenlang lag sie am Ufer des Wannsees und versank in ihren Tagträumen.
Das Filmprojekt war etwas ins Stocken geraten. Irgendetwas mit der Kamera stimmte nicht und im Moment war kein Geld da, sie reparieren zu lassen.
Sonja traf sich zwar ab und zu noch mit dem Filmteam, um frei zu improvisieren, aber so richtig glaubte keiner mehr an den Film.

Es machte Sonja großen Spaß, am Tag nach Männern Ausschau zu halten, die sie dann nachts in ihrer Vorstellung in ihrer Liebesschule gerne belehren würde.
Nach etwa drei Wochen begannen die Tagträume Sonja zu langweilen, also intensivierte Sonja die Tagträume täglich.
Sonja dachte manchmal daran, an ihren Seelengeschichten zu arbeiten. Sie dachte auch daran, intensiven Kontakt mit dem Herrn der Schlangen zu entwickeln. Telefon und Internet eröffnen für Kommunikation jeglicher Art Tür und Tor, aber Sonja erhöhte lieber ihre Tagtraumdosis. Ihre Sehnsucht, Männer zu belehren, drängte nun immer heftiger in ihre Liebesschultagträume.
Diese Tagträume nahmen nach einer Weile eine andere Richtung: Der König der Liebesschule, der lange im Ausland gewesen war, war zurückgekehrt. Er hatte Sonja gesehen und sich sofort rasend in sie verliebt. Der König war Ende zwanzig, hatte fein gelockte schwarze Haare, einen lässigen Dreitagebart, hatte braune Haut und einen Traumkörper. Er war groß und war so schön, daß Sonja jedesmal der Atem stockte, wenn er sich durch ihre selbstgeschaffene Liebesschule bewegte. Die erste offizielle Amtshandlung, die der junge König, der sich immer wieder aufs Neue rasend in die Königin verliebte, vor-

nahm, war, alle anderen Königinnen sofort zu entlassen. Die zweite Amtshandlung war auf Sonjas Ratschlag hin auch alle restlichen Lehrerinnen aus der Liebesschule zu entlassen. Sonja war als gut ausgebildete Königin durchaus in der Lage, alleine alle anstehenden Übungen mit Männern durchführen zu können. Schließlich kam es auf Sonjas Wunsch hin zur dritten Amtshandlung des Königs: Er schickte auch die männlichen Schüler weg.
Die Begründung war recht einfach: Alle anderen Menschen begannen Sonja zu nerven. Dann kam es zur großen Liebesnacht, in der der König der Liebesschule auf Knien seiner Königin schwor, sie für immer und ewig auf Händen zu tragen und auf Rosen zu betten. Daraufhin gab sie sich dem König hin, der genau ihren Anordnungen folgte, von denen sie sich höchste Befriedigung erhoffte.
Dieser Liebesnacht folgten noch viele andere, die Sonja immer verwegener ausmalte. Sie selbst hatte zwar keine Höhepunkte, aber der König hatte unglaubliche sexuelle Höhepunkte, die ihn von ihr völlig abhängig machten. Dann kam es natürlich, wie es kommen mußte: Sonja war schwanger und wollte sich ganz auf die Geburt des Prinzen konzentrieren. Deswegen beschloß sie mit dem König die sinnlos gewordenen Räume der Liebesschule aufzulösen und in Berlin Mitte ein gro-

ßes Apartment zu mieten, um dann dort noch ein zweites Kind zu bekommen. Einzelkinder haben es zu schwer. Vielleicht aber würden sie und der König und die beiden Kinder, ein Junge und ein Mädchen, einen kleinen Bus mieten und durch ganz Europa fahren. Sie könnte ja immer mehr Kinder bekommen... Am Tage könnte der ehemalige König der Liebesschule in Italien, Südfrankreich oder Spanien Straßentheater machen. Er könnte vielleicht Gitarre spielen und sie könnte singen und tanzen und abends würden sie aufs Land hinaus fahren und die Kinder wären glücklich, weil sie immer draußen an der frischen Luft wären, und würden immer zu ihr sagen: „Oh du liebe Mama... Oh du liebe Mama... Oh du liebe Mama."
Und ihr Mann wäre glücklich, weil er immer bei ihr bleiben dürfte, und immer würde er sagen: „Oh, bin ich glücklich, weil ich bei dir bleiben darf... Oh, bin ich glücklich, weil ich bei dir bleiben darf... Oh, bin ich glücklich, weil ich bei dir bleiben darf."
Und dann würden sich alle an sie lehnen und an ihrer Seite einschlafen, in dem Bewußtsein, daß sie alle zusammen ein spannendes und liebevolles Leben leben dürften.
Die Tage und Wochen vergingen wie im Flug. Das Filmprojekt war gescheitert, da die Kosten der Reparatur der Kamera das Budget

für den Film völlig aufgefressen hatte. Außerdem hatte der Autor das Drehbuch vollständig umgeschrieben, um dann anschließend dafür zu plädieren, daß man doch lieber frei improvisierend aus dem Moment heraus filmen sollte. Die Diskussion unter den Vieren, ob sie am spannenden Titel des Kurzfilms: „Die Träne am Hinterkopf" festhalten sollten, war noch im vollen Gange, als Sonja das Filmprojekt endgültig verließ.
Sonja arbeitete in einem Straßencafé als Bedienung, wo sie massenweise Material erhielt für den Stoff, aus dem die Träume sind.
Schließlich kam Pfingsten so nah, daß Sonja an ihre Reisevorbereitungen denken mußte, sollte das Ganze nicht im Chaos enden.

Die Versuchung

Obwohl der Herr der Schlangen ihr ausdrücklich gesagt hatte, sie solle fliegen und also den schnellstmöglichen Weg nach Lissabon wählen, erkundigte sich Sonja im Internet gemäß ihres eigenen Plans nach einer Mitfahrgelegenheit. Sie wollte sich langsam dem Süden annähern. Auf der Fahrt wollte sie die Landschaft genießen. Im Hinterkopf hatte sie auch noch den Gedanken, daß sie ja möglicherweise durchaus an eine nette Reisegesellschaft geraten könnte.

Tatsächlich fand sie ein Angebot für eine Fahrt nach Lissabon, die am Samstag vor Pfingsten starten und entspannte drei Tage dauern sollte. Sonja wußte, daß der Herr der Schlangen am Pfingstsonntagabend von New York abfliegen würde, um dann am Pfingstmontag Nachmittag in Lissabon zu landen.

Sie rief sofort bei dem Anbieter an, der Steffen hieß und sehr nett klang. Sie vereinbarten den Treffpunkt am Bahnhof Zoo und Sonja dachte sich nichts dabei, als sie bemerkte, daß ihr Atem schneller ging, wenn sie daran dachte, mit einem wildfremden und vielleicht attraktiven Mann auf engstem Raum drei Tage lang zusammenzusein. Außerdem hatte die

Stimme von Steffen wirklich nett geklungen. Sonja wählte ihr knappes schwarzes Kleid als Reisekleidung. Es war sehr schön luftig, wie sie fand. Genau das Richtige für ein vielleicht überhitztes Auto.
Am Samstag vor Pfingsten morgens um acht Uhr fand sie sich wie verabredet auf dem Parkplatz vor dem Bahnhof Zoo ein.
Sie erkannte ihn sofort.
Groß, schlank, schwarze Locken und der obligatorische Drei-Tage-Bart.
Sonja fühlte ihr Herz bis zum Halse schlagen: Es war der Kellner aus dem mexikanischen Restaurant, in dem sie vor einigen Monaten mit dem Herrn der Schlangen gemeinsam zu Mittag gegessen hatte.
'Nein', schrie sie innerlich, um dann gleich wieder innerlich 'Oh mein Gott: Ja!' zu schreien. Sie wankte, als er ihr winkte.
Nun schrie sie innerlich sich selbst zu: 'Nicht ohnmächtig werden!' Vor allem liefen ihr beachtliche Blutmassen in den Kopf und sie wurde knallrot. Das war ihr peinlich. Daß einige dieser Blutmassen zwischen ihre Beine schossen, war ihr nicht peinlich, denn das ließ sich weitaus besser verbergen.
„Steffen", sagte er und hielt ihr lässig die Hand hin. Er war es gewohnt, daß Frauen stark auf ihn reagierten.
„Sonja!", sagte sie kaum verständlich und

nahm seine Hand. Als sie einen elektrischen Schlag spürte, zuckte sie zurück.
Steffen ließ seinen Kennerblick über Sonjas Figur gleiten. Sonja tat so, als bemerke sie seinen souverän abschätzenden Blick nicht. Sie fragte wieder ganz Herrin der Situation: „Warum fahren wir nicht los?"
Steffen sagte lächelnd: „Ja, gute Frage: Warum fahren wir eigentlich nicht los?"
Dann fuhren sie los und Steffen war recht schweigsam. Er wirkte müde.
Er schien nichts bemerkt zu haben, dachte Sonja, und sie roch die Zigaretten, den Alkohol und auch den Schweiß der letzten Nacht. Sie fand die ganze Duftkombination anregend und war froh, so nahe bei ihm zu sein.
Steffen sagte nichts und Sonja war unsicher und wußte nicht, wie sie ein Gespräch anfangen sollte. Als Steffen dann kurz einnickte und über den Straßenrand fuhr, der zum Glück aus Gras bestand, dann hochzuckte, die Kontrolle zurückgewann und entschuldigend zu Sonja blickte, die aufgeschrien hatte, sagte er schuldbewußt: „Ich glaube, es ist an der Zeit, eine kurze Rast zu machen."
Sonja nickte kurz. Sie war noch viel zu nervös, um sich zu orientieren. Bislang war sie nur bemüht, ihm nicht zu zeigen, wie rasend verliebt sie bereits in ihn war. Sie war sich sicher, daß er es garantiert ausnutzen wür-

de, und das wollte sie auf keinen Fall.
Steffen fuhr kurz vor Leipzig auf einen großen Rastplatz. Er sackte hinter dem Steuer zusammen. Seine Müdigkeit drückte ihn nieder. Hilflos sagte er zu Sonja: „Ich brauche jetzt einen großen schwarzen Kaffee, stark und schwarz wie die Nacht."
Sonja blieb bewegungslos sitzen und fragte sich, was sie um Gottes Willen tun sollte.
Da schoß ihr das ablehnende Gesicht des Herrn der Schlangen ins Gemüt und seine unverhohlene Abneigung gegen Kaffee. Diese Abneigung hatte sie allerdings immer viel zu übertrieben gefunden. Ach, wie gerne würde sie jetzt ihrem Steffen Kaffee holen. Aber das sähe doch zu blöd aus, wenn sie gleich so willig wäre. Männer lieben es doch, eine Frau zu erobern, oder?
Nein, beschloß sie wie sie glaubte vernünftig: Sie würde sitzen bleiben.
Steffen blickte sie freundlich auffordernd an und Sonja vergaß sofort ihre Vorsätze.
Sie stieg schnell aus und ging zum Kiosk. Sie wußte, daß er ihr nachschaute, und aus diesem Grunde ließ sie ihre Hüften schwingen. Sie kaufte einen großen heißen schwarzen Kaffee für ihn und einen kleinen Kaffee für sich, mit Milch und Zucker.
Als sie ihm den Kaffee in einem großen Pappbecher durchs Fahrerfenster reichte, das er

heruntergekurbelt hatte und sich bedankte, da wurde sie rot, denn sie bemerkte, wie gut es ihr gefiel, ihn zu bedienen.
Es war plötzlich ein so vertrautes Gefühl zwischen ihnen entstanden. Sie nahm wieder auf dem Beifahrersitz Platz. Sie hatte beim Einsteigen darauf geachtet, daß sich ihre Beine nicht zu weit öffneten.
Als er seinen Kaffee schlürfte und sie ihren Kaffee langsam und schluckweise trank, da bemerkte sie, wie sich der Kaffeeduft im Auto ausbreitete und eine vertraute Gemütlichkeit ausstrahlte. Sowohl ihr Vater, als auch ihre Mutter hatten oft und viel Kaffee getrunken. Der Kaffeeduft erinnerte sie an früher und erweckte angenehme Erinnerungen: Kaffee und Kuchen und für sie manchmal heiße Schokolade und Kuchen. Sie atmete tief entspannt aus. Jetzt erst bemerkte sie, unter welchem Druck sie beim Herrn der Schlangen immer gestanden hatte, weil sie dort nie essen und trinken durfte, was sie wollte.
Sie fühlte sich unendlich wohl, denn sie fühlte sich unter ihresgleichen. Endlich konnte sie sich entspannen.
Mit Steffen konnte sie frei sein.
Hier warteten keine hochtrabenden Worte auf sie, sondern hier war ein junger und unglaublich erotischer Mann, der nun ganz langsam in Schwung kam.

Unvermittelt begann er: „Heute Nachmittag um siebzehn Uhr müssen wir in Karlsruhe im Stadtzentrum an der Pyramide sein."
„Wieso?", fragte Sonja etwas unwillig, denn er hatte sie aus ihrer Betrachtung seiner Unterarme gerissen.
„Da steigen noch zwei Frauen dazu. Eine ist sechzehn, die andere ihre Tante."
'Mist!', dachte Sonja, die sich auf die Nachtfahrt mit Steffen allein gefreut hatte.
Sie konnte sich kaum eingestehen, daß sie die Adern auf Steffens Unterarmen an die Adern auf einem männlichen Schöpfungsorgan erinnerten, das sie einmal gesehen hatte, als ein Freund ihres Vaters betrunken und entblößt auf dem Bett gelegen hatte.
Sie fuhren weiter und knapp zwei Stunden später hielten sie zur Rast in der sehr alten und schönen Stadt Erfurt.
Sonja hatte sich gefangen. Sie dankte dem allmächtigen Schicksal, daß sie, gerade sie, ein so unfaßbares Glück hatte.
Wichtig war für Steffen, daß er, wie er lässig formulierte, in Erfurt ein ordentliches Frühstück bekommen würde.
Er überhörte Sonjas schüchtern vorgetragenen Wunsch, ein wenig im Schatten nahe dem mächtigen Erfurter Dom zu sitzen.
Er nahm sie wie selbstverständlich bei der Hand und zog sie vom Parkplatz fort in die

Fußgängerzone, wo nahe am Rathaus einige Restaurants Frühstück bis zwölf Uhr anboten. Es war jetzt gegen halb elf Uhr und kein Problem, ein massives Frühstück zu bekommen. Nachdem Steffen ein Restaurant ausgewählt hatte, führte er Sonja zu einem freien Tisch am Fenster und verabschiedete sich dann aufs Klo, das er nach dem Kaffee ausgiebig nutzen wollte, wie er ihr mitteilte. Sie solle ihm ein riesiges Frühstück bestellen mit Rührei und doppelter Portion Thüringer Rostbratwürste und natürlich viel Schinken.
„Roh oder gekocht?", fragte Sonja.
Steffen rülpste kurz und fragte dann lachend: „Wieso 'oder'? Ich nehme immer 'und'."
Lachend ging Steffen los. Sonja blickte ihm nach. Er hatte eine wirklich gute Figur.
Da trat auch schon eine Bedienung an den Tisch. Auch sie hatte Steffen nachgeschaut: „Wow!", sagte sie und schnalzte laut und verwegen mit der Zunge.
„Ja: Wow!", gab Sonja zurück und wußte nicht, ob sie Freude oder Bedrohung spüren sollte. Sie entschloß sich für Freude und gab sich bei der Bestellung große Mühe.
Zwar hörte sie zwischendurch immer wieder die Stimme des Herrn der Schlangen, vor allem dessen Ekel vor Fleisch und dann auch noch Würste aus Schweinefleisch, aber sie bemerkte erstaunt, wie seine Weisheiten und Er-

kenntnisse sie nicht mehr erreichten. Irgendwie war mit einem Schlag alles anders geworden. Nichts von dem, was ihr der Herr der Schlangen erklärt hatte, konnte sie in dieser für sie völlig neuen Situation anwenden.
'Im Gegenteil', dachte Sonja, 'es wäre günstiger für mich, wenn ich die Begegnungen mit dem Herrn der Schlangen komplett vergessen würde, dann könnte ich mich viel besser auf meinen Steffen einstellen... Oh...', dachte Sonja ein wenig erschrocken, '... ich nenne ihn schon meinen Steffen!'
Dabei durchflutete sie ein zartes Liebesgefühl.
Da kam Steffen zurück.
'Kühn sieht er aus', dachte Sonja.
Steffen hatte sich die Haare naß gemacht und nach hinten gekämmt. Mit strahlenden Augen blickte er auf das Frühstück, das sich vor ihm auftürmte. Er rieb sich die Hände, nahm Messer und Gabel in die Hand und wünschte ihr und sich selbst laut: „Guten Appetit!"
Dann legte er los, spießte die Würste auf die Gabel, tunkte eine Hälfte in den Senf und biß gierig ab, daß das Fett spritzte.
„Hm!", kommentierte er seinen Genuß und fragte: „Ißt du nichts?"
Sonja wurde rot, denn es war doch Allgemeinwissen, daß Verliebte keinen Hunger hatten. Sie sagte leise: „Ich habe keinen Hunger",

und vermied dabei ihn anzusehen.
Steffen aß dann weiter und Sonja beobachtete ihn unauffällig. Sie freute sich, daß es ihm schmeckte. Aber ihre Freude an seinem Genuß währte nicht lange. Kaum hatte er die Hälfte seines mächtigen Frühstücks hinuntergeschlungen, da zündete er sich mit noch kauendem Mund eine Zigarette an. Gäste am Nebentisch beschwerten sich sofort und der verunsicherte Kellner bat Steffen, seine Zigarette auszumachen. Steffen blieb cool, nahm seine Tasse Kaffee in die linke Hand, die qualmende Zigarette in die rechte Hand, verließ den Raum und setzte sich draußen vor dem Restaurant auf die Treppe.
Der Kellner lief ihm hinterher und fragte, wer denn die Rechnung bezahle.
Steffen nickte in Richtung Sonja und sagte zum Kellner: „Die Kleine zahlt!"
Steffen erhob sich kurz, trat ins Restaurant und rief laut Sonja zu: „Zahl bitte die Rechnung. Wir ziehen den Betrag dann hinterher von deiner Mitfahrgebühr ab."
Sonja nickte und nahm sich vor, gleich über die Mitfahrgebühr zu sprechen, wenn sie wieder im Auto wären. Sie wollte ihm etwas mehr anbieten als vereinbart. Sie hatte ja genug Geld und er sah aus, als könne er welches gebrauchen.
Als sie dann weiterfuhren, streifte Steffen

beim Schalten immer wieder an ihrem Oberschenkel entlang. Sie zuckte nicht zurück. Sonja wollte ein Gespräch mit ihm führen. Sie wollte einfach seine Stimme hören und auch sich selbst wollte sie sprechen hören. Sie wollte ihn fragen, was er denn so mache, was sein Beruf oder so sei, aber sie traute sich nicht. Sie hatte das Gefühl, es sei ihm unangenehm, darüber zu sprechen.

Kurz hinter Frankfurt fuhr Steffen rechts raus auf einen kleinen Rastplatz.

Sonja erhoffte sich einiges, als er eine etwas verwahrloste Decke aus dem Kofferraum holte, dann ein schattiges Plätzchen suchte und fand und dann die Decke dort ausrollte.

Steffen war anzusehen, daß er immer noch müde war. Schon kurz hinter der ersten Reihe von Büschen rollte er die Decke aus.

Da meldete Sonja zarten Protest an: „Hier riecht's sehr unangenehm!"

Sie hatte nicht gezögert, ihren Ekel auszudrücken, aber Steffen antwortete nicht.

Er war zum Umfallen müde, legte sich auf die Decke und zog sein T-Shirt aus. Sonja blieb kurz der Atem stehen. Was hatte er vor? Sonja war erschrocken und glaubte, er würde sich darauf vorbereiten, zärtlich mit ihr werden zu wollen. Er aber rollte das T-Shirt ein, nutzte es als Nackenrolle und bald schon schnarchte er.

Sonja hatte nun Zeit, ihn zu betrachten. Sein Körper war rasiert und gut durchtrainiert. Er war einfach berauschend schön.
'Wie ein griechischer Gott', dachte Sonja lüstern. Sie sehnte sich nach Berührung dieses herrlichen männlichen Körpers. Langsam und vorsichtig, damit er nicht aufwachte, setzte sie sich neben ihn, lehnte sich vorsichtig zurück und kam ihm immer näher, bis sie zart an ihn gelehnt liegenblieb. Sie genoß die heimliche Nähe zu Steffen.
Steffen schnarchte immer noch leise. Sein teilnahmsloses Schnarchen unterstützte nicht die Entspannung, die Sonja so gerne neben ihm empfunden hätte. Außerdem fand sie den Geruch, der in den umliegenden Büschen herrschte, unerträglich. Also rollte sie sich schon nach einigen Minuten von ihm weg und erhob sich wieder.
Sie beschloß auf dem Parkplatz immer wieder auf und ab zu gehen. Die Autos, die vorüberrasten, sollten einen rhythmischen Hintergrund für ihre Gedanken abgeben.
Angestrengt dachte sie über sich selbst nach: Was war geschehen? Da kam dieser Steffen daher und all das, was sie in den letzten Wochen und Monaten interessiert hatte, war plötzlich nur noch ein Hirngespinst. Ihre Träume und die merkwürdigen Seelengeschichten, an die sie nie wirklich geglaubt hatte,

wirkten plötzlich alle ausgedacht, so sinnlos und unlebbar fern. Vielleicht waren diese Seelengeschichten von großer Bedeutung für den Herrn der Schlangen, der alt war und sein Leben hinter sich hatte. Aber sie stand doch erst am Anfang. Ihr Leben war gerade dabei zu beginnen. Sie hatte auf den Moment gewartet, ihren Traummann zu treffen. Jetzt war es geschehen. Jetzt begann das pralle Leben. Sie wollte keine Seelengeschichten mehr hören mit all diesen dramatischen Enden. Sie wollte das pralle Leben im Hier und Jetzt. Sie wollte Steffen. Und aus tiefstem Herzen wollte sie, daß Steffen sie wollte. Sie beschloß zu ihm zu gehen. Vielleicht war er wach?
Er war es!
Er stand auf der Decke und pinkelte von dort aus mit sattem Strahl an den nächsten Baum. Schnell drehte sie sich um und lief zurück zum Auto, wo sie auf ihn wartete. Nach einem kurzen Moment kam er immer noch ziemlich verschlafen aus dem Gebüsch.
„Willst du dir die Hände waschen?", fragte Sonja wie sie fand fürsorglich.
„Nö, wieso?", war seine lapidare Antwort, als er sich eine Zigarette anzündete.
Sie fuhren weiter.
Sonja blickte aus dem Fenster und achtete darauf, daß ihr Kleid ziemlich unzüchtig nach oben rutschte. Mit einem schnellen Seiten-

blick sah sie, daß er es sah. Aber er sah schnell wieder weg und blickte angestrengt nach vorne auf die Straße.
In Bruchsal fuhr er raus auf eine Tankstelle, tankte voll und trank drei Tassen Kaffee.
Als sie weiterfuhren, taute er vollends auf. Er legte seine Hand auf ihren Oberschenkel. Sonja freute sich über Steffens warme Hand.
„Meine Lebensgeister kehren wieder zurück", kommentierte er diesen reichlich unverhohlenen Akt der Eroberung.
Sonja grübelte, wie sie sich verhalten sollte. Einerseits wollte sie nicht zu nuttig erscheinen und andererseits nicht zu zickig. Also ließ sie geschehen, was geschah, und wartete ab, was noch weiter geschehen würde. Je mehr er seine Hand bewegte, um so weniger dachte Sonja nach. Sie genoß es einfach. Seine Bewegungen waren zart und weich und Sonja konnte spüren, daß er Erfahrung im Umgang mit Frauen hatte. Still kommentierte sie die Bewegungen seiner Hand mit einem immer stärker werdenden Hingabegefühl.
Bei der Autobahnausfahrt Karlsruhe Mitte hatte er seine Hand zurückziehen müssen, um den Schalthebel zu bedienen.
Sonja nahm sich vor, in aller Ruhe nachzudenken. 'Alles sucht Ausgleich', dachte sie an einen der Sätze, die sich aus dem Wissensschatz des Herrn der Schlangen bei ihr ein-

geprägt hatten. Das mit Steffen war ihr nun doch ein wenig zu schnell körperlich geworden. Nun sehnte sie sich plötzlich nach klaren und strukturierten Gedanken. Auf einmal hatte sie Lust, mit dem Herrn der Schlangen zu sprechen. Einmal hatte ihr der Herr der Schlangen erklärt, daß es keine Zeit gäbe, sondern nur anwachsende oder zusammenschrumpfende Beziehungen. Entscheidend sei immer ein ganz konkreter Moment, in dem Wachstum ins Schrumpfen kippt. Sonja wollte nun nachdenken, wann dieser Moment in der Beziehung mit dem Herrn der Schlangen geschehen war. Aber sie kam nicht dazu.
Sie waren bereits im Stadtzentrum von Karlsruhe angekommen und Steffen parkte das Auto nahe am Marktplatz. Sie stiegen aus und als sie auf den Marktplatz einbogen, sah Sonja gleich die Pyramide. Natürlich viel kleiner als die, die sie in Ägypten gesehen hatte. Ein leichter Schmerz durchzuckte sie, denn sie erinnerte sich, welch eine Wissensquelle sie mit dem Herrn der Schlangen verloren hatte. Dieser Schmerz verschwand aber sofort, als sie bemerkte, daß Steffen sanft den Arm um ihre Hüfte legte.

Bemerkenswerte Gäste

Als Sonja und Steffen augenscheinlich frisch verliebt auf dem großen Karlsruher Marktplatz standen, war es kein Problem für sie, die neuen Fahrgäste schon von weitem zu erkennen. Schärfer hätten die Gegensätze zwischen zwei Frauen nicht sein können: Die eine war jung, für ihre sechzehn Jahre groß gewachsen und schlank. Sie hatte dunkle Haare und große Augen, die von lebhafter Neugierde beseelt waren. Die andere war zwischen dreißig und sechzig, ziemlich massiv gebaut, mit blutunterlaufenen Augen, die auf irgendetwas allergisch reagierten. Ihre dünnen Haare waren braun bis grau.
Sowohl Steffen, als auch Sonja mußten lachen, als sie das ungleiche Paar begrüßten.
„Ihr kommt ziemlich spät", sagte die Dicke mit gehörigem Vorwurf in der krächzenden Stimme. Erst jetzt sahen Steffen und Sonja, daß die Dicke einen mächtigen Rucksack auf dem Rücken trug.
Mißtrauisch hatte sie ihn wegen wie sie glaubte akuter Diebstahlgefahr nicht abgestellt, sondern lieber auf ihrem breiten Rücken angeschnallt gelassen. Sie hatte eine braune Strickweste an. Außerdem hatte sie schwere

Wanderschuhe an ihren Füßen und trug Knikkerbockers, die ihr hauteng geworden waren und ihre strammen Waden nicht bedeckten. Steffen beschwichtigte sie wegen des Zuspät-Kommens: „Nun, ein Viertelstündchen.“ Bevor die rotäugige Dicke weiter herumnörgeln konnte, stellte sich die junge Hübsche eilig und höflich vor: „Ich heiße Eleonore!“, sagte sie und reichte beiden die Hand. Somit war die Peinlichkeit eines allzu unfreundlichen Empfangs überwunden.
„Es gibt gutes Eis in Karlsruhe!“, sagte die Dicke mit breitem Grinsen. Sie wollte nach Eleonores freundlichem Vorstoß nun auch höflich einlenken. Übellaunig eine lange gemeinsame Fahrt anzutreten, wäre in niemandes Interesse gewesen.
Eleonore wollte kein Eis, Sonja auch nicht. Da Steffen aber ein Eis haben wollte, gingen sie in das Eiscafé an der Ecke des Marktplatzes. Stühle und Tische standen auf dem Pflaster und luden zum süßkalten Vergnügen ein. Sonja fiel sofort auf, daß Steffen seit der freundlichen Begrüßung der minderjährigen Bohnenstange, wie Sonja Eleonore heimlich nannte, kaum noch wiederzuerkennen war. Er sprühte vor Humor und gab sich blendend aufgelegt. Sonja beschloß, die Augen offenzuhalten. Sie spürte eine leichte Bedrohung von diesem Mädchen ausgehen. Sonja konn-

te diese Bedrohung noch nicht genau fassen, ahnte aber nichts Gutes.
Erst einmal beschloß Sonja, der Tante beim Eisessen zuzuschauen. Die dicke Tante, die bislang weder den Rucksack ab- noch sich vorgestellt hatte, war ganz ins Verschlingen ihrer Rieseneisportion versunken. Sie zelebrierte ihr Eisessen: Erst kratzte sie mit ihrem Löffel das Eis in Schichten ab, dann fuhr sie mit dem eisbeschichteten Löffel in die Sahne und achtete darauf, daß gleiche Menge Eis und Schlagsahne auf dem Löffel waren. Sodann steckte sie den Löffel in den Mund, zog ihn wieder heraus und schob ihn dann wieder rein und wieder raus und wieder rein und so weiter, bis er leer war. Mit einem schnellen Zungenschnalzer fuhr sie sich danach durch den leichten Damenbart, in dem sich Spuren von Sahneeis verfangen hatten, und saugte auch diese Reste in sich hinein.
Sonja, die fasziniert das Eislutschritual beobachtet hatte, dachte, daß diese Frau auf keinen Fall der Grund für Steffens spontanes Aufblühen sein konnte.
Die kleine Reisegruppe plauderte dann noch ein wenig über die verschiedenen Reiseziele. Eleonore wollte mit ihrer Tante die Pfingstferien an der Algarve, einem Landstrich im Süden Portugals, verbringen. Die Tante, an dieser Stelle grinste die Eisanbeterin, um auf

sich hinzuweisen, hatte dort ein Ferienapartment für eine Woche gemietet und beide freuten sich nach diesem grauen, kalten, nassen Winter auf Sonne und Meer.
Steffen hatte verstanden 'Sonne und mehr'!
Steffen und Sonja, die zum ersten Mal über ihre Reiseziele sprachen, hielten diese eher im Ungewissen. Er wollte zu Freunden in Lissabon, hustete er, und sie wollte zu Freunden in der weiteren Umgebung von Lissabon, räusperte sie sich. Niemand fragte nach.
In diesem Moment erhaschte Sonja einen Blick, der ihr Steffens spontane Verhaltensänderung erklärte. Eleonore hatte Steffen mit einem erregenden Augenaufschlag überrascht und Sonja hatte diesen Blick gesehen. Sonja mußte sich eingestehen, daß dieser Blick voll mädchenhafter Hingabe selbst sie erregte. So schön konnte es sein, sich in Gedanken ganz hinzugeben. Als Steffen sich dann direkt darauf verschluckt hatte und an einem Hustenanfall herumwürgte, beschloß Sonja, unbedingt auf der Hut zu sein. Ihre Ahnung hatte sich bereits bestätigt: Zwischen Eleonore und Steffen herrschte eine hohe Spannung.
Sonja wollte keine Eifersucht! Dieses Gefühl machte sie so eng und so wütend, so bitter und vor allem so hilflos und einsam.
Sonja beschloß, nicht eifersüchtig zu sein. Sie lächelte, denn gerade in diesem Moment

mußte sie an den Herrn der Schlangen denken. Der hatte gesagt, wer eifersüchtig ist, ist nur zu faul sich zu ändern. Er hatte damit gemeint, so dachte Sonja auf ihren jetzigen Fall bezogen, daß sie diese Eleonore einfach nur beobachten sollte, um herauszufinden, was Steffen an ihr so toll fand. Dann würde sie das auch erlernen und dann hätte sie sich sogar durch ihre Eifersucht menschlich weiterentwickelt und am Ende hätte sie obendrein sogar noch Steffen erobert.
Sonja wollte sich die Mühe machen, diese merkwürdige Eleonore genau auf deren positive Eigenschaften hin zu beobachten.
Da fiel ihr ein, daß der Herr der Schlangen auch gesagt hatte, daß ein Beschluß, der im Kopf getroffen würde, sehr oft vom Gefühl nicht akzeptiert würde.
Sonja wischte sich die Haare, die ein Windstoß bewegt hatte, aus den Augen. Es war, als Wische sie die Erinnerung an den Herrn der Schlangen fort. Sie dachte, daß Steffen schon von selbst bemerken würde, daß Eleonore viel zu jung und unerfahren für ihn sei.
Sie gingen alle zum Auto, wo Steffen Eleonore half, ihren kleinen Rucksack im Kofferraum zu verstauen. Die Tante verstaute ihren großen, schweren Rucksack selbst.
Dann fuhren sie los und genossen es, in den orangeroten Abend hineinzufahren.

Bei Mühlhausen verließen sie Deutschland und fuhren über die Grenze nach Frankreich. Alle waren gefangen von den Nebelschwaden, die sich wie Geister über die frühlingsblühenden Bäume legten.
Steffen erzählte unentwegt von den vielen Projekten, die er plane: Das waren vor allem Filmprojekte, mit denen er Spaß haben wollte, andererseits wollte er die Menschen damit zum Nachdenken zwingen und Erfolg wollte er auch noch damit haben. Er erzählte aber auch von Aktionen, bei denen viele Menschen auf die Straße gehen würden, um seine Projekte zu unterstützen. Diese Projekte sollten die Menschen, die die Aktionen sehen würden, sehr betroffen machen und wieder zum Nachdenken zwingen.
Sonja, die Steffen aufmerksam zuhörte, wurde den Verdacht nicht los, daß all die Filme, Aktionen und Projekte gerade im Moment ganz frisch erdacht worden waren.
Als Eleonore einmal nachfragte, womit er denn sein Geld verdiene, schwafelte er ein bißchen herum, gestand aber dann, daß er als Kellner in einem mexikanischen Restaurant in der Oranienburger Straße arbeite.
Eleonore hing an seinen Lippen. Sonja, die vorne saß, blickte beleidigt zum Fenster hinaus. Sie vermißte seine Berührungen.
In eine Redepause hinein sprach die Tante,

die hinter Steffen Platz genommen hatte und die bislang nur dadurch aufgefallen war, daß sie knuspernd Kartoffelchips aus einer großen Tüte aß: „Bei dieser günstigen Gelegenheit möchte ich mich übrigens vorstellen: Mein Name ist Hildegard."
'Der Name paßt wie die Faust aufs Auge', dachte Sonja. Und etwas wehmütig dachte sie weiter: 'Ach, wären nur alle Frauen so wie Hildegard, dann hätte ich Steffen sicher.'
Dieser Satz hallte in ihr nach: '... dann hätte ich Steffen sicher!'
'Oh je!', fragte sie sich, 'Bin ich denn schon so wild verliebt, daß ich ihn sicher haben will?'
'Ja!', antwortete sie sich selbst.
Sie blickte Steffen scheu von der Seite an. Sein Profil war klassisch schön. Seine Nase ragte griechisch aus seinem wohlproportionierten Kopf hervor. Ganz wild war sie auf seine schwarzen Locken, die wenn er sich aufregte, an den Enden leicht zitterten.
Ach, wie gerne wäre sie ihm durchs Haar gefahren, einfach so als vertraute Geste zwischen sehr guten Freunden, aber im Moment war das unmöglich. Er hatte wieder begonnen von Projekten zu sprechen.
Steffen blickte immer wieder in den Rückspiegel, um sich Eleonores Aufmerksamkeit zu vergewissern.
Sonja nahm sich vor, daß sie Steffen nicht

kampflos hergeben wollte. Sie würde auf jeden Fall um ihn kämpfen. Sie korrigierte ihre Körperhaltung so, daß ihr linker Oberschenkel nahe am Steuerknüppel auf seine Hand wartete. Beim Schalten würde er den verlokkenden Oberschenkel zwangsläufig berühren müssen. Ihr Plan ging auf. Zärtlich streichelte er sie, wann immer er schaltete.
Dann wurde es Nacht. Steffen wurde immer erschöpfter. Die Gespräche waren verstummt und eine müde Stille breitete sich im Auto aus. Immer öfter mußten sie an Raststätten oder Tankstellen anhalten. Dann rauchte Steffen immer eine Zigarette und schüttete Unmengen Kaffee in sich hinein.
Einmal hatte er Sonja hinter ein Gebüsch gezogen und heftig geküßt. Zwar irritierte sie sein Zigaretten- und Kaffeegeschmack, aber was während des Kusses, bei dem er sie heftig an sich preßte, an ihr Becken pochte, machte sie stolz: Offensichtlich hatte sie als Frau eine sehr anregende Wirkung auf ihn.
Nach jeder Pause fuhren sie schnell wieder weiter und hofften, die Erfrischung würde eine Weile halten. So fuhren sie dann noch eine ganze Weile dröhnend durch die Nacht.
Eleonore war müde geworden und schien zu dösen. Hildegard schnarchte leise. Steffen vergewisserte sich durch einen raschen Blick in den Rückspiegel, daß die Gäste nichts mit-

bekamen. Sodann lehnte sich Steffen ein wenig zu Sonja rüber und flüsterte ihr zu: „Ich bin randvoll mit Kaffee. Dieses Aufputschmittel hilft nicht mehr. Ich will aber noch ein bißchen fahren. Willst du mich nicht ein bißchen aufputschen?"

Sonja sah ihn mit großen Augen an.

Es war doch nicht sein Ernst, oder?

Er grinste sie an: „Was meinst du?"

Sonja dachte: 'Mein Gott, es ist sein Ernst!'

Zwar hatte Sonja verstanden, was er wollte, tat aber nun züchtig so, als ob sie es nicht verstanden hätte.

Geschickt öffnete er mit einer Hand seinen Hosenladen, nahm dann ihre unsichere Hand in seine Hand und führte sie zum Zentrum seiner Lust.

Sonja hatte nicht die Spur einer Gegenwehr gezeigt und nun mußte sie sich eingestehen, daß sie es genoß, wie er unter ihrer Hand anschwoll. Mit jedem Druck ihrer Hand, mit der sie sein Glied umklammerte, wurde es dicker und härter und Steffen immer wacher. Manchmal legte er seine Hand plötzlich auf ihre und Sonja verstand, daß sie innehalten sollte - und zwar so lange, bis er wieder auf ihre Hand tippte. Sie verstand dieses Zeichen und erhöhte dann wieder den Druck und die Bewegung, bis alles wieder unter ihrer fruchtbaren Hand aufblühte.

Sonja lachte in sich hinein! War das nicht absurd? Nun tat sie genau das, was sie in der Liebespyramide als Aufgabe einer Liebeslehrerin beschrieben hatte: Sie lehrte einen Mann Beherrschung. Sie reizte ihn so lange, bis er völlig erregt war, aber sie erlaubte ihm nicht zu kommen.
'Das ist ja toll', dachte Sonja, als sie hörte, wie Steffen ein Stöhnen unterdrückte. 'Ich bin eine Liebeslehrerin.' Das alles gab ihr ein unbändiges Gefühl von Macht.
'Der Herr der Schlangen wäre stolz auf mich', dachte sie, aber sie war sich nicht wirklich sicher, ob ihr Gedanke richtig war, denn sie hatte bereits vieles von dem vergessen, was der Herr der Schlangen als Basis seiner Liebesschule entwickelt hatte: Die Tanzmeditation, die Körpermeditation, die Seelentheatergeschichten und vor allem die Hauptbotschaft des Herrn der Schlangen, daß eine Entschuldung stattfinden müsse, um die Rückkehr zur Unschuld zu ermöglichen.
Sonja genoß einfach pur und unverstellt und frei von komplizierten Gedanken ihre sexuelle Macht über Steffen.
Auf einmal begann Steffens Glied zu zucken. Sofort lockerte sie den Griff und wieder hörte sie ihn stöhnen. Sie beschloß, daß es jetzt reiche. Sie zog ihre Hand zurück. Fürsorglich verschloß sie dann seinen Reißverschluß.

Steffen war beeindruckt von dieser offenen, vorurteilslosen und erfahrenen Frau.
Nach kurzem Blickkontakt beschlossen sie, in Saint-Laurent-des-Arbres von der Autobahn herunterzufahren und sich sogleich ein preisgünstiges Motel zu suchen.
Irgendwie hatten Sonja und Steffen es sehr eilig, und also nahmen sie das nächstbeste Motel, das sie finden konnten.
Selbstverständlich nahmen Steffen und Sonja das eine Zimmer und Hildegard und Eleonore das andere der beiden Zimmer, die in dem schäbigen Motel noch frei gewesen waren.
Freundlich wünschten sich die beiden ungleichen Paare „Gute Nacht" und verschwanden dann auf ihren Zimmern.
Kaum hatten Sonja und Steffen in ihrem nicht ganz sauberen Zimmer die Tür geschlossen und ihr Gepäck aufs Bett geworfen, drückte Steffen Sonja an die Tür, kniete sich vor sie, schob ihr kurzes Kleid hoch und liebkoste sie fachmännisch, bis sie immer lauter stöhnte.
Sonja hatte Steffens heiße Zunge, die wußte, was sie tat, sehr genossen und zeigte sich nun als sehr dankbar. Sonja wußte, was sich gehörte, und kniete sich vor Steffen. Mit ihren heißen Lippen brauchte sie nicht lange an ihm zu spielen, bis es ihm zuckend kam.
Jetzt war die knisternde Spannung zwischen ihnen verflogen und nach einer ausgiebigen

Dusche legten sie sich ins Bett.
Sonja hatte den Spermageschmack noch im Mund, als sie dachte, daß das, was eben geschehen war, wohl nichts mehr mit den von ihr beschriebenen Aufgaben einer Lehrerin der Liebespyramide zu tun hatte. Irgendwie hatte sie das Gefühl, daß sie jetzt endgültig und unwiderruflich den Zugang zum Herrn der Schlangen verloren hatte.
Gerade als Sonja traurig werden wollte, spürte sie Steffens Arm, der sie umarmte und sie zu streicheln begann. Kurz darauf spürte sie seinen Mund, der sie wild küßte, und bald schon spürte sie, wie er sich über sie wälzte und in sie eindrang, und bald hatte sie den Herrn der Schlangen und die Liebesschule vollständig vergessen.

Frühstück in der Provence

Üble Baugeräusche weckten die kleine auf zwei Zimmer verteilte Reisegruppe auf. Alle hätten noch gerne weitergeschlafen. Steffen hatte sogar erwogen, Sonja nochmals zu beglücken, aber Bagger und Bohrmaschinen waren einfach zu laut. Sogar Hildegard, die sehr gerne und viel schlief, wälzte sich aus dem Bett, wobei sie darauf achtete, daß Eleonore ihre beachtlichen Brüste nicht sehen konnte. Irgendwann während der Pubertät hatte Hildegard beschlossen, daß sie keinen attraktiven Körper habe. Dann hatte sie sogar beschlossen, daß sie einen häßlichen Körper habe, und dann hatte sie sogar noch weiter beschlossen, daß sie gar keinen Körper habe. Dann war ihr der eigene Körper nach und nach fremd geworden. Und schließlich hatte sie ihn vergessen. Nur wenn der Körper schrie, also wenn er krank war, nahm sie ihn noch wahr. Noch unheimlicher als ihr eigener Körper waren ihr allerdings männliche Körper, die, wie sie gehört hatte, immer nur Sex wollten. Aus ihren eigenen bescheidenen sexuellen Erfahrungen hatte sie mit-

genommen, daß Sex etwas Furchtbares sei. So war ihr Gedankengang: Sex ist etwas, was mit Körpern geschieht und Körper sind eklig. Wie also kann mit zwei ekligen Körpern etwas Schönes geschehen? Hildegard pries für sich die reine unkörperliche Liebe, so wie sie in edler Poesie beschrieben wird. Obwohl sie selbst weit davon entfernt war, verheiratet zu sein, pries sie die Ehe über alles, und obwohl sie in ihrer näheren und weiteren Umgebung kein glückliches Ehepaar kannte, glaubte sie an die alles heilende Kraft der Ehe.
Nachdem Hildegard aus dem Bad kam, blickte sie ärgerlich auf den sehr kurzen Rock, den Eleonore angezogen hatte. Dreist und angriffslustig blickte Eleonore zurück. Hildegard beschloß, nichts zu sagen. So viel hatte sie gelernt: Widerstand erzeugt Widerstand. Also sagte sie erst einmal noch nichts.
Aber sie nahm sich vor, während der gesamten Autoreise Eleonore genau zu beobachten. Hildegard war nicht entgangen, daß Steffen immer eine samtweiche Stimme annahm, wenn er zu Eleonore sprach.
Als sich die kleine Reisegruppe im Gang des Motels traf, beschlossen sie einstimmig, so schnell wie möglich abzufahren. Das, was sich ihnen nachts im Blick durchs Fenster als wildhügeliges Naturschauspiel vorgestellt hatte und wie ein mittelalterlicher Marktplatz aus-

gesehen hatte, hatte sich bei Tageslicht als eine riesige Baustelle enttarnt.
Hildegard strotzte vor Gewißheit, daß es in Saint-Laurent-des-Arbres wunderbare Frühstücksrestaurants und Bäckereien gebe.
„Nichts wie hin!", rief Steffen übermütig und alle nahmen in seinem Auto die gewohnten Plätze ein. Sonja legte Wert darauf, der Welt mitzuteilen, daß sie und Steffen nun ein Paar seien. Wie selbstverständlich legte sie ihm die Hand auf die Schulter und strich ihm dann durchs Haar. Sie machte nun genau das, was sie sich am Vortag noch nicht getraut hatte. Steffen ließ es geschehen.
Kaum hatten sie in der Nähe des Zentrums einen Parkplatz gefunden, da verschwand Hildegard sogleich und kehrte umgehend mit einer Tüte duftender Croissants zurück. Sie war blendend gelaunt. Alle anderen wirkten zwar aufgedreht, aber dennoch ziemlich unausgeschlafen. Sonja hatte die Erfahrung gemacht, daß körperliche Liebe ermüdend wirken kann. Eleonore hatte unruhige Träume gehabt, die sie immer wieder hatten aufwachen lassen. Eine schnarchende Tante ist wirklich kein gutes Geleit für seligen Schlaf.
Schnell fanden sie auf dem großen Platz ein Café, das draußen unter Lindenbäumen seine Tische und Stühle aufgestellt hatte.
Kaum hatten sie sich hingesetzt, da hob sich

die Stimmung bei allen. Das frühe Licht der Provence kündete mit feinem Thymianduft vom herannahenden Sommer. Sie sahen Menschen, die an diesem Morgen schon durch die Straßen schlenderten und sich wohlfühlten, denn sie konnten das magische Sonnenlicht genießen und den frühen Morgen einatmen, der saubere Frische ausstrahlte.
Steffen war als Hahn im Korb glücklich.
So gefiel es ihm. Er dachte bei sich: 'Eine Frau für Sex', damit meinte er Sonja, 'eine fürs Herz', damit meinte er Eleonore, 'und eine zum Lachen', damit meinte er selbstverständlich Hildegard.
Vor sich hin lächelnd über die freche Beschreibung der drei Frauen und ihren Bezug zu ihm zündete er sich eine Zigarette an.
Eleonore war ziemlich glücklich, denn ihre langen Beine, die sie immer wieder geschickt in Steffens Blickwinkel hielt, hatten seine aufmerksamen Blicke herausgefordert.
Hildegard war glücklich, denn sie hatte schon zwei Croissants verdrückt, noch bevor die Bedienung an den Tisch getreten war, um nach den Wünschen der Gäste zu fragen.
Nur Sonja war nicht ganz glücklich, denn sie dachte angestrengt darüber nach, wie sie das Kräfteverhältnis in der Reisegruppe zu ihren Gunsten verschieben konnte.
Als gerade alle vier die großen Tassen an den

Mund hoben, um den frischen Milchkaffee zu genießen, entfuhr es Sonja: „Der Herr der Schlangen sagt, Kaffee weckt die Dämonen."
Sie lachte ironisch. Steffen hatte nichts verstanden und Hildegard hatte den Mund voll Croissant-Milchkaffee-Gemisch. Für sie war dieses typisch französische Gemisch neben leckerem Speiseeis mit Sahne ein weiterer Hochgenuß irdischer Freuden.
Aber Sonjas Bemerkung war wie ein Blitz in Eleonore gefahren. Das junge Mädchen stellte sofort ihre Tasse hin und fragte gespannt: „Wer hat das gesagt?"
Sonja sah in Eleonores flackernde Augen, als sie wiederholte: „Der Herr der Schlangen."
„Wer ist das?", fragte Eleonore und ihre Stimme und ihre Unterlippe zitterten.
Sonja schwieg erstaunt.
„Erzähl mir von ihm!", sagte Eleonore.
Alle blickten auf Eleonore, denn jeder bemerkte eine Veränderung an ihr.
Eleonore hatte ihren Kaffee abgestellt, ohne von ihm getrunken zu haben. Ihr selbst war aufgefallen, daß sie eigentlich gar keinen Kaffee mochte, aber um erwachsen zu wirken, hatte sie sich vorgenommen, genau so wie die anderen Kaffee zu trinken, um dann heimlich so wenig wie möglich von der schwarzen Brühe runterzuschlucken.
Sonja spürte die plötzliche Begeisterung des

jungen Mädchens und stutzte. Ihr war eine Idee gekommen. Je mehr sie diese Idee zuließ, um so mehr gefiel sie ihr: Vielleicht, so dachte Sonja, könnte es ihr ja gelingen, Eleonores bisherige Begeisterung für Steffen auf den Herrn der Schlangen umzulenken.
Also sprach Sonja: „Der Herr der Schlangen ist der Leiter einer Liebesschule, die in Portugal heimlich arbeitet. Er ist der Meinung, daß ich Potential zu einer leitenden Liebeslehrerin hätte. Königin nennt er das."
Eleonores Begeisterung war nun vollständig auf Sonja übergesprungen.
Steffen runzelte die Stirn. Ihm gefiel die offensichtliche Begeisterung der jungen Eleonore für dieses Hirngespinst, von dem Sonja angefangen hatte zu erzählen, nicht.
Hildegard hörte wegen der durch das starke Kauen lauten Innengeräusche nicht, was gesprochen wurde. Sie hatte außerdem enorme Bedenken, ob sie nicht wieder Gewicht zulegen würde, da sie schon das vierte Croissant hintereinander verdrückt hatte.
Eleonore aß nichts, sie trank nur einen frisch gepreßten Orangensaft. Sie war aufgeregt und wartete, was Sonja noch alles von der Liebesschule erzählen würde.
Steffen aß gerade ein riesiges Omelett mit Schinkenspeck. Mit vollem Mund grinste er Sonja an und fragte dann frech: „Wie ist denn

dieser Liebeslehrer im Bett?"
Sonja antwortete sehr schnell errötend: „Ich weiß es nicht. Soweit ich weiß, schläft er nicht mit seinen Schülerinnen."
Steffen lachte, als ob er es besser wüßte, und nun wurde Sonja konkret, korrekt und bestimmt: „Ich weiß nicht, was er sonst macht. Ich weiß nur, was er mit mir gemacht hat: Nichts außer seelenvollen Berührungen."
Nun meldete sich Hildegard völlig ungefragt zu Wort und rief mit vollem Mund: „Das glaube ich aber nicht!"
Sehr bestimmt kam dieser Satz. Alle horchten auf, so eine angriffslustige Stimme hatten sie von Hildegard bislang nicht gehört.
Auch Eleonore blickte erstaunt ihre Tante an. Ein solch scharfer Ton war ihr bislang unbekannt. Da sich aber Hildegards Zwischenruf am Ende mit einem spontanen und dadurch unkontrollierten Rülpser vermischt hatte, vergaßen alle schnell wieder, daß sie bemerkt hatten, daß Hildegard noch eine andere, verborgene Seite hatte. Im Moment war es Hildegard völlig gleichgültig, ob sie ernstgenommen würde oder nicht. Mit äußerstem Mißmut hatte Hildegard Eleonores Begeisterung für diesen dubiosen Herrn der Schlangen bemerkt. Sie witterte Gefahr.
Sonja lächelte in sich hinein: Da hatte sie nur seinen Namen genannt und einige seiner

eher harmlosen Äußerungen, und schon begann der Herr der Schlangen die Reisegruppe zu polarisieren.
Sonja freute sich, wie hervorragend ihr Plan aufgegangen war. Eleonore war elektrisiert vom Herrn der Schlangen. Steffen empfand ihn als eine lästige, unnötige Bedrohung. Hildegard hatte den Herrn der Schlangen als eine Gefahr für Eleonore geortet.
Sonja wollte sich ihre eigene Beziehung zum Herrn der Schlangen beschreiben, um sie besser zu verstehen: Seitdem sie in Steffen verliebt war, war die Verbindung zum Herrn der Schlangen gerissen. Ein häßliches Wort, 'gerissen', spürte Sonja dem Klang dieses Wortes nach.
'Aber was soll ich machen? Es ist die Wahrheit', dachte sie schulterzuckend.

Rast am Meer

Südfrankreich zeigte sich von seiner schönsten Frühlingsseite. Die Hügel wölbten sich hinaus ins Licht der Lebensfreude. Der Duft nach frischem Gras mischte sich mit würzigem Salbei- und Thymianduft.
Steffen und die hinter ihm sitzende Hildegard genossen das prächtige Frühlingsland.
Eleonore löcherte Sonja mit Fragen über Fragen zur Liebesschule. Immer wieder wollte Eleonore von Sonja genau wissen, was Seelengeschichten seien. Aber auch das ganze konkrete Verhalten des Herrn der Schlangen interessierte sie ungemein: Warum trank er keinen Kaffee, warum rauchte er nicht, warum aß er kein Fleisch, warum trank er keinen Alkohol, warum nahm er keinen Zucker zu sich?
Eleonore war wie elektrisiert, denn das waren alles Dinge, die sie schon seit ihrer Kindheit mied. Zwar hielten ihre Eltern sie an, alles einmal auszuprobieren, aber sie mochte einfach nicht. Immer wieder mußte Eleonore an ihre Eltern denken, die selbst Kaffee und Alkohol tranken, die rauchten und Fleisch aßen und es absolut nicht ertragen konnten, wenn ihr Kind gesünder lebte als sie selbst.
Immer wieder wandte sich Eleonore begei-

stert zu Hildegard, um ihr mitzuteilen, wie toll es sei, wenn man außergewöhnliche Menschen wie den Herrn der Schlangen treffe. Hildegard antwortet nicht, denn sie war versunken in ihr Käse-Schinken-Croissant, das sie sich als Wegzehrung für den kleinen Hunger zwischendurch mitgenommen hatte. Sie fühlte sich nicht verpflichtet, sich gesund zu ernähren. Daß ihre Haare immer sehr schnell fettig waren, sie einen Damenbart hatte und außerdem Pickel am Kinn und am Hals, schrieb sie den schlechten Umwelteinflüssen und ihren genetischen Bedingungen zu.
Sonja war glücklich, denn sie bemerkte, daß sie der Mittelpunkt der Gruppe geworden war. Auch wenn es sie sehr anstrengte, andauernd über ihre Erfahrungen mit dem Herrn der Schlangen sprechen zu müssen, so hatte sie es doch geschafft, einen mächtigen Keil zwischen Eleonore und Steffen zu treiben.
Wann immer Sonja ein wenig schweigen wollte, um die herrliche Landschaft der Provence auf sich wirken zu lassen, wurde sie sofort von Eleonore aus ihren Betrachtungen gerissen. Eleonore gab einfach keine Ruhe.
Alle im alten Volvo, der auf nahezu leerer Autobahn ins Licht des Südens schwebte, bemerkten, wie Eleonore sich in das Thema Herr der Schlangen und Liebesschule regelrecht festbiß. Ihre Bewunderung für den Herrn der

Schlangen wurde immer unverhohlener.
Steffen war der erste, der seinen Protest laut äußerte, indem er sagte, ihm ginge dieser „komische Herr der Affen voll am Arsch vorbei". Niemand kommentierte seine beleidigende Äußerung.
Steffen dachte bei sich mit einem scharfen Seitenblick auf Sonja, daß er diese einfach mehrmals richtig flachlegen müßte, dann würde sie diesen merkwürdigen Herrn der Schlangen schon vergessen.
Am frühen Nachmittag erreichten sie Sête. Sie konnten das Meer schon von der Straße aus sehen und es entfaltete vom ersten Anblick an seine enorme magische Wirkung auf die kleine Reisegruppe.
Kaum hatten sie das Meer erblickt, da beschlossen sie spontan und einstimmig, am einladenden Meeresstrand eine Rast zu machen. Sie wollten sich sonnen, sich am Rauschen des Meeres satthören und sich von der gesunden salzigen Luft durchdringen lassen.
Nun war Steffens Zeit gekommen. Kaum hatten sie einen Parkplatz gefunden, da stiegen sie alle aus dem heißen Volvo und gingen hinunter zum menschenleeren Strand. Bedeutsam zog er sich bis auf die Unterhose aus und ölte seinen Körper ausgiebig ein, obwohl die Sonne noch nicht stark war.
Sonja war nun endgültig müde vom Herrn

der Schlangen zu erzählen und erbat sich von Eleonore eine Erholungspause.
Sonja beobachtete Steffen und fuhr sich mit feuchter Zunge über ihre trockenen Lippen. Eleonore konnte betteln, wie sie wollte. Sie mußte akzeptieren, daß Sonja im Moment mit etwas anderem beschäftigt war.
Sonja und Eleonore zogen sich diskret in ihre schicken Bikinis um. Steffen blickte beide prüfend an und entschied dann, daß Eleonore die bei weitem bessere Figur machte.
Hildegard hatte sich nicht in den Badeanzug umgezogen. In voller Montur hatte sie sich ans schattenspendende Gebüsch, das bis zum Straßenrand reichte, gelegt. Sie döste sofort weg. 'Das Käsecroissant war doch zuviel', dachte sie noch kurz bevor sie einnickte. Kurz bevor sie endgültig einschlief, dachte sie sich selbst korrigierend, daß sie ja eigentlich drei Käsecroissants verzehrt hatte. Erst als sie ihr Gewissen von jeglicher selbstbeschwichtigenden Lüge befreit hatte, schlief sie selig ein.
Die drei anderen schlugen ihr Lager näher am Meer auf, um den Wellen lauschen zu können. Sie wollten, daß die Wellen die Autogeräusche, die von der Schnellstraße herunterdrangen, übertönten. Kaum hatten sie einen gemütlichen Platz gefunden, legten sie sich träge in den warmen Sand und nahmen Licht, Luft und Meeresduft in sich auf. Es war

ihnen, als atmeten sie den Meeresstrand mit dem ganzen Körper ein.
Eleonore lag links neben Steffen, Sonja rechts. Gerne hätte Sonja in der Mitte gelegen, aber Steffen hatte die Liegeordnung nach seinem Wunsch durchgesetzt.
Allerdings lagen die drei in züchtigem Abstand nebeneinander und keinem von ihnen war nach Liebesangebändel. So ließen sie die Hände an ihre Seite gepreßt und dösten hinein in diesen gigantischen Moment, wenn der Mensch nach langem, dunklem Winter zum ersten Mal wieder die Liebe der Sonne, des Sandes und der Meereswellen spürt.
Obwohl sich Sonja ganz auf Steffen einstimmen wollte, erinnerte sie sich, wie der Herr der Schlangen das Meer segnete, wann immer er es erstmalig erblickte: „Ave Maria", hatte er gesagt, und als der heilige Moment verklungen war, hatte er ihr erklärt, daß Meer, italienisch: mare, deutlich hörbar die gleiche Sprachwurzel habe wie Maria.
Da war die Trauer plötzlich wieder da und würgte sie im Oberbauch. Aber inzwischen hatte sie ein probates Mittel entdeckt, um die Trauer zu verdrängen: Sachte bewegte sie ihre linke Hand nach links, wo sie schon bald erwartungsgemäß auf Steffens Hand stieß. Sogleich verschwand ihre Trauer und eine nie gekannte Hoffnung stieg in ihr auf,

die sich bald im Rhythmus der Wellen über sie wölbte. So döste Sonja im Rhythmus der Wellen in das wunderschöne Reich ihres eigenen Verliebtseins hinüber.
Aber die tiefe Entspannung währte nicht so lange, wie die drei es sich gewünscht hatten.
„Verschwindet, ihr Biester!“, schrie es plötzlich hinein in das entspannende Dösen.
„Haut endlich ab!“, brüllte es wieder.
„Weg mit euch!“, klang es den Aufwachenden ziemlich disharmonisch ins Ohr.
Alle drei brauchten eine Weile, bis sie die Krachquelle gefunden hatten, doch dann konnten sie sich sehr schnell einen Überblick über die Situation verschaffen.
Hildegard warf mit allem, was sie in ihre Hände bekam, nach drei Möwen, die sich ein Croissant stibitzt hatten und nun darum rangen, wie sie es unter sich aufteilen sollten.
Sonja, Steffen und Eleonore konnten Hildegards Reaktion nicht nachvollziehen, denn das inzwischen sehr sandig gewordene Croissant war verloren, so oder so.
Nachdem Hildegard wieder eine handvoll Sand in Richtung Möwen geschmissen hatte, hatten die Möwen ihren Streitplatz so weit von Hildegard entfernt, daß diese ihre wirkungslosen Sandgeschosse wegen zu großer Distanz nicht mehr abfeuern konnte.
Nun blickte Hildegard zu den drei Erwachten

und erklärte ihnen das, was die drei sich selbst hatten zusammenreimen können.
Sie erklärte mit sehr lauter Stimme, die sich locker gegen Autogeräusch und Wellenklang durchsetzte: „Ich hatte mir mein Reservecroissant schön auf den Rucksack zurechtgelegt, daß wenn ich aufwache, ich gleich was zu essen habe."
„Typisch Tante Hildegard", flüsterte Eleonore, die sich ein bißchen für ihre Tante schämte.
Hildegard fuhr fort: „Aber dann kamen diese verdammten Viecher und haben es geklaut."
Niemand sagte etwas und Hildegard schloß ihre Rede mit der traurigen Feststellung, daß sie nun kein Reservecroissant mehr habe.
Da sie nach ihrer Rede gleich wieder wegnickte, drehten sich die drei Zuhörer wieder dem Meer zu, aber die wohlig entspannte Stimmung kehrte nicht mehr zurück.
Steffen setzte sich auf, drehte Sonja den Rücken zu und begann mit Eleonore ein Gespräch. Sein Widerwillen gegen den Herrn der Schlangen beschäftigte ihn immer noch. Also sprach er zu Eleonore: „Ich finde das ganze Gerede vom Herrn der Ratten peinlich. Und du? Glaubst du das alles allen Ernstes?"
Eleonore verbesserte ihn schulmeisterlich: „Sein Name ist Herr der Schlangen."
„Wie auch immer!", reagierte Steffen abfällig, „Das Ganze, was dieser alte Kerl verzapft,

klingt nach dem Geschwätz eines Mannes, dessen beste Zeit vorüber ist. Wahrscheinlich ringt er mit fortschreitender Impotenz."
Locker legte sich Steffen auf den Rücken.
Eleonore blickte hinaus aufs Meer.
Sonja blickte bemüht unauffällig auf die leichte Schwellung in Steffens zur Badehose umfunktionierten Unterhose. Sonja wurde durch diesen Anblick sehr erregt. Sie dachte an die vergangene Nacht.
„Der Alte hat doch von Frauen keine Ahnung. Aus irgendeinem Grund stellt er die Frauen auf ein Podest, worauf sie keinesfalls gehören. Er schüttet sie voll mit Komplimenten. Er sieht Königinnen in ihnen, aber dabei weiß er noch nicht einmal, wie eine moderne Frau wirklich funktioniert."
Eleonore war es unangenehm, daß Steffen mit ihr sprach, während er Sonja, die auf der anderen Seite neben ihm lag und so tat, als ob sie schlief, den Rücken zudrehte.
Aber Eleonore wußte, daß Sonja nicht schlief. Sie hatte einen Blick von Sonja aufgefangen und wußte, daß sie sehr aufmerksam zuhörte.
Schnell drehte Eleonore sich zu Hildegard, die nach ihrem Möwenerlebnis wieder eingeschlafen war. Den Rucksack nutzte Hildegard jetzt als Kopfkissen. Keine Möwe würde sich an die schnarchende Hildegard und ihren Rucksack wagen.

Es war Eleonore unangenehm, daß sie irgendwie zwischen Sonja und Steffen geraten war. Sie wollte das nicht. Sie wollte weiter vom Herrn der Schlangen träumen. Sie suchte einen Menschen, der ihr die Welt in ihrem Wesen erklären könnte, ohne sie gleich zu irgendeiner Meinung erziehen zu wollen, so wie ihre Schullehrer es immer versuchten.
Eleonore blickte hinaus aufs Meer. Sie spürte eine behütende und beschützende Kraft, die von dem inneren Bild ausging, das sie sich aufgrund Sonjas Erzählungen vom Herrn der Schlangen angefertigt hatte.
Steffen hatte wenig Erfahrung mit jungen Frauen. Er konnte sich schwer vorstellen, daß es junge, hübsche Mädchen gab, die sich am menschlichen Geist erregen könnten. Er glaubte an die Macht seiner männlichen Ausstrahlung und seinen schönen und erotischen männlichen Körper.
Steffen lachte siegessicher auf: „Wenn du Frauen haben willst, mußt du sie verachten."
Eleonore blickte erstaunt. Diese schamlose Aussage über Frauen hatte sie noch nie gehört. Steffen wiederholte seine Ansicht und zitierte dazu noch einen originellen Spruch, den er einmal aufgeschnappt hatte: „'Wenn du zum Weibe gehst, vergiß die Peitsche nicht', sagt ein großer deutscher Philosoph, der die Frauen gekannt haben muß." Und aus

seinem eigenen Erfahrungsschatz fügte Steffen lachend hinzu: „Je mehr du die Frauen verachtest, um so gieriger fressen sie dir aus der Hand.“
Eleonore konnte sich beim besten Willen nicht vorstellen, daß das jemand ernsthaft behaupten konnte. Ihr Widerspruchsgeist war geweckt. Sie würde sich nie von einem Mann etwas sagen lassen und schon gar nicht würde sie sich peitschen lassen und schon obergarnicht aus seiner Hand fressen.
Sonja fand nicht gut, daß Steffen ein solch merkwürdiges Gespräch mit Eleonore führte. Also tat sie nun so, als ob sie erwachte, und schaltete sich ins Gespräch ein: „Der Herr der Schlangen sagt, daß die Frauen durch die lange Zeit der Unterdrückung heutzutage vollständig verwirrt sind, weil sie ihre Seelenhaftigkeit verloren haben.“
Eleonore war begeistert. Das verstand sie sofort. Sie nickte aufgeregt und stimmte dann zu: „Das stimmt!“, sagte sie und obwohl sie wußte, daß sie sich mit ihren sechzehn Jahren weit vorwagte, sagte sie: „Ja, die Frauen glauben nicht mehr an ihre Seele. Sie glauben mehr an Silikon als an ihre Seele.“
Eleonore schaute die beiden gespannt an, ob ihre Aussage irgendeine bewundernde Reaktion hervorrufen würde.
Steffen erhob sich. Seine Bade-Unterhose war

beachtlich ausgebeult. Das Licht, die Luft, der warme Sand, die Entspannung und vor allem seine Position zwischen zwei Frauen hatten das ihre getan und ihn zu einem kräftigen, potenten Mann anschwellen lassen.
Sonja konnte den Blick nicht mehr abwenden von diesem kraftstrotzenden Aufmerksamkeitsbeweis, wobei sie in diesem Moment allerdings nicht sicher war, wem Steffen seine Aufmerksamkeit widmete.
Während Steffen zu seiner Umhängetasche gegangen war, um eine Zigarette herauszuholen, die er sogleich anzündete, sagte er im barschen Ton zu Sonja: „Siehst du dort hinten den Baum mit dem dichten Gebüsch? Geh dorthin und warte auf mich."
Ihm ging das Herr-der-Schlangen-Gerede tierisch auf die Nerven. Er wollte doch nun einmal zeigen, wer hier Herr im Hause war.
Ohne zu zögern tat Sonja, wie ihr geheißen war. Steffen blickte zu Eleonore mit einem Blick, der sagen sollte: 'Siehst du, wie recht ich mit meinen Ansichten über Frauen habe? Je mehr ich Sonja verachte, um so heißer wird sie.'
Eleonore war verwundert über das, was sich da vor ihren Augen abspielte. Bislang hatte sie Sonja bewundert und beneidet, aber nun verhielt sich Sonja aus Eleonores Blickwinkel alles andere als bewundernswert.

Sonja aber kümmerte sich nicht um Eleonores erstaunten bis entsetzten Blick, denn sie war erregt. Sehr schnell sprang sie durch den warmen Sand. Mit großen Schritten lief sie zu dem Ort, auf den Steffen gedeutet hatte.
Eleonore wurde auf einmal alles zu viel. Sie sprang auf und lief zum Ufer. Sie wollte sich unbedingt abkühlen. Schritt für Schritt wie ein Storch ging sie immer tiefer ins Wasser. Das Meerwasser war kalt, aber kühlte sie nur äußerlich ab. Innerlich blieb sie in Hitze.
Steffen schlenderte langsam zu dem Baum im Gebüsch, wo Sonja auf ihn wartete. Er ging wie ein Jäger, der die Beute, die er in einer Falle gefangen hatte, nun erledigen wollte. Er ging leise, um Hildegard nicht zu wecken. Aber die schlief fest.
Eleonore beschloß, etwas hinauszuschwimmen. Sie wollte so weit hinausschwimmen, daß sie gerade noch stehen konnte. Aber sie hatte ein Problem: Sie wollte mit ihren Füßen den Meeresboden nicht berühren. Sie hatte Angst vor Krebsen, Quallen, Meeresschlangen und giftigen Fischen, die nur darauf warteten, ihr in den Fuß zu beißen oder gar in sie hineinzukriechen. Vor Haien, die es immer irgendwo geben konnte, hatte sie panische Angst. Da sah sie eine Haifischflosse, die auf sie zuschwamm. Sie hielt erschrocken die Luft an. Aber als die Flosse näherkam, erkannte Eleo-

nore, daß es ein Stück Pappendeckel war. Die leichte Meeresströmung, die in der Brandung herrschte, erfaßte sie und trieb sie fort. Aber zum Glück wurde Eleonore parallel zum Ufer abgetrieben. Ob sie wollte oder nicht, das Wasser zog sie zur Seite.
Sehr schnell aber begriff Eleonore, daß das überhaupt nicht gefährlich war. Sie blickte zufällig ans Ufer und traute ihren Augen nicht. Sie sah den weißen Hintern von Steffen, der schnell und immer schneller hoch und runter pumpte. Sonst sah und hörte sie nichts, als den pumpenden weißen Hintern.
Das war ihr so widerwärtig, daß sie einen ordentlichen Kraftschub bekam und ihre Füße auf den Grund stellte. Sie hatte keine Angst mehr vor Meerestieren, die sie bedrohen könnten. Außerdem, das fiel ihr jetzt ein, gab es im Mittelmeer keine Haifische.
Mit kräftigen Schritten stakste sie aus dem Wasser heraus und lief schnell durch den warmen Sand zu Hildegard. Dort legte sie sich neben Hildegard, die immer noch schlief.
Eleonores Atem ging schwer, aber an Hildegards Seite fand sie schnell Ruhe. Jetzt auf einmal wirkte diese asexuelle Tante enorm beruhigend auf sie, und Hildegards regelmäßiges Schnarchen half der aufgeregten Eleonore, sich langsam zu entspannen.
Schließlich nickte auch sie ein.

ZERMÜRBENDE FRAGEN

Nachdem Sonja und Steffen kurz das Schwimmen im Meer genossen hatten, zogen sie sich wieder in ihre Reisekleider um. Das Gleiche tat Eleonore, die dann noch Hildegard weckte. Gemeinsam überquerten sie die Schnellstraße und gingen zum Auto.

Schweigend setzten sie ihre Reise fort.

Am frühen Abend verließen sie Frankreich und erreichten Spanien. Die Pyrenäen machten dem alten Volvo schwer zu schaffen.

Die Stimmung im Auto war friedlich.

Die ausgiebige Pause in Sête hatte alle entspannt und erfrischt.

Eleonore war immer noch etwas verschreckt, sie erholte sich aber langsam wieder. Es war hart für sie gewesen, frontal mit so nackten Tatsachen am Strand konfrontiert zu werden. Natürlich dachte sie immer und immer wieder daran, wie es sein würde, wenn sie... Schon seit Jahren kreisten ihre Gedanken um jenen Moment ihrer eigenen Entjungferung. Was sie am meisten beschäftigte, war die Frage, ob sie danach verändert sein würde und vor allem, ob die anderen es bemerken würden, daß sie danach verändert wäre.

Hildegard kühlte ihre Stirn am Fenster, sie

war ganz im Landschaftsbetrachten versunken. Einmal rief sie laut und aufgeregt: „Hey, schaut mal, ein Fischadler."
Aber gleichgültig, wie genau sie den Standort des Vogels auch beschrieb, niemand im Auto außer ihr sah den Fischadler.
Die Sonne versank blutrot hinter den Bergen und die Wolken schimmerten noch so lange orange, bis die Sonne endlich nicht nur hinter den Bergen verschwunden, sondern ganz und gar untergegangen war.
Im Auto war nur das regelmäßige Motorgeräusch zu hören. Jeder hatte sich in seine eigene Welt zurückgezogen.
Steffen sah langsam, aber sicher ein Problem auf sich zukommen. Denn er wollte in Lissabon nicht zu Freunden, wie er nicht ganz wahrheitsgemäß um Sonja zu schonen gesagt hatte, sondern zu seiner Freundin.
'Nun ja', faßte Steffen seine verschwommenen Gedanken zusammen, 'ich lasse das Ganze mal auf mich zukommen...'
Sonja war noch im Nachspüren des Aktes, der hinter ihr lag. Sie rang immer wieder mit dem Gefühl, daß sie dem Glück, das sie empfunden hatte, nicht zu stark trauen durfte, damit die Enttäuschung, wenn es aufhörte, nicht zu stark wäre. Aber es gelang ihr nicht. Sie war einfach glücklich. Sie wollte ihr Glück ganz fest in ihren Händen halten. Immer wie-

der wiederholte sie ganz leise vor sich hin: 'Ja, ganz fest halten: Mein Glück! Nie mehr loslassen: Mein Glück!'
Hildegard machte sich Sorgen um Eleonore: Diese gefiel ihr gar nicht. Sie kannte sie von Kindesbeinen an und wußte, wie zickig sie sein konnte, vor allem, wenn es darum ging, ihren Willen durchzusetzen. Aber hier auf dieser Reise hatte sich Eleonore aus Hildegards Blickwinkel sehr zu ihren Ungunsten verändert. Hildegard beschloß, die Augen offenzuhalten. Im gleichen Moment, in dem sie diesen Gedanken dachte, schlief sie ein.
Eleonore war unruhig. Sie saß zwar still, denn beherrschen konnte sie sich, aber in ihr brodelte es. Irgendetwas Neues begann in ihrem Leben. Eine Tür war aufgegangen. Sie hatte große Angst hindurchzugehen, aber sie wußte, daß sie mußte, sonst würde das Leben nicht beginnen. Eleonore hatte Angst, daß das Leben an ihr vorbeigehen könnte, so wie es bei Tante Hildegard oder ihren Eltern oder Großeltern vorbeigegangen war. Oft hatte Eleonore das Gefühl, alle Menschen, die sie kannte, hätten Angst vorm Leben. Sie aber sehnte sich nach wildem Leben, sie wollte hinein! Eleonore beneidete Sonja darum, so einen Mann wie den Herrn der Schlangen kennengelernt zu haben. Sie sehnte sich nach einem geheimnisvollen Menschen mit Geist,

der ihr die wirklichen Geheimnisse dieser verwirrenden Welt erklären konnte.
Plötzlich kam Ärger in ihr hoch. Der Ärger wandelte sich in Wut, die so stark wurde, daß Eleonore das Gefühl hatte, eine Hand würgte sie am Hals. Sie griff sich an ihren Hals, aber außer ihrer eigenen Hand war da keine fremde würgende Hand.
Eleonore war als Einzelkind aufgewachsen. Niemand hatte ihr gezeigt, wie man mit Wut umgeht. Also wurde sie jetzt von ihrer eigenen Wut erst überrascht und dann fortgeschwemmt. Ohne Vorwarnung brüllte es aus ihr heraus: „Sonja, sag mal, warum hast du den Herrn der Schlangen verraten?"
Steffen zuckte zusammen. Er hätte Eleonore nie und nimmer zugetraut, daß sie so laut und unbeherrscht herumbrüllen konnte.
Hildegard schreckte kurz hoch, schnappte nach Luft und schlief dann wieder ein.
Steffen blickte gespannt zu Sonja.
Eleonores Engagement für den Herrn der Schlangen und die Liebesschule hatte sein Interesse geweckt.
Sonja hatte keine Antwort parat. Alles war so überraschend gekommen. Die schnelle und unbändige Verliebtheit mit Steffen hatte sie völlig unvorbereitet getroffen. Allerdings hatte sie jetzt keine Zeit um nachzudenken. Sie mußte schnell etwas sagen, um Zeit zu gewin-

nen. Also stritt sie den Vorwurf erst einmal ab: „Ich bin mir nicht bewußt, daß ich den Herrn der Schlangen verraten habe."
So jung Eleonore auch noch war, Mut hatte sie schon entwickelt, und also sagte sie klar: „Doch, du hast ihn verraten!"
Sonja wurde wütend. Sie drehte sich um, ihre grünen Augen funkelten und sie rief gepreßt: „Wieso hab ich ihn verraten?"
Eleonores Augen blickten kalt, als sie sagte: „Du hast dich einem anderen Mann völlig unterworfen."
Steffen grinste und Sonja drehte sich in ihre ursprüngliche Sitzhaltung zurück, blickte geradeaus nach vorne und starrte stur auf die Straße, die ihr entgegenrauschte.
Eleonore schob noch ein Sprichwort nach, über das sie in der Schule in Deutsch schon einmal einen Aufsatz geschrieben hatte: „Man kann nicht Diener zweier Herren sein."
Nun explodierte Sonja: „Ich bin niemandes Diener. Ich bin frei! Verstehst du das?"
Sie drehte sich nach hinten um und brüllte wie ein geprügelter Hund: „Verdammt nochmal. Verstehst du das?"
Hildegard schreckte hoch und murmelte etwas wie: „Hey... doch nicht so laut", dann nickte sie wieder ein.
Eleonore blieb völlig unbeeindruckt und antwortete sachlich: „Du bist nicht frei!"

Ungerührt fuhr Eleonore fort: „Du bist nicht frei! Wenn Steffen jetzt zum Beispiel in den Straßengraben fährt, dann mußt du mit, ob du willst oder nicht!"
Sonja stutzte. So ein Gedanke hätte auch vom Herrn der Schlangen kommen können.
Steffen mischte sich lachend in das Gespräch ein: „Ich werde meine Macht, die ich über euch habe..." und weiter lachend machte er einen Schlenker mit dem Auto, daß die Reifen quietschten und Hildegard hochschreckte, aufschrie und sich ans Herz faßte.
Steffen vollendete seinen angefangenen Satz: „... nicht ausnützen!"
Hildegard schimpfte: „Was fällt dir ein, mich so übel zu erschrecken? Ich habe ein sehr schwaches Herz."
Steffen antwortete nicht.
Hildegard beschloß, ein Fläschchen Kakao zu trinken, das sie für den Notfall, der jetzt eingetreten war, gekauft hatte.
Es wurde wieder still im Auto.
Eine ganze Weile war außer dem stetigen Dröhnen des alten Motors nichts zu hören.
Sonja dachte angestrengt nach und sagte dann laut: „Ich habe ihn nicht verraten."
Eleonore fragte: „Und wie nennst du dann das, was du mit ihm gemacht hast?"
Sonja dachte kaum nach, als sie schnell antwortete: „Verlassen!"

Mit leicht tränenerstickter Stimme wiederholte sie dann: „Ich habe ihn verlassen."
Sonja blickte auf ihrer rechten Seite zum Fenster hinaus. Niemand sollte ihre Tränen sehen. Sie mußte sich selbst eingestehen, daß sie aufgewühlt war. Tief in ihrem Inneren, nahezu unter Ausschluß des Bewußtseins, fand eine heftige Auseinandersetzung zwischen der Lebensansicht des Herrn der Schlangen und ihrer eigenen statt.
Eleonore schwieg zunächst, denn sie respektierte die Tränen von Sonja, die sie zwar nicht sah, aber spürte.
Hildegard hatte ihr süßes Notfallgetränk ausgetrunken. Ihr gefiel das alles nicht. Sie ärgerte sich über die menschliche Dichte, die hier im Auto unter den Dreien entstanden war. Das Engagement ihrer Nichte für diesen merkwürdigen Herrn der Schlangen mißfiel ihr zutiefst. Sie wollte Eleonore noch eine ganze Weile vom furchtbar grausamen und ungerechten Leben fernhalten. Eleonore war doch noch so jung. Sie sollte es noch eine ganze Weile genießen, so gut behütet und beschützt zu sein. Dann dachte Hildegard über sich selbst nach: Sie wußte nicht warum, aber ihr war aufgefallen, daß sie auf dieser Fahrt andauernd von üblem Hunger gequält wurde. Zum Glück, dachte Hildegard, war es dunkel und niemand konnte sehen, wie sie

aus ihrem Rucksack, den sie wie ein Baby auf ihrem Schoß hielt, eine angebrochene Tafel Nußschokolade hervorkramte.
Sie machte das langsam und leise. Sie wollte niemandem etwas anbieten, denn sie war sicher, leckere Nußschokolade würden alle immer wollen. Und am Ende wäre für sie selbst nichts mehr übrig.
Da sagte plötzlich Eleonore in die Stille hinein: „Niemand kann den Herrn der Schlangen jemals verlassen."
Sie hatte gewartet, bis Sonjas Tränen versiegt waren, und dann war dieser Satz einfach über sie gekommen.
Alle waren still und warteten gespannt darauf, wie die junge Eleonore ihre gewagte Feststellung begründen würde.
Als Eleonore die aufmerksame Stille bemerkte, sprach sie weiter: „Sonja hat doch selbst gesagt, daß der Herr der Schlangen einen unwiderruflichen Grundsatz formuliert hat."
Eleonore richtete sich auf und lehnte sich vor, um ihrem Zitat das nötige Gewicht zu verleihen: „'Wer nicht für mich ist, ist gegen mich.'"
Bewundernd fuhr Eleonore fort: „Wie mutig muß jemand sein, der so etwas sagt."
„Oder wie bescheuert", kommentierte Steffen diese Aussage. Das brachte ihm einen wütenden Blick der jungen Schönen ein, wie er Eleonore bei sich selbst nannte.

Sonja schwieg betroffen. Diese Eleonore wurde ihr immer unangenehmer. Zwar ließ die junge Zicke, wie Sonja Eleonore wenig respektvoll im Inneren nannte, jetzt wenigstens Steffen in Ruhe. Dies war ein Erfolg.
Soweit, so gut!
Aber wie sich diese Zicke jetzt in diese Sache mit dem Herrn der Schlangen hineinwarf, war mehr als peinlich!
Sonja wollte gerade wieder in selbstberuhigende Gedankenschleifen zurückkehren, da hörte sie wieder Eleonores nervige Stimme fragen: „Bist du nun für den Herrn der Schlangen oder bist du gegen ihn?"
Eleonores Stimme war klar und scharf geworden. Sie hatte ihr ganzes junges Sein in diese Frage geworfen.
Da erhielt Sonja von völlig unerwarteter Seite Hilfe. Hildegard schaltete sich mit Wucht ein. Laut wie ein Stier brüllte sie: „Ich bin gegen diesen Herrn der Schlangen!"
Steffen erschrak sich so, daß er einen Hopser machte und das Auto einen leichten Schlenker, den er mit souveränem Gegensteuern aber gleich wieder unter Kontrolle bringen konnte.
Sonja lehnte sich entspannt zurück.
Hildegard hatte für sie geantwortet, ohne daß sie selbst hätte antworten müssen.
Eleonore versank im Rücksitz. Sie hatte das unbestimmte Gefühl, als ob sie für diesen

Herrn der Schlangen kämpfen mußte, aber im Moment wußte sie nicht genau warum. Obwohl sie ihn nicht kannte, fühlte sie sich doch schon mit ihm verbunden.
Hildegard versuchte mit der Zunge ein Stück Haselnuß zwischen zwei Backenzähnen herauszupulen. Ihr fiel ein, daß ihr an dieser Stelle vor vier Wochen eine Plombe rausgefallen war. Gleich nach der Rückkehr wollte sie sich einen Zahnarzttermin holen.
Das Gute im Moment allerdings war, so dachte Hildegard, daß das Thema Herr der Schlangen beendet war.

Der junge Wille

Als sie auf die Autobahn auffuhren, die sie an Barcelona vorbeiführen würde, wurde Sonja sich bewußt, in welch kurzer Zeit sie vom Herrn der Schlangen abgerückt war. Zwar hatte sie sich von Eleonores scharf vorgetragener Frage nicht in die Enge treiben lassen, aber sie mußte zugeben: Sie hatte den Herrn der Schlangen verlassen. Basta! Aber das hieß doch um Gottes Willen nicht, daß sie nun gegen ihn war. Es war eine tolle Erfahrung gewesen. Sie war gereift in dieser Zeit und jetzt war sie vorbereitet für ihr eigenes Schicksal, das ja gerade begonnen hatte: Sie blickte zärtlich zu Steffen, der schwer mit dem Schlaf zu ringen hatte. Sie hatte ihn schon mehrfach gefragt, ob sie nicht mal ein Stück fahren solle, aber er hatte immer abgelehnt mit dem Hinweis, sie sei zu jung und unerfahren, um nachts auf ausländischer Autobahn zu fahren. Steffen spekulierte auf eine Erfrischung ganz besonderer Art, aber er spürte, daß die merkwürdige Stimmung, die gerade im Auto herrschte, keine heißen Handgreiflichkeiten erlaubte.

Sonja blickte wieder auf ein Straßenschild, das den Weg nach Barcelona anzeigte. Sie

konnte kaum glauben, daß sie noch vor sieben Wochen unweit von hier am Ufer gelegen hatte und der Herr der Schlangen sie über sanfte Berührungen in eine Vergangenheit geführt hatte, von der er behauptete, daß es ihre eigene sei. Sonja hatte Lust, über ihr Erlebnis in Barcelona zu sprechen, aber dann wagte sie es doch nicht. Sie fürchtete, daß Eleonore wieder anfangen würde, scharf provozierende Fragen zu stellen.
'Man soll keine schlafenden Hunde wecken', dachte Sonja und verhielt sich ruhig.
Eleonore schlief nicht. Sie dachte angestrengt nach, wie sie ihren Herzenswunsch Wirklichkeit werden lassen könnte.
Es war still im Auto.
Doch es war keine entspannte Stimmung.
Es war die Ruhe vor dem Sturm.
Es brodelte in Eleonore. Diesmal wollte sie aber nicht schon wieder Sonja angreifen. Eleonore hatte bemerkt, daß Sonja sehr viel schwächer war, als sie vermutet hatte. Es machte wahrhaftig keinen Sinn, weiter auf Sonja herumzuhacken.
Mit ruhiger, gefaßter Stimme sagte Eleonore: „Ich will in die Liebesschule."
Hildegard hustete, sie hatte sich verschluckt. Ein Schokoladen-Haselnußstückchen hatte sich versehentlich in die Luftröhre begeben und eine heftige Gegenreaktion hervorgerufen.

Eleonore hatte dieses Husten richtig verstanden und da sie Hildegards vollständige Ablehnung befürchtete, fügte sie versöhnlich hinzu: „Nur für einen Tag."
„Kommt nicht in Frage!", hustete Hildegard und schüttelte wild den Kopf.
Sonja pflichtete ihr sehr schnell bei: „Die Liebesschule ist geheim. Niemand kann dorthin gelangen ohne eine persönliche Einladung vom Herrn der Schlangen."
Eleonore hatte sich etwas in den Kopf gesetzt und nun zeigte sie, was sie alles machen konnte, um ihren Willen durchzusetzen. Hildegard war immer noch durch den Hustenanfall außer Gefecht gesetzt, Steffen hatte noch kein klares Bild von der Situation. Er befand sich schon in großer Vorfreude auf die bevorstehende Nacht. Sonja war wunderbar willig gewesen.
„Ich liebe willige Weiber", sagte er leise zu sich selbst, um seine Vorfreude auszukosten.
Eleonore sprach laut und klar, wie jemand, der sich vorgenommen hatte, einen wohl durchdachten Plan umzusetzen: „Aber du, Sonja, du hast doch eine Einladung."
„Ja, ich habe eine Einladung!", antwortete Sonja leicht verwirrt. Sie kam mit dem starken Willen, der ihr von hinten in den Nacken drängte, nicht klar.
Eleonore verkündete sofort ihre gute Idee:

„Und wir sind deine Gäste!"
Eleonore glühte vor Begeisterung. Sie wollte ihren Willen unbedingt durchsetzen.
Sonja schwieg.
Erst jetzt wurde ihr bewußt, daß sie ihr Reiseziel öffentlich bekannt gegeben hatte.
Sie hatte gestanden, daß der 'Besuch bei Freunden' eine Lüge war und daß sie eigentlich in die geheime Liebesschule reiste. Sonja fühlte sich geschmeichelt, daß sie ein Ziel hatte, das für alle, zumindest für Eleonore, von größtem Interesse war. Sonja dachte weiter, daß Eleonore Recht hatte. Der Herr der Schlangen hatte ihr nicht ausdrücklich verboten Gäste mitzubringen. Aber vielleicht war er stillschweigend davon ausgegangen...
Hildegard hustete immer noch. Das Haselnußstück wollte einfach nicht von der Luftröhre in die Speiseröhre wechseln.
Da erhielt Eleonore von unerwarteter Seite Hilfe. Steffen klinkte sich ein.
Er sagte entspannt: „Ich finde es spannend, eine Liebesschule mal von innen zu sehen."
Insgeheim dachte er natürlich an Orgien, von denen er annahm, daß sie in der Liebesschule stattfinden würden.
Er schlug Sonja leicht auf den Schenkel: „Vielleicht kann man ja doch noch was lernen. Auf jeden Fall möchte ich den alten Herrn von was auch immer mal kennenlernen."

Sonja war platt. Das Ganze entwickelte sich gar nicht so, wie sie erwartet hatte. Ganz insgeheim hatte sie gehofft, daß Steffen sie einladen würde, mit ihm zu seinen Freunden nach Lissabon zu kommen. Sie hätte dann die Liebesschule sausen lassen.
Steffen fragte praxisorientiert: „Kennst du denn den Weg in die Liebesschule?"
„Nein", antwortete Sonja.
Steffen runzelte fragend die Stirn und Sonja beeilte sich, ihm zu erklären: „Ich werde von einem Fahrer am Flughafen abgeholt. Dieser Fahrer fährt mich dann zur Schule. Die Fahrt vom Flughafen zur Liebesschule beträgt etwa dreieinhalb Stunden."
„Kommt überhaupt nicht in Frage", krähte es von hinten. Alle konnten schnell entschlüsseln, wem diese Stimme gehörte.
Hildegards Nußstückchen war in die Speiseröhre gewechselt. Ihre Stimme war durch den Hustenanfall angekratzt. Sie glaubte, sie habe deutlich genug das Schlußwort zu Eleonores verwegener Idee gesprochen. Aber sie hatte nicht mit Eleonores Willen gerechnet.
Eleonore drehte sich frontal Hildegard zu: „Ich will dorthin. Ich will in die Liebesschule", rief Eleonore mit enormer Lautstärke.
Aber Hildegard schien von der Willensanstrengung ihrer Nichte unbeeindruckt.
Sie schnauzte zurück: „Schlag dir diese merk-

würdige Liebesschule aus dem Kopf!"
Eleonore besann sich und lenkte ein. Sie wollte Hildegard überzeugen: „Aber Tante Hildchen, bitte, wann hat man denn mal eine Chance, eine Liebesschule zu besuchen?"
Schon etwas frecher fügte sie hinzu: „Vielleicht kannst du ja noch was dazulernen."
Steffen und Sonja grinsten. Die Vorstellung, daß Tante Hildchen in der Liebesschule etwas lernen würde, fanden sie beide drollig.
Hildegard antwortete gekränkt: „Ich brauche keine Liebesschule, denn ich bin rundweg glücklich mit meinem Leben."
Zu spät hatte Hildegard bemerkt, daß dies der falsche Moment war, um ihre kleine bürgerliche und vor allem einsame Existenz als Vorbild zu präsentieren.
Eleonore schoß direkt und ohne Vorwarnung zurück: „Lieber bringe ich mich um, als so zu enden wie du!"
Hildegard zuckte zusammen. Das tat weh. Zumal diese Feststellung vor Fremden laut ausgesprochen worden war. Was wußte denn die junge, unerfahrene Eleonore von dem Lebensschicksal ihrer Tante?
Nicht ganz so kraftvoll, wie es möglich gewesen wäre, antwortete Hildegard: „Eine Liebesschule ist zutiefst unmoralisch."
Aber Eleonore war nicht mehr zu beruhigen: „Du kannst ja nur aus dem einfachen Grund

moralisch sein, weil du dich zufrißt!"
Hildegard atmete schwer. Auch Steffen und Sonja dachten, daß Eleonore jetzt wirklich zu verletzend geworden war.
Nach kurzem abrupten Verstummen formulierte Hildegard so bestimmt sie nur konnte: „Vergiß die Liebesschule!"
„Niemals!", konterte Eleonore sofort.
Nun aktivierte Hildegard ihre gesamte erzieherische Macht, indem sie die alles entscheidende Drohung ausstieß: „Du zwingst mich doch wirklich, deine Eltern anzurufen."
Ohne Vorwarnung riß Eleonore die Autotür weit auf. Wie wahnsinnig schrie sie: „Entweder wir fahren in die Liebesschule oder ich springe aus dem Auto."
Alle im Auto waren erschrocken über diese überraschende Demonstration puren Willens. Steffen bremste sofort, und sehr schnell immer langsamer werdend fuhr er auf den Seitenstreifen. Alle waren im Schock.
Eleonore saß mit schneeweißem Gesicht auf dem Rücksitz und zitterte am ganzen Körper.
Steffen war sauer. Er drehte sich um und sprach energisch zu Eleonore: „Mach das nicht nochmal, Mädchen!"
Seine Stimme klang bedrohlich.
Eleonore verstummte. Sie zog sich ganz in sich zurück. Sie hatte das Gefühl, sie alleine müsse gegen die ganze Welt kämpfen. Sie

wünschte sich so sehr Unterstützung.
Ihr war kalt geworden. Wortlos zog Eleonore ihren roten Wollpullover über und schloß die Autotür.
Wortlos fuhren sie weiter.
Im Auto herrschte gespannte Stille.
Die Reisegruppe wollte sich den Willen eines jungen Mädchens nicht aufzwingen lassen.
Bei Arcos de Jalón wurde Steffen einerseits sehr müde und andererseits sehr hungrig - auf Sonja.
Alle wußten, daß die Frage ihres Reiseziels im Moment nicht mehr geklärt werden konnte. Also beschlossen sie, Steffens Vorschlag zu folgen und Rast zu machen.
Wieder nahmen sie ein schäbiges Motel.
Sie wollten Geld sparen.
Müde trennte sich die Reisegesellschaft und alle gingen in ihre Zimmer, nachdem sie die Formalitäten bei dem müden Rezeptionisten erledigt hatten. Sonja zahlte das eine Zimmer und Hildegard das andere.
Kaum hörbar wünschten sie sich eine gute Nacht und dann verschwanden die beiden Paare in ihren Zimmern.
Hildegard schlief in einem weichen Doppelbett mit Eleonore und Steffen schlief in einem ebensolchen Bett mit Sonja.
Hildegard war mürrisch. Sie ahnte, daß die Verantwortlichkeit für das Ziel des kommen-

den Tages bei ihr liegen würde.
Eleonore konnte nicht schlafen. Es war weniger das leise, aber stetige Schnarchen von Hildegard, was sie am Einschlafen hinderte, sondern die Laute der Liebe, die durch die dünne Wand an ihr Ohr drangen.
Immer wieder lauschte Eleonore den Rhythmen der Liebe, die stetig dem Höhepunkt entgegenschwangen, der dann in eine Ruhephase mündete, die aber nicht lange währte, denn schon bald ging alles wieder von vorne los. Zu dem Rhythmus stellte sich Eleonore immer wieder Steffens weißen Hintern vor, wie er hoch und runter pumpte.
Erregend fand Eleonore die leisen, unterdrückten Schreie Sonjas. Sie fand, gerade die Tatsache, daß Sonja ihre Lust unterdrücken wollte, machte es so erregend.

Eleonores Traum

Eleonore konnte nicht einschlafen. Obwohl sie übermüdet war, gelang es ihr nicht, den erquickenden Schlaf zu finden. Ihre Nerven waren immer noch angespannt. Sie zitterte am ganzen Körper. Es war zu viel gewesen.
Was sie am Strand in Sète gesehen hatte und was sie jetzt im Nebenzimmer hörte, reizte ihre Phantasie immer weiter. Natürlich hatte sie mit ihren Freundinnen viel über Sex gesprochen, aber keine wußte etwas Genaues darüber. Nur ihre vierzehnjährige Freundin Stefanie hatte bereits sexuelle Erfahrung gehabt. Da Stefanie aber betrunken gewesen war, konnte sie sich nicht mehr genau erinnern. Ihre Schilderungen waren dementsprechend sehr unklar gewesen, von Schmerzen irgendwie am Anfang und so, die aber dann irgendwie nachgelassen hätten...
Es war heiß und stickig im Zimmer. Eleonore schwitzte und wälzte sich hin und her. Sie konnte einfach keine Stellung finden, die ihre Entspannung begünstigte. Sie erhob sich und öffnete das Fenster. Es war draußen so warm wie drinnen. Anfangs beruhigte sie das Grillengezirpe, das jetzt durchs offene Fenster zu hören war. Dann aber bemerkte Eleonore

ihren Fehler. Sie sah und hörte viele Moskitos. Schnell sprang sie auf und schloß das Fenster, es war jedoch bereits zu spät.
Jetzt endlich war sie müde und wäre gerne eingeschlafen, aber die Moskitos ließen ihr keine Ruhe. Sie kreisten dicht um ihr Ohr und bewirkten so, daß Eleonore sich selbst schlug. In der Hoffnung Moskitos zu treffen, haute sie sich selbst aufs Ohr. Sie glaubte dann auch, einige dieser nervigen Stechmükken erwischt zu haben, da kurz nach ihrem Ohrschlag momentane Ruhe eingekehrt war. Aber schon nach kurzer Zeit ging das Summen wieder von vorne los und zeigte ihr an, daß es ihr nicht gelungen war, die ungebetenen Eindringlinge zu vernichten.
Durch eine Straßenlaterne war ihr Zimmer trotz der dunklen Nacht gut beleuchtet. Sie erhob sich geschmeidig und holte aus ihrer Reisetasche einen leichten Seidenschal. Den legte sie sich auf den Kopf, damit er die Funktion eines Moskitonetzes erfülle.
'Gelb, orange und rot', dachte Eleonore, als sie die farbige Seide über ihren Kopf streifte, 'das sind ja genau die Farben, die der Herr der Schlangen bei der Körpermeditation trägt.'
Noch beim Einschlafen wurde ihr bewußt, daß sie träumen würde. Sie hoffte, daß es kein Albtraum würde. Sie versuchte, nicht an den Herrn der Schlangen zu denken.

Dann schlief Eleonore ein. Noch im Einschlafen spürte sie, wie der Traum kam. Sie wehrte sich heftig dagegen, aber dann bemerkte sie entsetzt, daß ihre bewährte Kraft der Verdrängung zusammengebrochen war.
Im Traum stand sie in einem großen dunklen Gewölbe. Sie konnte nicht unterscheiden, ob es ein großer Weinkeller war oder eine Kirche. Es war dunkel, roch vermodert und der Raum war voller Fliegen. Da öffnete sich die Tür, es war eine hohe Tür, und herein fiel grelles Licht, das den Raum erhellte. Es war weder eine Kirche noch ein Keller. Die ockerbraunen Wände waren über und über mit Zeichen und Symbolen übersät. Der Raum war pyramidenförmig, aber die groben Lehmwände gaben ihm etwas Plumpes. Eleonore stand in der Mitte des Raumes mit dünner gelb-orangeroter Seide bedeckt. Sie blickte an sich herunter und bemerkte mit Schrecken, daß die Seide durchsichtig war. Nackt unter der Seide fühlte sie sich völlig wehrlos. Da erschien eine Gestalt in der Tür. Diese Gestalt blieb stehen und blickte auf Eleonore. Eleonore versuchte fortzulaufen, aber sie konnte nicht. Hilflos war sie den Blicken der Gestalt ausgesetzt, die jetzt den Raum betrat. Sie versuchte ihre jungen flachen Brüste zu verdecken, aber sie konnte nicht. Sie versuchte ihre Scham zu bedecken, aber sie konnte nicht. Sie war aus-

geliefert und die Panik kam über sie. Sie wollte fortlaufen, aber das konnte sie nicht. Die Gestalt kam immer näher. Zwar erkannte sie die Gestalt nicht, sie wußte aber sofort, daß dies der Herr der Schlangen war. Da er von hinten beschienen wurde, konnte sie sein Gesicht nicht erkennen. Plötzlich erhellte sich der Raum und sie konnte alles deutlich sehen und der Schock fuhr ihr in die Glieder. Seine Haare waren Schlangen, die in ständiger Bewegung seinen Kopf umkreisten. Seine Arme waren kräftige Schlangen, aus deren halboffenen Mündern kleinere Schlangen züngelten. Ebenso seine Beine und auch seine Füße bestanden aus gefährlich züngelnden Schlangen. Je näher die Figur kam, um so größer wurde ihr Entsetzen. Dann stellte sie fest, daß die Seide fest an ihrem Körper klebte. Sie war von ihrem eigenen Schweiß völlig durchnäßt. Da sprach der Herr der Schlangen und es klang, als zischelten Tausende von Schlangen. Das Echo im Raum ließ seine Worte gespenstisch hallen: „Es kommt der Tag, an dem du nicht mehr fortlaufen kannst, es kommt der Tag, an dem du dich nicht mehr wegträumen kannst, es kommt der Tag, an dem dein Widerstand zusammenbricht."
Die Spannung, der Druck und die Hitze im Raum wurden unerträglich. Der Herr der Schlangen kam ihr sehr nahe, als er sagte:

„Bis dahin warte ich... warte ich... warte ich...!“, echote es gespenstisch im Raum. Sowohl die Worte, als auch die Tatsache, daß der Herr der Schlangen näher gekommen war, setzten Eleonore unter Schock. Aber sie fühlte diesen Schock merkwürdigerweise als heilsamen Impuls. Sie blickte an sich herunter und erschrak. Sie selbst war zur Schlange geworden. Sie spürte eine enorme Kraft durch ihren Schlangenkörper strömen. Eleonore schrie auf und mit dem Mut der Verzweiflung stürzte sie sich auf den Herrn der Schlangen und obwohl der sich verzweifelt wehrte, drückte sie ihn nach hinten aus dem Raum. Zu ihrem Erstaunen bemerkte sie, daß der Herr der Schlangen große schwere Brüste hatte und viel schwächer war, als sie befürchtet hatte. Verzweifelt schrie der zurückweichende Herr der Schlangen immer wieder: „Was soll das, bist du verrückt geworden?“
Dann hatte sie ihn rückwärts durch die Tür hinausgestoßen, durch die er gekommen war. Der Herr der Schlangen stürzte wehrlos in den Abgrund.
Es tat einen dumpfen Schlag.
Eleonore wachte auf und sah, daß Hildegard mit dem Rücken auf dem Boden lag und ihre massiven Beine nach oben gestreckt hatte. Dann drehte sich Hildegard zur Seite und hielt sich ihren Hinterkopf.

Hildegard konnte unter ihren Fingern spüren, wie sich an ihrem Kopf eine riesige Beule bildete. Entrüstet wiederholte Hildegard den Satz, den sie in Eleonores Traum hinein geschrien hatte: „Was soll das? Bist du verrückt geworden?"
Jetzt erst verstand Eleonore, was geschehen war: Sie hatte noch halb im Traum Tante Hildegard als vermeintlichen Herrn der Schlangen aus dem Bett gestoßen.
„Was soll das? Bist du verrückt geworden?", fragte Hildegard nochmal, aber wartete die Beantwortung dieser Frage nicht ab, sondern ging ins Bad, um sich medizinisch zu versorgen: Sie hielt einen Waschlappen erst unters kalte Wasser und dann auf ihre Beule. Daraufhin setzte sie sich ins Bett und blickte Eleonore erwartungsvoll an.
Haargenau erzählte Eleonore mit aufgeregter Stimme ihren Traum. Hildegard hörte aufmerksam zu und die Sorgenfalte auf ihrer Stirn wurde tiefer und tiefer. Sie ahnte, daß sie etwas unternehmen müßte. Diese vor Unerfahrenheit strotzende Eleonore wurde langsam und vor ihren Augen in den Sog dieses Herrn der Schlangen hineingezogen. Dies mußte unbedingt verhindert werden.
„Ach!", seufzte Hildegard laut und dachte bei sich, man müßte diese Liebesschule, die die Gedanken und Gefühlswelt ihrer Nichte völ-

lig durcheinander gebracht hatte, mit Stumpf und Stiel ausrotten. Sie fühlte sich in diesem Moment wie ein Inquisitor, der den göttlichen Auftrag spürte, eine ketzerische Sekte aufzuspüren, folternd zu verhören und schließlich auf dem Scheiterhaufen zu verbrennen.
Bei dieser Vorstellung kräuselte sich Hildegards schmaler Mund zwischen ihren leicht hängenden Wangen zu einem Lächeln.
Hildegard hatte eine Idee. Ihr Gesichtsausdruck entspannte sich. Die Idee war gut. Die Idee war wirklich sehr gut.
Hildegard nickte und bestätigte sich selbst ihre gute Idee. Sie ließ ihren massigen Körper nach hinten ins Bett plumpsen, so daß das Bettgestell quietschte.
Ihre Beule schmerzte kaum noch.
Sie wollte nochmal über ihre Idee nachdenken. Aber sie schlief ein.
Eleonore fühlte sich nicht wohl. Sie hatte gesehen, daß Tante Hildegard den Traum auf ihre eigene Weise gedeutet hatte. Zum ersten Mal in ihrem Leben bemerkte Eleonore, daß sie aufpassen mußte, was sie anderen erzählte. Tante Hildegard hatte den Traum anders verstanden, als Eleonore ihn gemeint hatte. Tante Hildegard hatte verstanden, daß Eleonore bedroht sei. Eleonore aber war stolz, daß sie sich im Traum erfolgreich gewehrt hatte. Sie hatte von Hildegard Lob gewollt, aber

stattdessen hatte sie bei ihr Sorge bewirkt. Eleonore bemerkte, daß sie einen entscheidenden Fehler gemacht hatte. Zum ersten Mal in ihrem jungen Leben dachte sie, daß Schweigen eine Kunst sei, die sie beherrschen müßte, wenn sie ihren eigenen Weg gehen wollte. Eleonore ärgerte sich über sich, daß sie immer jemanden brauchte, bei dem sie arglos losplappern konnte. Sie mußte sich eingestehen, daß sie manchmal noch ganz ein Kind war, das glaubte, daß alle Menschen so dachten und fühlten wie sie selbst.
Sie wußte allerdings sicher, daß sie ab jetzt lernen müßte, im richtigen Moment zu sprechen und im richtigen Moment zu schweigen. Sie wollte gleich am nächsten Tag damit beginnen. Eleonore wurde von dem vielen Denken der Kopf ganz schwer.

Ankunft in der Liebesschule

Beim Frühstück am nächsten Morgen war nur Hildegard wohlgelaunt. Zwar waren ihr die Ereignisse der Nacht, an die sie vor allem ihre Beule erinnerte, in die Glieder gefahren, aber wenn es ums Essen ging, waren mit einem Schlag all ihre Sorgen vergessen.
Allerdings bemerkte sie kritisch, daß die Croissants in Spanien nicht so gut schmeckten wie in Frankreich. Nichts desto Trotz verschlang sie drei dick mit Butter und Pflaumenmus bestrichene spanische Croissants.
Schweigend mampfend dachte Hildegard wieder an ihre Idee und war glücklich, als guter Mensch mitzuhelfen, die bösen Menschen ausfindig zu machen und ihrer harten, aber gerechten Bestrafung zuzuführen.
Sonja hatte Steffens nächtliche Höchstleistung zwar genossen, aber sie litt darunter, daß er so wenig mit ihr sprach. Gerne hätte sie mehr über ihn gewußt. Immer wieder hatte sie versucht, ihn auszufragen. Vor allem über die Freunde in Lissabon hätte sie sich gerne ein genaueres Bild gemacht, aber Steffen hatte sich bei diesem Thema immer

wieder sehr bedeckt gehalten.
Sonja trank ihren Kaffee mit Milch und Zucker und blickte übellaunig drein.
Steffen rauchte und trank seinen dritten großen Milchkaffee. Ihm war mulmig zumute, denn er befürchtete, daß Sonja bald herausbekommen würde, daß seine Freunde in Lissabon eigentlich nur aus seiner Freundin bestanden. Steffen fürchtete sich vor einem Zusammentreffen von Sonja mit seiner Freundin Petra, die ihn sehnsüchtig erwartete.
Steffen war aus diesem Grund der Besuch der Liebesschule sehr recht. Vielleicht würde Sonja sich eines Besseren besinnen und doch in der Schule bleiben. Er würde dann Petra anrufen und eine Panne erschwindeln, so daß er eine gute Begründung hatte, daß er einen Tag später als verabredet kommen würde. So käme er ohne größeren Ärger davon. Steffen hoffte, daß sich der Konflikt irgendwie von alleine lösen würde.
Er war also unbedingt für den Besuch der Liebesschule. Er war nervös und rauchte Kette: Mit der fertig gerauchten Kippe zündete er sich sofort wieder eine neue Zigarette an.
Eleonore verhielt sich ruhig. Sie hatte keinen Hunger und wirkte blaß, still und in sich gekehrt. Der Traum, vor allem aber die Tatsache, daß sie ihn so arglos einfach weitererzählt hatte, hatte ihr wirklich Angst gemacht.

Obwohl keiner am Frühstückstisch das Thema erwähnte, war doch unausgesprochen klar, daß sie sich alle Eleonores Willen beugen wollten. Alle hatten ein eigenes Interesse, diese merkwürdige Schule zu besuchen: Steffen hoffte dort Sonja loszuwerden. Er war glücklich, daß er ausgiebig Sex mit ihr gehabt hatte, aber jetzt, wo es um eine feste Bindung ging, wollte er Sonja wieder loswerden. Steffen wußte, daß er Frauen brauchte, die willig waren und ihn bewunderten, denn darauf baute er sein Selbstvertrauen auf. Aber wenn es um feste Bindung ging, dann hörte der Spaß auf und Steffen suchte das Weite. Sonja wollte unbedingt dem Herrn der Schlangen 'Auf Wiedersehen' sagen. Sie wollte diesen notwendigen Schritt bewußt tun und nicht einfach feige wegbleiben.
Eleonore war zwiegespalten: Obwohl ihre Angst wuchs, konnte sie es kaum erwarten, dem Herrn der Schlangen gegenüberzustehen. Sie spürte, daß sich in der Begegnung mit ihm ihr Leben ändern würde. Zwar hatte Eleonore das Bedürfnis mit Sonja darüber zu sprechen, aber dann besann sie sich ihres Schwures, den sie sich selbst erst in der vergangenen Nacht gegeben hatte: Im richtigen Moment schweigen und im richtigen Moment sprechen! Und dieser Moment war auf keinen Fall der richtige zum sprechen.

Hildegard war gedanklich sehr angespannt. Mehrmals verengten sich ihre Augen zu Schlitzen. Sie arbeitete an einem Plan: Vielleicht war es ja ihre Aufgabe, der Liebesschule den Todesstoß zu versetzen. Bislang hatte sie allerdings noch keinen rechtlich ausreichenden Grund gefunden, um gegen die Schule vorzugehen. Weiter konnte sie im Moment nicht denken, denn ein Stückchen Croissant, das hart und verbrannt von der Spitze abgefallen war, hatte sich in das Loch begeben, das die herausgefallene Plombe hinterlassen hatte, um sich dort festzukrallen.
Nun schmerzte jeder Biß. Hildegard versuchte durch Luft, die sie zwischen den Zähnen nach außen blies, das Stückchen wegzublasen. Es gelang ihr nicht.
Die anderen blickten sie leicht angewidert an, sagten aber nichts.
So lautete der Plan also, den sie nach dem Frühstück besprochen und verabschiedet hatten: Sie würden alle nach Lissabon zum Flughafen fahren. Die Ankunftszeit von Sonjas eigentlich geplantem Flug war siebzehn Uhr fünf. Sonja würde dem Fahrer gegenüber erst einmal den Eindruck erwecken, als sei sie mit dem Flugzeug angekommen. Dann würde sie ihn bezirzen und ihn bitten, die drei Gäste im Auto folgen zu lassen. In der Liebesschule selbst würden sie eine Nacht und den näch-

sten Tag bleiben. Dann würden sie alle zurück nach Lissabon fahren und sich trennen. Hildegard und Eleonore würden vom Busbahnhof weiterfahren an die Algarve in Südportugal, und was Steffen und Sonja dann machen wollten, war noch nicht ganz klar.
Steffen schlug immer wieder vor, Sonja solle doch ein paar Tage in der Liebesschule bleiben, er würde sie dann abholen, wenn er mit seinen Freunden geklärt hätte, wo Sonja übernachten könne. Sonjas Vorschlag, sie könne doch gleich bei ihm und seinen Freunden übernachten, wich Steffen beharrlich aus.
Nach ereignisloser Fahrt erreichten sie am späten Nachmittag den Flughafen in Lissabon. Steffen kannte sich gut aus in Lissabon.
Sonja stellte sich auffällig in die überfüllte Ankunftshalle und wurde auch schon bald von einem jungen sympathischen Burschen angesprochen: „Hallo, darf ich mich dir gleich vorstellen: Ich heiße Fabian und ich vermute, du bist Sonja.“
Sonja gefiel Fabian und sie lächelte ihn offen an und sagte: „Hallo Fabian, ich bin wie du richtig vermutet hast Sonja.“
„Und los geht's!“, rief Fabian gut gelaunt und körperliche Kraft zur Schau stellend nahm er Sonjas Koffer und hob ihn locker hoch.
Die aber sagte: „Es gibt da ein Problem.“
Fabian hielt inne und fragte immer noch sou-

verän lächelnd: „Was für ein Problem?"
Sonja lächelte verführerisch, als sie sagte: „Ich bringe drei Gäste mit."
Fabian blickte sie erstaunt an: „Davon war nicht die Rede. Mein Auftrag war, ich solle Sonja hier am Flughafen abholen und sofort und ohne Umwege zur Liebesschule fahren."
Sonja antwortete forsch: „Ich habe die Berechtigung, Gäste mitzubringen."
Wieder lächelte sie Fabian verführerisch an. Der schmolz dahin und nickend drückte er sein Einverständnis zu ihrem Plan aus.
'Außerdem', rechtfertigte er seinen Entschluß vor sich selbst, 'hat sie das Potential zu einer Königin.' Er erinnerte sich, daß ihm dies der Gärtner kurz vor seiner Abreise nach New York selbst gesagt hatte.
Sonja hatte einen klaren Plan. Sie wußte, was sie wollte. Und wenn das so war, dann war sie enorm durchsetzungsfähig. So ordnete sie an, daß Fabian im Auto, in dem er gekommen war, vorfahren solle, und alle anderen würden in Steffens Auto folgen.
Sodann stellte Sonja die Gäste vor. Sie waren aus der Menschenmasse, die in der anonymen Ankunftshalle herumwaberte, hervorgetreten und hatten sich hinter Sonja aufgestellt, um ihre Verbindung mit ihr zu verdeutlichen.
Sonja stellte ihre Gäste sogleich vor.
Als sie Steffen als ihren Begleiter vorstellte,

runzelte Fabian die Stirn. Da stimmte doch etwas nicht. Wieso kam eine potentielle Königin der Liebesschule mit einem Freund? Fabian ging diesem Gedanken aber nicht weiter nach, denn sogleich wurde ihm von Sonja Eleonore vorgestellt. Fabian gefiel Eleonore extrem gut. Vor allem gefiel ihm ihre Art und Weise, wie sie ihn angesehen hatte: Voll anhimmelnd.
Fabian fiel in diesem Moment ein, was der Gärtner einmal zu ihm gesagt hatte, nämlich daß er es liebte, sich von Mädchen und Frauen anhimmeln zu lassen, und darüber vergesse, seine eigene Kraft zu entwickeln.
Als Eleonore Fabian sah, der gut zehn Jahre jünger war als Steffen, fragte sie Hildegard, ob sie nicht mit Fabian im Auto fahren könne. Fabian grinste, denn genau das erhoffte er sich auch. Ihm war es, als habe er sich auf den ersten Blick rasend verliebt. Eleonores Blick hatte ihn im Herzen getroffen.
Aber Hildegard, die sich gerade drei Tüten Kartoffelchips gekauft hatte, verbot diesen Plan vehement. Sie würde es nie erlauben, sagte sie, daß Eleonore alleine mit einem fremden Mann im Auto säße.
Eleonore akzeptierte das Verbot. Sie wollte die mühselig erarbeitete Erlaubnis, die Liebesschule zu besuchen, keinesfalls leichtsinnig aufs Spiel setzen.

Fabian war enttäuscht, daß Eleonore nicht in seinem Auto mitfahren durfte. Er war nicht gern alleine. Auf der anderen Seite mußte er einsehen, daß sich diese Reisegemeinschaft, die sich seit drei Tagen zusammengeschweißt hatte, nicht trennen wollte. Sehr merkwürdig war ihm Sonja vorgekommen. Sie war ihm vom Gärtner ganz anders beschrieben worden. Strahlender und vor allem weiblicher.
Dann beschlossen sie loszufahren und gingen zu den parkenden Autos. Fabian stieg in seinen roten VW Golf und fuhr an Steffens Volvo vorbei und wartete, bis die kleine Reisegruppe eingestiegen war.
Dann fuhr Fabian los und hupte, was bedeutete: 'Hier bin ich. Folgt mir!'
Immer wieder blickte Fabian in den Rückspiegel, um sich zu vergewissern, daß der Volvo noch folgte. Das Ganze war ihm nicht ganz geheuer, aber er wußte nicht genau, woher sein Unbehagen kam. Er ging diesem Gefühl nicht weiter nach, denn er mußte sich auf seine Fahrtroute konzentrieren. Immer wieder mußte er an Eleonore denken. Er schlitterte in einen Tagtraum hinüber, in dem er Eleonore geschickt bewies, was er für ein toller Kerl sei, und diese dann ihn anhimmelnd vor ihm auf die Knie sank.
Die Sonne schickte sich an langsam unterzugehen, als sie in der Liebesschule ankamen.

Die Liebesschule befand sich weit von der Küste entfernt im Hinterland.
Eleonore blickte aufgeregt in die Landschaft. Zwischen großen Eukalyptusbäumen standen drei Häuser auf einem kleinen Hügel in dem sonst ebenen Landstrich. Eines der drei Häuser sah aus, als ob es früher einmal ein Gutshaus gewesen war. Die beiden anderen Häuser sahen aus, als ob sie ehemals Scheune und Stallungen gewesen waren, die aber jetzt zu Unterkünften umgebaut worden waren.
Überall auf dem Grundstück standen Zelte, die zwischen den kräftigen Eukalyptusbäumen aufgeschlagen waren. Die Zelte waren bunt, und auf Leinen, die zwischen Bäumen und Zeltstangen befestigt waren, flatterten Kleidungsstücke in frischem Abendwind. Die Kleider waren bunt, locker und luftig und ließen auf junge, fröhliche Menschen schließen. Als die Reisegesellschaft den staubigen Autos entstiegen war, versammelten sich alle um Fabian, der auf den Landstrich vor sich zeigte. Es lag eine sehr weihevolle Stimmung über dem Land. Überall standen Gruppen von Menschen in allen Altersstufen und Hautfarben. Das war, was allen gleich auffiel: Eine interkulturelle Gruppe, die hier zusammen lebte und zusammen arbeitete.
Als Hildegard diesen Umstand bemerkte, lächelte sie. Sie spürte, daß sie vielleicht einen

rechtskräftigen Grund zur offiziellen Auflösung der Schule gefunden hatte. Sie blickte immer noch lächelnd zu den jungen Menschen aus aller Herren Länder. Diese standen in Gruppen in der Landschaft und bewegten sich in sanften und vor allem freien und spontanen Bewegungen. So, erläuterte Fabian, drückten sie die Energie des Ortes aus.
Da sagte Eleonore: „Ich weiß: Das sind Tanzmeditationen, in denen die Menschen ihre Gefühle ausdrücken und so reinigen."
Fabian nickte anerkennend, offensichtlich hatte Eleonore schon viel Wissen über die Liebesschule erlangt.
Sonja war erstaunt: Sie hatte nur einmal kurz die Tanzmeditation erwähnt und Eleonore hatte sich alles Wort für Wort gemerkt.
Fabian zeigte bedeutungsschwer in Richtung einiger geschützter Orte, meist unter großen Bäumen, aber auch vor Zelten. Dort lagen in Seide gehüllt Menschen und daneben saßen, ebenso in Seide gehüllt, Menschen, die sie in stiller Andacht berührten.
'Körpermeditationen', dachte Sonja und blickte Eleonore an, die ihr zunickte, weil sie das gleiche dachte.
„Das sind Körpermeditationen", sagte Fabian belehrend. Er wollte damit vor allem Eleonore beeindrucken. Er war von ihrer Ausstrahlung fasziniert. Er fand, daß sie viel eher die Aus-

strahlung einer Königin hatte als Sonja.
Aber Fabian wußte selbst, daß er die genauen Zusammenhänge nicht kannte, und also wunderte er sich nur, wieso niemand nachfragte, was Körpermeditationen seien. Entweder sie wußten es alle schon oder sie interessierten sich nicht dafür.
Fabian hatte Eleonore kameradschaftlich an der Hand genommen und sagte: „Komm, ich zeig dir die verschiedenen Gruppen und dann noch die Proben zum Seelentheater."
Beide blickten zu Hildegard und die war gut gelaunt in Essensvorbereitung, also nickte sie den beiden zu: „Eleonore, in einer halben Stunde bist du wieder hier am Auto!"
„Ja, Tante, versprochen!"
Sie lief mit Fabian los. Es war weithin sichtbar, wie befreiend es für die beiden war, nach dem langen Sitzen im Auto über abendkühle Wiesen zu laufen.
Hildegard blieb am Auto, von dem sie sich nicht fortbewegen wollte. Sie hatte sich eine Tafel Schokolade auf ein Weißbrot als Auflage gelegt und aß das nun und trank dazu homogenisierte Milch. Das Ganze im Mund vermanscht ergab einen wundervoll süßen Brei, der Hildegard über die momentane Situation hinweghalf. Sie wollte sich auf keinen Fall in irgendetwas hineinziehen lassen. Sie dachte weiter über ihren Plan nach.

Steffen rauchte. Er blickte hinüber zu einem in die Landschaft hineingebauten Amphitheater, in dem offensichtlich gerade eine Aufführung stattfand.
Steffen konnte sich nicht darauf konzentrieren, was er da sah. Immer wieder schoß ihm seine immer näher kommende schwierige Konfliktsituation durch den Kopf. Wie sollte er denn Sonja und Petra etwas erklären, das er selbst nicht verstand?
Steffen warf seine Kippe auf den Boden und trat sie aus. Er wußte keine Lösung und beschloß, es so zu machen wie immer: Er wollte die Dinge auf sich zukommen lassen.
Langsam geriet das Schauspiel, das in einiger Entfernung stattfand, wieder in sein Blickfeld. Immer tiefer wurde er in die Seelengeschichte, die dort theatralisch dargestellt wurde, hineingezogen.

Seelentheater

Als Steffen den markerschütternden Schrei gehört hatte, der von der Bühne an sein Ohr drängte, war sein Interesse für die Vorgänge auf der Bühne vollständig geweckt. Mit eiligen Schritten ging er, ohne weiter auf Sonja zu achten, den schmalen Sandweg entlang hinunter zum Theater.
Vor der Bühne hatten sich ungefähr dreißig bis vierzig Menschen versammelt, die im Stehen oder Sitzen dem aufregenden Spiel auf der Bühne folgten.
Als Steffen Schritte hinter sich hörte, wußte er, daß Sonja ihm gefolgt war. Ohne sich umzudrehen streckte er seine Hand nach außen, was bedeutete, daß er sie an die Hand nehmen wollte. Sonja fand das sehr rührend, und die letzten Schritte, bis sie bei der zuschauenden Gruppe ankamen, gingen sie gemeinsam Hand in Hand.
Dem Schrei waren weitere markerschütternde Schreie gefolgt. Steffen und Sonja verschafften sich schnell einen Überblick über die Szene, die gerade gespielt wurde. Da gab es auf der einen Seite der Bühne in üppigen verschwenderischen Stoffen gekleidet den Papst, der sehr auffällig der Völlerei und Wol-

lust frönte. Auf der anderen Seite der Bühne wurde eine halb nackte Frau von düsteren Mönchen gefoltert. In der Mitte der Bühne auf einem hohen Podest stehend hielt der Inquisitor in verstümmelter Sprache eine Haßtirade gegen alles Weibliche.
Sonja hatte eben noch Lust gespürt, sich an Steffen anzuschmiegen, aber die Szene, die sie auf der Bühne sah, hatte das verhindert. Etwas steif stand sie neben Steffen, aber an den Händen hielten sie sich noch.
Steffen beugte sich nach links zu einer fremden, aber sehr schönen Frau und fragte sie, was diese Szene bedeute.
In anmutiger Sprache mit leichtem französischen Akzent erläuterte ihm diese Frau das Bühnengeschehen: „Dies ist die Seelengeschichte einer Frau, die sich rückerinnert hat, daß sie einmal als Hexe gefoltert und verbrannt wurde. Die Frau spielt übrigens auf der Bühne oben selbst mit, um den unbewußten Schmerz in bewußten Schmerz zu verwandeln. Es ist die Frau, die sich gerade den Schmerz vom Leibe geschrien hat."
Flüsternd fragte Steffen unbeholfen: „Wieso ist es wichtig, unbewußten Schmerz in bewußten Schmerz zu verwandeln?"
Die schöne Frau blickte zuerst Steffen und dann Sonja fragend an.
Sonja antwortete entschuldigend auf deren

fassungslosen Blick: „Wir sind erst heute Abend angekommen und er ist neu hier."
Die schöne Frau nickte leicht, so daß ihre dunklen Locken zitterten, und antwortete mit ihrer samtigen Stimme, aber so leise, daß niemand der Umstehenden gestört wurde: „Nur wenn wir die Schmerzen im Bewußtsein haben, können wir dem Täter verzeihen."
Die Frau drehte sich von Steffen weg, so daß er verstand, daß das Gespräch beendet war und die Konzentration wieder auf das Bühnengeschehen gerichtet werden sollte.
Sonja fühlte sich verpflichtet, Steffen zu erklären, was hier gerade geschah. Sie zog ihn ein wenig zur Seite, um besser mit ihm sprechen zu können. Außerdem war Sonja eifersüchtig und wollte Steffen aus dem Dunstkreis der schönen Frau mit dem französischen Akzent herausziehen.
Steffen richtete seine Konzentration wieder auf die Bühne. Die Szene auf der Bühne wechselte: Zu harter schwerer Rockmusik tanzten nun die Männer und Frauen in wilder Gestik und Körpersprache. Es war offensichtlich, daß mit dieser Szene ein Bezug vom Mittelalter zum Heute hergestellt werden sollte.
Steffen fragte: „Was geschieht jetzt? Eben waren wir doch noch im Mittelalter und jetzt sieht es dort oben so aus, als seien wir in einem Sado-Maso-Club."

Auch Sonja war von den grellen Bildern gefangen, die jetzt von der Bühne aus in die warme Nacht blitzten.
Dunkelheit hatte sich über den Ort gelegt. Starke Scheinwerfer erhellten die gespenstische Szene auf der Bühne. Die drei Männer, die vorher den Papst, den Inquisitor und den Folterer gespielt hatten, waren nun in schwarzes Leder gekleidet. Sie trugen Peitschen in ihren Händen. Die Frauen waren ebenfalls in Leder gekleidet. Ob sie wollten oder nicht, sie wirkten ungemein erotisch.
Als Sonja sah, daß Steffen beim Anblick der drei Frauen heftig schlucken mußte, nahm sie seine Hand fester in die ihre.
Die erotischen Bewegungen zur Rockmusik wirkten auf alle Zuschauer sehr anregend. Gerade als Sonja Steffen die Szene tiefenpsychologisch erklären wollte, legte er seinen Zeigefinger auf ihre Lippen: „Pst."
Er wollte die Szene genießen. Aber genau in diesem Moment kippte die Szene.
Durch einen Trick gelang es den enorm erotischen Frauen oben auf der Bühne, den Männern die Peitschen wegzunehmen. Ab diesem Moment dominierten die Frauen das Geschehen und fügten den Männern zum Ausgleich jene Schmerzen zu, die die Männer vorher den Frauen zugefügt hatten.
Steffens Aufmerksamkeit wurde schlagartig

geringer. Der Verlauf der Geschichte auf der Bühne gefiel ihm nicht. Steffen fürchtete die Rache der Frauen und die Situation, in der er sich aktuell befand, nährte diese Befürchtung. Sonja bemerkte seine Unruhe und beschloß jetzt auf seine vorher gestellte Frage zu antworten. Sie beugte sich zu ihm und flüsterte: „Das Drehbuch zu dieser Geschichte entsteht in einer Körpermeditation. Du weißt ja inzwischen, was das ist."
Steffen nickte und Sonja fuhr fort: „Diese Seelengeschichte wird dann inszeniert und an den Urkonflikt gekoppelt."
Steffen fragte: „Von wem wird diese Seelengeschichte inszeniert?"
Sonja antwortete: „Eine Seelengeschichte als Theaterstück in Szene zu setzen, ist die Aufgabe der Königin. Sie bestimmt, wer außer der Trägerin oder dem Träger des Seelenkonflikts noch mitspielt. Sie entwickelt die entsprechenden Kostüme und begleitende Musik. Wenn sie das Drehbuch fertig hat, gibt sie es dem Herrn der Schlangen, der dann die Dialoge überarbeitet. Das alles Entscheidende aber ist, daß der seelische Urkonflikt der Seelengeschichte klar erfaßt ist."
Leicht ironisch fragte Steffen: „Was ist denn hier in dem Theaterstück der Urkonflikt?"
Sonja wußte nicht, wie sie reagieren sollte. Dort oben kämpften Männer gegen Frauen

und Frauen gegen Männer und Steffen gab vor, nichts zu verstehen.
Sonja beschloß geduldig zu bleiben, als sie sagte: „Hier wird der Urkonflikt zwischen Mann und Frau dargestellt. Anstatt uns zu lieben, hassen wir uns, anstatt uns zu verstehen, schlagen wir uns, anstatt uns liebevoll zu berühren, verletzen wir uns."
Während Sonja dies gesagt hatte, hatte sie sich immer dichter an ihn geschmiegt.
Ihre Hoffnung, daß sie durch das Kennenlernen des richtigen Mannes im richtigen Moment ihren eigenen Urkonflikt überwinden könnte, wurde übermächtig.
Steffen wich einen Schritt nach hinten aus, holte eine Zigarette hervor und entzündete sie. Sofort trat einer der Zuschauer auf ihn zu und wies ihn zurecht, daß es überall auf dem Platz strengstens verboten sei zu rauchen. Zum einen wegen der enormen Feuergefahr, zum anderen wegen der Disziplin.
Trotzig warf Steffen die Zigarette auf den Boden, zerstampfte sie im Sand und murmelte etwas von Freiheit, die er sich von niemandem rauben lassen werde.
Während die Szene auf der Bühne zum Finale anschwoll, hatte Steffen nun endgültig sein Interesse verloren. Er drehte sich um und ging den kleinen Sandweg, den er gekommen war, wieder zurück. Er fühlte sich in die-

ser Schule hier nicht willkommen. Als Begründung hierfür dachte er, daß es vielleicht damit zusammenhinge, daß er selbst gar nicht an eine Liebesschule glaubte.
Wieder lief ihm Sonja hinterher und wieder erkannte er sie an ihrem Schritt. Diesmal aber reichte er ihr nicht liebevoll die Hand, sondern ließ beide Hände trotzig in den Hosentaschen seiner Jeans stecken.
Sonja fühlte sich unglücklich, denn der schmale Hoffnungsstreif am Horizont, daß sie die Liebesschule und Steffen zusammenbringen könnte, war wieder erloschen.
Als sie an dem Parkplatz ankamen, bemerkte Sonja, daß Hildegard es sich hinten im alten Volvo gemütlich gemacht hatte und eingeschlafen war. Sie schnarchte leise. In diesem Moment kamen auch Eleonore und Fabian zurück. Beide wirkten jung und glücklich.
Aufgeregt plapperte Eleonore los: „Auf einer wunderschönen Wiese unter Eukalyptusbäumen haben wir Bewegungen geübt. Eine Gruppe spielte phantasievolle Musikinstrumente und wir haben uns dazu bewegt. Es macht Spaß, mit dem ganzen Körper etwas darzustellen. Alles kann man darstellen!"
Ganz aufgeregt machte sie Bewegungen vor. Die Aufmerksamkeit der anderen galt in diesem Moment Hildegard, die still vor sich hin schnarchte und von der Autoinnenbeleuch-

tung beeindruckend in Szene gesetzt wurde: Ihr Kopf war nach hinten gekippt und die Nase warf einen Schatten über ihre Stirn. Der Mund war geöffnet, schloß sich beim schnarchtongebenden Einziehen der Luft und öffnete sich beim Ausatmen und die Lippen zitterten dabei. Dies war so lustig, daß sich alle in den Kreis gestellt hatten, um dem Schauspiel besser folgen zu können. Die Zuschauer versuchten ihr eigenes Gelächter, das sich immer wieder Ausdruck verschaffen wollte, zu unterdrücken, um Hildegard nicht zu wecken. Das machte das Ganze nur noch lustiger.

Sonja wollte Fabian zeigen, daß sie über die Vorgänge und den Aufbau der Schule unterrichtet war. Außerdem liebte sie es, Eleonore zu belehren. Auch die Hoffnung, daß ihr Wissen über die Liebesschule sie für Steffen erotisch attraktiver machen würde, hatte sie noch nicht aufgegeben.

Mit einem leicht belehrenden Unterton, den sie beim Herrn der Schlangen so verabscheute, aber nun selbst angenommen hatte, erklärte sie: „Die drei Phasen, um das Bewußtsein für die Liebe, die uns umgibt, zu erhöhen, werden hier an diesem Ort, der sogenannten Liebesschule, anschaulich demonstriert: Die erste Phase, die der Schüler oder die Schülerin zu durchlaufen hat, sind Bewegungen auf Musik. Diese spontanen Bewegungen er-

möglichen uns, durch unseren Körperpanzer hindurch feiner und sensibler zu werden, sowohl nach innen, als auch nach außen."
Sonja blickte zu Fabian, der ihr anerkennend zunickte und sagte: „Du sprichst ja gerade so wie der Gärtner."
„Der Gärtner?", fragte Eleonore neugierig, „Wer ist der Gärtner?"
Verunsichert antwortete Fabian: „Der Gärtner ist der Leiter der Liebesschule."
Er hielt sich die Hand vor den Mund, als hätte er ein Geheimnis ausgeplaudert, und er fuhr leise fort: „Aber das wissen nur die, die hier die Schule leiten, und ich!", fügte er stolz mit Seitenblick auf Eleonore hinzu, damit die auch begreife, daß er hier in der Liebesschule bereits ein wichtiger Mann wäre.
Dann fuhr Fabian fort: „Der Gärtner legt Wert darauf, unerkannt zu bleiben, deswegen wird die Liebesschule hier offiziell von den drei Königinnen geleitet und diese drei Königinnen wiederum werden vom Gärtner geleitet."
Eleonore war verwirrt: „Und wer ist dann der Herr der Schlangen?", fragte sie sofort.
Fabian war erstaunt, wollte aber sein Erstaunen verbergen und tat so, als ob er Bescheid wüßte: „Er hat viele Namen, unter anderem nennt er sich auch Herr der Schlangen."
Sonja fühlte sich immer noch inspiriert, wie eine Königin zu sprechen, und fuhr fort: „In

der zweiten Phase der Ausbildung kommt es dann zu einer Serie von Körpermeditationen. Hier wird durch Handauflegen eine so große Energie und Entspannung erzeugt, daß Seelenbilder ins Bewußtsein treten können. Aus mehreren Seelenbildern wird dann in der dritten Phase von der Königin ein Seelentheaterstück entwickelt, das von einer Gruppe erfahrener Spieler mit der Person, die die Seelengeschichte erlebt hat, in Szene gesetzt wird. Vor allem Verwundungen aus den früheren Zeiten der verschiedenen Hochkulturen werden im Seelentheater vorgestellt. Die Versöhnung zwischen Opfer und Täter muß im Mittelpunkt stehen. Dieses Seelentheater wird dann eine ganze Weile lang fast jeden Abend aufgeführt. Das ist die Liebesschule."
Fabian verstand mit einem Mal, warum der Gärtner diese junge Frau ausgewählt hatte, die mit so sicheren Worten und klarer Sprache die Funktionsweise der Liebesschule erklären konnte. Auch Eleonore blickte voll Bewunderung auf Sonja, die sich in diesem Moment so fühlte, als sei sie wirklich eine Königin der Liebesschule.

Fabian ist verliebt

Steffen rauchte eine Zigarette nach der anderen und dachte zäh über sein Problem nach, das er nicht zum ersten Mal in seinem Leben zu lösen hatte: Wieder einmal war er zwischen zwei Frauen geraten und konnte sich nicht entscheiden und wollte sich auch nicht entscheiden. Warum konnte er nicht mit jeder seinen Spaß haben? Er blies den Rauch nachdenklich in den Nachthimmel.
Sonja war beeindruckt von dem, was sie bislang hier in der Liebesschule gesehen hatte. Sie war auch beeindruckt von sich selbst, wie gut sie alles verstanden hatte und wie gut sie hierher gepaßt hätte. Jetzt verstand sie den Herrn der Schlangen, daß er sie ausgewählt hatte. Es gab in ihr eine Welt, die mit dieser Welt, die sich hier auftat, durchaus in Übereinstimmung stand. Ja, sie hätte hier leben können. Ja, sie hätte hier an all das glauben können. Ja, sie hätte Königin werden können, aber jetzt war Steffen in ihr Leben getreten. Ihre Zukunft hieß Steffen, da gab es für sie keine Zweifel. Ihr war klar, daß sie bei Steffen bleiben wollte. Ein stilles, harmonisches Leben, das in eine glückliche Familie mündete. Das wollte sie!

Eleonore hatte rote Wangen, wie Fabian im Licht des fast vollen Mondes sehen konnte. Fabian blickte Eleonore verliebt von der Seite an, aber das junge Mädchen konnte mit solchen Blicken noch nicht umgehen und blickte deswegen in die entgegengesetzte Richtung. Sie konnte schwärmen, aber Verliebtheit oder gar Liebe konnte sie noch nicht zulassen.
Mit gewaltigem Schlußakkord endete das Theaterstück. Die Spieler verneigten sich bereits zum Schlußapplaus.
Alle blickten auf die Bühne.
Hildegard erwachte. Die Wagentür war offen. Sie hatte ihre Schuhe ausgezogen, denn ihre Füße waren geschwollen. Diese geschwollenen Füße legte sie nun vor sich hoch auf die Rückenlehne des Vordersitzes. Alle blickten auf ihre Füße. Steffen dachte amüsiert: 'Ihre große Zehe ist so dick wie eine Bratwurst.'
Da fuhr ein Auto vor.
Neben zwei sehr schönen und elegant gekleideten Frauen und der schlicht gekleideten Fahrerin stieg ein älterer Herr aus. Alle wußten, dies müßte der Herr der Schlangen sein, oder wie er hier hieß der Gärtner.
Steffen, Hildegard und vor allem Eleonore waren grenzenlos enttäuscht.
Sonja war nicht verwundert, denn in diesem Zustand völliger Erschöpfung, in dem sich der Herr der Schlangen gerade befand, hatte sie

ihn schon öfter erlebt. Sie wußte, wie schnell er sich erholen konnte.
Mit zärtlichen Küssen verabschiedeten sich die drei Frauen von ihm und verschwanden in der Nacht, ohne die fremde Reisegesellschaft, die sich um Steffens Volvo versammelt hatte, weiter zu beachten.
Der Gärtner allerdings musterte die teilweise ungebetenen Gäste aufmerksam. Gerade wollte er auf sie zugehen, da kam ihm Fabian entgegen und trat dicht an ihn heran.
„Mein Gärtner", sprach Fabian mit dem Pathos eines Dreiundzwanzigjährigen, „Ich habe mich unsterblich verliebt."
Recht kühl und ohne Mitgefühl fragte der Gärtner: „Bist du dir sicher, daß dies der richtige Moment für diese Mitteilung ist?"
Fabian war nicht in der Lage, die notwendige Distanz aufzubauen, die ihm erlaubt hätte, diese Frage korrekt zu beantworten.
Der Gärtner war sehr müde vom langen Flug, aber er sah ein, daß er seinem jungen Schüler die notwendige Zeit gewähren mußte.
Also setzte sich der Gärtner an den Wegesrand und lehnte sich mit dem Rücken an einen kräftigen Eukalyptusbaum. Der Gärtner spürte, wie die Kraft des alten und starken Baumes, an den er sich gelehnt hatte, langsam in ihn eindrang.
Er wandte sich Fabian zu und fragte: „Wer ist

denn die Glückliche, in die du dich so unsterblich verliebt hast?"

Unauffällig machte Fabian mit dem Kopf eine Bewegung in Richtung Eleonore, die am Auto stand und neugierig zu dem alten, müden Mann und dessen jungen und aufgeregten Schüler herüberblickte.

„Sie ist sehr jung! Und was genau an ihr macht dich so rasend verliebt?"

Der Gärtner sprach mit entspannter und tiefer Stimme und Fabian bemerkte, wie sich der Gärtner langsam von den Strapazen seiner langen Reise erholte. Immer wieder blickte der Gärtner hoch zum Mond und ließ dann seinen Blick über die verschiedenen Orte der Liebesschule gleiten. Er genoß die Melancholie, die sich dabei um sein Herz legte.

Fabian wollte sich in dem Gespräch mit dem Gärtner Klarheit verschaffen, ob er seiner Verliebtheit folgen sollte oder ob er sich bemühen solle, die Verliebtheit verblassen zu lassen. Fabian bemühte sich, die Frage des Gärtners so aufmerksam wie möglich zu beantworten:

„Es ist ihr Blick. Wenn ich ihr in die Augen schaue, versinke ich in ihnen. Wenn ich ihr in die Augen schaue, schlägt mir mein Herz bis zum Halse. Wenn ich ihr in die Augen schaue, zittern mir die Knie und ich wanke und drohe umzufallen."

Fabian schluchzte, denn sein mächtiges Ge-

ständnis hatte ihn selbst ergriffen.
Der Gärtner blieb ruhig und bemerkte eher sachlich als mitfühlend: „Sie ist noch Jungfrau. Alles, was du beschrieben hast, ist die natürliche Reaktion eines jungen Mannes, wenn er auf eine Jungfrau trifft."
Fabian blickte den Gärtner erstaunt an.
Er wußte nicht, wie er diese Antwort bewerten sollte. War sie gut oder schlecht?
Was bedeutete es, daß Eleonore noch Jungfrau war, und woher konnte das der Gärtner so sicher wissen?
Bedächtig fuhr der Gärtner fort: „Bevor ein junges Mädchen von einem Mann begattet wird, befindet sie sich in einem heiligen Zustand. Sie ist unschuldig. Diese Unschuld verleiht ihr eine enorme Kraft und natürlich - wie du bemerkt hast - eine enorme Anziehung. Du bist einer unschuldigen Frau begegnet und hast auf ihre Unschuld reagiert. Du brennst vor Sehnsucht nach Unschuld."
„Warum?", rief Fabian unbeherrscht, der sich wohl im Allgemeinen verstanden fühlte, aber seine individuelle Verliebtheit in Eleonore vom Gärtner nicht gewertschätzt sah.
Der Gärtner riß seinen Blick von der mondbeschienenen Landschaft los und sah Fabian lächelnd an, als er sagt: „Alle Menschen wollen Unschuld, alle Seelen wollen Unschuld, aus diesem Grunde sind wir hier in der Liebes-

schule. Wir wollen die Unschuld, die wir durch unbewußte Taten verspielt haben, wieder zurückerlangen. Es ist der Ruf unserer Seele, die sich unentwegt nach Unschuld sehnt. Und da du ein seelenhafter Mensch bist, reagiert deine Seele sehr stark auf den Anblick einer unschuldigen Jungfrau."
Fabian antwortete enttäuscht: „Also ist meine Verliebtheit nur etwas ganz Allgemeines? Es ist die Sehnsucht meiner Seele nach Unschuld, mehr nicht?"
Weise und doch so schmerzlich antwortete der Gärtner: „Mehr nicht!"
Fabian wollte es nicht glauben und deswegen rief er ungeduldig: „Aber dann verliebt sich ja jeder seelenhafte Mann in sie."
Der Gärtner sog die frische Abendluft ein und atmete sie langsam und sehr bewußt wieder aus, dann antwortete er: „Jeder Mann und jede Frau, die Seelenbewußtsein haben, werden sich in eine Jungfrau verlieben. Aber das ist deine Sprache. In meiner Sprache heißt es, beim Anblick einer Jungfrau erwacht in jeder Seele die ursprüngliche Sehnsucht nach vollkommener Unschuld."
Fabian war still. Der Gärtner sprach weiter: „Der Religionsgründer der Christenheit hat es so formuliert: 'Werdet wie die Kinder!' Das meint: Werdet unschuldig!"
Fabian wollte das Gerede über Seele und Un-

schuld einfach nicht glauben. Er fand, daß der Gärtner ihm seine überstarke Verliebtheit einfach nur ausreden wollte.
Sehnsüchtig blickte Fabian hinüber zu seiner geliebten Eleonore. Selbst ihr Schattenumriß wirkte auf ihn betörend.
Der Gärtner war immer ruhiger geworden. Er genoß die Kräfte, die ihm aus dem Eukalyptusbaum zuflossen. Er genoß die Tatsache, daß er wieder zu seiner Liebesschule zurückgekehrt war. Er genoß das seelenhafte Gespräch über die Unschuld, das er mit Fabian führte. Und er genoß seine tiefen Atemzüge, mit denen er die frische Luft und damit die Kraft des Ortes einsog.
Er fühlte sich vollständig gestärkt.
„Was soll ich jetzt konkret tun?“, fragte Fabian ganz wirklichkeitsnah, und ebenso wirklichkeitsnah antwortete ihm der völlig entspannte Gärtner: „Was kannst du denn tun?“
Da Fabian ihn nicht genau verstand, erläuterte der Gärtner: „Ich meine, welche Möglichkeiten hast du? Wie lange wird sie hierbleiben? Oder willst du ihr in ihr Leben folgen? Welchen Spielraum hast du denn?“
Fabian wirkte sehr zerknirscht, als er antwortete: „Sie ist mit einer ziemlich strengen und unsympathischen Begleiterin hier, die morgen gleich weiterfahren will und die mich sicherlich auf keinen Fall mitfahren läßt.“

„Wie kommt das Mädchen überhaupt hierher?“, fragte der Gärtner, langsam aus seiner tiefen Entspannungsphase auftauchend.
Wahrheitsgetreu berichtete Fabian ihm das Geschehene und zeigte dabei unauffällig auf die Personen, die sich um den alten Volvo postiert hatten: „Sonja, die ich am Flughafen abholen sollte, hatte diese drei Gäste bei sich. Ein Mann um die dreißig mit dem Namen Steffen, dann Eleonore, die Frau meiner Träume...“ Mit einem Seitenblick auf den Gärtner formulierte Fabian wehmütig: „Also, ich meine nicht Frau meiner Träume, sondern nur Sehnsucht meiner Seele, und eine etwas unförmige schon ältere Tante von Eleonore, die gerne ißt und ziemlich streng auf Eleonore aufpaßt.“
Der Gärtner blickte dem jungen, wild verliebten Fabian tief in die Augen, und das war wohl der Moment, in dem der Gärtner endgültig in seiner Schule angekommen war. Ein leichter Ruck ging durch den Körper des Gärtners, mit dem er sich von dem Eukalyptusbaum, der ihm bislang als Rückenlehne gedient hatte, abstieß und sich erhob.
Streng fragte der Gärtner: „Wer hat dir erlaubt, unangemeldete Gäste in die Liebesschule zu bringen?“
Nun geriet Fabian in Not und er wußte nicht, wo er hinschauen sollte. Er wußte, daß er ein

Gesetz übertreten hatte, und er wußte auch, daß er noch sehr jung war und weder Schuld noch Verantwortung auf sich nehmen wollte. Also versuchte er sich rauszureden: „Sonja hat mir erklärt, daß sie die Verantwortung für die Gäste übernehmen würde, und irgendwie dachte ich, sie habe das Recht dazu."
Der Gärtner war milde gestimmt, legte seinen Arm auf Fabians Schulter und sagte: „Wie viele Menschen haben schon unendlich viele Fehler gemacht auf der Suche nach der Unschuld? Vielleicht...", sagte der Gärtner lächelnd, „... haben wir Glück gehabt und das Ganze entpuppt sich als ein ganz harmloser Zwischenfall."
In diesem Moment zuckten Fabian und der Gärtner zusammen, denn am Abendhimmel war eine Sternschnuppe aufgeblitzt.
Fabian schloß die Augen und einem Kinderglauben folgend hatte er jetzt einen Wunsch frei. Natürlich wünschte er sich, daß seine Verliebtheit zu Eleonore romantische, liebevolle und erotische Früchte tragen solle.
Der Gärtner aber deutete die Sternschnuppe völlig anders. Seine Miene verfinsterte sich, denn ihm war mit einem Mal klar geworden, daß diese Gäste nicht harmlos waren.

Die Begegnung

Der Gärtner trat auf die Reisegesellschaft zu, die ihn schon erwartet hatte.
Der Gang des Gärtners wirkte leicht torkelnd. Er fragte sich selbst, ob seine Beine noch steif vom langen Flug waren oder ob es eine seelische Erschütterung war, die ihn so unsicher gehen ließ?
Er trat auf Sonja zu.
Diese begrüßte ihn pathetisch: „Gegrüßt sei der Herr der Schlangen."
Der Herr der Schlangen sprach mit leisem Vorwurf in seiner Stimme zu Sonja: „Was hast du getan?"
„Ich habe diese Gäste hierher mitgebracht. Das durfte ich doch, oder?"
Charmant wandte sich der Herr der Schlangen in diesem Moment zu Eleonore: „Diesen Gast hier durftest du mitbringen."
Eleonore war über und über rot geworden.
Schon die ganze Zeit über hatte sie den Herrn der Schlangen aufmerksam beobachtet. Erst wie er sich völlig müde und erschöpft an den Baum gesetzt hatte und dann wie er von Minute zu Minute immer sicherer und kraftvoller gewirkt hatte. Die Energie des Herrn der Schlangen war viel intensiver, als Eleonore

es sich in ihren Tagträumen vorgestellt hatte. Dann versank Eleonore ganz in seinem Blick. Noch nie in ihrem jungen Leben hatte ein Mensch sie so intensiv angeschaut. Bis zu ihrer Seele reichte sein Blick. Sie wußte nicht, wie ihr geschah. Sie mußte weinen. Die Tränen liefen ihr die Wangen hinunter und sie hatte das unbändige Verlangen, den Herrn der Schlangen zu umarmen und in die Nacht hinauszuschreien: „Da bist du endlich!"
Es war ein magischer Moment und Eleonore hatte das Gefühl, die Erde bliebe stehen, als er mit weicher Stimme zu ihr sagte: „Da bist du endlich!"
Gerade als Eleonore alle Selbstkontrolle aufgeben wollte, um in seinen Armen zu versinken, da verschleierte sich der Blick des Herrn der Schlangen und seine Stirn legte sich in tiefe Falten. Ihm war es, als habe ein Störsender die himmlische Musik, die in seinem Innern erklungen war, zerstört.
Der Herr der Schlangen blickte um sich.
Wo war dieser Störsender? Sein Blick fiel auf Steffen, der zwar linkisch grinste, aber nicht wirklich gefährlich war. Da fiel der forschende Blick des Herrn der Schlangen auf Hildegard, die immer noch im Auto saß und den Blick des Herrn der Schlangen feindselig erwiderte. Jetzt wußte der Herr der Schlangen, von wo her Gefahr lauerte.

Mit entschlossenem Blick trat er auf Hildegard zu. Es ergab sich ein sehr merkwürdiges Bild: Alle hatten erwartet, daß Hildegard höflich aufstehen würde, wenn der Herr der Schlangen sie ansprechen würde. Dies tat sie aber nicht. Jetzt bemerkte jeder ihre andere Seite, die sie bislang verborgen hatte: Offener Haß auf alles, was sie nicht verstand.
Trotzig hatte Hildegard ihre geschwollenen Füße auf ihren Rucksack gelegt, den sie draußen dicht neben das Auto gestellt hatte. Sie dachte nicht daran, ihre Position zu ändern. Der Herr der Schlangen war entsetzt über so viel Unhöflichkeit. Aber er blieb freundlich. Je freundlicher er wurde, um so unfreundlicher wurde Hildegard. Sie wollte allen, vor allem aber Eleonore, zeigen, daß sie sich von diesem Herrn da nichts gefallen lasse.
Eleonore blickte den Herrn der Schlangen fasziniert von der Seite an und dachte, daß 'Herr der Schlangen' weitaus besser zu ihm passe als 'der Gärtner'.
Der Herr der Schlangen begann das Gespräch, dem alle lauschten: „Nun, gnädige Frau, gefällt Ihnen dieser spezielle Ort hier, an dem Sie zufällig gelandet sind?"
„Ich habe wenig gesehen", antwortete Hildegard unfreundlich.
„Und das, was Sie gesehen haben, wie gefällt Ihnen das?", fuhr der Herr der Schlan-

gen mit freundlicher Stimme fort.
Alle bis auf Hildegard wunderten sich, wieso der Herr der Schlangen so freundlich blieb.
Hildegard nahm ihre immer noch geschwollenen Füße vom Rucksack und richtete sich im Sitzen auf: „Ohne es zu wollen und wie Sie richtig sagen zufällig bin ich hier an einen merkwürdigen Ort gekommen. Das ganze Seelentheatergequatsche ist absurd."
Alle hielten entsetzt den Atem an.
Hildegard fuhr fort: „Seelenarbeit gehört in die Kirche. Wenn solche Arbeit außerhalb der geweihten Kirche durchgeführt wird, ist das Ganze Teufelswerk."
Der Herr der Schlangen blieb ruhig. Es war nicht das erste Mal, daß er mit absurder Wahrnehmung attackiert wurde.
'Viele Menschen', so dachte der Herr der Schlangen, 'nehmen doch wirklich ihre eigenen Ängste als Wirklichkeit.'
„Das sind schwere Anschuldigungen, die Sie da vorbringen. Es erübrigt sich, nach Beweisen zu fragen. Aber zu fragen, warum Sie so verbittert sind, muß erlaubt sein?!"
Hildegard plusterte sich auf: „Ich bin überhaupt nicht verbittert, denn ich verfüge eben über einen starken Glauben."
Sie war nun ganz beseelt von ihrer Idee, dem Herrn der Schlangen das Handwerk zu legen. Eleonore würde von ihrem Feldzug gegen das

teuflisch Böse sicherlich beeindruckt sein.
Der Herr der Schlangen antwortete Hildegard: „Sie haben eine sehr starke Moral. Wahrscheinlich sind Sie sehr religiös?"
Hildegard blickte verwundert und beeilte sich dann zu sagen: „Ja, das bin ich allerdings. Wahrscheinlich ist Ihnen das durch meine mutige Entschlossenheit gegen das Böse vorzugehen aufgefallen?"
Der Herr der Schlangen schoß seinen Pfeil ab und traf: „Nein, durch Ihr Übergewicht!"
Hildegard blickte entsetzt auf.
Seine These erläuternd fuhr er streng fort: „Viele Menschen leiden unter moralischen Gesetzen, die sie sich zwar auferlegt haben, aber nicht einhalten können. Die Religion beispielsweise schreibt Fasten vor, aber der Mensch kann nicht fasten, sondern stopft sich unentwegt mit fetter, süßer Speise zu. So geht es vielen religiösen Menschen: Sie können die strengen Gesetze ihrer Religion, die aus einer anderen Zeit stammen, nicht halten und bestrafen dafür manchmal sich selbst, aber meistens doch eher andere."
Dann blickte der Herr der Schlangen von der sprachlosen Hildegard auf. Damit machte er unmißverständlich klar, daß das Gespräch für ihn beendet war.
Nun wandte er sich allen anderen zu und sprach recht laut und doch höflich: „Es ist zu

spät, um noch irgendwo hinzufahren, deswegen darf ich Sie alle einladen, die Nacht in meinem Haus zu verbringen. Kommen Sie!"
Er winkte freundlich, aber er konnte Sonja, Eleonore und Fabian nicht täuschen. Der Herr der Schlangen war erschüttert. Das kurze unfreundliche Gespräch mit Hildegard hatte ihn zutiefst beunruhigt.
Hildegard weigerte sich mitzugehen und stieß eine Drohung aus, die Eleonore sehr erschreckte. Hildegard rief laut: „Mir reicht's! Ich rufe jetzt deine Eltern an!"
„Nein!", schrie Eleonore sofort und richtete einen ängstlichen Seitenblick auf den Herrn der Schlangen, „Nein! Tu das nicht, Tante Hilde. Bitte tu das nicht. Ich werde ganz brav und immer in deiner Nähe sein."
Eleonore war jetzt allerliebst und umarmte ihre Tante butterweich. Alle waren gespannt, wie Hildegard reagieren würde.
„Na gut", sagte Hildegard.
„Versprich es mir, daß du die Eltern nicht anrufen wirst!", sagte Eleonore, die trotz allem noch Mißtrauen hegte.
„Also gut, ich verspreche es dir!"
Der Herr der Schlangen hörte den feinen Unterton der Lüge. Zu Fabian, der an ihn herangetreten war, sagte er leise: „Es gibt auf dieser Welt nichts Gefährlicheres als Menschen, die mit aller Gewalt gut sein wollen."

Während sich Hildegard aus dem Auto herausschälte, trat der Herr der Schlangen schnell an Eleonore heran und fragte sie: „Was ist dein Vater von Beruf?"
Erstaunt über diese Frage, denn sie hatte anderes erwartet, antwortete Eleonore ausweichend: „Er ist Leiter einer Behörde."
Der Herr der Schlangen fragte weiter: „Welche Behörde leitet er?"
„Einwanderungsbehörde!"
Trotz der Dunkelheit konnte Eleonore sehen, wie der Herr der Schlangen bleich wurde.
In diesem Moment verstand auch Eleonore die Gefährlichkeit der Situation. Wenn Hildegard bei ihrem Vater anrief, könnte der schnell die portugiesischen verantwortlichen Stellen informieren und eine Menge Ärger heraufbeschwören. Also versuchte Eleonore, den Herrn der Schlangen zu trösten: „Sie hat mir versprochen, meine Eltern nicht anzurufen, und sie wird ihr Versprechen halten."
Der Herr der Schlangen dachte sehr angestrengt nach. Er wußte, daß viele der internationalen Schüler nur ein Touristenvisum besaßen, das in den meisten Fällen bereits abgelaufen war. Beamte der portugiesischen Einwanderungsbehörde konnten eine Menge unangenehmer Fragen stellen und die Schule auf Monate hinaus lahmlegen. Wenn Hildegard der Liebesschule schaden wollte, könnte

sie es über diesen Weg tun. Für ihn bestand kein Zweifel: Er mußte handeln. Schon seit Monaten hatte er eine Ahnung gehabt, daß das mit der Liebesschule nicht mehr lange gut gehen würde. Nicht umsonst hatte er einen Teil seiner Schule bereits nach New York verlegt. Nun also war der Moment gekommen. Wehmütig blickte der Herr der Schlangen auf die mondbeschienene Landschaft.
Eleonore versuchte ihn zu trösten, indem sie nochmals bestätigte: „Tante Hildegard wird meinen Vater nicht anrufen. Sie hat es mir versprochen. Sie wird ihr Versprechen halten."
Zweifelnd sagte der Herr der Schlangen: „Wahnsinn geschieht immer im Namen der Wahrheit. Und im gleichen Namen werden Versprechen gebrochen."
Eleonore verstand diesen Satz nicht, aber sie war sich sicher, daß Hildegard ihr Versprechen halten würde. Eleonore müßte sich nur von ihrer besten Seite zeigen, dann könnte sie die liebe Tante Hildegard schon um den Finger wickeln. Unverzüglich eilte sie zu Hildegard, hakte sich bei ihr ein und plauderte Unverfängliches.

Gefahr im Verzug

Der Herr der Schlangen winkte Fabian zu sich. Er hatte etwas Wichtiges mit ihm zu besprechen und trat so weit von der Gruppe weg, daß diese nicht hören konnte, was gesprochen wurde.
Die Reisegruppe blickte aufgeregt und neugierig zu den beiden hinüber.
Die Stimme des Herrn der Schlangen klang streng und sehr ernst. Fabian nickte immer wieder aufgeregt, um zu bestätigen, daß er genau verstanden hatte, und sein Gesichtsausdruck wurde immer ernster.
Eleonore, die wie auch die anderen die beiden aus einiger Entfernung beobachtete, fiel sogar trotz der Dunkelheit auf, daß Fabians Augen vor Verzweiflung und Trauer schimmerten.
Der Herr der Schlangen besprach einen offensichtlich wichtigen Plan.
Dann verschwand Fabian in der Nacht und der Herr der Schlangen ging unbeschwert auf die Reisegruppe zu.
Der Herr der Schlangen ging der Reisegruppe voran und führte sie den Hügel hinauf zu jenem großen Haus, das wohl früher das Haus des Gutsbesitzer gewesen war.
Der Herr der Schlangen schien blendend ge-

launt zu sein, doch Sonja fiel auf, daß er eine Rolle spielte. Sie hatte ihn in der Zeit ihrer Bekanntschaft noch nie so nervös erlebt.
War bislang der Herr der Schlangen forsch der Gruppe vorangegangen, so ließ er sich plötzlich zurückfallen und warf Sonja einen Blick zu, den diese sofort verstand.
Der Herr der Schlangen sprach laut zur Gruppe: „Entschuldigen Sie bitte, daß ich Sie im Moment nicht weiter führen kann."
„Ich brauche keinen Führer...", raunzte Hildegard, der diese Situation im Moment sehr unheimlich vorkam und die versuchte, ihre Angst hinter einer großen Portion Frechheit zu verbergen.
Dem Herrn der Schlangen war die Situation offensichtlich viel zu ernst, als daß er darauf schlagfertig antworten wollte.
Also fuhr er mit rauher Stimme fort: „Gehen Sie doch bitte voraus, den Hügel hinauf, und warten Sie oben am großen Haus. Sonja und ich kommen sofort nach."
Dann wandte der Herr der Schlangen sich freundlich und höflich an Sonja: „Ist das in Ordnung für dich, wenn wir hier und jetzt noch einige Abschiedsworte wechseln?"
Sonja nickte schnell.
Sehr charmant wandte sich dann der Herr der Schlangen Steffen zu und fragte: „Ist das für Sie in Ordnung, wenn ich mit Sonja..."

„Klar doch!“, unterbrach Steffen den Herrn der Schlangen und unterstützte seine Worte mit einer aufmunternden Handbewegung. Sonja hätte sich gewünscht, daß Steffen nicht allzu bereitwillig zugestimmt hätte. Aber sie hatte keine Zeit mehr diesem Gefühl weiter nachzuspüren, denn der Herr der Schlangen ging bereits neben ihr. Er eröffnete das Gespräch: „Unsere gemeinsame Geschichte ist ja sehr schnell zu Ende gegangen.“
Sonja war zart gestimmt und die Gewißheit, daß dies ihrer beider letztes Gespräch war, gab ihrer Stimme einen flehentlichen Unterton, als sie sagte: „Schicksal.“
„Ja, Schicksal“, wiederholte der Herr der Schlangen und blickte in den Mond, der dafür verantwortlich war, daß die Gegend jetzt gespenstisch beschienen war.
„Was ist geschehen? Hast du ihn im Flugzeug kennengelernt oder schon in Berlin?“
Da erst fiel Sonja auf, daß sie ihren Ungehorsam gegenüber der Anordnung des Herrn der Schlangen, nämlich im Flugzeug zu fliegen, noch gar nicht gebeichtet hatte. Das holte sie jetzt nach: „Ich bin per Mitfahrgelegenheit gefahren und habe so den Flug gespart.“
Sie sah, wie der Herr der Schlangen lächelte: „Ja, das war eine blendende Idee. Du hast wirklich eine Menge Geld gespart und gleich in deinen neuen Freund investiert.“

Sonja fand Ironie nicht angebracht und fragte nach: „Meinst du das ernst?"
„Es ist doch gut, daß im letzten Moment doch noch klar geworden ist, daß du nicht geeignet bist, dich der Liebesschule als Königin zur Verfügung zu stellen."
Sonja beeilte sich klarzustellen: „Mir ist wirklich klar geworden, daß ich dies hier alles gar nicht will. Ich habe die Liebe meines Lebens gefunden und spüre, daß ich das gesucht habe: Einen Mann, Kinder. Ja, mir ist klar geworden, ich will eine ganz normale Familie."
Der Herr der Schlangen blickte gedankenverloren hinüber zu dem Platz des Tanzes. Dort war es still und dunkel geworden.
Niemand tanzte mehr.
„Ich hoffe von Herzen...", sagte der Herr der Schlangen feierlich und hielt einen Moment inne, „... daß du dich nicht täuschst..."
Unwillkürlich dachte der Herr der Schlangen an die Venezianische Seelengeschichte, in der er zum ersten Mal die Warnung für Sonja erkannt hatte, daß sie den Richtigen für den Falschen und den Falschen für den Richtigen halten würde. Er wollte sie umarmen, aber Sonja wehrte ab. Sie hatte eine Idee: „Ich habe eine Bitte...", sprach Sonja sehr feierlich und wurde über und über rot.
„Wenn es in meiner Macht steht", sagte der Herr der Schlangen und runzelte die Stirn,

„werde ich mich einer Bitte deinerseits auf keinen Fall verschließen."
„Segne Steffen und mich!", rief Sonja so laut, daß sich die drei Vorausgegangenen umdrehten. Sie hatten aber nichts verstanden.
Zwar blickte Steffen skeptisch zu den beiden, aber er war doch irgendwie frohgemut. Vielleicht würde Sonja ja doch hierbleiben und dann bräuchte er Petra gar nichts zu erklären.
Der Herr der Schlangen stand still. Er atmete tief und gewährte Sonja so eine Pause. Die drei, die vorausgegangen waren, gingen ihren Weg weiter auf das große Haus zu, so wie der Herr der Schlangen es ihnen erklärt hatte. Der Weg wurde steiler.
„Nein!", sagte der Herr der Schlangen streng und klar, „Diese Bitte muß ich dir, so leid es mir tut, abschlagen."
„Warum?", fragte Sonja spitz und schnell. Seine klare Absage hatte sie verletzt.
Mit sanfter Stimme antwortete der Herr der Schlangen: „Ich habe keine Vollmacht, ein Paar zu segnen. Aber ich bin sicher, daß du auch ohne meine segnende Vollmacht deinen Weg finden wirst."
Beide gingen nun etwas schneller weiter.
Sie spürten, daß es nichts mehr zu sagen gab. Das Band, das beide in den letzten Monaten geknüpft hatten, war zerrissen.
Kühl faßte der Herr der Schlangen noch ein-

mal zusammen: „Daß du nicht mit dem Flugzeug gekommen bist, sondern mit einem Auto, in dessen Fahrer du dich verliebt hast, mag Schicksal sein. Auf jeden Fall spiegelt es wider, wonach du dich in deinem tiefsten Inneren gesehnt hast. Dieser Wunsch ist jetzt so heftig geworden, daß er sich in deiner Wirklichkeit manifestiert hat. Dies ist ein Prozeß, den ich bedaure, aber selbstverständlich respektiere. Aber daß du hier Gäste eingeschleust hast, ohne meine Erlaubnis gehabt zu haben, schmerzt."

Sonja wollte sich verteidigen und begann: „Aber ich habe doch..."

Der Herr der Schlangen unterbrach sie: „Du brauchst dich nicht zu verteidigen, ich klage dich nicht an. In diesem zweiten Falle, nämlich der Einschleusung zweifelhafter Gäste, erfüllte sich nicht dein Schicksal, sondern du warst Werkzeug eines höheren Schicksals."

Sonja stand still. Der Herr der Schlangen blickte hinüber zum Platz der Körpermeditation, wo alle Beteiligten aufgestanden waren und die Windlichter gelöscht hatten.

Fabian war bei ihnen gewesen und hatte ihnen eine Mitteilung gemacht.

Sonja folgte dem Blick des Herrn der Schlangen und da sah sie, wie Fabian so schnell er konnte zum Seelentheater lief, das obwohl die Vorstellung vorüber war, noch in vollem

Gange war. Wahrscheinlich probten sie noch... Sonja sagte zart und weich: „Ich wollte dir keine Schmerzen zufügen."
Der Herr der Schlangen legte seine linke Hand zärtlich auf ihre rechte Schulter: „Ich weiß, daß du mir keine Schmerzen zufügen willst, aber es ist etwas ins Rollen gekommen, das nicht mehr aufzuhalten ist."
Sonja sah die Tränen in den Augen des Herrn der Schlangen und sie sah den Schmerz in seinem Gesicht. Sie schloß die Augen, denn sie wollte dieses Bild nicht sehen.
Da spürte sie, wie der Herr der Schlangen ihr nahe kam und sie umarmte: „Laß dich noch einmal zum Abschied umarmen."
Sonja schluchzte und drückte ihr Gesicht ganz fest auf sein Herz, während er die Arme fest um sie schloß. Beide atmeten tief durch.
Dann trat der Herr der Schlangen einen Schritt zurück, sah Sonja in die Augen und sagte: „Ich wünsche dir von ganzem Herzen, daß du den Weg zur Liebe findest."
Sonja wollte nicht, daß er ihre Tränen sähe. Sie drehte sich schnell um und lief den anderen hinterher, den Hügel hinauf.
Aus den Augenwinkeln sah sie, daß auf der Bühne die Proben des Seelentheaters unterbrochen worden waren. Die großen Scheinwerfer waren ausgeschaltet worden.
Mit großen Schritten folgte der Herr der Schlan-

gen der kleinen Schicksalsgemeinschaft und bald trafen sich alle oben am großen Haus.
Der Herr der Schlangen atmete schwer.
Er fragte sich selbst, ob es vom Aufstieg kam, der ihm zu schaffen gemacht hatte, oder von der schweren Last, die auf sein Herz drückte.
Als ich alle auf den Eingang des großen Hauses zubewegten, rief der Herr der Schlangen: „Halt! Hier wohnen die Königinnen."
Er verbesserte sich mit einem Blick auf Hildegard: „Ich will sagen: Hier wohnen die Leiterinnen der Schule und die erfahreneren Schüler. Mein Reich ist dort hinten das kleine Gartenhäuschen."
Er zeigte auf ein kleines, sauberes und stabil gebautes Holzhäuschen und fuhr fort: „Sie müssen wissen, daß man mich hier den Gärtner nennt. Und viele der Schüler glauben auch wirklich, ich sei der Gärtner."
Ein wenig resigniert atmete der Herr der Schlangen aus und sagte leise zu sich selbst: „Vielleicht bin ich ja auch nur der Gärtner."
Er setzte sich wieder in Bewegung. Die anderen folgten ihm. Sie alle blickten neugierig durch die hell erleuchteten Fenster des großen Hauses, als sie vorübergingen. Sie sahen, wie Menschen eilig ihre Koffer packten. Mitten auf dem Weg zum Gartenhäuschen, das kaum beleuchtet war, hielt der Herr der Schlangen an und erklärte die allgemeine

Unruhe, die jedem der kleinen Reisegesellschaft aufgefallen war: „Morgen ist ein großes Straßenfest in Lissabon und wir dürfen am späten Nachmittag auf dem Marktplatz auftreten. Ich habe alle angewiesen, sich gut vorzubereiten und noch zu proben, so daß wir morgen einem breiten Publikum unsere Seelengeschichten professionell präsentieren können. Es ist eine große Chance, unsere Arbeit und unseren Theaterstil einer größeren Öffentlichkeit zu zeigen."
Es war nur Eleonore, die spürte, daß irgendetwas nicht stimmte.
Dann betraten sie das kleine, sehr massiv gearbeitete Blockhaus, das umgeben von Apfel- und Kirschbäumen einen schönen stillen Platz gefunden hatte.
Der Herr der Schlangen führte sie in das sehr geräumige, ebenerdige einzige Zimmer, wo alle sogleich ihren Platz fanden und sich auf ihre Schlafsäcke auf den Boden setzten.
Der Herr der Schlangen sagte, daß er ein gastfreundlicher Mensch sei. Auch wenn sie hier in der Liebesschule vieles nicht verstehen würden, so würde er sich doch freuen, sie als Gäste würdig zu empfangen.
Er zog hinter einem Sofa eine Matratze hervor, reichte ihnen noch eine Luftmatratze, die Steffen eifrig aufpumpte, und während sich alle mit dem Aufbau ihres Nachtlagers be-

schäftigten, öffnete der Herr der Schlangen einen Kleiderschrank.
Eleonore beobachtete ihn, als er an einem bunten südamerikanischen Poncho herumnestelte. Er steckte etwas in eine verborgene Tasche des Ponchos.
Dann trat er auf Eleonore zu und sagte: „Es kann hier nachts sehr kalt werden."
Eleonore wollte erwidern, daß sie einen sehr guten Daunenschlafsack habe, aber da blitzte in den Augen des Herrn der Schlangen kurz ein Flehen auf, daß sie dieses Geschenk unbedingt annehmen möge. Kaum hatte sie den Poncho berührt, war sie von der Wärme und Weichheit der Wolle fasziniert.
Errötend sagte sie: „Danke."
Er nickte ihr freundlich zu und wandte sich dann den anderen zu: „Nun bitte ich Sie, mich zu entschuldigen", sagte der Herr der Schlangen gefaßt und blickte der Reihe nach alle wie zum Abschied an.
„Durch meine lange Abwesenheit ist die für morgen geplante Aufführung des Seelentheaters nicht in dem Maße vorbereitet, wie sie es sein sollte. Außerdem müssen wir noch klären, welche Seelengeschichten in welcher Reihenfolge dargeboten werden."
Eleonores Augen blitzten auf. Ebenso die von Sonja und Steffen. Die Frage lag im Raum, ob sie mitkommen dürften.

Dieser Frage kam der Herr der Schlangen zuvor: „Die Auswahl der Seelengeschichten ist ein sehr sensibler Prozeß, der nur in tiefem gegenseitigen Vertrauen erfolgreich sein kann. Ich bitte um Ihr Verständnis, daß dies nur in einem sicheren Rahmen stattfinden kann. Die Spieler möchten mit Menschen zusammen sein, die den gleichen Weg wie sie gehen. Im Moment würde es sie überfordern, wenn Fremde kommen würden, um zuzuschauen, ohne sich selbst zu riskieren."
Entspannt fügte er hinzu: „Sie sehen wirklich müde aus und sollten die Nacht hier in meinem stillen Häuschen nutzen, um sich einmal richtig auszuschlafen."
Der Herr der Schlangen drehte sich um und verschwand in der Nacht.
Sonja lehnte sich an Steffen, der gedankenverloren und etwas abwesend zum Fenster hinausblickte. Eine tiefe Sorgenfalte hatte sich auf seiner Stirn gebildet, seitdem Sonja ihm auf dem Weg hierher zugeflüstert hatte, daß sie keinesfalls in der Liebesschule bleiben, sondern mit ihm mitkommen würde.
Hildegard nestelte nervös an ihrem mächtigen Rucksack herum. Sie suchte etwas. Immer wieder blickte sie suchend um sich.
Draußen herrschte große Unruhe. Immer wieder hörten sie Autos vorbeifahren oder Türen schlagen oder laute Rufe. Sie waren aber zu

müde, um sich weiter Gedanken darüber zu machen. Der Herr der Schlangen hatte ihnen ja erklärt, daß sich alle noch für den wichtigen Tag morgen vorbereiten wollten.
Dann zerschnitt ausgerechnet Hildegard die schläfrige Stille. Sie hatte gefunden, was sie gesucht hatte: „Weiß jemand, wo das Klo ist?"
Dann beantwortete sie ihre Frage selbst: „Ach, ihr seid hier ja auch fremd. Na ja, ich werde das Klo schon finden."
Sie erhob sich und ging nach draußen.
Eleonore hüllte sich ganz in den warmen Poncho ein und stellte sich vor, sie wäre alleine mit dem Herrn der Schlangen an einem Felsenufer, wo wilde Wellen tosten, ohne ihnen etwas anhaben zu können, und sie würden sich aneinanderkuscheln und mit den warmen Stimmen satter Götter über die Dinge sprechen, die die Welt bewegten...
Eleonore wurde immer müder. Sie wollte am nächsten Morgen versuchen, unauffällig in die Nähe des Herrn der Schlangen zu gelangen. Sie mußte ihn dringend etwas ganz Wichtiges fragen. Sie wollte vieles von ihm lernen. Aber wie und was wußte sie noch nicht genau. Über diese Gedanken schlief sie ein.
Auch Steffen und Sonja schliefen schnell ein. Hildegard kam zurück. Ihre Augen blitzten. Sie rieb sich die Hände vor diebischer Freude. Ihr Plan war geglückt.

Ende der Liebesschule

Im Morgengrauen erschienen drei Mannschaftswagen der portugiesischen Polizei. Das kreisende Blaulicht blitzte gespenstisch und erhellte die Liebesschule in strengem blauen Rhythmus.
Eleonore sah es als erste. Sie war verwirrt über das blaue Licht, das an den Wänden entlanghuschte. Dann aber wußte sie, was es war. Sie weckte die anderen. Sonja und Steffen lagen nackt in einem Schlafsack.
Laut rief Eleonore: „Polizei!"
Panisch erhob sich das junge nackte Liebespaar. Schnell blickte Eleonore zur Seite und beschäftigte sich mit der Frage, warum die Polizei hier war. Was war geschehen?
Nachdem Eleonore wieder laut: „Polizei!" geschrien hatte, erwachte auch Hildegard.
Als Eleonore zu Hildegard blickte und deren stolzen Blick sah, wußte Eleonore mit einem Schlag, was geschehen war.
Eleonore sprang auf. Ihr war gleichgültig, daß Steffen ihre kleinen Brüste sah, deren Nippel sich wütend aufgestellt hatten, als ihr Schlafanzugoberteil verrutschte.
Außer sich vor Wut schrie Eleonore zu Hildegard: „Was hast du getan?"

Hildegard richtete sich auf. Sie hatte in Kleidern geschlafen. Völlig selbstsicher sagte sie: „Ich habe es für notwendig erachtet, deinen Vater zu bitten, die portugiesische Einwanderungsbehörde zu verständigen, damit die hier einmal nach dem Rechten sehen!"
Eleonore war sprachlos. Sie wankte. Ihr wurde schwindlig. Sie mußte sich am Tisch festhalten, sonst wäre sie gestürzt. Eine solche Wut hatte sie in ihrem Leben noch nie erlebt. Die Ungeheuerlichkeit, daß sie selbst am Verrat der Liebesschule beteiligt gewesen war, würgte sie. Sie war schneeweiß. Alles Blut war aus ihrem jungen schönen Antlitz gewichen. Für einen kurzen Moment erweckte sie den Eindruck, sie sei eine Madonnenerscheinung. Dann drohte sie wieder zu stürzen. Instinktiv griff sie nach dem Poncho und ein Wunder geschah: Mit dem Berühren des Ponchos kehrte ihre selbstbeherrschende Kraft schlagartig zurück. Sie war wieder bei sich selbst. Aber sprechen konnte Eleonore noch nicht.
Schnell zog sie sich an.
Hildegard saß aufrecht in ihrem Schlafsack und lutschte an weißer Schokolade. Es war ihre Notration für extremen Streß. Den hatte sie nun, denn Eleonore war wirklich wütend.
Eleonore rief verzweifelt: „Ich muß sofort raus, um alle zu warnen!"
Sonja antwortete ihr: „Zum einen ist es viel

zu spät, um irgendjemanden zu warnen, zum anderen schwöre ich dir, daß der Herr der Schlangen mit der gesamten Liebesschule schon längst über alle Berge ist."
Eleonore fielen sofort die Bilder des vergangenen Abends ein. Jetzt machte es Sinn, daß der Herr der Schlangen so intensiv mit Fabian gesprochen hatte und daß dieser dann die Liebesschulaktivitäten abgebrochen hatte... die Unruhe auf dem ganzen Platz... die Aufbruchstimmung... die Nervosität des Herrn der Schlangen und sein Abschied... das alles machte jetzt Sinn.
Da öffnete sich die Tür und ein Polizist trat herein. Er sprach schlechtes Englisch und fragte nach einer Frau „Iltegat".
Jeder verstand, daß Hildegard gemeint war. Die gab sich zu erkennen und sprach dann in schlechtem Englisch mit dem Polizisten.
Ja, sie hatte den deutschen Leiter einer Einwanderungsbehörde informiert. Dieser hatte dann sofort in Lissabon angerufen.
„Du Schwein!", brüllte es so laut aus Eleonore heraus, daß sie selbst erschrak.
Sie lief am erstaunten Polizisten vorbei nach draußen. Sie wollte schauen, ob Sonja wirklich Recht gehabt hatte.
Sonja hatte Recht gehabt. Der ganze Platz war wie ausgestorben.
Außer den Polizisten, Eleonore, Hildegard,

Steffen und Sonja war niemand mehr da. Die anderen waren alle spurlos verschwunden.
Die Liebesschule hatte Europa verlassen.
Die vier wurden von dem Polizisten, der mit Hildegard in schlechtem Englisch gesprochen hatte, aufgefordert, sich fertigzumachen, denn sie würden auf die nächstgelegene Polizeistation gefahren werden, um dort mit Dolmetscher genau verhört zu werden, was sie über illegal anwesende Studenten wüßten. Sie wurden sehr bestimmt zu einem Mannschaftswagen gebeten.
Sie fühlten sich wie Verbrecher.
Eleonore, Sonja und Steffen bemühten sich von Hildegard abzurücken, was einfach war, denn der Polizeioffizier bot Hildegard den Platz neben dem Fahrer an.
Die Polizisten kehrten nun alle aus dem Gelände, das sie abgesucht hatten, zurück.
Weder sie noch ihre Hunde hatten irgendeinen Menschen entdeckt. Die Polizisten waren größtenteils übellaunig: Irgendein in Panik geratener deutscher Abteilungsleiter irgendeiner Einwanderungsbehörde hatte ihnen diesen außerplanmäßigen Einsatz eingebrockt. Ohne Frühstück hatten sie das warme Bett verlassen müssen. Vielen war der Ort bekannt als internationaler Theatertreff. Bislang hatten sie Großzügigkeit walten lassen. Aber dem Hinweis, daß wahrscheinlich viele Studenten

keine gültige Aufenthaltserlaubnis hätten, hatten sie unbedingt nachgehen müssen.
Dann fuhren sie los. Zuerst holperten sie über einen Feldweg, dann bogen sie auf eine löchrige Straße ein und kamen bald auf eine gut geteerte Landstraße.
Eleonore, die hinten rechts saß, blickte zum Fenster hinaus und in diesem Moment ging die Sonne auf. Wie ein goldener Blitz erhellte sie den grauen Morgen.
Sonja, die hinten in der Mitte saß, war noch müde und ließ ihren Kopf auf Steffens Schulter fallen. Sie hatte beim Einsteigen darauf geachtet, daß sie zwischen Eleonore und Steffen zu sitzen kam.
Steffen spürte das übermächtige Gefühl rauchen zu müssen, aber er wagte nicht, den Polizisten um Erlaubnis zu fragen.
Eleonore schmiegte sich in den Poncho, den ihr der Herr der Schlangen im letzten Moment geschenkt hatte. Er hatte Recht gehabt, es war sehr kühl an diesem frühen Morgen. Ihr war wohlig warm.
Da griff sie in eine kleine Tasche, die innen an den Poncho angenäht worden war. Sie hatte dort etwas gefühlt. Sie holte das, was sie gefühlt hatte, hervor und konnte nicht glauben, was sie in ihrer Hand hielt: Eine wunderschön geschliffene Muschel, die als Anhänger getragen werden konnte. Sofort

schloß Eleonore ihre Hand um ihren Schatz. Niemand sollte sehen, welches Geschenk des Herrn der Schlangen sie da in ihrer Hand hielt. Die dichte Dunkelheit, die auf ihrem Herzen gelastet hatte, und die furchtbare Wut auf Hildegard waren verschwunden. Eleonore konnte wieder befreit atmen. Es wurde hell und licht in ihr. Da erschien ihr das Gesicht des Herrn der Schlangen in ihrem Inneren. Sie zitterte am ganzen Körper, ihr Atem ging schwer. Eleonore schwitzte vor Angst, weil sie im Moment noch nicht wußte, wie ihr geschah. Zum Glück aber hatte Sonja ihr genau beschrieben, wie sich eine Seelengeschichte ankündigte, so daß Eleonore wußte, wie ihr jetzt geschah. Und dann geschah es. Bilder von unglaublicher Intensität schnellten in ihr Bewußtsein: Sie war junge, glückliche Indianerin in einem friedlichen Zeltdorf. Der Fluß war noch warm und der frühe Herbst hatte die Blätter vergoldet. Die Ernte von Pilzen, Kräutern, Getreide und Früchten war üppig gewesen. Die Liebe ihres Lebens war der Sohn des Häuptlings. Einen kleinen Sohn hatten sie schon und sie trug ein zweites Kind von ihm unter ihrem Herzen.
Aber Kunde war ins Dorf gedrungen, daß amerikanische Soldaten die Indianer vertreiben wollten. Der junge stolze Häuptlingssohn rief zum Widerstand auf. Die Männer versam-

melten sich draußen und besprachen die Lage. Danach betrat der Sohn des Häuptlings das Tipi, in dem seine junge schöne Frau ihn ahnungsvoll bat, sie nicht zu verlassen.
Lachend reichte er ihr eine schön gewundene und geschliffene Muschel, küßte sie und sagte immer noch lachend und übermütig: „Ich komme wieder!", aber sein Lachen und sein zur Schau gestellter Übermut konnten sie nicht täuschen. Sie wußte mit der sicheren Intuition einer schwangeren Frau: Er würde nicht mehr wiederkommen.
Dann änderten sich die Bilder und Eleonore, die ihre Augen geschlossen hielt, versuchte, gleichmäßig zu atmen. Sie sah in ihrer inneren Bilderwelt eine Gruppe schnell reitender Indianer. Es waren die Indianer ihres Stammes. Es waren die kriegsfähigen Männer. Der junge Häuptlingssohn, ihr geliebter Mann, führte sie an. Sie wurden von hunderten Soldaten gejagt. Alle Indianer hatten nur die Wahl sich zu ergeben oder im Kampf zu sterben. Alle blickten auf den jungen Häuptlingssohn, der seinen Blick nach vorne richtete. Die Indianer wußten, daß sie auf eine tiefe Schlucht zuritten...
Eleonore schrie auf, so daß alle im Polizeiauto auf sie blickten. Sie hatte das Ende gesehen: Den tödlichen Sturz der getriebenen Indianer in die Schlucht und das Elend, das

ihr und den anderen Frauen und Kindern bevorstand... Eleonore wußte für einen kurzen Moment nicht, wo sie war. Vergangenheit und die Wirklichkeit des Moments hatten sich vermischt. Die Grenzen waren zerflossen.
Eleonore preßte die Stirn an die Fensterscheibe. Sie brauchte Kühlung und niemand sollte ihre Tränen sehen. Der Schmerz, vom Geliebten verlassen worden zu sein, war übermächtig. Fest umschloß sie die Muschel in ihrer Hand und plötzlich hellte sich ihre Miene auf. Sie verstand ihre Seelengeschichte, die Muschel, die sie in der Hand hielt, und den Satz, den die Liebe ihres Lebens gesagt hatte: „Ich komme wieder."
Hatte er nicht sein Wort gehalten?
Dann spürte sie eine zarte Wärme von der Muschel ausgehen, die ihr Herz erwärmte.

Inspiration
aus dem
Galli Verlag

Sonnenmond

Das verspielte Paradies

Eine Geschichte, die sowohl Jung, als auch Alt in Ihren Bann zieht:
Das Volk der Freunde ist vom Untergang durch die Eisenmänner bedroht. Es ist die Aufgabe von sieben auserwählten Kindern, das Heilige Wissen zu bewahren und weiterzugeben. So entstehen die Märchen, die wir heute noch kennen.

Sonnenmond -
Das verspielte Paradies
ISBN 3-934861-53-9
470 Seiten
1. Auflage 2003

Schattenstern

Erfüllte Liebe wird unstillbar

Ein Mann macht sich auf die Suche nach der Liebe seines Lebens. Der Weg führt ihn durch die unerlösten Geschichten ihrer Liebe. Am Ende erkennen sie: „Liebe löscht alle individuellen Grenzen. Wer liebt, liebt alle und alles."

Schattenstern
Erfüllte Liebe wird unstillbar
ISBN 3-934861-57-1
368 Seiten
1. Auflage 2006

Die Neun

Eine Erzählung

Eine erlebte
oder erfundene
oder geträumte
oder wahre Schilderung
einer außergewöhnlich
„Neuen Welt".

Die Neun
Eine Erzählung
ISBN 3-934861-54-7
162 Seiten
1. Auflage 2004

Der Letzte Lehrer

108 Momente der Weisheit

Hier beschreibt Johannes Galli seine philosophische Gedankenwelt anhand von Geschichten um den Letzten Lehrer und seine Schüler.

Der Letzte Lehrer
108 Momente der Weisheit
ISBN 978-3-940722-24-9
132 Seiten
1. Auflage 2009

Galli Verlag

Haslacher Str. 15
79115 Freiburg
Tel. +49(0)761 - 401 37 53
Fax. +49(0)761 - 401 37 54
eMail: verlag@galli.de

Online Bestellungen:
www.galliverlag.de